OUR K OF TRAITOR

(Ons soort verrader)

GW01606446

Van John le Carré is verschenen:

Telefoon voor de dode
Voetsporen in de sneeuw
Spion aan de muur
Spion verspeeld
Een kleine stad in Duitsland
Tinker Tailor Soldier Spy (Edelman, bedelman, schutter, spion) ◈
Spion van nobel bloed
Smiley's prooi
De lokvogel
Een volmaakte spion
Het Rusland Huis
De laatste spion
De ondraaglijke vrede (non-fictie)
The Night Manager (De ideale vijand) ◈
Vrij spel
De kleermaker van Panama
Single & Single
Smiley's wereld
De toegewijde tuinier
Absolute vrienden
De luistervink
Aangeschoten wild
Our Kind of Traitor (Ons soort verrader) ◈
Een broze waarheid

◈ Ook als e-book leverbaar

OUR KIND OF TRAITOR

JOHN LE CARRÉ

(Ons soort verrader)

Vertaald door Rob van Moppes

UITGEVERIJ LUITINGH-SIJTHOFF

Uitgeverij Luitingh Sijthoff en Drukkerij Koninklijke Wöhrmann BV vinden het belangrijk om op milieuvriendelijke en duurzame wijze met natuurlijke bronnen om te gaan.

Eerste druk 2010
Vierde druk 2016

© 2010, 2016 by David Cornwell
© 2010, 2016 Nederlandse vertaling
Uitgeverij Luitingh-Sijthoff BV, Amsterdam
Oorspronkelijke titel: *Our Kind of Traitor*
Vertaling: Rob van Moppes
Omslagontwerp: StudioCanal Limited 2016, Penguin en DPS
Omslagbeeld: StudioCanal Limited 2016

ISBN 978 90 210 1569 9
NUR 305

www.lsamsterdam.nl
www.boekenwereld.com

Ter nagedachtenis aan
Simon Channing Williams,
filmmaker, tovenaar,
man van eer.

In dit geval haten prinsen de verrader,
al houden ze van het verraad.
– Samuel Daniel

1

Om zeven uur op een Caribische ochtend op het eiland Antigua speelde een zekere Peregrine Makepiece, beter bekend als Perry, een voorbeeldige allround amateuratleet en tot voor kort docent in de Engelse literatuur aan een voorbeeldig *college* in Oxford, drie sets tennis tegen een gespierde, stramme, kale man van halverwege de vijftig, met bruine ogen en een voorname houding, die Dima heette. Hoe deze match tot stand kwam, was al snel het onderwerp van gedegen onderzoek door Britse spionnen die beroepshalve gekant zijn tegen de machinaties van het toeval. Evengoed trof Perry geen enkele blaam voor de gebeurtenissen die eraan voorafgingen.

De nadering van zijn dertigste verjaardag, drie maanden tevoren, had een verandering in hem teweeggebracht die, zonder dat hij zich daarvan bewust was, al een jaar of meer in hem sluimerde. Toen hij om acht uur 's ochtends, na tien kilometer joggen, wat niets had afgedaan aan zijn mistroostige gevoel, met zijn hoofd in zijn handen in zijn bescheiden appartementje in Oxford zat, had hij zijn hersens gepijnigd om erachter te komen waar het eerste derde deel van zijn leven toe had geleid, los van het excuus dat het had geboden om zich niet in te laten met de wereld buiten de ijle torenspitsen van de universiteitsstad.

Waarom?

Oppervlakkig gezien was hij het prototype van de geslaagde academicus. De op openbare scholen opgeleide zoon van docenten op een middelbare school, arriveert in Oxford na de Universiteit van Londen met indrukwekkende studieresultaten te hebben verlaten en krijgt een aanstelling voor drie jaar van een oude, rijke gerenommeerde faculteit. Zijn voornaam, doorgaans voorbehouden aan de Engelse upper class, heeft hij te danken aan een opruiende methodistische prelaat uit de negentiende eeuw die Arthur Peregrine van Huddersfield heette.

Wanneer hij tijdens het semester geen les geeft, onderscheidt hij zich als veldloper en sporter. Op zijn schaarse vrije avonden helpt hij een handje in een plaatselijk jeugdhonk. In de vakanties bedwingt hij lastige toppen en houdt hij zich bezig met hachelijke bergbeklimmingen. Maar wanneer zijn faculteit hem een vaste aanstelling – of zoals hij dat nu chagrijnig bekijkt, levenslange gevangenschap – aanbiedt, begint hij te steigeren.

Nogmaals: waarom?

Het afgelopen semester had hij een serie colleges gegeven over George Orwell, met als titel 'Een verstikt Engeland?' en zijn retoriek had hem zelf bang gemaakt. Zou Orwell het mogelijk hebben geacht dat dezelfde volgevreten stemmen die hem in de jaren dertig hadden achtervolgd, dezelfde verlammende onbekwaamheid, die verslaving aan buitenlandse oorlogen en die eigenwaan in 2009 nog even vrolijk aanwezig waren?

Toen er geen antwoord kwam van de hem wezenloos aanstarende studentengezichten, had hij het zelf maar gegeven: *nee*, Orwell zou dat nadrukkelijk *niet* hebben geloofd. Of, als hij dat wel had geloofd, dan was hij ermee de straat op gegaan. Dan had hij heel wat ruiten ingekinkeld.

Het was een onderwerp dat hij genadeloos had uitgediept met Gail, die al lange tijd zijn vriendin was, toen ze na een verjaardagsdinertje in haar bed lagen in de flat in Primrose Hill, die ze voor een deel had geërfd van haar verder straatarme vader.

'Ik vind wetenschappelijk medewerkers vervelend en ik wil er zelf eigenlijk geen zijn. Ik hou niet van de academische wereld en als ik nooit meer zo'n rottige toga aan hoef, voel ik me een vrij man,' was hij uitgevaren tegen het goudbruine haar, dat gerieflijk op zijn schouder rustte.

En toen hij behalve een meevoelend gespin geen reactie kreeg:

'Al dat gehamer op Byron, Keats en Wordsworth tegen een stelletje verveelde studenten wier hoogste doel het is om een graad te behalen, een wip te maken en rijk te worden? Dat heb ik nu wel gezien. Tering!'

En om er nog een schepje bovenop te doen:

'Ongeveer het enige waarvoor ik *echt* in dit land zou blijven is een bloederige revolutie.'

En Gail, een pittige jonge juriste die net carrière begon te maken en was gezegend met schoonheid en een rappe tong – soms zelfs iets rapper dan goed was voor zowel haarzelf als voor Perry – verzekerde hem dat geen enkele revolutie compleet zou zijn zonder hem.

De facto waren ze allebei wees. Perry's overleden ouders waren het toonbeeld van christensocialistische soberheid, de ouders van Gail waren precies het tegenovergestelde. Haar vader, een innemende, waardeloze acteur, was een vroegtijdige dood gestorven aan de alcohol, zestig sigaretten per dag en een misplaatste hartstochtelijke liefde voor zijn wispelturige vrouw. Haar moeder, een actrice, maar minder innemend, had toen Gail dertien was de benen genomen en scheen te hebben gekozen voor een simpel bestaan aan de Costa Brava, met een tweede-cameraman.

Perry's eerste reactie op zijn principebesluit om het stof van de wetenschappelijke wereld van zich af te schudden – onherroepelijk zoals al Perry's principebesluiten – was terug te keren naar de wortels van zijn bestaan. De enige zoon van Dora en Alfred zou hun overtuigingen de zijne maken. Hij zou zijn docentenloopbaan een nieuwe inhoud geven en beginnen waar zij genoodzaakt waren geweest de hunne op te geven.

Hij zou ophouden de intellectuele hoogvlieger uit te hangen, zich opgeven voor een dodeerlijke lerarenopleiding en, net als zij, leraar worden op een middelbare school in een van de meest achtergestelde uithoeken van zijn land.

Hij zou vastomlijnde vakken en elke sport die ze verlangden leren aan kinderen die hem eerder nodig hadden als laatste kans op zelfontplooiing dan als vrijkaartje naar burgerlijke voorspoed.

Maar Gail was niet zo geschokt door dit vooruitzicht als misschien wel zijn bedoeling was. Want al was hij nog zo vastbesloten om door te dringen tot *de harde kern van het leven*, er bleven andere niet met elkaar in overeenstemming te brengen versies van hem over, en Gail stond op goede voet met de meeste daarvan:

Jawel, zo had je Perry de zelfkastijdende student aan de Universiteit van Londen, waar ze elkaar hadden ontmoet, die in navolging van T.E. Lawrence in de vakantie met zijn fiets naar Frankrijk was getogen en daar had rondgejakkerd tot hij van uitputting omviel.

En jawel, zo had je Perry de avontuurlijke bergbeklimmer, de Perry die geen race kon lopen en geen spel kon spelen, of het nu zevenmans rugby of zakdoekje leggen met haar neefjes en nichtjes met Kerstmis was, zonder de dwangmatige behoefte te winnen.

Maar gelukkig was er ook Perry de heimelijke levensgenieter, die zichzelf kon trakteren op onvoorspelbare uitbarstingen van luxe, voor hij terugholde naar zijn zolderkamertje. En dit was de Perry die vroeg op die ochtend in mei, voordat de zon te hoog stond om nog te kunnen spelen, op de beste tennisbaan in het beste door de recessie getroffen vakantieoord in Antigua stond, met de Russische Dima aan de ene kant van het net en Perry aan de andere. En Gail, met een badpak aan en een hoed met een brede slappe rand op, gehuld in een zijdeachtig niemendalletje dat weinig aan de verbeelding overliet, werd omringd door een onwaarschijnlijk gezelschap van starogige toeschouwers, van wie sommigen in het zwart gekleed, die een gezamenlijke gelofte leken te hebben afgelegd niet te glimlachen, niet te spreken en geen enkele belangstelling te laten blijken voor de match die zij gedwongen waren te aanschouwen.

Het was volgens Gail een gelukkig toeval dat het Caribische avontuur al was gepland vóór Perry's impulsieve principebesluit. Het idee kwam al op in de donkerste dagen van november, toen zijn vader ten prooi was gevallen aan dezelfde kanker die zijn moeder twee jaar tevoren noodlottig was geworden en Perry enigszins bemiddeld had achtergelaten. Daar hij niets moest hebben van geërfde rijkdom en zich afvroeg of hij eigenlijk niet alles wat hij bezat aan de armen moest schenken, twijfelde Perry eerst. Maar na een door Gail geïnstigeerde slijtageslag besloten ze tot een unieke, voordelige tennisvakantie in de zon.

En nooit was een vakantie gunstiger gepland, bleek later, want tegen de tijd dat ze aan hun reis begonnen, lagen er nog grotere beslissingen in het verschiet:

Wat moest Perry met zijn leven doen en moesten zij het samen doen?

Moest Gail de balie vaarwel zeggen en blindelings met hem ins Blaue hinein stappen of moest zij haar bliksemcarrière in Londen voortzetten?

Of was de tijd rijp om toe te geven dat haar carrière even weinig bliksemde als die van de meeste juristen en kon ze dus maar beter zwanger worden, waar Perry voortdurend op aandrong?

En al had Gail, uit kwajongensachtigheid of uit zelfverdediging, de gewoonte van grote vragen kleine te maken, toch viel niet te ontkennen dat ze allebei, afzonderlijk en gezamenlijk op een cruciaal moment in hun leven waren aangekomen. Een moment waar heel wat denkwerk bij kwam kijken en waarvoor een vakantie in Antigua de ideale ambiance leek.

Hun vlucht was vertraagd en daardoor kwamen ze pas na middernacht in hun hotel aan. Ambrose, de alomtegenwoordige bedrijfsleider van het vakantieoord, bracht hen naar het huisje. Ze sliepen de volgende ochtend uit en tegen de tijd dat ze op hun balkon hadden ontbeten, stond de zon te hoog om te tennissen. Ze zwommen en zonnebaadden op een goeddeels verlaten strand, lunchten als enige gasten aan de rand van het zwembad, bedreven loom de liefde in de middag en maakten om zes uur 's avonds uitgerust, voldaan en met zin in een partijtje hun opwachting in de sportboetiek.

Van een afstand gezien was het vakantieoord niet meer dan een kluitje witte huisjes, losjes neergezet langs een anderhalve kilometer breed hoefijzer van poederachtig fijn zand. Twee vooruitstekende rotsen begroeid met struiken markeerden de buitengrenzen. Daartussen bevond zich een koraalrif en een rij lichtgevende boeien om lawaaiige motorjachten op afstand te houden. En op verscholen, in de heuvel uitgespaarde terrassen lagen de tennisbanen die aan internationale, professionele maatstaven beantwoordden. Een smalle stenen trap liep tussen de bloeiende struiken door naar de voordeur van de sportboetiek. Als je daar eenmaal doorheen was, kwam je in een tenniswalhalla, wat de reden was waarom Perry en Gail dit oord hadden uitgekozen.

Er waren vijf banen en een centercourt. Wedstrijdballen werden bewaard in groene koelkasten. Zilveren kampioensbokalen in glazen vitrines droegen de namen van tennishelden van vroeger, en Mark, de corpulente Australische profspeler, was er een van.

'En over welk niveau hebben we het hier, als ik zo vrij mag zijn?' vroeg hij op uiterst minzame toon, terwijl hij zonder er iets van te zeggen nota nam van de kwaliteit van Perry's gehavende rackets, van zijn dikke witte sokken en afgetrapte maar functionele tennisschoenen en van Gails decolleté.

Voor twee mensen die hun prilste jeugd achter zich hadden gelaten maar nog in de bloei van hun leven waren, vormden Perry en Gail een opvallend aantrekkelijk paar. De natuur had Gail begunstigd met lange, welgevormde benen en armen, hoge kleine borsten, een lenig lichaam, de spreekwoordelijke Engelse teint, glanzend goudbruin haar en een glimlach die licht kon brengen in de donkerste uithoeken van het bestaan. Perry was op een andere manier heel Engels, met zijn magere en op het eerste gezicht enigszins uit zijn krachten gegroeide lijf met zijn lange nek en prominente adamsappel. Hij liep een beetje houterig, leek voortdurend voorover te tuimelen en had uitstaande oren. Op zijn openbare school had men hem opgezadeld met de bijnaam de Giraf, totdat degenen die zo onverstandig waren hem zo te noemen hun lesje hadden geleerd. Maar met de jaren des onderscheids had hij – onbewust, wat het alleen nog maar indrukwekkender maakte – een onnadrukkelijke maar onmiskenbaar aanwezige élégance ontwikkeld. Hij had een welige bos bruine krullen, een breed voorhoofd met sproeten en grote ogen achter brillenglazen die hem iets van engelachtige verbijstering gaven.

Omdat ze ervan uitging dat Perry niet zijn eigen loftrompet zou steken en omdat ze altijd en overal voor hem opkwam, beantwoordde Gail de vraag van de tennisleraar maar zelf.

'Perry speelt de kwalificatiewedstrijden op Queens en is één keer doorgedrongen tot het hoofdtoernooi, hè Perry? Zover ben je gekomen. En dat was nadat hij bij het skiën zijn been had gebroken en zes maanden niet had gespeeld,' voegde ze er trots aan toe.

'En u, mevrouw, als ik zo vrij mag zijn?' vroeg Mark de overbeleefde tennisprof met iets meer nadruk op het 'mevrouw' dan Gail aangenaam vond.

'Ik ben zijn ballenmeisje,'antwoordde ze ijzig, waarop Perry reageerde met: 'Volslagen lulkoek,'en de Australiër op zijn tanden zoog, ongelovig zijn zware hoofd schudde en de smoezelige pagina's van zijn roosterboek doorbladerde.

'Tja, ik heb hier één stel dat jullie misschien wel zal liggen. Een tikkeltje te chic voor mijn andere gasten, dat zeg ik er maar meteen bij. Niet dat ik een geweldig arsenaal aan spelers heb waaruit ik kan putten, om eerlijk te zijn. Misschien moeten jullie vieren elkaar maar eens op de korrel nemen.'

Hun tegenspelers bleken een Indiaas echtpaar uit Mumbai op huwelijksreis. Het centercourt was bezet, maar baan 1 was vrij. Het duurde niet lang of een handjevol voorbijgangers en spelers van andere banen was aan komen lopen om te zien hoe het viertal bezig was zich in te slaan: soepele slagen vanaf de baseline die achteloos werden geretourneerd, passeerslagen waar niemand op liep, de onbeantwoorde smash van vlak aan het net. Perry en Gail wonnen de toss, Perry gaf de eerste servicebeurt aan Gail, die twee dubbele fouten sloeg, waardoor ze de eerste game verloren. Het Indiase bruidje was de volgende. Er werd bedaard gespeeld.

Pas toen Perry ging serveren werd de kwaliteit van zijn spel duidelijk. Zijn eerste service had hoogte en kracht en toen die in bleek, was er weinig tegen te beginnen. Hij serveerde vier winnende punten op rij. Het aantal toeschouwers groeide, de spelers waren jong en aantrekkelijk, de ballenjongens kregen er steeds meer zin in. Tegen het einde van de eerste set kwam Mark de prof achteloos een kijkje nemen, bleef drie games en keerde toen met een nadenkende frons op zijn voorhoofd terug naar zijn sportwinkeltje.

Na een lange tweede set was de score één set elk. In de derde en laatste set werd het vier tegen drie, in het voordeel van Perry en Gail. Maar als Gail al de neiging had zich in te houden, was Perry nu juist op volle toeren en de match eindigde zonder dat het Indiase paar nog één game wist te winnen.

De toeschouwers slenterden weg. Het viertal bleef achter om elkaar te complimenteren, een revanche af te spreken en misschien vanavond een glaasje in de bar? Nou en of. Het Indiase stel vertrok en Perry en Gail bleven achter om hun reserverackets en truien in te pakken.

Terwijl ze daarmee bezig waren, kwam de Australische profspeler terug de baan op in gezelschap van een gespierde, kaarsrechte, volkomen kale man met een geweldig brede borstkas, een met diamanten bezette gouden Rolex en een grijze trainingsbroek die omhoog werd gehouden door een koord met een strik ter hoogte van zijn middenrif.

Waarom Perry die strik op zijn middenrif eerst zag en de rest van de man pas later, laat zich gemakkelijk verklaren. Hij was bezig zijn oude maar comfortabele tennisschoenen te verwisselen voor een paar strandschoenen met touwzolen, en toen hij zijn naam hoorde noemen, zat hij nog steeds diep voorovergebogen. Daarom hief hij zijn hoofd langzaam op, zoals lange, magere mannen dat plegen te doen, en werd zich allereerst bewust van een paar leren espadrilles aan kleine, bijna vrouwelijke voeten die zeeroverachtig uit elkaar stonden, vervolgens een paar stevige met grijze trainingsbroekspijpen omhulde kuiten, en hogerop het touwtje dat de broek op zijn plaats hield, met een dubbele knoop erin zoals dat, gezien zijn aanzienlijke verantwoordelijkheid, hoorde.

En boven de strik het voorpand van een blouse van het fijnste karmozijnrode katoen, waaronder een massief torso dat geen onderscheid tussen buik en borst leek te kennen en dat van boven werd bekroond door een kraag in oosterse stijl die gesloten een gebrekkige versie van een pastoorsboordje zou zijn geweest, zij het dat het boordje nooit om de gespierde nek zou hebben gepast.

En boven die kraag, een beetje schuin en vragend, de wenkbrauwen uitnodigend opgetrokken, het rimpelloze gezicht van een man van in de vijftig, met gevoelvolle bruine ogen en een dolfijnengrijns om zijn mond. De afwezigheid van rimpels duidde niet op gebrek aan levenservaring, eerder op het tegendeel. Het was een gezicht dat volgens Perry, de openluchtavonturier, door het leven getekend leek: het gezicht, zei hij veel later tegen Gail, van *een gevormde man*, een status waar hij zelf ook naar streefde, maar die hij ondanks al zijn manhaftige inspanningen nog niet meende te hebben bereikt.

'Perry, sta mij toe je voor te stellen aan mijn goede vriend en vaste klant, meneer *Dima* uit Rusland,' zei Mark, met iets plechtstatigs in zijn zalvende stem. 'Dima vond dat je daar een puike partij hebt gespeeld, zo is het toch, meneer? Als geducht kenner van de tennissport heeft hij u met veel waardering gadegeslagen, denk ik te mogen zeggen, Dima.'

'Balletje slaan?' vroeg Dima, zonder zijn bruine, verontschuldigende blik af te wenden van Perry, die zich inmiddels wat onhandig tot in zijn volle lengte had opgericht.

'Hallo,' zei Perry, een beetje buiten adem, terwijl hij een bezwete hand uitstak. De hand van Dima was die van een dik geworden handwerksman, getatoeëerd met een sterretje of een asterisk op de tweede knokkel van de duim. 'En dit is Gail Perkins, mijn medeplichtige,' voegde hij eraan toe, omdat hij het nodig achtte het tempo een beetje te vertragen.

Maar voordat Dima antwoord kon geven, liet Mark de prof een gesnuif van pluimstrijkend protest horen. '*Medeplichtige*, Perry,' bracht hij ertegen in. 'Geloof die man toch niet, Gail! Je hebt je daar *duchtig* geweerd, zo is dat. Er zaten een paar backhandslagen bij die ware juweeltjes mogen worden genoemd, zo is het toch, Dima? Je zei het zelf. We hebben vanuit de boetiek gekeken. Gesloten circuit.'

'Mark beweert dat jij op Queen's speelt,' zei Dima tegen Perry, met een zware, schorre stem en een vaag Amerikaans accent.

'Ach, dat was alweer een paar jaar terug,' zei Perry bescheiden, nog steeds om tijd te winnen.

'Dima heeft kortgeleden Three Chimneys gekocht, hè, Dima?' zei Mark, alsof dit nieuws het voorstel om een partijtje tennis te spelen op de een of andere manier aantrekkelijker maakte. 'Mooiste plekje aan deze kant van het eiland, wat jij, Dima? Hij heeft er grootse plannen mee, horen we. En jullie tweetjes zitten in Captain Cook, als ik me niet vergis, een van de beste huisjes op het complex, als je het mij vraagt.'

Dat zaten ze.

'Goh, kijk toch eens aan. Dan zijn jullie buren, nietwaar, Dima? Three Chimneys ligt precies op het puntje van het schiereiland, tegenover jullie aan de overkant van de baai. Het laatste stuk land op het eiland dat nog niet is opgeknapt, maar daar gaat Dima iets aan doen, zo is het toch, meneer? Er wordt gepraat over timesharing met voorrang voor de inwoners, wat mij een buitengewoon fatsoenlijk idee lijkt. Ondertussen doet u een beetje aan primitief kamperen, heb ik begrepen. En verleent u gastvrijheid aan een paar gelijkgezinde vrienden en familieleden. Daar heb ik bewondering voor. Dat hebben wij allemaal. Bij een man met uw vermogen getuigt dat van lef en karakter.'

'Balletje slaan?'

'Dubbelen?' vroeg Perry, zich afwendend van Dima's doordringende blik om Gail aarzelend aan te kijken.

Maar Mark, die zijn bruggenhoofd had bereikt, nam meteen zijn kans waar:

'Sorry, Perry, maar Dima dubbelt niet, vrees ik,' kwam hij handig tussenbeide. 'Onze vriend hier speelt uitsluitend enkel, zo is het toch, meneer? U bent een onafhankelijk man. U bent graag verantwoordelijk voor uw eigen fouten, hebt u me wel eens verteld. Dat waren uw eigen woorden, nog niet zo lang geleden, en die heb ik ter harte genomen.'

Gail zag dat Perry inmiddels in tweestrijd verkeerde maar zeker ook in verleiding was gebracht en schoot hem te hulp:

'Maak je om mij maar geen zorgen, Perry, als jij een partij single wilt spelen, doe dat dan gerust. Ik red me wel.'

'Perry, ik geloof niet dat je moet aarzelen om het tegen deze heer op te nemen,' drong Mark aan, om er nog een schepje bovenop te doen. 'Als ik een gokker was, zou ik niet weten op wie ik mijn geld moest zetten, zo is dat.'

Zagen ze dat goed, trok Dima een klein beetje met zijn linkerbeen toen hij wegliep? Of was het gewoon de inspanning die het kostte om de hele dag dat gigantische bovenlijf mee te torsen?

Was dat ook het moment waarop Perry zich voor het eerst bewust werd van de twee blanke mannen die zonder iets uit te voeren rondhingen bij het toegangshek van de tennisbaan? De een met zijn handen losjes op zijn rug gevouwen, de ander met zijn armen over elkaar geslagen? Allebei in trainingspak? De een blond en met een babyface, de ander donker en apathisch?

Zo ja, dan uitsluitend in zijn onderbewustzijn, verkondigde hij tien dagen later onwillig tegen de man die zich Luke noemde en tegen de vrouw die zich Yvonne noemde, toen ze met z'n vieren aan een ovale eettafel in het souterrain van een fraai rijtjeshuis in Bloomsbury zaten.

Ze waren daar vanuit Gails flat in Primrose Hill naartoe gebracht in een zwarte taxi, door een grote joviale man met een baret op en een ringetje in zijn oor die beweerde dat hij Ollie heette. Luke had de deur voor hen geopend. Yvonne stond achter Luke te wachten. In een hal met dikke vloerbedekking, die rook alsof hij pas was geverfd, kregen Perry en Gail een hand en werden ze beleefd voor hun komst bedankt door Luke, die hen vervolgens voorging de trap af naar dit verbouwde souterrain met zijn tafel, zes stoelen en een kitchenette. Achter hoog in de buitenmuur aangebrachte, halvemaanvormige, matglazen ramen flikkerde het licht vanwege de schimmige voeten van voorbijgangers op de stoep boven hun hoofd.

Vervolgens werden hun mobieltjes afgepakt en werd hun gevraagd een verklaring van geheimhouding te ondertekenen. Gail de advocate las de tekst door en was des duivels. 'Over mijn lijk,' riep ze uit, terwijl Perry 'wat maakt het allemaal uit' mompelde en ongeduldig zijn handtekening plaatste. Na een paar dingen te hebben doorgestreept en zelf het een en ander te hebben toegevoegd tekende Gail ook, zij het onder protest. De verlichting in het souterrain beperkte zich tot een enkele zwakke lamp boven de tafel. De stenen muren roken een klein beetje naar oude port.

Luke was hoffelijk, glad geschoren, halverwege de veertig en naar Gails maatstaven te klein. Mannelijke spionnen, hield ze zichzelf voor, – zogenaamd grappig, want voortkomend uit nervositeit – hoorden een maatje groter te zijn. Met zijn kaarsrechte houding, zijn getailleerde grijze pak en horentjes van grijzend haar boven zijn oren, deed hij haar meer denken aan een gentlemanjockey die zijn beste beentje voor zet.

Yvonne daarentegen kon onmogelijk veel ouder zijn dan Gail. Op het eerste gezicht vond Gail haar een beetje tuttig maar wel mooi, op een intellectuele manier. Met haar saaie mantelpakje, kortgeknipte donkere haar en onopgemaakte gezicht leek ze ouder dan nodig was en, opnieuw naar Gails stellige, lichtzinnige oordeel, veel te zwaar op de hand voor een vrouwelijke spion.

'Dus jullie herkenden hen niet als *bodyguards*,' opperde Luke, waarbij zijn verzorgde hoofd van de overkant van de tafel gretig tussen hen heen en weer schoot. 'Toen jullie weer alleen waren zeiden jullie bijvoorbeeld niet tegen elkaar: "Tjeempie, was dat niet vreemd dat die Dima, wie hij ook zijn mag, zich zo streng liet bewaken?" of iets dergelijks?

Is dat echt hoe Perry en ik met elkaar praten? dacht Gail. Dat wist ik niet.

'Ik had de mannen natuurlijk wel *gezien*,' gaf Perry toe. 'Maar als je wilt weten of ik daar iets bij dacht, dan luidt het antwoord nee. Waarschijnlijk een paar kerels die kijken of er iets te tennissen valt, dacht ik, als ik al iets dacht' – en hij plukte ernstig met zijn lange vingers aan zijn wenkbrauwen – 'ik bedoel, je denkt niet zomaar opeens *bodyguards*. Toch? Nou ja, *jullie* misschien wel. Dat is nu eenmaal de wereld waarin jullie leven, neem ik aan. Maar als je een gewone doorsnee burger bent, dan komt zoiets niet bij je op.'

'En hoe zit het met jou, Gail?' informeerde Luke op kwieke, bezorgde toon. 'Jij loopt de hele dag rechtszalen in en uit. Jij ziet de boze buitenwereld in al zijn verschrikkelijke glorie. Koesterde jij toen al argwaan?'

'Als ik me al bewust was van hun aanwezigheid, dacht ik waarschijnlijk dat het een paar kerels waren die me met hun ogen stonden uit te kleden, dus heb ik verder niet op ze gelet,' antwoordde Gail.

Maar daar nam Yvonne, het lievelingetje van de meester, beslist geen genoegen mee. 'Maar die *avond*, Gail, toen jullie terugblikten op de voorbije dag' – was ze Schots? Zou best kunnen, dacht Gail, de acteursdochter, die prat ging op haar absolute gehoor waar het stemmen betrof – 'deden twee loslopende mannen die gedienstig in de buurt rondhingen je *echt* nergens aan denken?'

'Het was onze eerste *echte* avond in het hotel,' zei Gail, in een opwelling van nerveuze ergernis. 'Perry had een diner bij kaarslicht voor ons gereserveerd op het Captain's Deck, ja? We hadden sterren en een volle maan en in volle overgave parende brulkikkers en een kegel van maanlicht die bijna tot aan ons tafeltje reikte. Dacht je nu echt dat wij die avond elkaar diep in de ogen hebben gekeken en over Dima's oppassers hebben zitten praten? Ik bedoel, doe me een lol' – en uit angst dat ze grover had geklonken dan haar bedoeling was – 'goed dan, we hebben het *heel even* over Dima gehad. Hij is een van die mensen die op je netvlies blijven staan. Het ene moment was hij onze eerste Russische oligarch, het volgende kon Perry zich wel voor zijn kop slaan dat hij erin had toegestemd een partijtje tennis met hem te spelen en wilde hij die Mark opbellen om te zeggen dat het feest niet doorging. Ik zei hem dat ik met mannen als Dima had gedanst en dat zij over een verbazingwekkende techniek beschikten. Daar had je niet van terug, hè, Perry, schat?'

Van elkaar gescheiden door een kloof zo breed als de Atlantische Oceaan die ze kort tevoren hadden overgestoken, maar evengoed blij dat ze hun hart konden luchten tegenover twee geïnteresseerde beroepsluisteraars, vervolgden Perry en Gail hun verhaal.

Kwart voor zeven de volgende morgen. Mark stond hen boven aan de trap op te wachten, gekleed in zijn eerste wit en met twee blikken gekoelde tennisballen en een papieren bekertje koffie in zijn hand.

'Ik was doodsbang dat jullie je zouden verslapen,' zei hij opgewonden. 'Zeg, alles is in kannen en kruiken. Gail, hoe maak jij het vandaag? Je ziet er patent uit, als ik zo vrij mag zijn. Na u, Perry, meneer. Het is mij een genoegen. Wat een dag, hè? Wat een dag.'

Perry ging hen voor de tweede trap op tot waar het pad naar links afboog. Voorbij de bocht werd hij geconfronteerd met dezelfde twee mannen in bomberjacks die daar de vorige avond ook hadden rondgehangen. Ze stonden aan weerszijden van de bloemenboog die als een bruidsgang naar het hek van het centercourt leidde, een wereld op zich, aan vier kanten omsloten door canvas schermen en zeven meter hoge hibiscushagen.

Toen hij het drietal zag naderen, deed de blonde man met de babyface een halve stap naar voren en met een vreugdeloze glimlach spreidde hij zijn armen in het klassieke gebaar van een man die op het punt staat een ander te fouilleren. Verbouwereerd bleef Perry in zijn volle lengte op een kleine twee meter afstand, dus nog buiten fouilleerafstand, stilstaan, met Gail naast zich. Toen de man nog een stap naar voren deed, deed Perry er een achteruit, waarbij hij Gail meetrok en 'Wat heeft dit verdomme te betekenen?' riep – eigenlijk tegen Mark, want Babyface noch zijn donkerharige collega gaf enig blijk hem te hebben gehoord, laat staan te hebben begrepen wat hij vroeg.

'Beveiliging, Perry,' legde Mark uit en hij wrong zich langs Gail om Perry geruststellend in het oor te fluisteren: 'Routine.'

Perry bleef staan waar hij stond en keek reikhalzend naar voren en opzij terwijl hij de situatie tot zich liet doordringen.

'*Wiens* beveiliging precies? Ik begrijp het niet. Jij wel?' – tegen Gail.

'Ik ook niet,' beaamde ze.

'*Dima's* beveiliging, Perry. Van wie anders? Hij is een belangrijk man. Een internationaal kopstuk. Die jongens doen gewoon wat hun is opgedragen.'

'Door *jou*, Mark?' Perry keerde zich naar hem toe en keek beschuldigend door zijn brillenglazen op hem neer.

'Door *Dima*, Perry, niet door mij, doe niet zo dom. Het zijn Dima's mannetjes. Vergezellen hem altijd en overal.'

Perry richtte zijn aandacht op de blonde bodyguard. 'Zeg heren, spreken jullie toevallig ook Engels?' vroeg hij. En toen Babyface volhardde in zijn houding en alleen nog onverzettelijker leek: 'Hij schijnt geen Engels te spreken. En het blijkbaar ook al niet te verstaan.'

'In jezusnaam, Perry,' smeekte Mark, terwijl de bierblos op zijn gezicht pioenrood werd. 'Alleen even een kijkje in je tas, dat is alles. Het is niets persoonlijks. Routine, zoals ik al zei. Net als op elk vliegveld.'

Perry weer tegen Gail: 'Heb jij hier een mening over?'

'Nou en of.'

Perry hield zijn hoofd schuin de andere kant op. 'Ik wil dit even volstrekt duidelijk hebben, Mark,' verklaarde hij, alsof hij voor de klas stond. '*Dima*, de man die een partijtje met mij wil tennissen, wenst zich ervan te vergewissen dat ik geen bom naar zijn hoofd zal slingeren. Is dat wat deze mannen me duidelijk willen maken?'

'De wereld is een gevaarlijke plek, Perry. Misschien heb jij het nog niet gehoord maar de rest van ons wel en wij proberen daar zo goed en zo kwaad als het gaat mee te leven. Met alle respect, hoor, maar als ik jou was zou ik er niet zo'n punt van maken.'

'Of misschien wil ik hem wel neerknallen met mijn Kalasjnikov,' vervolgde Perry, terwijl hij zijn tennistas een paar centimeter optilde om aan te duiden waar hij zijn wapen verborgen had; waarop de tweede man uit de beschutting van de struiken naar voren kwam en naast de eerste ging staan – maar op een herkenbare gezichtsuitdrukking waren ze allebei nog steeds niet te betrappen.

'U maakt van een mug een olifant, als ik zo vrij mag zijn, meneer Makepiece,' protesteerde Mark. Zijn moeizaam aangeleerde hoffelijkheid begon onder deze hoge druk barstjes te vertonen. 'Er wacht u een geweldige partij tennis, daarginds. Die jongens doen alleen maar hun plicht en ze doen het heel beleefd en professioneel, als u het mij vraagt. Eerlijk gezegd begrijp ik niet goed wat het probleem is, meneer.'

'Aha. *Probleem*,' mijmerde Perry, het woord kiezend als een bruikbaar uitgangspunt voor een groepsdiscussie met zijn studenten. 'Sta mij dan toe u mijn *probleem* even uiteen te zetten. Nu ik er goed over nadenk, zit ik met een aantal problemen. Mijn eerste probleem is dat er zonder mijn toestemming niemand in mijn tennistas kijkt en in dit geval geef ik die toestemming niet. En er kijkt al evenmin iemand in de tas van deze dame. Hier gelden dezelfde regels' – waarbij hij op Gail wees.

'Onverkort,' bevestigde Gail.

'Tweede probleem. Als jouw vriend Dima denkt dat ik hem ga vermoorden, waarom nodigt hij me dan uit om met hem te tennissen?' Nadat hij ruimschoots gelegenheid had geboden voor een reactie die hij, behoudens een hoorbaar zuigen op de tanden, niet kreeg, ging hij verder. 'En mijn derde probleem is, dat het voorstel als zodanig eenzijdig is. Heb ik gevraagd of ik in Dima's tas mocht kijken? Niks, hoor. En dat wil ik ook niet. Misschien kunt u hem dat uitleggen als u mij bij hem excuseert. Gail, wat zou je ervan zeggen als we eens een aanslag gingen plegen op dat enorme ontbijtbuffet waarvoor we hebben gedokt?'

'Goed idee,' zei Gail enthousiast. 'Ik wist niet dat ik zo'n trek had.'

Ze keerden zich om en liepen, de smeekbeden van de profspeler negerend, terug de trap op, toen het poortje van de tennisbaan openvloog en Dima's basstem hen een halt toeriep.

'Niet weglopen, meneer Perry Makepiece. Als je mijn kop eraf wilt knallen, doe dat dan met een tennisracket, verdomme.'

'En hoe oud schat je hem, Gail?' vroeg Yvonne, de blauwkous, terwijl ze nuffig iets op het blocnote schreef dat voor haar lag.

'Babyface? Vijfentwintig hooguit,' antwoordde ze, en ze wilde opnieuw dat ze een evenwicht kon vinden tussen bravoure en behoedzaamheid.

'Perry? Hoe oud?'

'Dertig.'

'Lengte?'

'Beneden gemiddeld.'

Als je zelf bijna een meter negentig bent dan zijn we *allemaal* beneden gemiddeld, Perry, schat, dacht Gail.

'Minstens een vijfenzeventig,' zei ze.

En zijn blonde haar was heel kort geknipt, daar waren ze het over eens. 'En hij droeg een gouden schakelarmband,' schoot haar opeens te binnen en ze schrok er zelf van. 'Ik heb ooit een cliënt gehad die er precies zo een droeg. Als hij ooit op zwart zaad kwam te zitten, dan zou hij de schakels een voor een afbreken en die verkopen om in zijn levensonderhoud te voorzien.'

Met praktisch kortgeknipte en ongelakte nagels schuift Yvonne een stapeltje persfoto's over de ovale tafel naar hen toe. Op de voorgrond een zestal stoere jongemannen in Armani-achtige pakken, die een winnend renpaard feliciteren, met de champagneglazen geheven voor de camera. Op de achtergrond reclameborden in het Cyrillisch en het Engels. En helemaal links, met de armen over elkaar geslagen, hun bodyguard, Babyface, met zijn bijna kaalgeschoren blonde hoofd. In tegenstelling tot zijn drie metgezellen heeft hij geen donkere bril op. Maar om zijn linkerpols draagt hij een armband van gouden schakels.

Perry kijkt een beetje zelfvoldaan. Gail is een beetje misselijk.

2

Het was Gail niet goed duidelijk waarom zij het leeuwendeel van het gesprek voor haar rekening nam. Terwijl ze sprak, luisterde ze hoe de echo van haar stem werd weerkaatst door de bakstenen muren van het souterrain, zoals ze dat ook deed in de rechtbank voor echtscheidingszaken waar ze momenteel beroepshalve steeds vertoefde: nu doe ik oprechte verontwaardiging, nu doe ik snierend ongeloof, en nu klink ik als mijn weggelopen rotmoeder na haar tweede gin-tonic.

En vanavond betrapte ze zich, hoewel ze haar uiterste best deed om er niets van te laten merken, op een onbedwingbare huivering van angst. Misschien kon haar publiek aan de overzijde van de tafel het niet horen, maar zij wel. En als ze zich niet vergiste, kon Perry naast haar dat ook, want zo nu en dan hield hij zijn hoofd een beetje schuin enkel om haar, in weerwil van de vierenhalfduizend kilometer oceaan tussen hen in, met bezorgde tederheid even aan te kijken. En zo nu en dan ging hij zelfs zover dat hij onder tafel terloops even in haar hand kneep voordat hij het verhaal van haar overnam, in de abusievelijke maar begrijpelijke overtuiging dat hij haar gevoelens even rust gunde, terwijl haar gevoelens niets anders deden dan onderduiken, zich hergroeperen en zodra ze maar even de kans kregen, zelfs met nog meer verbetenheid weer naar boven komen.

Hoewel je niet kon zeggen dat Perry en Gail de boel echt ophielden, namen ze eendrachtig wel ruimschoots de tijd. Zo slenterden ze langs het met bloemen omzoomde pad, waarbij de bodyguards fungeerden als erewacht en Gail de brede rand van haar zonnehoed vasthield en haar dunne rokje liet opwaaien.

'Ik heb wel een klein beetje lopen flaneren,' gaf ze toe.

'Niet zo'n *heel* klein beetje,' beaamde Perry, wat resulteerde in besmuikte glimlachjes aan de overkant van de tafel.

Zo was er ook enige verwarring bij het hekje van de tennisbaan toen Perry zich leek te bedenken, tot bleek dat hij een stap achteruit deed om Gail voor te laten gaan, wat zij met voldoende gedistingeerde bedachtzaamheid deed om duidelijk te maken dat, hoewel de geplande belediging niet had plaatsgevonden, die beslist niet was vergeten. En na Perry kwam, met gebogen hoofd, Mark.

Dima stond op het centercourt met zijn gezicht naar hen toe en zijn armen gespreid om hen welkom te heten. Hij droeg een pluizig blauw kraagloos shirt met lange mouwen en een zwarte korte broek met pijpen die zijn knieën bedekten. Een zonneklep stak als een groene snavel uit vanaf zijn kale hoofd, dat al glom in het vroege zonlicht. Perry zei dat hij zich afvroeg of Dima het met olie had ingesmeerd. Zijn met diamanten bezette Rolex werd gecompleteerd door een gouden bedelketting met een vaag mystieke connotatie om zijn stierennek: nog meer glans, nog meer afleiding.

Maar toen Gail de baan op kwam, was het tot haar verbazing niet Dima die alle aandacht naar zich toe trok. Op de toeschouwerstribune achter hem zat een bonte – en in haar ogen *rare* – verzameling kinderen en volwassenen.

'Als een stel droefgeestige wassen beelden,' verklaarde ze. 'Het was niet alleen hun veel te formeel geklede *aanwezigheid* om zeven uur in de ochtend, wat toch al onchristelijk vroeg is. Het was hun totale stilzwijgen en stuursheid. Ik ging op de lege onderste bank zitten en dacht: jezus, wat *is* dit? Een volkstribunaal, of een processie, of *wat*?'

Zelfs de kinderen leken van elkaar vervreemd. Haar oog viel onmiddellijk op hen. Dat was altijd zo met kinderen. Ze telde er vier.

'Twee een beetje sip kijkende kleine meisjes van ongeveer vijf en zeven in donkere jurken en met zonnehoeden op, dicht tegen elkaar aan naast een mollige zwarte vrouw, die kennelijk een soort oppas was,' zei ze, vastbesloten te voorkomen dat haar gevoelens met haar op de loop gingen. 'En twee stroblonde puberjongens met sproeten en tenniskleren aan. En ze keken allemaal zo beteuterd dat je zou denken dat ze hun bed uit waren geschopt en voor straf hier mee naartoe waren gesleurd.'

Wat de volwassenen betreft, die zagen er gewoon zo *buitenaards* uit, zo bovenmaats en zo *anders*, dat ze zo uit een tekening van Charles Addams konden zijn gestapt, vervolgde ze. En dat kwam niet alleen door hun ouderwetse kleren en hun jarenzeventigkapsels. Of doordat de vrouwen ondanks de hitte gekleed waren voor hartje winter. Het was hun gezamenlijke droefgeestigheid.

'Waarom zegt niemand iets?' vroeg ze op fluistertoon aan Mark, die ongevraagd naast haar was komen zitten.

Mark haalde zijn schouders op. 'Russen.'

'Maar Russen praten aan één stuk door!'

Deze Russen niet, had Mark gezegd. De meesten van hen zijn pas de afgelopen paar dagen hierheen komen vliegen en moesten er nog aan wennen dat ze in het Caribisch gebied waren.

'Er is daar iets gebeurd,' zei hij, met een knikje naar de overkant van de baai. 'Het gerucht gaat dat daar een of ander groot familieoverleg plaatsvindt, en dat het er niet allemaal vriendelijk aan toegaat. Ik weet niet wat ze doen om zichzelf schoon te houden. De helft van de waterleiding is naar de knoppen.'

Haar oog viel op twee dikke mannen, de een met een bruine slappe vilthoed op die in een mobieltje zat te mompelen en de ander met een geruite muts met een rode pompon op zijn hoofd.

'Dima's neven,' zei Mark. 'Hier is iedereen wel een neef of een nicht van iemand. Ze komen uit *Perm*.'

'*Perm*?'

'Perm, Rusland. Niet de afkorting van permanentje, schat. De stad.'

Ga een rij hoger en je kwam bij de blonde jongens die kauwgom kauwden alsof ze het smerig vonden. Dima's zonen, een tweeling, zei Mark. En ja, nu Gail nog eens goed keek, zag ze de gelijkenis: brede borstkas, rechte rug en bruine slaapkamerogen met neerhangende ooghoeken die al begerig haar kant uit tuurden.

Ze ademde even snel en zachtjes in en weer uit. Ze naderde wat in het juridische jargon de hamvraag werd genoemd, de vraag die geacht werd de getuige in één klap te reduceren tot een wrak. Dus, ging ze nu zichzelf reduceren tot een wrak? Maar toen ze haar verhaal vervolgde, hoorde ze tot haar geruststelling geen trilling in de stem die door de bakstenen muren werd weerkaatst, geen aarzeling of andere veelbetekenende stembuiging.

'En zedig op afstand van alle anderen – *demonstratief* op afstand, zou je bijna hebben gedacht – zat een echt verpletterend mooi meisje van een jaar of vijftien, zestien, met ravenzwart haar tot op haar schouders en een schoolblouse en een marineblauwe schoolrok tot over haar knieën, en zij leek bij *niemand* te horen. Dus vroeg ik Mark wie zij was. Natuurlijk.'

Beslist *heel* natuurlijk, concludeerde ze opgelucht, nadat ze zichzelf had aangehoord. Geen opgetrokken wenkbrauw aan tafel. Bravo, Gail.

'"Ze heet Natasja," vertelde Mark me. "Een bloem die wacht om te worden geplukt," als ik hem niet kwalijk nam dat hij het zo plat zei. "Dochter van Dima, maar niet van Tamara. Haar vaders oogappel."'

En wat deed de mooie Natasja, dochter van Dima maar niet van Tamara, om zeven uur 's ochtends, wanneer ze geacht werd naar het tennissen van haar vader te kijken? vroeg Gail aan haar toehoorders. Ze las een in leer gebonden boek dat zij als een verdedigingsschild voor haar schoot hield.

'Maar absoluut adembenemend mooi,' zei Gail nog eens. En als toegift: 'Ik bedoel echt ontzettend mooi.' En toen dacht ze: Ach jezus, ik begin als een pot te klinken terwijl ik alleen maar onverschillig wil klinken.

Maar opnieuw leken Perry noch haar ondervragers een dissonant te hebben bespeurd.

'En waar vind ik Tamara, die niet Natasja's moeder is?' vroeg ze op strenge toon aan Mark, van de gelegenheid gebruikmakend om een beetje van hem weg te schuiven.

'Twee rijen hoger en links van je. Een heel devote dame. Plaatselijk bekend als Mevrouw Non.'

Ze keerde zich nonchalant om en zoomde in op een spookachtige vrouw met bril die van top tot teen in het zwart gehuld was. Haar haar, ook zwart, was doorschoten met grijs en opgestoken in een knoet. Haar mond, met neerhangende mondhoeken, leek nog nooit te hebben geglimlacht. Ze droeg een sjaal van lila chiffon.

'En op haar boezem zo'n bisschopsformaat gouden orthodox kruis met een extra dwarsbalk,' riep Gail uit. 'Vandaar het Mevrouw Non, vermoed ik.' En als extraatje: 'Maar, wow, wat een persoonlijkheid. Wat een présence' – haar ouders zouden er jaloers op zijn geweest – 'je voelde de wilskracht echt. Zelfs Perry.'

'Later,' waarschuwde Perry, haar blik ontwijkend. 'Ze willen geen wijsheid achteraf van ons.'

Nou, vooraf mag ik ook al niet slim uit de hoek komen, toch? had ze hem bijna toegebeten, maar in haar opluchting omdat ze de horde Natasja met goed gevolg had genomen, ging ze er niet op in.

Iets in de onberispelijke kleine Luke zat haar danig dwars: de manier waarop haar blik zonder het te willen steeds weer de zijne kruiste; de manier waarop zijn blik de hare kruiste. Aanvankelijk vroeg ze zich af of hij homo was, totdat ze hem betrapte op een kijkje in haar blouse, waarvan een knoopje was opengesprongen. Hij heeft de charme van de antiheld, concludeerde ze. Het is de houding van iemand die vecht tot de laatste man, wanneer hijzelf de laatste man is. In de jaren dat ze nog in afwachting was van Perry had ze met aardig wat mannen het bed gedeeld en daar waren er ook een paar bij geweest tegen wie ze ja had gezegd uit goeiigheid, alleen om hun te bewijzen dat ze beter waren dan ze dachten. Luke deed haar aan hen denken.

Perry, die druk bezig was geweest zijn spieren los te maken voor de match tegen Dima, had daarentegen juist nauwelijks oog gehad voor de toeschouwers, beweerde hij, terwijl hij ingespannen sprak tegen zijn grote handen, plat voor hem op tafel. Hij wist dat die toeschouwers er waren, hij had met zijn racket naar hen gezwaaid en geen reactie gekregen. Hij was voornamelijk in de weer geweest om zijn contactlenzen in te doen, zijn schoenveters te strikken en zich in te smeren met zonnebrandolie en erover in te zitten dat Mark Gail lastigviel en zich in het algemeen af te vragen hoe snel hij kon winnen en wegwezen. Hij werd ook nog ondervraagd door zijn tegenstander, die op een meter afstand van hem stond:

'Heb je last van ze?' vroeg Dima zacht en oprecht. 'Mijn supportersclubje? Wil je dat ik ze naar huis stuur?'

'Natuurlijk niet,' antwoordde Perry, die nog steeds gebelgd was over zijn confrontatie met de bodyguards. 'Het zijn kennelijk vrienden van je.'

'Ben jij Brits?'

'Jazeker.'

'Engels Brits? Wels? Schots?'

'Gewoon Engels, eigenlijk.'

Perry koos een bankje, legde daar zijn tennistas op, de tas waar de bodyguards niet in hadden gekeken, en gaf een ruk aan de ritssluiting. Hij diepte een paar zweetbandjes op uit de tas, een voor zijn hoofd, een voor zijn pols.

'Ben jij een priester?' vroeg Dima met dezelfde ernst.

'Waarom? Heb je er eentje nodig?'

'Een dokter? Een soort arts?'

'Ook al geen dokter, vrees ik.'

'Jurist?'

'Ik tennis alleen maar.'

'Bankier?'

'God verhoede het,' antwoordde Perry geërgerd, en hij frunnikte wat aan een gedeukt zonnepetje dat hij uiteindelijk weer terugstopte in de tas.

Maar eigenlijk voelde hij meer dan ergernis. Hij was gepiepeld en vond het vervelend om te worden gepiepeld. Gepiepeld door die profspeler en gepiepeld door de bodyguards, als hij ze hun zin had gegeven. En goed, dat had hij niet, maar hun aanwezigheid op de tennisbaan alleen al – ze hadden zich aan weerskanten opgesteld alsof ze lijnrechters waren – was meer dan voldoende om zijn woede in stand te houden. En nog duidelijker was hij door Dima zelf gepiepeld, en het feit dat Dima een stelletje loslopende zonderlingen had gedwongen om zeven uur 's ochtends op te komen draven om hem te zien winnen, droeg alleen maar bij aan zijn ergernis.

Dima had een hand in de zak van zijn zwarte tennisbroek gestoken en daar een zilveren halve John F. Kennedy-dollar uit opgevist.

'Zal ik je eens wat zeggen? Mijn kinderen beweren dat ik er een schurk aan heb laten knoeien om te zorgen dat ik win,' bekende hij, met een knikje van zijn kale hoofd naar de twee sproetige jongens op de tribune. 'Als ik de toss win, denken mijn eigen kinderen dat ik met die klotemunt heb gesjoemeld. Heb jij kinderen?'

'Nee.'

'Wil je ze?'

'Uiteindelijk.' *Bemoei je verdomme met je eigen zaken*, met andere woorden.

'Kop of munt?'

Sjoemelen, herhaalde Perry binnensmonds. Waar haalde een man die gebrekkig Engels sprak met een soort accent uit de Bronx een woord als *sjoemelen* vandaan? Hij zei munt, verloor, en hoorde een honend gejoel, het eerste blijk van belangstelling dat iemand op de tribune zich verwaardigde te geven. Zijn docentenblik richtte zich op Dima's twee zonen, die achter hun handen zaten te gniffelen. Dima keek naar de zon en besloot aan de schaduwkant te beginnen.

'Wat voor racket heb je daar?' vroeg hij, met een glinstering in zijn gevoelige bruine ogen. 'Ziet er onreglementair uit. Geeft niks, ik versla je toch wel.' En terwijl hij zijn positie op de baan innam: 'Dat is me wel een meisje dat je daar hebt. Een hoop kamelen waard. Je kan maar beter snel met haar trouwen.'

En hoe weet die kerel in godsnaam dat wij niet getrouwd zijn? dacht Perry woedend.

Perry heeft vier aces achter elkaar geslagen, net zoals hij dat deed tegen het stel uit India, maar hij is té gretig, weet het en heeft er maling aan. In reactie op Dima's service doet hij wat hij anders nooit zou doen, tenzij hij in topvorm was en zich tegenover een veel zwakkere tegenstander geplaatst zag: hij gaat met zijn tenen praktisch tegen de servicelijn aan staan, gaat de bal te lijf met een half-volley en mept hem dwars over de baan door de tramrails naar waar de bodyguard met de babyface met zijn armen over elkaar staat. Maar alleen bij de eerste paar serves, want Dima is niet op zijn achterhoofd gevallen en drijft hem terug achter de baseline waar hij hoort.

'Toen moest ik het iets kalmer aan doen,' gaf Perry toe, terwijl hij zijn ondervragers met een berouwvolle glimlach aankeek en tegelijkertijd met de bovenkant van zijn pols langs zijn mond wreef.

'Perry ging als een beest tekeer,' corrigeerde Gail hem. 'En Dima was een natuurtalent. Verbazingwekkend voor iemand met zijn gewicht, lengte en leeftijd. Vond je niet, Perry? Je zei het zelf. Je zei dat hij de wetten van de zwaartekracht tartte. En bovendien heel sportief. Best schattig.'

'Hij sprong niet naar de bal. Hij zweefde ernaartoe,' gaf Perry toe. 'En ja, hij was sportief, dat had niet beter gekund. Ik had verwacht dat het zou uitdraaien op woedeaanvallen en geruzie over ballen die in of uit waren. Dat gebeurde helemaal niet. Hij was echt een goede tegenstander. En zo link als een looien deur. Camoufleerde zijn slagen tot het allerlaatste moment en nog later.'

'*En* hij trok met zijn been,' voegde Gail er opgewonden aan toe. 'Hij speelde asymmetrisch met een voorkeur voor zijn rechterbeen, hè, Perry? En hij was zo stijf als een plank. En hij had een verband om zijn knie. En *nog* zweefde hij!''

'Ja, nou ja, uiteindelijk moest ik me wel een beetje inhouden,' gaf Perry toe, waarbij hij onhandig aan zijn voorhoofd krabde. 'Zijn gekreun werd eerlijk gezegd wel een beetje erg luid tegen het einde.'

Maar ondanks al zijn gekreun ging Dima's ondervraging van Perry tussen de games gewoon door:

'Ben jij een of andere grote wetenschapper? Die de hele klotewereld opblaast, net zoals je serveert?' vroeg hij terwijl hij een slok ijswater nam.

'Helemaal niet.'

'Apparatsjik?'

Het vraag- en antwoordspel had nu lang genoeg geduurd: 'Ik geef les, als je het weten wilt,' zei Perry, terwijl hij een banaan pelde.

'Geef je les aan *studenten*? Als een professor, zulke les?'

'Precies. Ik geef studenten les. Maar ik ben geen professor.'

'Waar?'

'Momenteel in Oxford.'

'Aan de *Universiteit* van Oxford?'

'Yep.'

'Waarin geef je les?'

'Engelse literatuur,' antwoordde Perry, die op dat moment niet bepaald stond te popelen om een volslagen vreemde uit te leggen dat zijn hele toekomst één groot vraagteken was.

Maar Dima's blijdschap kende geen grenzen:

'Luister. Ken jij *Jack London*? Allerbeste Engelse schrijver?'

'Niet persoonlijk.' Het was een grapje, maar Dima begreep het niet.

'Vind je hem goed?'

'Ik bewonder hem.'

'*Charlotte Brontë*? Vind je haar ook goed?'

'Heel goed.'

'*Somerset Maugham*?'

'Die wat minder, vrees ik.'

'Ik heb boeken van al die lui! Wel honderden! In het Russisch! Boekenkasten vol!'

'Geweldig.'

'Heb je Dostojevski gelezen? Lermontov? Tolstoi?'

'Natuurlijk.'

'Ik heb ze allemaal. Alle allerbesten. Ik heb Pasternak. Zal ik je wat zeggen? Pasternak schrijft over mijn geboortestad. Die noemt hij *Joeriatin*. Dat is *Perm*. Mafkees noemde het Joeriatin. Weet niet waarom. Schrijvers doen dat. Allemaal gek. Zie je mijn dochter daar? Dat is Natasja, geeft geen bal om tennis, dol op boeken. Hé, Natasja! Zeg dag tegen de Professor hier!'

Na een pauze om duidelijk te laten zien dat ze wordt gestoord, heft Natasja verstrooid haar hoofd op en duwt haar haar lang genoeg opzij om Perry versteld te doen staan van haar schoonheid, waarna ze zich weer verdiept in haar in leer gebonden dikke boek.

'Ze voelt zich opgelaten. Wil niet dat ik tegen haar schreeuw. Zie je het boek dat ze leest? *Toergenjev*. Geweldige Russische gozer. Heb ik gekocht. Zij wil boek, ik koop. Oké, Professor. Jij serveert.'

'Vanaf dat moment was ik Professor. Ik heb keer op keer tegen hem gezegd dat ik geen professor was, maar hij wilde niet luisteren, dus heb ik het maar opgegeven. Binnen een paar dagen noemde het halve hotel me Professor. Wat verdomd raar is als je net hebt besloten dat je niet eens meer wetenschappelijk medewerker wilt zijn.'

Als ze bij de stand 2-5 in het voordeel van Perry van baan wisselen, ziet Perry tot zijn genoegen dat Gail de opdringerige Mark vaarwel heeft gezegd en zich op de bovenste rij tussen de twee kleine meisjes heeft geïnstalleerd.

De match had zijn eigen passende tempo gevonden, zei Perry. Niet de beste match ooit maar – zolang hij zijn spel laag hield – leuk en amusant om naar te kijken, aangenomen dat er iemand was die geamuseerd wilde worden, wat de vraag bleef omdat de toeschouwers, de tweeling uitgezonderd, zo te zien net zo goed een gereformeerde kerkdienst hadden kunnen bijwonen. Met *zijn spel laag houden* bedoelde hij het iets kalmer aan doen en zo nu en dan een bal die op weg was naar de tramrails toch te retourneren of een bal terug te slaan zonder zich al te zeer te bekommeren over de vraag waar hij neerkwam. Maar in aanmerking genomen dat de kloof tussen hen – in leeftijd en techniek en beweeglijkheid, als Perry eerlijk was – inmiddels evident was, hoefde hij er alleen maar voor te zorgen dat het een echte wedstrijd bleef, dat Dima zijn waardigheid behield om daarna met Gail te gaan genieten van een laat ontbijt op het Captain's Deck: dat dacht hij tenminste totdat Dima, toen ze opnieuw van baan wisselden, zijn arm vastgreep en hem op kwade toon toebeet:

'Je hebt me verdomme verneukt, Professor.'

'Ik heb *wat*?'

'Die lange bal was uit. Jij zag dat hij uit was, maar je deed alsof hij in was. Denk je soms dat ik een oude dikke klootzak ben die dood kan neervallen als je niet lief voor hem bent?'

'Het was op het randje.'

'Ik speel vol gas, Professor. Als ik iets wil dan pak ik het, verdomme. Niemand verneukt me, begrepen? Wil je om duizend dollar spelen? Om het spel interessant te maken?'

'Nee, dank je.'

'Vijfduizend?'

Perry lachte en schudde zijn hoofd.

'Je bent bang, hè? Je bent bang, daarom durf je niet te wedden.'

'Dat zal het wel zijn,' beaamde Perry, die nog steeds de druk van Dima's hand op zijn bovenarm voelde.

'*Voordeel Groot-Brittannië!*'

Perry heeft opnieuw een ace geslagen. De kreet galmt over de baan en sterft weg. De tweeling begint zenuwachtig te lachen in afwachting van de naschok. Tot op dat moment heeft Dima hun incidentele overenthousiaste kreten getolereerd. Maar nu is de maat vol. Hij legt zijn racket op de bank, loopt het trapje van de tribune op, komt bij de twee jongens aan en legt bij allebei een wijsvinger op de punt van hun neus.

'Willen jullie dat ik mijn riem pak en jullie bont en blauw sla?' vraagt hij in het Engels, kennelijk ten behoeve van Perry en Gail, want waarom zou hij ze anders niet in het Russisch toespreken?

Waarop een van de jongens in beter Engels dan zijn vader antwoordt: 'Je hebt geen riem om, papa.'

Dat doet de deur dicht. Dima slaat de dichtstbijzijnde zoon zo hard in zijn gezicht dat hij een halve draai maakt op de bank voordat zijn benen hem afremmen. De eerste klap wordt gevolgd door een al even harde tweede, met dezelfde hand, in het gezicht van de andere zoon, wat Gail doet terugdenken aan hoe ze soms met haar oudere broer, een echte draufgänger, meeloopt als hij met zijn rijke vriendjes op de fazantenjacht is, een activiteit waar ze een enorme hekel aan heeft, en de broer een linkse en een rechtse scoort, waarmee hij bedoelt dat hij met elke loop van zijn jachtgeweer een fazant heeft neergeknald.

'Wat me trof was dat ze niet eens hun hoofd afwendden. Ze zaten daar maar en lieten het over zich heen komen,' zei Perry, de onderwijzerszoon.

Maar het vreemdste, benadrukte Gail, was de amicale toon waarop het gesprek werd voortgezet:

'Willen jullie straks tennisles van Mark? Of willen jullie naar huis voor godsdienstles van jullie moeder?'

'Tennis, papa, alsjeblieft,' zegt een van de twee jongens.

'Dan moeten jullie je verder wel koest houden, anders krijgen jullie vanavond geen Kobe-beef. Willen jullie Kobe-beef vanavond?'

'Graag, papa.'

'En jij, Viktor?'

'Graag, papa.'

'Als jullie willen klappen, klap dan voor de Professor daar, niet voor jullie waardeloze flapdrol van een vader. Kom hier.'

Een hartstochtelijke omhelzing voor allebei de jongens en de match wordt zonder verdere incidenten vervolgd tot aan zijn onafwendbare einde.

Na zijn nederlaag is Dima's gedrag beschamend kruiperig. Hij is niet gewoon voorkomend, hij is tot tranen toe geroerd van bewondering en dankbaarheid. Eerst moet hij Perry aan zijn geweldige borst drukken die – zo houdt Perry bij hoog en bij laag vol, van hoorn is gemaakt – voor de driedubbele Russische omhelzing. Ondertussen stromen de tranen over zijn wangen en dientengevolge langs Perry's nek.

'Jij bent een verdomd sportieve Engelsman, hoor je me, Professor? Jij bent een verdomde Engelse heer, net als in boeken. Ik hou van je, hoor je? Gail, kom hier.' In Gails geval is de omhelzing nog respectvoller – en behoedzaam, waarvoor ze hem dankbaar is. 'Je moet goed voor deze stomme jongen zorgen, hoor je? Hij kan niet best tennissen, maar ik zweer je dat hij een verdomd sportieve meneer is. Hij is de Professor in de *sportivi-*

teit, hoor je' – waarna hij die mantra herhaalt alsof hij hem zojuist heeft bedacht.

En snel wendt hij zich af om geërgerd in een mobieltje te blaffen dat de bodyguard met de babyface hem voorhoudt.

De toeschouwers verlaten langzaam de tribune. De kleine meisjes hebben behoefte aan een knuffel van Gail. Gail geeft ze die met plezier. Een van Dima's zoons teemt 'cool gespeeld, man' in Amerikaans Engels terwijl hij, met zijn wang nog rood van de mep, op weg naar zijn les Perry voorbijloopt. De mooie Natasja sluit zich, in leer gebonden boek in de hand, bij de optocht aan. Haar duim geeft de plaats aan waar ze was toen ze bij het lezen werd gestoord. De rij wordt gesloten door Tamara aan de arm van Dima, met haar orthodoxe bisschopskruis glinsterend in het licht van de gerezen zon. Na afloop van de wedstrijd is duidelijker merkbaar dat Dima met zijn been trekt. Bij het lopen helt hij achterover, de kin naar voren gestoken, de schouders schrap tegen de vijand. De bodyguards loodsen de groep over het omlaag slingerende stenen pad. Drie SUV's met zwarte ramen wachten achter het hotel om hen naar huis te brengen. Mark de profspeler is de laatste die vertrekt.

'Geweldig gespeeld, meneer!' – terwijl hij Perry op zijn schouder klopt. 'Knap loopwerk. Alleen de backhand is nog een tikkeltje slordig, als ik zo vrij mag zijn. Misschien moeten we daar nog wat aan werken?'

Zij aan zij kijken Gail en Perry sprakeloos toe hoe de stoet over de kronkelweg vol kuilen hobbelt en verdwijnt tussen de cederbomen die het huis dat Three Chimneys heet tegen spiedende ogen beschermen.

Luke kijkt op van de aantekeningen die hij heeft gemaakt. Als op bevel doet Yvonne hetzelfde. Ze glimlachen allebei. Gail probeert Lukes blikken te ontwijken, maar Luke kijkt haar recht aan dus dat gaat niet.

'Zo, Gail,' zegt hij kordaat. 'Nu ben jij weer aan de beurt, alsjeblieft. Mark was een etter. Evengoed schijnt hij een goudmijn aan informatie te zijn geweest. Wat voor klompjes kun jij ons nog aanbieden over Dima's familieleven?' – en dan maakt hij een plotselinge polsbeweging met beide handen alsof hij zijn paard tot grotere prestaties aanzet.

Gail kijkt even naar Perry, waarom weet ze niet goed. Perry kijkt niet terug.

'Hij was gewoon zo *glibberig*,' klaagt ze, Mark als haar kwaaie pier gebruikend in plaats van Luke en ze trekt een gezicht om aan te geven dat ze die vieze smaak nog steeds in haar mond heeft.

Mark zat nog maar net naast haar op de onderste bank, zei ze, of hij begon al te zeuren over wat een belangrijke miljonair zijn Russische vriend Dima was. Volgens Mark was Three Chimneys slechts een van diverse panden die hij bezat. Hij had ook nog een huis op Madeira en ook nog een in Sochi aan de Zwarte Zee.

'En een huis buiten Bern,' voegde ze eraan toe, 'waar zijn firma is gevestigd. Maar hij is een globetrotter. Een deel van het jaar is hij in Parijs, een deel in Rome, een deel in Moskou, volgens Mark,' en ze keek hoe Yvonne opnieuw iets opschreef. 'Maar zijn thuis voor zover het de kinderen betreft is Zwitserland, en hun school is een of ander peperduur internationaal internaat in de bergen. Hij heeft het over *de zaak*. Mark neemt aan dat hij daar de eigenaar van is. Er is een bedrijf ingeschreven op Cyprus. En er zijn banken. Diverse banken. De bankbusiness, daar draait het om. Dat is de oorspronkelijke reden waarom hij naar het eiland is gekomen. Op Antigua zitten momenteel vier Russische banken, als Mark goed heeft geteld, plus één Oekraïense. Het zijn niet meer dan koperen naambordjes in winkelcentra en een telefoon op het bureau van een advocaat. Dima is een van die koperen naambordjes. Toen hij Three Chimneys kocht was dat ook handje contantje. Geen koffers vol geld, maar, ietwat omineus, *wasmanden* die hij volgens Mark van het hotel had geleend. En in biljetten van twintig, niet van vijftig dollar. Briefjes van vijftig zijn te link. Hij heeft het huis gekocht, plus een verwaarloosde suikerfabriek en het schiereiland waar de boel op staat.'

'Heeft Mark ook een bedrag genoemd?' – Luke is weer terug.

'Zes miljoen Amerikaanse dollars. En het tennissen was ook niet louter voor de lol. Aanvankelijk in ieder geval niet,' vervolgde ze, verbaasd hoeveel ze zich allemaal van de monoloog van de vreselijke Mark kon herinneren. 'Tennis is in Rusland een belangrijk statussymbool. Als een Rus je vertelt dat hij tennis speelt, bedoelt hij dat hij stinkend rijk is. Dankzij Marks briljante onderricht keerde Dima terug naar Moskou en won een beker en iedereen was stomverbaasd. Maar Mark mag dat verhaal niet vertellen, want Dima laat zich erop voorstaan dat hij een selfmade man is. Alleen omdat Mark mij zo volledig vertrouwde vond hij dat hij wel een uitzondering kon maken. En als ik ooit eens in zijn boetiek langs wilde komen dan had hij boven een tiptop kamertje waar we ons gesprek zouden kunnen voortzetten.'

Luke en Yvonne schonken haar een meelevende glimlach. Perry lachte helemaal niet.

'En Tamara?' vroeg Luke.

'*Door God geslagen*, noemde hij haar. En knettergek bovendien, volgens de eilandbewoners. Zwemt niet, gaat niet naar het strand, tennist niet, praat niet met haar eigen kinderen, behalve over God, negeert Natasja straal, spreekt nauwelijks met de eilandbewoners met uitzondering van Elspeth, de vrouw van Ambrose. Ambrose is de beheerder van het vakantieoord. Elspeth werkt op een reisbureau, maar als de familie er is, laat ze haar werk meteen in de steek en biedt ze een helpende hand. Blijkbaar had een van de dienstmeisjes een van Tamara's sieraden geleend voor een dansfeest. Tamara betrapte haar voor ze het kon terugleggen en beet haar zo hard in haar hand dat ze twaalf hechtingen nodig had. Mark zei dat, als het hem was overkomen, hij zich ook nog een injectie tegen hondsdolheid had laten geven.'

'En vertel ons nu maar eens wat meer over de kleine meisjes die naast jou kwamen zitten, Gail,' stelde Luke voor.

Yvonne nam het voortouw voor de eisende partij, Luke speelde haar hulpje en Gail zat in het getuigenbankje en probeerde haar kalmte te bewaren, wat ze haar eigen getuigen ook altijd aanraadde op straffe van excommunicatie.

'Hadden de meisjes zich al daarboven geïnstalleerd, Gail, of kwamen ze naar je toe gehuppeld zodra ze die mooie dame helemaal in haar eentje zagen zitten?' vroeg Yvonne, terwijl ze haar potlood in haar mond stak bij het bestuderen van haar aantekeningen.

'Ze kwamen de trap op en gingen aan weerskanten van me zitten. En ze huppelden niet. Ze liepen.'

'Glimlachten ze? Lachten ze? Waren ze een beetje stout?'

'Er kon geen lachje af. Zelfs niet het kleinste lachje.'

'Waren de meisjes, naar jouw oordeel, naar jou toegestuurd, door iemand die op hen moest passen?'

'Ze kwamen helemaal op eigen houtje. Naar mijn oordeel.'

'Ben je daar *zeker* van?' – op meer Schotse en opdringerige toon.

'Ik zag het zelf gebeuren. Mark had een toenaderingspoging gedaan waaraan ik geen behoefte had, dus verkaste ik naar de bovenste bank om zo ver mogelijk van hem weg te zijn. Behalve ik zat er niemand op de bovenste rij.'

'En waar bevonden de meiskes zich op dat moment? Op een lagere bank? Verderop? *Waar*, alsjeblieft?'

Gail haalde diep adem om haar beheersing niet te verliezen en zei toen bedachtzaam:

'De *meiskes* zaten op de tweede rij, bij Elspeth. De oudste van de twee keerde zich om en keek me aan, en daarna zei ze iets tegen Elspeth. En nee, ik heb niet verstaan wat ze zei. Elspeth keerde zich om en keek me aan en knikte naar het oudste meisje. De twee meisjes overlegden even, stonden op en kwamen de trap op *lopen*. Langzaam.'

'Pas een beetje op met haar,' zei Perry.

Gails getuigenverklaring krijgt iets ontwijkends. Zo klinkt het tenminste in haar juristenoor en ongetwijfeld ook in dat van Yvonne. Ja, de meisjes gingen voor haar staan. Het oudste meisje maakte een buiginkje dat ze op dansles moest hebben geleerd, en vroeg in heel ernstig Engels met slechts een heel licht buitenlands accent: 'Mogen we alstublieft bij u komen zitten, juffrouw?' Dus lachte Gail en zei: 'Dat mag u zeker, juffrouw,' en ze gingen, nog steeds zonder te glimlachen, aan weerskanten van haar zitten.

'Ik vroeg het oudste meisje hoe ze heette. Ik fluisterde, want iedereen was zo stilletjes. "Katja" zei ze en ik vroeg: "En hoe heet je zusje?" en ze zei "Irina." En Irina draaide haar hoofd opzij en keek me aan alsof ik – nou ja, alsof mij dat niets aanging eigenlijk – ik begreep die vijandigheid gewoon niet. Ik vroeg hun allebei: "Zijn jullie mammie en pappie hier?" Katja schudde heel heftig haar hoofd. Irina zei helemaal niets. We zaten daar een tijdje zonder iets te zeggen. Een *lange* tijd, voor kinderen. En ik dacht: misschien is hun opgedragen hun mond te houden tijdens een tennismatch. Of is het hun verboden met vreemden te praten. Of misschien kennen ze verder geen Engels, of misschien zijn ze autistisch of op een andere manier gehandicapt.'

Ze wacht, in de hoop op iets van toeschietelijkheid of op een vraag, maar ziet alleen maar vier wachtende ogen en Perry naast haar, met zijn hoofd schuin naar de bakstenen muren die ruiken naar de drinkgewoonten van wijlen haar vader. Ze ademt in gedachten diep in en duikt in het diepe:

'Er was een pauze tussen twee games. Dus probeerde ik het nog eens: waar zit je op school, Katja? Katja schudt haar hoofd, Irina schudt het hare. Geen school? Of alleen geen school op dat moment? Geen school op dat moment kennelijk. Ze zaten eerst op een Britse Internationale School in Rome, maar daar zitten ze nu niet meer op. Zonder opgaaf van redenen, zonder dat erom werd gevraagd. Ik wilde niet te veel aandringen, maar ik had een akelig voorgevoel dat ik niet kon thuisbrengen. Woonden ze dan in Rome? Niet meer. Opnieuw Katja. Dat uitstekende Engels hebben jullie dus in Rome geleerd? Ja. Op de Internationale School konden ze kiezen tussen Engels of Italiaans. Engels was beter. Ik wijs op Dima's twee zonen. Zijn dat jullie broers? Meer hoofdschudden. Neven? Ja, een soort neven. Alleen maar een soort? Ja. Zitten zij ook op de Internationale School? Ja, maar in Zwitserland, niet in Rome. En dat beeldschone meisje dat in een boek woont, zeg ik, is *zij* een nichtje? Het antwoord komt van Katja, het wordt uit haar geperst als een bekentenis: Natasja is onze nicht maar alleen een soort nicht – alweer. En nog steeds kan er bij geen van beiden een glimlachje af. Maar Katja streelt mijn zijden outfit. Alsof ze nog nooit eerder zijde heeft gevoeld.'

Gail zucht. Dit is niets, zegt ze tegen zichzelf. Dit is het voorafje. Wacht maar tot het volledige vijfgangen gruwelverhaal van de volgende dag. Wacht tot ik mijn wijsheid achteraf wel mag tonen.

'En als ze de zijde voldoende heeft gestreeld, vlijt ze haar hoofd tegen mijn arm en sluit haar ogen. En dat is voor een minuut of vijf het einde van onze sociale interactie, zij het dat Irina aan de andere kant van mij Katja's voorbeeld heeft gevolgd en zich meester heeft gemaakt van mijn hand. Ze heeft van die scherpe, krabachtige klauwtjes en ze klampt zich echt aan me vast. Dan drukt ze mijn hand tegen haar voorhoofd en rolt haar gezicht ertegenaan, alsof ze me duidelijk wil maken dat ze koorts heeft, zij het dat haar wangen nat zijn en ik me realiseer dat ze huilt. Dan geeft ze mij mijn hand terug en Katja zegt: "Ze huilt wel vaker. Dat is normaal." Op dat moment komt er een einde aan de wedstrijd en komt Elspeth de trap op stuiven om ze op te halen, maar dan wil ik inmiddels mijn sarong om Irina heen slaan en haar met me mee naar huis nemen, bij voorkeur met haar zusje erbij, maar omdat dat nu eenmaal helemaal niet kan en omdat ik geen flauw idee heb waarom ze over haar toeren is en ik hen allebei totaal niet ken, – nou ja, uh – einde verhaal.'

Maar het is niet het einde van het verhaal. Niet in Antigua. Het verhaal ontvouwt zich prachtig. Perry Makepiece en Gail Perkins hebben nog steeds de fijnste vakantie van hun leven, precies zoals ze elkaar afgelopen november beloofden. Om zichzelf eraan te herinneren hoe gelukkig ze waren, speelt Gail de ongecensureerde versie voor zichzelf af:

Ongeveer tien uur in de ochtend, partijtje tennis gespeeld en terug naar huisje, zodat Perry een douche kan nemen.

Vrijen, heerlijk als altijd, dat kunnen we nog, Perry kan nooit iets half doen. Al zijn geweldige concentratie steekt hij in één ding tegelijk.

Middaguur of later. Om operationele redenen (zie boven) ontbijtbuffet misgelopen, gezwommen in zee, lunch bij het zwembad, terug naar het strand omdat Perry me moet verslaan met sjoelen.

Ongeveer vier uur 's middags. Terug naar huisje na Perry's overwinning – waarom laat hij mij voor de verandering nooit eens één keertje winnen? – dutje, lezen, meer vrijen, weer een dutje, alle begrip van tijd verloren. Flesje chardonnay uit de minibar soldaat maken, terwijl we in badjas op het balkon liggen.

Ongeveer acht uur 's avonds. Beslissen dat we te lui zijn om ons aan te kleden, en bestellen avondeten bij roomservice.

Nog steeds op onze heerlijkste vakantie ooit. Nog steeds in Eden, kauwend op die kloteappel.

Ongeveer negen uur 's avonds. Avondeten wordt gebracht, niet binnengereden door een oude ober maar door de eerbiedwaardige Ambrose in eigen persoon die ons, naast de fles Californische slobberwijn die we hebben besteld, een gekoelde fles uitstekende Krug-champagne in een zilveren ijsemmer brengt, die op de wijnkaart voor 380 dollar plus btw geprijsd staat, en die hij ons serveert, samen met twee gekoelde glazen, een schaal verrukkelijk uitziende toastjes, twee damasten servetten en een uit zijn hoofd geleerde toespraak die hij luidkeels afsteekt met zijn borst vooruit en zijn handen in zijn zij, als een rechtbankbode.

'Deze fles uitmuntende champagne wordt u aangeboden met de complimenten van de enige ware meneer Dima in *hoogsteigen persoon*. Meneer Dima wil u dankzeggen voor' – hij plukt gelijk met zijn leesbril een briefje uit het borstzakje van zijn overhemd – 'hij zegt en ik citeer: "Professor ik dankt u hartelijk voor een geweldige les in de grote kunst van sportief tennis en het wezen van een Engelse heer. Ik dankt u ook dat u me vijfduizend dollar inzet hebt bespaard." Met zijn complimenten voor de beeldschone juffrouw Gail, en dat is zijn boodschap.'

We drinken een paar glazen van de Krug en besluiten de rest in bed op te drinken.

'Wat is Kobe-beef?' vraagt Perry me, in de loop van een veelbewogen nacht.

'Heb je wel eens over de buik van een meisje gewreven?' vraag ik hem.

'Ik zou het niet in mijn hoofd halen,' zegt Perry, terwijl hij daar nu juist mee bezig is.

'Maagdelijke koeien,' zeg ik hem. 'Grootgebracht met sake en het beste bier. Bij Kobe-koeien wordt de buik elke avond gemasseerd tot ze klaar zijn voor de slacht. Bovendien hebben ze een monopolie op het procédé,' voegde ik eraan toe, wat ook waar was, maar ik weet niet zeker of hij nog wel luistert. 'Ons kantoor heeft voor ze geprocedeerd en met twee vingers in de neus gewonnen.'

Als ik in slaap val, krijg ik een voorspellende droom waarin ik in Rusland ben en kleine kinderen verschrikkelijke dingen meemaken in oorlogszwart-wit.

3

Gails hemel wordt donkerder en dat geldt ook voor het souterrain. Met het tanende licht lijkt de zwakke plafondlamp boven de tafel ook futlozer te branden en zijn de bakstenen muren zwart geworden. Boven hen op straat is het geraas van het verkeer afgenomen en alleen sporadisch nog hoorbaar. Hetzelfde geldt voor de schimmige voeten langs de matglazen halvemaanvormige ramen. De grote goedmoedige Ollie, met zijn ene oorringetje maar zonder zijn baret op, is binnengekomen met vier koppen thee en een schaaltje volkorenkoekjes en vervolgens weer verdwenen.

Hoewel dit dezelfde Ollie is die hen eerder op de avond in een zwarte taxi bij Gails flat heeft opgehaald, is inmiddels toegegeven dat hij geen *heuse* taxichauffeur is, al draagt hij het speldje van de taxibond op zijn brede borst. Ollie, beweert Luke, 'houdt ons op het rechte pad,' maar Gail trapt er niet in. Een intellectuele Schotse calviniste heeft geen morele sturing nodig en voor een heerachtige jockey met een dwalende blik en een harnas van hooggeboren charme is het al veel te laat.

Bovendien heeft Ollie, naar Gails mening, te veel achter de ogen voor zijn ondergeschikte rol. Wat ze van het ringetje in zijn oor moet denken weet ze ook nog niet. Is het een sekssignaal of is het een grap? Ook zijn stem brengt haar in verwarring. Toen ze die voor het eerst hoorde via de intercom van Primrose Hill, was het onversneden cockney. Toen hij door het tussenschot van de taxi een babbeltje met hen maakte over het sombere weer voor mei – na die heerlijke aprilmaand, en hemeltjelief hoe moet de bloesem die stortbui van gisteravond ooit te boven komen? – bespeurde ze iets van een buitenlandse ondertoon en begon zijn zinsbouw barstjes te vertonen. Dus wat was zijn moedertaal? Grieks? Turks Hebreeuws? Of is de stem, evenals die ene oorring, een bewuste keuze om ons klanten een rad voor ogen te draaien?

Ze wilde dat ze die rottige verklaring nooit had ondertekend. Ze wilde dat Perry het ook niet had gedaan. Perry *tekende* niet toen hij zijn handtekening zette, hij *monsterde aan.*

Vrijdag was de laatste vakantiedag van de Indiase wittebroodswekers, vertelt Perry. Daarom hadden ze afgesproken een *best of five* te spelen in plaats van de gebruikelijke driesetter, en dientengevolge liepen ze opnieuw het ontbijt mis.

'Dus besloten we in zee te gaan zwemmen en te gaan brunchen als we honger kregen. We kozen voor het drukke deel van het strand. Niet de plek waar we gewoonlijk zaten, maar we hadden de Shipwreck Bar op het oog.'

Zijn efficiënte toon, herkent Gail. Perry de lector Engelse literatuur. Feiten en korte zinnen. Geen abstracte ideeën. Laat het verhaal zichzelf vertellen. Ze kozen een parasol, zegt hij. Ze installeerden zich. Ze liepen naar het water toen een SUV met zwarte ramen tot stilstand kwam op een plek waar een bordje met VERBODEN TE PARKEREN stond. Daaruit stapte eerst de bodyguard met de babyface, daarna de man met de Schotse muts van de tennismatch, ditmaal in een korte broek en een geel geitenleren vest, maar met de muts nog steeds stevig op zijn plaats. Vervolgens Elspeth, de vrouw van Ambrose en daarna een opgeblazen rubberen krokodil met opengesperde kaken, gevolgd door Katja – zegt Perry, zijn fabelachtige geheugen demonstrerend. En na Katja volgt een enorme rode skippybal met een smiley-gezicht en handgrepen, die eigendom blijkt te zijn van Irina, eveneens in strandkleding.

En als laatste verschijnt Natasja, zegt hij, waarmee voor Gail het moment is aangebroken om tussenbeide te komen. *Natasja is mijn zaak, niet de jouwe*:

'Maar pas na een dramatische pauze en juist wanneer wij denken dat er niemand meer in de SUV is overgebleven,' zegt Gail. 'Schitterend gekleed met een Hakka-achtige lampenkaphoed op en in een *cheongsam*-jurkje met klosknoopjes en Griekse sandalen met gekruiste bandjes om de enkels, en met in haar hand een in leer gebonden boek. Ze kiest *omzichtig*, voor het oog van een ieder, haar pad door het zand, vlijt zich loom neer onder de verste parasol in de rij en begint *verschrikkelijk serieus* te lezen. Toch, Perry?'

'Als jij het zegt,' zegt Perry onhandig en hij gaat abrupt achterover zitten op zijn stoel, alsof hij afstand tussen hen wil scheppen.

'Dat zeg ik inderdaad. Maar het echt *enge*, het echt *angstaanjagende*,' vervolgt ze op schrille toon, nu Natasja weer veilig is weggemoffeld, 'was dat alle leden van het gezelschap, groot en klein, *precies* wisten waar ze heen moesten en wat ze moesten doen zodra ze op het strand waren aangekomen.'

De bodyguard met de babyface stevende rechtstreeks op de Shipwreck Bar af en bestelde een blikje frisdrank, waar hij de volgende twee uur zoet mee was, zegt ze, het heft in handen houdend. De man met de muts – een neef, volgens Mark, een van de vele *neven* uit Perm in Rusland, de stad bedoel ik, niet het kapsel – beklom ondanks zijn dikke buik de wankele ladder naar de uitkijkpost van de badmeester, haalde een rubberband onder zijn vest vandaan, blies die op en ging erop zitten, waarschijnlijk omdat hij last had van aambeien. De twee kleine meisjes, op een afstandje gevolgd door de gezette Elspeth met haar uitpuilende mand, kwamen met de krokodil en de skippybal de zandhelling aflopen waar Perry en Gail hun tenten hadden opgeslagen.

'En weer *liepen* ze,' benadrukte Gail nog eens extra ten behoeve van Yvonne. 'Ze sprongen niet, ze huppelden niet, ze gilden niet. Ze *liepen*, en ze zagen er even eenkennig en verbijsterd uit als op de tennisbaan. Irina met haar duim in haar mond en een grote frons, Katja's stem ongeveer even vriendelijk als een sprekende klok: "Wilt u met ons mee gaan zwemmen, alstublieft, juffrouw Gail?" Dus antwoordde ik – in de hoop de boel een beetje op te vrolijken, denk ik – "Juffrouw Katja, meneer Perry en ik beschouwen het als een grote eer om met jullie te zwemmen." Dus gingen we zwemmen. Toch?' – dit tegen Perry die, na instemmend te hebben geknikt, opnieuw per se zijn hand op de hare wilde leggen, al wist ze niet zeker of dat was om haar zijn steun te betuigen of om haar tot kalmte te manen, maar hoe dan ook, het resultaat was hetzelfde; ze werd gedwongen haar ogen te sluiten en een aantal seconden te wachten voor ze verder kon, wat ze deed in weer zo'n stortvloed van woorden.

'Het was *totaal* doorgestoken kaart. Wij wisten dat het doorgestoken kaart was. De *kinderen* wisten dat het doorgestoken kaart was. Maar als ooit twee meisjes behoefte hadden aan een beetje pootjebaden met een krokodil en een skippybal, dan waren die twee het wel, hè, Perry?'

'Absoluut,' zegt Perry geestdriftig.

'Irina greep dus mijn hand en *sleurde* me praktisch het water in. Katja en Perry kwamen achter ons aan met de krokodil. En de hele tijd dacht ik: waar zijn hun ouders in hemelsnaam en waarom doen wij dit in plaats van zij? Ik heb het Katja niet met zoveel woorden gevraagd. Ik denk dat ik zo'n voorgevoel had dat het wel eens een verkeerde vraag zou kunnen zijn. Een scheidingskwestie, zoiets. Dus vroeg ik haar wie die aardige meneer met die muts op was, die daar op die ladder zat? Oom Wanja, zegt Katja. Geweldig, zeg ik, wie is oom Wanja? Antwoord, gewoon een oom. Uit Perm? Ja, uit Perm. Verder geen uitleg. Zoals: we zitten niet meer op school in Rome. Heb ik al een voetfout gemaakt, Perry?'

'Helemaal niet.'

'Dan ga ik verder.'

Een poosje doen de zon en de zee hun werk, vervolgt ze: 'De meisjes spetteren en springen rond en Perry is *om je te bescheuren* als hij als de machtige Poseidon uit de diepten oprijst en zijn zeemonstergeluiden produceert – nee, echt, dat *was* je Perry, je was *geweldig*, geef maar toe.'

Bekaf strompelen de meisjes het strand op om door Elspeth te worden afgedroogd, omgekleed en te worden ingesmeerd met zonnebrandolie.

'Maar letterlijk binnen enkele *seconden* zijn ze terug en zitten gehurkt op de rand van mijn handdoek. En één *blik* op hun gezichtjes vertelt me dat de sombere schaduwen er nog steeds zijn, dat ze die alleen even hadden weggestopt. Goed, denk ik: ijsjes en priklimonade. Perry, dit is mannenwerk, zeg ik tegen hem. Doe je plicht. Ja hè, Perry?'

Priklimonade, herhaalt ze voor zichzelf. Waarom klink ik weer als die lamme moeder van me? Omdat ik ook een mislukte actrice ben met een stem als een dragonder die luider wordt naarmate ik langer aan het woord ben.

'Zo is het,' beaamt Perry rijkelijk laat.

'En daar struint hij weg om ze te halen, weet je nog? Hoorntjes met karamel en nootjes voor iedereen en ananassap voor de meisjes. Maar als Perry ervoor wil *tekenen* zegt de barman dat alles al betaald is. Door wie?' – ze draaft door met dezelfde bedrieglijke uitgelatenheid – 'Door Wanja! Door de o zo aardige dikke oom met de muts daarboven op de ladder. Maar *Perry* zou Perry niet zijn als hij dit over zijn kant zou laten gaan, toch?'

Een ongemakkelijk schudden met het langwerpige hoofd om te laten blijken dat hij buiten gehoorsafstand boven op de rots zit, maar de boodschap heeft begrepen.

'Hij voelt zich ziekelijk opgelaten wanneer hij iets consumeert op kosten van een ander, toch? En dan ook nog eens van iemand die hij niet eens *kent.* Dus klimt Perry de ladder op om oom Wanja te zeggen dat hij het heel aardig van hem vindt en van die dingen, maar dat hij liever zijn eigen consumpties betaalt.'

Ze valt stil. Zonder een spoor van haar wanhopig luchtige toon neemt Perry het verhaal van haar over:

'Ik ging de ladder op naar waar Wanja op zijn rubberband zat. Ik dook onder het zonnescherm om mijn zegje te doen en stond opeens oog in oog met de kolf van een heel grote zwarte revolver die onder zijn buik uitstak. Hij had de knoopjes van zijn leren vest losgemaakt vanwege de warmte en daar was hij, zo duidelijk als wat. Ik heb geen verstand van vuurwapens, godzijdank.

En wil dat ook niet hebben. Jullie vast wel. Dit was een joekel van een ding,' zegt hij op spijtige toon en er valt een welsprekende stilte waarin hij een droevige blik op Gail werpt en geen begrijpende blik terugontvangt voor zijn moeite.

'En je dacht er niet aan om er iets van te zeggen, Perry?' oppert de uitgekiende kleine Luke, die immer bereid is om stiltes te overbruggen. 'Van de revolver, bedoel ik.'

'Nee, dat dacht ik niet. Ik ging ervan uit dat hij niet in de gaten had dat ik die had gezien, dus leek het mij uit tactische overwegingen beter om die ook niet te hebben gezien. Ik bedankte hem voor de ijsjes, daalde de ladder af en keerde terug naar de plek waar Gail met de meisjes zat te kletsen.'

Luke denkt hier diep over na. Er is iets wat hem niet lekker lijkt te zitten. Zou het misschien die netelige vraag over spionnenetiquette kunnen zijn die hem dwarszat? vroeg Gail zich gekscherend af. Wat doe je als je bij een vent een revolver onder zijn vest uit ziet steken en hem niet goed kent? Zeg je hem dan dat je zijn wapen kunt zien of doe je alsof je neus bloedt? Net zoals wanneer iemand die je niet goed kent met zijn gulp open rondloopt.

De Schotse blauwkous Yvonne besluit Luke in zijn dilemma te hulp te komen:

'In het *Engels*, Perry?' vraagt ze streng. 'Je hebt hem in het *Engels* bedankt, neem ik aan. En zei hij iets *terug* in het Engels?'

'Hij zei überhaupt niets terug. Maar ik zag wel dat hij een zwarte rouwknoop op zijn vest had gespeld, iets wat ik heel lang niet had gezien. En *jij* wist niet eens dat er zulke dingen bestonden, hè?' vroeg hij beschuldigend.

Verbaasd over zijn agressie schudt Gail haar hoofd. Dat is waar, Perry. Ik beken schuld. Ik wist niets van het bestaan van rouwknopen af en nu weet ik dat wel, dus kun je verder gaan met je verhaal, oké?

'En het kwam bijvoorbeeld ook niet bij je op om het hotel te waarschuwen, Perry?' vraagt Luke halsstarrig. "Er zit een Rus met een joekel van een revolver in de uitkijkpost van de badmeester"?'

'Er kwamen heel wat dingen bij me op, Luke, en zonder twijfel was dat er een van,' antwoordt Perry, die zijn agressie nog niet geheel heeft bedwongen, 'maar wat zou het hotel daar in hemelsnaam tegen moeten beginnen? Alles wees erop dat Dima, als hij al niet de eigenaar was van die tent, daar in ieder geval wel de lakens uitdeelde. Trouwens, we moesten ook rekening houden met de kinderen: of het wel verstandig was om een scène te schoppen waar iedereen bij was. We besloten dat het dat niet was.'

'En de politiemacht op het eiland? Daar heb je ook niet aan gedacht?' – opnieuw Luke.

'We hadden nog vier dagen te gaan. We waren niet van plan die te verspillen aan het afleggen van dramatische verklaringen aan de politie over dingen waar ze zelf waarschijnlijk sowieso tot hun nek inzaten.'

'En zo dachten jullie er *allebei* over?'

'Het was een eenzijdige beslissing. De mijne. Ik was niet van plan naar Gail toe te stappen en te zeggen: "Wanja heeft een revolver achter zijn broekriem, vind je dat we dat aan de politie moeten vertellen?" – en al helemaal niet waar de meisjes bij waren. Toen we eenmaal alleen waren en ik alles op een rijtje had, heb ik haar verteld wat ik had gezien. We hebben er in alle rust over gesproken en dit was de beslissing waarvoor we hebben gekozen: we ondernemen geen actie.'

Bevangen door een onbedwingbaar gevoel van liefdevolle solidariteit, schiet Gail hem te hulp met haar toevoeging als raadsvrouwe: 'Misschien had Wanja wel een geldige lokale vergunning om een vuurwapen te dragen. Wist Perry veel? Misschien had hij helemaal geen vergunning *nodig*. Misschien had Wanja het wapen zelfs wel van de politie gekregen. Wij waren geen van beide bepaald deskundig op het gebied van de Antiguaanse wapenwet, is het wel, Perry?'

Ze verwacht half en half dat Yvonne een juridisch tegenargument in zal brengen, maar Yvonne is te druk bezig met het raadplegen van de kopie van het document in kwestie in de vaalgele map:

'Mag ik jullie beiden vragen om een signalement van deze *oom Wanja*, alsjeblieft?' vraagt ze, zonder een zweem van agressie in haar stem.

'Pokdalig,' zegt Gail meteen, opnieuw verbluft over het gemak waarmee alles uit haar geheugen opwelt. Jaar of vijftig. Puimstenen wangen. Bierbuik. Ze dacht dat ze hem tijdens de tennismatch stiekem had zien drinken uit een flacon, maar kon het niet met zekerheid zeggen.

'Ringen aan alle vingers van zijn rechterhand,' zegt Perry als het zijn beurt weer is. 'Als je ze bij elkaar ziet, een boksbeugel. Zwart vogelverschrikkershaar dat van achteren onder zijn muts uitstak, maar ik vermoed dat hij van boven kaal was en daarom dat hoofddeksel droeg. Massa's overtollig spek.'

En ja, Yvonne, dat is hem, mompelen ze eensgezind, waarbij hun hoofden elkaar raken en de elektrische lading tussen hen heen en weer schiet, terwijl ze naar de grote foto kijken die ze onder hun neus heeft geschoven. Ja, dat is Wanja uit Perm, tweede van links van vier vrolijke corpulente blanke mannen in een nachtclub, omringd door hoeren en slingers en flessen champagne op oudejaarsavond 2008, god mag weten waar.

Gail moet naar de wc. Yvonne loopt voor haar de smalle keldertrap op naar de mysterieus weelderige begane grond. De sympathieke Ollie hangt, zonder zijn baret op, onderuitgezakt in een oorfauteuil en is verdiept in een krant. Het is niet het gebruikelijke soort krant, want gedrukt in het cyrillisch. Gail meent *Novaya Gazeta* te ontcijferen maar is er niet zeker van en wil hem niet het plezier doen ernaar te vragen. Yvonne wacht terwijl Gail plast. Het is een luxueuze wc, met mooie handdoeken, geparfumeerde zeep en jachtprenten van Jorrocks op duur behang. Ze gaan weer naar beneden. Perry blijft gebogen over zijn handen zitten, maar ditmaal heeft hij de palmen omhoog, waardoor het lijkt alsof hij twee toekomsten tegelijk wil voorspellen.

'Zo, Gail,' zegt de kleine Luke kordaat. 'Jij mag je mond weer opendoen, hoor.'

Als ik mijn mond opendoe komt er eerlijk gezegd iets heel heftigs uit, Luke. Ik krijs, verdomme, een kreet die al een tijdje in me aan het opladen is, zoals je volgens mij misschien wel hebt gemerkt toen je je blik een beetje vaker op mij liet rusten dan het *Spionnenhandboek etiquette tussen de seksen* als strikt noodzakelijk beschouwt.

'Ik had eenvoudigweg geen idee,' begint ze, recht voor zich uit pratend, maar met een voorkeur voor Yvonne boven Luke. 'Ik heb me er zomaar in gestort. Ik had moeten beseffen wat ik deed, maar dat was niet zo.'

'Jij hebt jezelf absoluut niets te verwijten,' werpt Perry van opzij verontwaardigd tegen. 'Niemand had het je verteld, niemand heeft je de minste waarschuwing gegeven. Als er iemand iets te verwijten viel, dan was dat Dima's clubje.'

Gail is ontroostbaar. Ze is een juriste in een uit baksteen opgetrokken wijnkelder in het holst van de nacht, die de zaak tegen de verdachte voorbereidt en de verdachte is ze zelf. Ze ligt halverwege de middag op haar buik onder een parasol op een strand in Antigua met haar topje los en twee kleine meisjes hurken naast haar en Perry ligt aan de andere kant van haar uitgestrekt in zijn schooljongensshort, met een dienstbrilletje van wijlen zijn vader op zijn neus, waarin hij zonnebrilglazen op zijn eigen sterkte heeft laten zetten.

De meisjes hebben hun gratis ijsjes en hun gratis sapjes op. Oom Wanja uit Perm zit op zijn uitkijkpost met zijn joekel van een revolver onder zijn riem en Natasja – wier naam elke keer als ze er maar in de buurt komt een uitdaging vormt voor Gail; ze moet zich schrap zetten en een aanloop nemen, net als bij paardrijden op school – *Natasja* ligt in luisterrijke afzondering aan de andere kant van het strand. Intussen heeft Elspeth zich op veilige afstand teruggetrokken. Misschien weet zij wat er op het punt staat te gebeuren? Met de wijsheid achteraf waarvan zij zich niet mag bedienen, denkt Gail dat wel.

De schaduwen zijn terug op de gezichten van de meisjes, ziet ze. De juriste in haar vreest dat zij misschien een vreselijk geheim delen. Vanwege de ellende die ze meestentijds in de rechtszaal te horen krijgt, is dat wat haar zorgen baart, is dat wat haar nieuwsgierigheid voedt: kinderen die niet babbelen en geen kattenkwaad uithalen. Kinderen die niet beseffen dat ze slachtoffer zijn. Kinderen die je niet recht in de ogen durven kijken. Kinderen die zichzelf de schuld geven van de dingen die volwassenen hun aandoen.

'Vragen stellen is mijn *vak*,' protesteert ze. Ze richt zich nu uitsluitend tot Yvonne. Luke is een vage vlek, Perry valt buiten haar gezichtsveld, is daar doelbewust naartoe verbannen. 'Ik heb familierecht gedaan, ik heb kinderen in de getuigenbank gehad. Wat we *binnen* ons werk doen, doen we daar *buiten* ook. Wij zijn geen twee mensen. Wij zijn enkel wij.'

In een gebaar dat eerder is bedoeld om haar stress te verlichten dan de zijne, trekt Perry zijn lichaam omhoog en strekt hij zijn lange armen als een zwemmer, maar Gail wordt er niet minder gestrest van.

'Het eerste wat ik tegen ze zei was dus: vertel me eens wat meer over oom Wanja. Ze hadden zo geheimzinnig over hem gedaan dat ik dacht dat hij misschien een boze oom was. "Oom Wanja speelt de balalaika voor ons, we houden heel veel van hem en hij is heel grappig als hij dronken wordt." Het is Irina die dat zegt. Zij heeft besloten toeschietelijker te zijn dan haar grote zus. Maar ik denk: een dronken oom die muziek voor ze speelt, waar zou die nog meer mee kunnen spelen?'

'En het gesprek wordt nog steeds in het *Engels* gevoerd, nemen wij aan,' vraagt Yvonne die geen detail onbesproken wil laten. Maar nu op vriendelijke toon, vrouwen onder elkaar. 'We zijn niet overgegaan op elementair Frans of iets dergelijks?'

'Engels was praktisch hun eerste taal. *Internat* Amerikaans-Engels met een zweem van een *Italiaans* accent. Dus toen vroeg ik hun of Wanja hun echte oom was of dat ze hem alleen maar zo noemden? Antwoord: Wanja is de broer van onze moeder en hij was vroeger getrouwd met tante Raisa, die in Sochi woont met een andere man die niemand aardig vindt. We doen nu de stamboom, wat ik allang best vind. Tamara is de vrouw van Dima, en ze is heel erg streng en ze bidt heel veel omdat ze vroom is en ze is lief dat ze ons wil hebben. *Lief? Ons hebben? Hoe?* En dan vraag ik – ik ben inmiddels een heel gewiekste advocaat en ik stel nu de oppervlakkige vragen, niet de recht-voor-zijn-raap vragen – is Dima *lief* voor Tamara? Is Dima lief voor zijn jongens? Waarmee ik bedoel: is Dima een beetje al te lief voor jullie? En Katja zegt, ja, Dima is lief voor Tamara want hij is haar man en haar zus is dood, en Dima is lief voor Natasja omdat hij haar vader is en haar moeder dood is, en voor zijn zoons omdat hij hun vader is. Wat de deur opent voor de vraag die ik *echt* wil stellen en ik stel hem aan Katja omdat zij de oudste van de twee is: Maar wie is dan *jouw* vader, Katja? En Katja antwoordt: die is dood. en Irina doet ook een duit in het zakje en zegt: en onze moeder ook. Ze zijn allebei dood. En ik doe een soort van "O, echt waar?" en als ze me alleen maar aankijken, zeg ik, dat vind ik heel erg voor jullie. Hoe lang zijn ze al dood? Ik wist niet eens of ik hen wel geloofde. Iets in me hoopte nog steeds dat het zo'n akelig rotgeintje was dat kinderen wel eens uithalen. Inmiddels voert Irina het woord en is Katja in een soort trance geraakt. Ik ook, maar dat doet niet ter zake. Ze zijn op *woensdag* doodgereden, zegt Irina. Met heel veel nadruk op die dag. Alsof het de schuld van die dag is. Op *woensdag* waren ze doodgegaan, wanneer woensdag ook geweest mocht zijn. Dus zeg ik – het wordt alsmaar erger – bedoelen jullie *afgelopen* woensdag? En Irina zegt: ja, woensdag een week geleden, op 29 april: heel precies, om ervoor te zorgen dat ik het goed begrijp. Vorige week woensdag dus en iets met een auto-ongeluk, en ik zit daar maar en staar hen aan en Irina pakt mijn hand en klopt erop en Katja legt haar hoofd in mijn schoot en Perry, die ik totaal vergeten ben, slaat zijn arm om me heen en ik ben de enige die huilt.'

Gail heeft de knokkel van haar wijsvinger tussen haar tanden gepropt, wat een van de dingen is die ze in de rechtszaal doet om te voorkomen dat ze ten prooi valt aan onprofessionele emoties.

'Toen ik het er later in het huisje met Perry over had, vielen alle stukjes min of meer op hun plaats,' zegt ze. Ze verheft haar stem om die nog iets afstandelijker te laten klinken, maar ze houdt Perry nog steeds buiten haar gezichtsveld en probeert ondertussen te doen alsof het heel gewoon is dat twee kleine meisjes een paar dagen nadat hun ouders op gruwelijke wijze bij een auto-ongeluk om het leven zijn gekomen van een fijne vakantie aan zee genieten.

'Hun ouders stierven op *woensdag*. De tennismatch vond plaats op de woensdag *daarop*. Ergo, de familie had een week gerouwd en toen vond Dima dat het tijd was dat ze weer eens de frisse buitenlucht opsnoven: dus genoeg getreurd en wie heeft er zin in een partijtje tennis? Als ze joods waren, wat ze voor zover wij wisten best hadden kunnen zijn, sommigen van hen althans, of als de dode ouders dat waren, dan hadden ze misschien de sjiva in acht genomen en konden ze op woensdag hun leven hervatten. Het paste niet echt bij Tamara's vrome christelijkheid en het kruis dat ze droeg, maar religieuze consequentheid was geen punt, niet bij dit bonte gezelschap en Tamara werd in brede kring vreemd gevonden.'

Opnieuw Yvonne, eerbiedig maar vastberaden: 'Ik vind het vervelend om zo te moeten aandringen, Gail, maar Irina had het over een *auto-ongeluk*. Was dat het enige wat ze zei? Zei ze bijvoorbeeld waar dat ongeluk had plaatsgehad?'

'Ergens buiten Moskou. Vaag. Ze gaf de toestand van de wegen de schuld. Er zaten te veel kuilen in. Iedereen reed in het midden van de weg om de kuilen te vermijden, dus lag het voor de hand dat de auto's tegen elkaar op botsten.'

'Werd er nog iets gezegd over ziekenhuisopname? Of waren pappie en mammie meteen dood? Was dat het verhaal?'

'Op slag dood. "Een grote zware vrachtauto kwam midden op de weg aanscheuren en reed ze morsdood."'

'Waren er nog andere slachtoffers, afgezien van de twee ouders?'

'Ik was niet echt sterk in de vervolgvragen, vrees ik' – en ze voelde dat ze onzeker begon te worden.

'Maar was er bijvoorbeeld een chauffeur? Als de chauffeur ook is omgekomen, dan zou dat toch zeker ook deel hebben uitgemaakt van het verhaal?'

Yvonne heeft geen rekening gehouden met Perry:

'Noch Katja noch Irina heeft iets gezegd over een chauffeur, levend of dood, direct of indirect, Yvonne,' zegt hij, op de trage berispende toon die hij reserveert voor luie studenten en roofzuchtige bodyguards. 'Er werd *niet* gesproken over slachtoffers, ziekenhuizen of over het merk auto waar ze in reden.' Zijn stem wordt luider. 'Of dat er wel of niet sprake was van een aansprakelijkheidsverzekering, of –'

'Kappen,' zegt Luke.

Gail was weer naar boven gegaan, ditmaal zonder begeleiding. Perry was gebleven waar hij was, het hoofd gevangen in de vingers van de ene hand, de andere rusteloos op tafel trommelend.

Gail kwam terug en ging weer zitten. Perry scheen het niet te merken.

'Zo, Perry,' zei Luke, bruusk en zakelijk.

'Zo wat?'

'Cricket.'

'Dat was pas de volgende dag.'

'Daar zijn we ons van bewust. Dat staat in je verslag.'

'Waarom lees je dat dan niet?'

'Ik geloof dat we het hier al eerder over hebben gehad, nietwaar?'

Goed dan, het was de volgende dag, dezelfde tijd, hetzelfde strand, een ander stuk, geeft Perry schoorvoetend toe. Dezelfde SUV met zwarte ramen parkeerde ongeveer onder het bordje VERBODEN TE PARKEREN en daaruit stapten niet alleen Elspeth, de twee meisjes en Natasja, maar ook de jongens.

Ondanks alles was Perry toch een beetje opgefleurd bij het horen van het woord 'cricket': 'Ze zagen eruit als een paar jonge veulens die te lang op stal hadden gestaan en nu eindelijk mochten ronddraven,' zei hij, opeens enthousiast toen hij eraan terugdacht.

Voor het bezoek aan het strand hadden Gail en hij die dag een plekje gekozen op zo groot mogelijke afstand van het huis dat Three Chimneys heette. Ze speelden geen verstoppertje voor Dima en zijn gezelschap, maar ze hadden een heftige nacht achter de rug en waren laat wakker geworden met een barstende koppijn, na de beginnersfout te hebben gemaakt om van de gratis fles rum in hun kamer te drinken.

'En uiteraard *konden* we ze niet ontlopen,' kwam Gail tussenbeide, die vond dat het weer haar beurt was. 'Nergens, op het *hele* strand niet. Zo *was* het toch, Perry? Op het hele *eiland* nog niet eens, toen we er eens goed over nadachten. Waarom waren de Dima's zo verdomd geïnteresseerd in ons? Ik bedoel, wie *waren* zij? Wat wilden ze? En waarom *wij*? Elke keer als wij een hoek om sloegen, waren ze daar. Dat gevoel begonnen we te krijgen. Ze zaten recht tegenover ons huisje, pal aan de overkant van de baai en hielden ons in de gaten. Of dat verbeeldden we ons, wat net zo erg is. En op het strand hadden ze niet eens een verrekijker nodig. Het enige wat ze hoefden te doen was over de tuinmuur leunen en ons aangapen. En dat deden ze ongetwijfeld uitgebreid, want een paar minuten nadat we onze tenten op het strand hadden opgeslagen, kwam de SUV met de zwarte ramen al aanzetten.'

Dezelfde bodyguard met de babyface, zei Perry, het verhaal weer naar zich toe trekkend. Niet aan de bar ditmaal, maar onder een schaduwboom op hoger gelegen grond. Geen oom Wanja uit Perm met zijn geruite muts en joekel van een revolver, maar een boefachtige broodmagere plaatsvervanger die een soort fitnessfreak moet zijn geweest, want hij klom niet naar de uitkijkpost, maar draafde over het strand heen en weer, keek op zijn stopwatch en pauzeerde elke keer aan het einde voor een beetje tai chi.

'Kroeskop,' zei Perry, waarbij zijn glimlach zich langzaam verbreedde tot zijn volle omvang. 'Kinetisch. Nou ja, je zou het beter *manisch* kunnen noemen. Kon geen vijf seconden stilstaan of -zitten. En vel over been. Als een geraamte. We beschouwden hem als een nieuwkomer binnen Dima's hofhouding. We waren tot de conclusie gekomen dat de familie Dima een groot verloop van neven uit Perm had.'

'Dus wierp Perry één blik op de kinderen, hè Perry?' zei Gail. 'Vooral op de jongens – en je dacht, jezus, wat moeten we aan met *dit* zooitje? Toen kreeg je dé geniaalste inval van de hele vakantie: *cricket*. Nou ja, ik bedoel, zo geniaal was dat nu ook weer niet als je Perry kent. Geef hem een door de honden aan flarden gebeten bal en een stuk wrakhout en hij is voor de gehele niet-cricketende wereld verloren. Zo is het toch?'

'We namen het spel buitengewoon serieus, zoals het ook hoort,' beaamde Perry, waarbij hij weinig overtuigend door zijn glimlach heen fronste. 'We bouwden een wicket van wrakhout en legden er wat takjes op bij wijze van lat, de mensen van de jachthaven scharrelden een slaghout en een soort bal voor ons op, wij ronselden een kluitje rasta's en oude Britten voor het buitenveld en opeens hadden we twee teams van zes, Rusland tegen de rest van de wereld, een nog nooit vertoond sportevenement. Ik stuurde de jongens op Natasja af om haar over te halen mee te doen als wicketkeeper, maar ze kwamen terug met de mededeling dat ze een of andere gozer zat te lezen die Toergenjev heette en van wie ze zogenaamd nog nooit hadden gehoord. Onze volgende taak was het uiteenzetten van de heilige Wetten van het Cricket aan' – de glimlach spreidde zich uit tot een brede grijns – 'nou ja, een stel behoorlijk wetteloze knapen. Niet die oude Britten of die rasta's natuurlijk. Dat waren geboren en getogen cricketers. Maar de jonge Dima's waren *internats*. Ze hadden een beetje honkbal gespeeld, en vonden het maar niks toen ze te horen kregen dat ze de bal moesten bowlen en niet gooien. De kleine meisjes hadden ook nog wat extra begeleiding nodig, maar zodra we de Britten aan slag hadden, konden wij hen als runners inzetten. Als de meisjes zich begonnen te vervelen, nam Gail ze mee voor een flesje fris en een duik in zee. Ja hè?'

'We waren tot de conclusie gekomen dat het maar het beste was om ze flink bezig te houden,' legde Gail uit, vastbesloten mee te gaan in Perry's opgewektheid. 'Ze niet te veel tijd te geven om te tobben. De jongens zouden zich toch wel amuseren, ongeacht wat we deden. En wat de meisjes betreft – ach, als het aan mij lag, was een glimlach op hun gezichtjes al... ik bedoel, *jezus*...' en ze maakte de zin niet verder af.

Perry zag dat Gail het moeilijk had, en kwam er haastig tussen:

'Het is verdomd lastig om een fatsoenlijke bal te bowlen in dat zachte zand,' legde hij aan Luke uit, terwijl zij zich herstelde. 'Bowlers struikelen, batters vallen om, je kunt het je wel voorstellen.'

'Dat kan ik zeker,' gaf Luke enthousiast toe, terwijl hij onmiddellijk Perry's toon overnam en evenaarde.

'Niet dat het ene moer uitmaakte. Iedereen had dikke pret en de winnaars kregen een ijsje. Toen zeiden we dat het gelijkspel was geworden en beide partijen kregen een ijsje,' zei Perry.

'Betaald door de nieuwe hoofd-oom, naar ik aanneem?' opperde Luke.

'Daar had ik paal en perk aan gesteld,' zei Perry. 'Wij betaalden alle ijsjes.'

Nu Gail zich weer had hersteld, sloeg Luke een ernstiger toon aan:

'En het was toen beide partijen bezig waren te winnen – dus heel laat in de wedstrijd – dat jij een blik *in* de geparkeerde SUV kon werpen? Heb ik dat goed begrepen?'

'We overwogen net er een punt achter te zetten,' beaamde Perry. 'En plotseling ging de deur van de SUV open en daar zaten ze. Misschien hadden ze behoefte aan frisse lucht. Of aan een beter uitzicht. God mag het weten. Het was net een koninklijk bezoek. Incognito.'

'Hoe lang had die deur opengestaan?'

Perry, die behoedzaam omging met zijn befaamde geheugen. Perry, de volmaakte getuige, die zichzelf nooit vertrouwde, nooit overhaast antwoord gaf, zich voortdurend bewust was van zijn verantwoordelijkheid. Nog een Perry van wie Gail hield.

'Dat weet ik eigenlijk niet, Luke. Dat kan ik niet precies zeggen. Dat kunnen *wij* niet precies zeggen – met een blik naar Gail, die haar hoofd schudde om duidelijk te maken dat zij het ook niet kon zeggen. 'Ik keek; Gail zag mij kijken, nietwaar? Dus keek *zij*. We zagen ze allebei. Dima en Tamara, naast elkaar en kaarsrecht, het duister en het licht, de dikke en de dunne, die ons van de achterbank van de SUV aanstaarden. En toen *beng*, en de zijdeur glijdt dicht.'

'Ze staarden, zonder te glimlachen, als het ware,' opperde Luke luchthartig, terwijl hij iets opschreef.

'Ze hadden iets – nou ja, ik zei het al – ze hadden iets *koninklijks* over zich. *Ja*. Allebei. De koninklijke Dima's. Als een van beiden een hand had uitgestoken en aan een zijden kwast zou hebben getrokken om de koetsier te kennen te geven dat hij moest doorrijden, zou ik niet vreemd hebben opgekeken.' Hij speelde nog even met het beeld en knikte toen goedkeurend. 'Op een eiland lijken grote mensen nog groter. En de Dima's waren – nou ja, grote mensen. Dat zijn ze nog steeds.'

Yvonne heeft nog een foto, ditmaal een zwart-wit politiefoto. En de kapotgeslagen en opgezwollen mond van iemand die zojuist een vrijwillige bekentenis heeft afgelegd. Bij het zien ervan trekt Gail haar neus afkeurend op. Ze kijkt heel even naar Perry en ze zijn het met elkaar eens: niet iemand die we kennen.

Maar de Schotse Yvonne is niet ontmoedigd:

'En als ik hem nu een pruik met kroeshaar op zou zetten, proberen jullie je dat eens voor te stellen, en als ik zijn gezicht een ietsepietsie zou schoonpoetsen, denken jullie dan niet dat dit best eens jullie fitnessfreak zou kunnen zijn, die december jongstleden uit een Italiaanse gevangenis is ontslagen?'

Ze denken dat dat best eens zou kunnen. En als ze hun hoofden nog iets dichter bij elkaar brengen dan weten ze het zeker.

De eerste melding van de uitnodiging werd diezelfde avond gemaakt door de eerbiedwaardige Ambrose in het Captain's Deck restaurant, toen hij een beetje wijn inschonk voor Perry om te proeven. Perry, zoon van puriteinen, doet geen typetjes. Gail de acteursdochter doet ze allemaal. Ze eigent zich de rol toe van de eerbiedwaardige Ambrose:

'"En morgenavond zal ik mij het voorrecht om jullie jongelui te bedienen helaas moeten ontzeggen. En weten jullie waarom? Omdat jullie de geëerde mysteryguests zullen zijn van de heer Dima en mevrouw zijn echtgenote ter gelegenheid van de veertiende verjaardag van hun tweelingzoons die, zo is mij ter ore gekomen, jullie persoonlijk hebben laten kennismaken met de edele kunst van het cricket. En mijn Elspeth heeft de grootste, lekkerste walnotenschuimtaart gemaakt die jullie ooit hebben gezien. Als hij nog groter zou zijn, juffrouw Gail, dan zouden die kinderen jou er warempel nog uit laten springen, zo dol zijn ze op jou."'

Tot slot overhandigde Ambrose hen met een zwierig gebaar een envelop waarop stond: *Aan de heer Perry en mejuffrouw Gail.* Erin zaten twee van Dima's visitekaartjes, wit en met schepranden als huwelijksuitnodigingen, waarop zijn volledige naam stond: *Dimitri Vladimirowitsj Krasnov, Europees Directeur. The Arena Multi Global Trading Company of Nicosia, Cyprus.* En daaronder, het adres van de website van zijn bedrijf en een privé- en een kantooradres in Bern.

4

Als het ooit bij een van hen was opgekomen om Dima's uitnodiging af te slaan, dan hadden zij dat elkaar nooit laten blijken, zei Gail:

'We deden het voor de kinderen. Die twee grote tieners die samen jarig waren: geweldig. Zo werd de uitnodiging aan ons gepresenteerd en zo vatten we die ook op. Maar voor mij ging het om de twee meisjes' – waarbij ze zichzelf opnieuw gelukwenste dat ze Natasja's naam had weten te vermijden – 'terwijl voor Perry' – ze keek bedenkelijk in zijn richting.

'Terwijl voor Perry *wat*?' vroeg Luke, toen Perry niet reageerde.

Ze was al bezig in te binden. Haar man te beschermen. 'Hij was gewoon zo geboeid door alles. Toch, Perry? Dima, wie hij was, zo'n levenskracht, zo'n gevormde man. Die bende Russische bandieten. Het gevaar. Dat ze zo anders waren. Jullie – nou ja – er was een bepaalde *band* tussen jullie. Of mag ik dat niet zo zeggen?'

'Het is mij te veel gepsychologiseer,' zei Perry knorrig en hij trok zich in zichzelf terug.

De kleine Luke, als altijd de bemiddelaar, sprong ertussen. 'Dus in wezen waren er tegenstrijdige motieven aan beide kanten,' opperde hij op de toon van een man die gewend is aan tegenstrijdige motieven. 'Maar daar is toch zeker niets mis mee. Het is een behoorlijk ondoorzichtige situatie. Wanja's revolver. Verhalen over Russische contanten in wasmanden. Twee kleine weesmeisjes die jullie ontzettend hard nodig hebben – misschien de volwassenen ook wel, wisten jullie veel. *En* het was de verjaardag van de tweeling. Ik bedoel maar, hoe hadden jullie, als twee fatsoenlijke mensen, daar ooit weerstand aan kunnen bieden?'

'Op een eiland,' bracht Gail hem in herinnering.

'Precies. En daarbij kwam ook nog eens, zou ik *durven* zeggen, dat jullie *knap* nieuwsgierig waren. Ik bedoel maar, het is een verdomd pittige cocktail. Ik weet zeker dat *ik* er ook voor zou zijn gezwicht.'

Gail was daarvan overtuigd. Ze had zo'n vermoeden dat de kleine Luke in zijn tijd voor de meeste dingen was gezwicht, en zich dientengevolge een beetje zorgen om zichzelf maakte.

'En *Dima*,' zei ze met klem. 'Dima was voor jou de grote magneet, Perry, geef het nou maar toe. Dat heb je toen zelf gezegd. Voor mij waren het de kinderen, maar als puntje bij paaltje komt was Dima het voor jou. We hebben het er een paar dagen geleden nog over gehad, weet je nog?'

Ze bedoelde: *toen jij dat vervloekte verslag van je zat neer te krabbelen en ik een christenslaaf was.*

Perry zat een tijdje te piekeren, ongeveer zoals hij over elke andere academische premisse zou kunnen piekeren, om vervolgens met een sportieve glimlach toe te geven dat het klopte.

'Dat is waar. Ik had het gevoel dat ik door hem was *aangesteld. De hemel in gepromoveerd*, beter gezegd. Eerlijk gezegd weet ik niet eens meer *wat* ik voelde. Misschien toen ook niet.'

'Maar Dima wist het wel. Jij was zijn Professor in de sportiviteit.'

'Dus wandelden we 's middags, in plaats van naar het strand te gaan, naar de stad om inkopen te doen,' vervolgde Gail langs Perry's afgewende hoofd tegen Yvonne, terwijl haar verhaal tot Perry gericht was. 'Voor de jarige jongens was een cricketset het voor de hand liggende cadeau. Dat was *jouw* afdeling. Jij vond het heerlijk om op jacht te gaan naar een cricketuitrusting. Jij was dol op de winkel in sportkleding en -artikelen. Je was dol op de oude man. Je was dol op de foto's van grote West-Indische spelers. Learie Constantine? Wie hing er nog meer?'

'Martindale.'

'En Sobers. Gary Sobers was er ook. Je hebt hem me aangewezen.'

Hij knikte. Ja, Sobers.

'En we vonden al die geheimzinnigheid leuk. Vanwege de kinderen. Ambroses idee om mij uit de taart te laten springen was nog niet eens zo ver bezijden de werkelijkheid, zo was het toch? En ik zorgde voor cadeautjes voor de meisjes. Met een klein beetje hulp van jou. Sjaals voor de kleintjes en een heel leuke halsketting voor Natasja van afwisselend schelpen en halfedelstenen.' Ze had het geflikt. Ze had Natasja weer toegelaten en was ermee weggekomen. 'Jij wilde er ook een voor mij kopen, maar daar heb ik een stokje voor gestoken.'

'Om welke reden precies, Gail, als ik vragen mag?' – Yvonne, met haar bedeesde, intelligente glimlach op zoek naar iets luchthartigs.

'Exclusiviteit. Het was lief van Perry, maar ik wilde niet aan Natasja gekoppeld worden,' zei Gail net zo goed tegen Perry als tegen Yvonne. 'En ik weet zeker dat Natasja ook niet aan *mij* zou willen worden gekoppeld. Dank je, het is heel lief bedoeld, maar bewaar dat maar voor een andere keer, zei ik. Hè, Perry? En ik wil niet veel zeggen, hoor, maar je moet eens proberen om behoorlijk cadeaupapier te vinden in St. John's, Antigua!'

Ze draafde door:

'Dan was er ook nog dat gedoe toen we naar binnen werden geloodst, weet je nog? Want wij waren de grote verrassing. *Dat* beloofde ook een echte knaller te worden. We overwogen als Caribische zeerovers te gaan – jij tenminste – maar we besloten dat dat een beetje al te bont zou zijn, vooral bij mensen die nog in de rouw waren, ook al wisten wij officieel niet dat ze dat waren. Dus gingen we in onze gewone kleren, maar wel keurig. Perry, jij had je oude blazer aan en de grijze broek die je op reis ook aan had. Je Brideshead-look. Perry is nu niet wat je noemt een modegek, maar je deed je best. En je zwembroek, natuurlijk. En ik trok een katoenen jurk over mijn badpak aan en nog een vestje voor het geval het frisjes zou worden, want we wisten dat er bij Three Chimneys een privéstrand hoorde, en de kans bestond dat wij geacht werden te zwemmen.'

Yvonne schrijft een uiterst zorgvuldig verslag. Aan wie? Luke zit met zijn kin in zijn hand en drinkt elk woord in, iets te diep naar Gails zin. Perry staart somber naar een stukje metselwerk op de donker geworden muur. En allemaal schenken ze hun onverdeelde aandacht aan haar zwanenzang.

Toen Ambrose zei dat ze om zes uur klaar moesten staan voor de ingang van het hotel, vervolgde Gail op een meer afgemeten toon, gingen zij ervan uit dat ze naar Three Chimneys zouden worden ontvoerd in een van die SUV's met zwarte ramen en door een zijdeur naar binnen zouden worden gesmokkeld. Dat was niet het geval.

Toen ze, zoals opgedragen, via een sluiproute het parkeerterrein bereikten, werden zij opgewacht door Ambrose, achter het stuur van een jeep. Het plan was, legde hij hun met samenzweerderige opwinding uit, de mysteryguests naar binnen te loodsen via het oude Natuurpad dat langs de heuvelrij van het schiereiland helemaal tot aan de achteringang van het huis liep, waar meneer Dima zelf hen zou opwachten.

Ze deed opnieuw Ambroses stem na:

'"Man, ze hebben feestverlichting in de tuin, ze hebben een steelband en een feesttent en ze hebben een scheepslading van de sappigste Kobe-beef die ooit van een koe is gekomen. Ik weet niet wat ze daar allemaal niet hebben. En meneer Dima heeft het allemaal tot in de puntjes georganiseerd. Hij heeft mijn Elspeth en die hele wanordelijke familie meegetroond naar een grote krabbenrace aan de andere kant van St. John's, alleen om te zorgen dat we jullie door de achterdeur naar binnen konden loodsen, zo geheim zijn jullie vanavond!"'

Als ze op zoek zouden zijn geweest naar avontuur, dan had alleen het Natuurpad daar al voor gezorgd. Zij moesten de eerste mensen zijn die daar in jaren gebruik van maakten. Perry moest zich zelfs een paar keer met geweld een weg banen door het struikgewas:

'Wat hij natuurlijk heerlijk vond. Eigenlijk had hij boer moeten worden, vind je zelf ook niet? Toen kwamen we terecht in een groene tunnel met aan het einde daarvan Dima, die erbij stond als een blije Minotaurus. Als er zoiets bestaat.'

Perry's knokige wijsvinger schoot vermanend omhoog:

'En het was de eerste keer dat we Dima *alleen* troffen,' waarschuwde hij ernstig. 'Zonder bodyguards, zonder familie. Zonder kinderen. Niemand om over ons te waken. Tenminste, voor zover wij konden zien. Wij stonden met z'n drieën aan de rand van het woud. Ik denk dat we ons daar allebei heel erg bewust van waren. Van die plotselinge exclusiviteit.'

Maar elke betekenis die Perry aan deze opmerking kon hechten ging verloren in de voortdurende vaart van Gails relaas:

'Hij *omhelsde* ons, Yvonne! *Echt waar.* Hij omhelsde ons. Eerst Perry, toen schoof hij hem opzij, toen mij, en toen Perry weer. Geen erotische omhelzingen. Grote spontane familieomhelzingen. Alsof hij ons in geen eeuwen had gezien. Of ons nooit meer terug zou zien.'

'Of anders alsof hij ten einde raad was,' opperde Perry, op dezelfde ernstige, bedachtzame toon. 'Daar kreeg ik wel iets van mee. Jij misschien niet. Wat we op dat moment voor hem betekenden. Hoe belangrijk we waren.'

'Hij *hield* echt van ons,' ratelde Gail vastberaden verder. 'Hij stond ons daar zijn liefde te betuigen. Tamara hield ook van ons, daar was hij van overtuigd. Ze vond het alleen moeilijk om dat te zeggen, omdat ze een beetje gek was sinds haar probleem. Geen verklaring van wat dat probleem was en wie waren wij om dat te vragen? Natasja hield ook van ons, maar zij zegt tegenwoordig tegen niemand iets, ze leest alleen maar boeken. De hele familie hield van de Engelsen vanwege onze menselijkheid en sportiviteit. Alleen zei hij niet *menselijkheid*, wat zei hij ook alweer?'

'Hart.'

'Daar staan we aan het einde van die tunnel en worden uitbundig omhelsd en hij heeft zijn mond vol over onze harten. Ik bedoel, hoeveel liefde kun je verklaren aan iemand met wie je nooit meer dan zes woorden hebt gewisseld?'

'Perry?' drong Luke aan.

'Ik vond hem *heroïsch,*' antwoordde Perry en zijn lange hand schoot naar zijn voorhoofd en vormde een klassieke pose van bezorgdheid. 'Ik wist alleen niet waarom. Heb ik dat niet ergens in mijn verslag vermeld? *Heroïsch*? Ik vond hem' – met een schouderophalen deed hij zijn eigen gevoelens af als futiel – 'ik vond het *waardigheid onder vuur.* Ik wist alleen niet wie er op hem schoot. Of waarom. Ik wist helemaal niets, behalve –'

'Dat je zijn laatste hoop was,' opperde Gail op niet onvriendelijke toon.

'Ja, dat was ik. En hij zat diep in de nesten. Hij had ons *nodig.*'

'*Jou,*' verbeterde ze hem.

'Goed dan. Mij. Dat probeer ik alleen maar te zeggen.'

'Vertel *jij* het dan.'

'Hij liep met ons de tunnel uit, naar wat, zo begrepen wij, de achterkant van het huis moest zijn,' begon Perry, en toen zweeg hij even. 'Ik neem aan dat jullie een *gedetailleerde beschrijving* van die plek willen?' vroeg hij streng aan Yvonne.

'Dat willen wij zeker, Perry,' antwoordde Yvonne op al even zakelijke toon. 'Tot en met de kleinste slaapverwekkende bijzonderheid, alsjeblieft, *als* je zo vriendelijk wilt zijn.' En ze ging door met het maken van haar onberispelijke aantekeningen.

'Van de plek waar wij het bos uitkwamen, loopt een soort leverancierspad van rode sintels, dat waarschijnlijk door de oorspronkelijke bouwers is aangelegd als toegangsweg. Toen we tegen de heuvel op liepen moesten we over de kuilen heen springen.'

'Sjouwend met onze cadeaus,' sprak Gail voor haar beurt vanuit de coulissen. 'Jij met je cricketuitrusting, ik met mijn ingepakte cadeautjes voor de kinderen in het mooiste tasje dat ik kon vinden, wat nog niet veel zegt.'

Luistert er nog iemand? vroeg ze zich af. Niet naar mij. Perry is de spreekstalmeester. Ik ben de stalknecht.

'Het huis dat we van de achterkant naderden leek een krot,' vervolgde hij. 'We waren gewaarschuwd dat we geen paleis moesten verwachten en we wisten dat het huis op de nominatie stond om te worden gesloopt. Maar een bouwval hadden we niet verwacht.' De Oxfordse lector die de wijde wereld in trok was razende reporter geworden: 'Er stond een krakkemikkig bakstenen gebouw met tralies voor de ramen, het oude slavenkwartier leidde ik daaruit af. Er was een witgepleisterde muur van ongeveer vier meter hoog, met bovenop prikkeldraad dat er nieuw en gemeen uitzag. Er waren witte beveiligingslampen op palen eromheen, als bij een voetbalstadion, die fel omlaag schenen op iedereen die voorbijkwam. We hadden de gloed vanaf het balkon van ons huisje gezien. Daartussen waren snoeren met feestverlichting gespannen, vast en zeker ter voorbereiding op de verjaardagsfestiviteiten van die avond. Beveiligingscamera's, maar de andere kant op gericht, want wij bevonden ons aan de verkeerde kant ervan. Ik neem aan dat dat de bedoeling was. Een glanzende nieuwe satellietschotel, zeven meter hoog, vaag in noordelijke richting wijzend, voor zover ik dat vanaf die plek achter het huis kon bepalen. Gericht op Miami. Of misschien op Houston. Dat konden wij niet weten.' Hij dacht erover na. 'Jullie natuurlijk wel. Jullie worden geacht dat soort dingen te weten.'

Is dit een uitdaging of een grap? Het is geen van beide. Het is Perry die laat zien hoe geweldig hij hun werk doet, voor het geval ze dat nog niet hadden gemerkt. Het is Perry, de beklimmer van noordwaarts gerichte overhangende rotsformaties, die hun uitlegt dat hij nooit vergeet hoe hij ergens is gekomen. Het is de Perry die geen uitdaging kan weerstaan, vooropgesteld dat de kans op welslagen klein is.

'Dan weer heuvelafwaarts door meer bossen naar een grasveldje, dat eindigt op de uitstekende punt van de kaap. In werkelijkheid *heeft* het huis geen achterkant. Of het is *een en al* achterkant, dat is maar hoe je het bekijkt. Het is een pseudo-elizabethaanse rommelige bungalow, opgetrokken uit spaanplaat en asbest, met aan drie kanten uitzicht. Grijze pleisterwanden. Kleine raampjes met loden sponningen. Triplex dat getimmerd vakwerk moet voorstellen en een portaal aan de achterkant waar een lantaarn in bungelt. Volg je me nog, Gail?'

Denk je soms dat ik hier nog zou zitten als het niet zo was? 'Je doet het geweldig,' zei ze. Wat niet precies was wat hij had gevraagd.

'Aangebouwde slaapkamers, badkamers, keukens, en kantoortjes met voordeuren erin die de indruk wekten dat het gebouw ooit een soort leefgemeenschap of een commune was geweest. Overal een janboel, wil ik maar zeggen. Het was niet Dima's schuld. Dat wisten we dankzij Mark. De Dima's hadden daar tot voor kort nooit eerder gewoond. Er nooit een vinger naar uitgestoken, afgezien van die spoedklus beveiliging. Daar zaten wij niet mee. Integendeel. Het verschafte ons een broodnodig gevoel van realiteit.'

De immer nieuwsgierige dokter Yvonne kijkt op van haar medische aantekeningen. 'Maar waren er uiteindelijk dan helemaal geen chimneys, geen *schoorstenen*, Perry?'

'Twee, boven bij de overblijfselen van een suikerfabriek aan de westkant van het schiereiland. De derde aan de rand van het bos. Ik dacht dat ik dat ook in ons verslag had vermeld.'

Ons *verslag, verdomme? Hoe vaak heb je dat nu al gezegd?* Ons verslag *dat* jij *hebt geschreven en dat* ik *niet mocht lezen, maar* zij *wel. Het is verdomme* jouw *verslag! Het is verdomme* hun *verslag!* Ze had een hoogrode kleur en ze hoopte dat hem dat was opgevallen.

'Toen we naar het huis liepen en er naar ik schat nog zo'n twintig meter vandaan waren, gebaarde Dima dat we langzamer moesten lopen,' zei Perry, waarbij de intensiteit van zijn stem toenam. 'Met zijn handen. *Langzaam aan.*'

'En was dat hetzelfde moment waarop hij in een gebaar van samenzweerderigheid zijn vinger tegen zijn lippen drukte?' vroeg Yvonne, haar hoofd naar hem opheffend terwijl ze schreef.

'*Ja, dat was het inderdaad*!' wierp Gail zich in de strijd. '*Precies* dat moment. *Enorme* samenzweerderigheid. Eerst langzamer lopen, dan ssssst. We dachten dat die vinger tegen de lippen alleen maar was om de kinderen te verrassen, dus speelden we het spelletje mee. Ambrose had gezegd dat ze naar de krabbenrace waren, dus het leek een beetje vreemd dat ze nog in het huis zouden zijn. Maar wij namen aan dat de plannen waren gewijzigd en dat ze uiteindelijk toch niet waren gegaan. Ik nam dat tenminste aan.'

'Dank je, Gail.'

Waarvoor in jezusnaam? Omdat ik Perry heb afgetroefd? Geen dank, Yvonne, het was me een genoegen. Ze snelde verder:

'Dima had ons nu helemaal in spanning gebracht. We hielden letterlijk onze adem in. We trokken niets van wat hij zei in *twijfel* – ik denk dat we daar duidelijk over moeten zijn. We *gehoorzaamden* hem, wat eigenlijk niets voor ons is, maar zo was het. Hij bracht ons naar een deur, een huisdeur, maar een zijdeur. Die was niet op slot, hij duwde er alleen maar tegen en hij ging ons voor naar binnen en draaide zich onmiddellijk daarna om, met één hand opgeheven en de andere voor zijn mond als' – *zoals haar Pappa toen hij Boots speelde in een kerstvoorstelling, maar dan nuchter*, wilde ze zeggen maar ze deed het niet – 'nou ja, en met een heel doordringende blik. Alsof hij wilde duidelijk maken dat we onze mond moesten houden. Hè, Perry? Jouw beurt.'

'Zodra hij wist dat hij ons in zijn zak had, gebaarde hij ons hem te volgen. Ik ging als eerste.' De toon waarop Perry sprak was vlak en in doelbewust contrast met de hare – de toon die hij reserveert voor de momenten dat hij echt opgewonden is en daar niets van wil laten blijken. 'We slopen een lege hal in. Nou ja, *hal!* Hij was zo'n drie bij vier meter, met een gebarsten raam op het westen met vierkante ruitjes gemaakt met afplakband en het avondzonlicht scheen erdoor naar binnen. Dima hield nog steeds zijn vinger tegen zijn lippen. Ik stapte naar binnen en hij pakte mijn arm, zoals hij die ook op de tennisbaan had vastgepakt. Met een ongeëvenaarde kracht. Ik had er niet tegenop gekund.'

'Dacht je dat je er misschien wel tegenop had gemoeten?' vroeg Luke met mannelijk medeleven.

'Ik wist niet wat ik ervan moest denken. Ik was bezorgd om Gail en wilde ervoor zorgen dat ik tussen hen in bleef. Al was het maar voor een paar seconden.'

'En lang genoeg om te beseffen dat het geen kinderspel meer was,' opperde Yvonne.

'Tja, er begon me iets te dagen,' gaf Perry toe en hij wachtte even, omdat zijn stem werd overstemd door de sirene van een voorbijkomende ziekenwagen op de straat boven hen. 'Jullie moeten je voorstellen wat voor een onverwacht hels *kabaal* het daar binnen was,' zei hij met nadruk, alsof de ene herrie de andere had opgeroepen. 'We bevonden ons gewoon in die piepkleine hal, maar hoorden hoe de wind dat hele gammele huis deed schudden. En het licht was – nou ja, *fantasmagorisch*, om maar eens een woord te gebruiken waar mijn studenten verzot op zijn. Het kwam in strepen door het raam op het westen. En er scheen van dat stoffige licht vanonder de lage bewolking die vanuit zee kwam aandrijven en dan een laag stralend zonlicht daarboven. En inktzwarte schaduwen waar het licht niet doordrong.'

'En koud,' klaagde Gail, terwijl ze theatraal haar armen om zich heen sloeg. 'Zoals alleen leegstaande huizen dat kunnen zijn. En die kille kerkhofgeur die daar hangt. Maar *ik* dacht alleen maar: waar zijn de meisjes? Waarom zie of hoor ik niets van ze? Waarom hoor of zie ik helemaal *niemand* en *niets*, behalve de wind? En als er niemand in huis was, waarom deden we dan zo stiekem en stilletjes? Wie hielden we voor de gek behalve onszelf? En Perry, jij dacht dat ook, hè, dat heb je me later zelf verteld.'

En achter Dima's opgeheven vinger een ander gezicht, zegt Perry. Alle blijdschap is eruit geweken. Uit zijn ogen. Een humorloos gezicht. Star. Hij vond het echt *nodig* dat wij bang waren. Dat wij zijn angst deelden. En terwijl we daar in verwarring – en ja, angstig – staan, maakt de spookachtige gedaante van Tamara zich los uit de donkerste hoek van dat halletje, aan de andere kant van het binnenvallende licht, waar ze al die tijd al heeft gestaan zonder dat wij haar in de gaten hadden. Ze draagt dezelfde lange zwarte jurk die ze bij de tennismatch aanhad en die ze ook al droeg toen zij en Dima hen beloerden vanuit de duisternis van de SUV, en ze lijkt op de geest van zichzelf.

Gail pakte het verhaal weer terug:

'Het eerste wat ik zag was haar bisschopskruis. Toen doemde de rest van haar daaromheen op. Ter gelegenheid van de verjaardag had ze haar haar gevlochten en opgestoken en wat rouge op haar wangen aangebracht en wat lipstick om haar mond gesmeerd – en dan bedoel ik *letterlijk* eromheen. Ze leek me zo gek als een deur. Zij hield geen vinger tegen haar mond gedrukt. Dat hoefde niet. Haar hele lichaam was net een waarschuwingsbord in zwart en rood. Vergeet Dima maar, dacht ik. Dit is pas je ware. En natuurlijk vroeg ik me nog steeds af wat haar *probleem* was. Want *allemachtig*, dat ze een probleem had, was zo klaar als een klontje.'

Perry wilde wat zeggen, maar zij vervolgde koppig haar relaas: 'Ze had een vel papier in haar hand – een A-viertje, wit papier, in tweeën gevouwen – en hield dat voor ons omhoog. Waarom? Was het een religieus traktaat? Bereid u voor om uw Schepper te ontmoeten? Of hield ze ons een dagvaarding voor?'

'En Dima, waar was hij toen dat plaatsvond?' vroeg Luke, zich weer tot Perry wendend.

'Hij liet eindelijk mijn arm los,' zei Perry met een grimas. 'Maar niet voordat hij er zeker van was dat mijn aandacht gevestigd was op Tamara's velletje papier. Wat zij vervolgens onder mijn neus hield. En Dima knikte mij toe: *lees het.* Maar nog steeds met zijn vinger tegen zijn lippen. En Tamara was echt *bezeten.* Allebei waren ze bezeten, eerlijk gezegd. En allebei wilden ze ons deelgenoot maken van hun angst. Maar waarvoor? Dus las ik het. Niet hardop, uiteraard. Zelfs niet dadelijk. Ik stond niet in het zonlicht. Ik moest ermee naar het raam lopen. Op mijn tenen: wat maar weer eens bewijst hoezeer we in hun ban waren. En zelfs *daarna* moest ik met mijn rug naar het raam gaan staan omdat het zonlicht zo fel was. Toen moest Gail me mijn reserveleesbril uit haar handtasje geven...'

'... omdat hij zijn eigen bril zoals gewoonlijk in ons huisje had laten liggen...'

'Toen ging Gail op haar tenen achter me staan...'

'Jij wenkte me...'

'Om jou te beschermen – en je las mee over mijn schouder. En ik denk dat we het, nou ja, minstens twee keer lazen.'

'En toen nog een paar keer,' zei Gail. 'Ik bedoel maar, wat een blijk van vertrouwen! Waarom stelden ze zo'n geweldig *vertrouwen* in ons? Wat maakte dat zij ons opeens als *hun geschenk uit de hemel* beschouwden? – zo'n verdomd zware *belasting*!'

'Ze konden weinig anders,' merkte Perry op zachte toon op, waaraan Luke een wijs knikje toevoegde dat Yvonne discreet imiteerde, en Gail voelde zich nog geïsoleerder dan ze zich de hele avond al had gevoeld.

Misschien begon de spanning in het slecht geventileerde souterrain Perry te veel te worden. Of misschien – dacht Gail – had hij een verlate aanval van schuldgevoelens. Hij smakte zijn lange lijf terug in zijn stoel, liet zijn benige schouders hangen om ze te ontspannen en tikte met een wijsvinger op de vaalgele dossiermap die tussen Lukes vuistjes lag:

'Trouwens, je hebt de tekst daar voor je liggen in ons verslag, dus je hebt mij niet nodig om je die voor te lezen,' zei hij op agressieve toon. 'Die kun je zelf lezen zo vaak je maar wilt. Dat heb je al gedaan, neem ik aan.'

'Maar evengoed,' zei Luke, '*als* je zo goed zou willen zijn, Perry. Voor alle zekerheid, als het ware.'

Stelde Luke hem op de proef? Gail meende van wel. Zelfs in de academische rimboe die Perry zo per se achter zich wilde laten stond hij bekend om zijn vermogen na slechts één keer lezen hele lappen Engelse literatuur uit zijn hoofd te kunnen opzeggen. Nu er een beroep op zijn ijdelheid werd gedaan, begon Perry langzaam en zonder uitdrukking op zijn gezicht voor te dragen, als een griffier die tijdens een rechtszaak een getuigenverklaring voorleest:

'Dimitri Vladimirowitsj Krasnov, in het algemeen Dima genoemd, Europees Directeur van de *Arena Multi Global Trading Conglomerate of Nicosia, Cyprus,* is bereid, met bemiddeling van Professor Perry Makepiece en advocaat Mejuffrouw Gail Perkins een voor beide partijen profijtelijke regeling te treffen met overheid van Groot-Brittannië betreffende vaste verblijfsvergunning voor hele familie in ruil voor bepaalde gegevens die zeer belangrijk, zeer dringend en zeer cruciaal zijn voor Groot-Brittannië van Hare Majesteit. Kinderen en verdere familie komen over ongeveer anderhalf uur terug naar huis. Er is geschikte ruimte waar Dima en Perry voordelig kunnen praten, zonder gevaar te worden afgeluisterd. Gail zal Tamara vergezellen, alstublieft naar ander deel van huis. *Mogelijkheid bestaat dat huis veel microfoons bevat.* Wij zullen ALSTUBLIEFT NIET SPREKEN totdat iedereen is teruggekeerd van krabbenrace voor verjaarsfeest.'

'En toen ging de telefoon,' zei Gail.

Perry zit rechtop in zijn stoel alsof hij een standje heeft gekregen, zijn handen zoals eerder met gespreide vingers plat op tafel, de rug recht, maar de schouders afhangend, terwijl hij nadenkt over de juistheid van wat hij op het punt staat te doen.

Zijn kaak op de verzetstand, hoewel niemand hem iets heeft gevraagd waartegen hij zich zou moeten verzetten, behalve Gail, die hem aankijkt met een waardige maar smekende blik – dat hoopt ze tenminste, maar misschien is het alleen maar een blik van argwaan en bezorgdheid, want ze weet zelf niet meer goed welke gezichtsuitdrukkingen ze communiceert.

Lukes toon is luchthartig, monter zelfs, en dat is waarschijnlijk ook zijn bedoeling:

'Ik probeer me een beeld te vormen van hoe jullie daar samen staan, begrijp je,' legt hij geestdriftig uit. 'Het is waarachtig een *bijzonder* moment, vind jij ook niet, Yvonne? Zoals ze daar samen in die hal staan? Te lezen? Perry die de brief vasthoudt? Gail, jij leest mee over zijn schouder. Allebei *letterlijk* met stomheid geslagen. Jullie kregen dat buitengewone voorstel toegeworpen zonder dat jullie er *op enigerlei wijze* op mochten reageren. Het is een nachtmerrie. En voor zover het Dima en Tamara betreft zijn jullie, door niets te zeggen, al half over de streep getrokken. Ik neem aan dat jullie geen van beiden op het punt staan het huis uit te stormen. Jullie staan als aan de grond genageld. Lichamelijk en geestelijk. Heb ik gelijk of niet? Dus vanuit *hun* gezichtspunt loopt het tot dusverre op rolletjes: jullie hebben er *stilzwijgend* in toegestemd ermee in te stemmen. Dat is de indruk die jullie ongewild wekken. Totaal ongewild. Eenvoudigweg door niets te doen, door daar alleen maar te zijn, worden jullie deelgenoot gemaakt van het grote spel.'

'Ik dacht dat ze allebei volkomen geschift waren,' zei Gail, om zijn zelfvertrouwen te ondermijnen. 'Paranoïde, allebei, om je de waarheid te zeggen, Luke.'

'En waaruit bleek die paranoia precies?' vroeg Luke onverschrokken.

'Hoe moet ik dat weten? Om te beginnen dat ze ervan uitgingen dat iemand afluisterapparatuur had geplaatst. En dat er kleine groene mannetjes waren die hen afluisterden.'

Maar Luke is taaier dan ze verwacht. Hij komt sterk terug:

'Was dat nou echt zo onwaarschijnlijk, Gail, na wat jullie hadden gezien en gehoord? Je moet inmiddels hebben beseft dat je met tenminste één been in de Russische misdaad stond. Jij bent bovendien een ervaren juriste, als ik zo vrij mag zijn.'

Er volgde een lange stilte. Gail had niet verwacht met Luke de degens te moeten kruisen, maar als hij ruzie wilde, dan kon hij ruzie krijgen:

'Die zogenaamde *ervaring* waarover jij het hebt, Luke,' begon ze, 'heeft helaas *niets* te maken met' – maar Perry had haar al de pas afgesneden.

'De telefoon ging,' bracht hij haar op vriendelijke toon in herinnering.

'Ja. Nou ja, oké, de telefoon ging,' gaf ze toe. 'Op een meter van ons vandaan. Minder zelfs. Misschien iets van een halve meter. Het geluid deed denken aan een brandalarm. We schrokken ons een halve hartverzakking. Zij niet, alleen wij. Een bemost, zwart, staand geval uit de jaren veertig, met een kiesschijf en een harmonicasnoer, op een wankel rotan tafeltje. Dima nam op en brulde in het Russisch in de hoorn en wij zagen hoe zijn gezicht zich plooide tot een suikerzoete glimlach waar niets van gemeend was. Alles aan hem ging geheel in tegen zijn eigen vrije wil. Geforceerde glimlachjes, geforceerd gelach, geforceerde joligheid en een heleboel, ja-meneer, nee-meneer, drie zakken vol en ik zou je met mijn eigen blote handen kunnen wurgen. Zijn ogen voortdurend strak gericht op die gestoorde Tamara, die hem met gebaren advies gaf. En de vinger weer terug tegen de lippen om ons te waarschuwen geen geluid te maken, alsjeblieft, terwijl hij alsmaar aan het woord is. Klopt toch, Perry?' – opzettelijk Luke vermijdend.

Klopt.

'Dus dat zijn degenen voor wie ze bang zijn, bedenk ik. En ze willen dat *wij* ook bang voor hen zijn. Tamara dirigeert hem. Ze knikt, schudt haar hoofd, met rouge op de wangen en al, en met een medusa-uitdrukking als ze mega-afkeuring wil tonen. Dat is toch een correcte omschrijving, Perry?'

'Bloemrijk, maar accuraat,' beaamt Perry enigszins ongemakkelijk – vervolgens schenkt hij haar, godzijdank, een oprechte, stralende glimlach, ook al was het zijn schuldige.

'En dat was het eerste van een heleboel telefoontjes, mag ik aannemen?' opperde Luke alert, terwijl zijn snelle, opvallend levenloze ogen van de een naar de ander schoten.

'Voor de familie terugkeerde moeten er een stuk of vijf telefoontjes zijn geweest,' beaamde Perry. 'Jij hebt ze toch ook gehoord?' – tot Gail – 'En dat was nog maar het begin. Al die tijd dat ik met Dima zat opgesloten, hoorden wij de telefoon overgaan en Tamara kwam dan aanlopen om Dima toe te schreeuwen dat hij moest opnemen, of Dima sprong op en ging uit zichzelf opnemen, onderwijl in het Russisch vloekend. Als er zich nog andere telefoontoestellen in huis bevonden, dan heb ik die niet gezien. Later die avond vertelde hij me dat mobieltjes daar vanwege de bomen en de klippen geen bereik hebben en dat daarom iedereen hem belde via de vaste verbinding. Ik geloofde hem niet. Ik dacht dat ze wilden checken waar hij zich bevond, en het huis bellen via een oude vaste verbinding was dé manier om daarachter te komen.'

'*Ze?*'

'De mensen die hem niet vertrouwden. En die hij op zijn beurt niet vertrouwde. De mensen aan wie hij verantwoording verschuldigd is. En die hij haat. De mensen voor wie zij bang zijn en voor wie *wij* dus ook bang moeten zijn.'

De mensen van wie Perry, Luke en Yvonne meer mogen weten en ik niet, met andere woorden, dacht Gail. De mensen in dat stomme verslag van ons, dat niet van ons is.

'Dus dat is het moment waarop jij en Dima je terugtrekken in jullie *geschikte ruimte*, waar jullie kunnen praten zonder gevaar te worden afgeluisterd,' opperde Luke.

'Ja.'

'En Gail ging met Tamara mee om vriendjes te worden met haar.'

'Vriendjes, ammehoela.'

'Maar je ging mee.'

'Naar een slonzige zitkamer die naar vleermuizenpis stonk. Met een plasmatelevisiescherm, waarop een Russisch-orthodoxe hoogmis te zien was. Ze droeg een blik met zich mee.'

'*Een blik?*'

'Heeft Perry je dat niet verteld? In dat gezamenlijke verslag van ons dat ik nooit heb gezien? Tamara sleepte altijd een zwarte blikken handtas met zich mee. Als ze die neerzette, rammelde hij. Ik weet niet waar vrouwen in het dagelijkse leven hun vuurwapens stoppen, maar ik had het gevoel dat er net zoiets in zat als oom Wanja bij zich droeg.'

Als het dan mijn zwanenzang is, dan zal ik er verdorie ook uithalen wat erin zit:

'De plasmatelevisie nam het grootste deel van een wand in beslag. De andere wanden waren volgehangen met iconen. In handzame formaten. In barokke lijsten om de heiligheid te verhogen. Mannelijke heiligen, geen Heilige Maagden. Waar Tamara gaat, daar gaan de heiligen, dat idee had ik in ieder geval. Ik heb ook zo'n tante, een voormalige sloerie die zich tot het katholicisme heeft laten bekeren. Elk van haar heiligen heeft zijn eigen taak. Als ze haar sleutels kwijt is, is het Antonius. Als ze met de trein gaat, Christoffel. Als ze om wat geld verlegen zit, Marcus. Als een van haar familieleden ziek is, Franciscus. Als het te laat is, de Heilige Petrus.'

Even een stilte. Ze is haar tekst kwijt: de zoveelste flutactrice die aan de grond zit en geen rol kan krijgen.

'En de rest van de avond, in een paar woorden, Gail?' vroeg Luke. Hij keek niet echt op zijn horloge, maar het scheelde niet veel.

'In één woord *verrukkelijk*, dank je. Beluga-kaviaar, kreeft, gerookte steur, zeeën van wodka, heildronken die een halfuur duurden, in dronken Russisch, voor de volwassenen, geweldige verjaardagstaart, weggeslikt met heilzame wolken smerige Russische sigarettenrook. Kobe-beef en cricket in het licht van de schijnwerpers in de tuin, een steelband die erop los roffelde zonder dat iemand ernaar luisterde, vuurwerk waar niemand naar keek, een dronken nachtelijke zwempartij voor de taaisten onder ons en thuis vóór twaalven, voor een gezellige nabeschouwing onder het genot van een slaapmutsje.'

Een stapeltje van Yvonnes glansfoto's komt nu echt voor de laatste keer op tafel. Willen jullie me iedereen aanwijzen die jullie bekend voorkomt van de festiviteiten, zegt Yvonne, als op de automatische piloot.

Hij én hij, zegt Gail, terwijl ze vermoeid wijst.

En *die* toch zeker óók? zegt Perry.

Ja, Perry, die *ook.* Alweer een man, verdomme. *Er komt nog eens een dag dat vrouwelijke Russische criminelen dezelfde kansen krijgen als mannelijke.*

Stilte terwijl Yvonne weer zorgvuldig een aantekening maakt en haar potlood neerlegt. *Dankjewel, Gail, je hebt ons reusachtig geholpen,* zegt Yvonne. Dat is voor die geile kleine Luke het sein om door te pakken. Genadig beknopt door te pakken:

'Gail, ik ben bang dat we je zullen moeten laten gaan. Je bent geweldig ruimhartig geweest en je was een uitmuntende getuige en al het overige horen we wel van Perry. We zijn je heel dankbaar. Wij allebei. Dank je wel.'

Ze staat bij de deur en weet niet goed hoe ze daar is gekomen. Yvonne staat naast haar.

'Perry?'

Geeft hij antwoord? Ze merkt er niets van. Ze loopt de trap op, met Yvonne, haar cipier, vlak achter haar. In de hoogpolige, overdreven opgedirkte gang, vouwt de geweldige Ollie met het cockneyaccent en de buitenlandse stemmen zijn Russische krant op, krabbelt moeizaam overeind en blijft even stilstaan voor een antieke spiegel, om met beide handen zijn baret goed op zijn plaats te zetten.

5

‘Wil je dat ik even met je meeloop tot de deur, Gail?’ vroeg Ollie, terwijl hij zich omdraaide op zijn stoel en haar door het tussenschot in zijn taxi aankeek.

‘Nee, dank je, het gaat best.’

‘Maar zo te *zien* gaat het niet best met je, Gail. Niet van waar ik zit. Het is net alsof je iets dwarszit. Zal ik even meekomen om een kop van thee met je te drinken?’

Kop van thee? Bakkie? Kopje thee?

‘Nee, dank je, ik red me wel. Ik heb gewoon behoefte aan slaap.’

‘Niets helpt zo goed om bij te komen als een lekker tukje, wat jij?’

‘Zo is dat. Welterusten, Ollie. Bedankt voor het thuisbrengen.’

Ze stak de straat over en wachtte tot hij weg zou rijden, maar dat deed hij niet.

‘*We zijn ons tasje vergeten, schat!*’

Dat was ze. En ze kon zichzelf wel voor haar kop slaan. En Ollie ook, omdat hij wachtte tot ze op haar eigen stoep stond, voordat hij achter haar aan snelde. Ze mompelde nogmaals een bedankje en zei dat ze een stomme gans was.

‘Ach, je hoeft je niet te verontschuldigen, Gail, ik ben nog véél erger. Als mijn hoofd niet op mijn nek geschroefd zat, zou ik dat ook nog vergeten. Maar weten we het écht absoluut zeker, schat?'

Ik ben eigenlijk helemaal nergens absoluut zeker van, *schat.* Nu niet, in ieder geval. Niet absoluut zeker of jij een meesterspion bent of een ondergeschikte. Niet zeker waarom je een bril met dikke glazen draagt als je op klaarlichte dag naar Bloomsbury rijdt, en geen bril op de terugweg als het pikkedonker is. Of is het zo dat spionnen alleen in het donker kunnen zien?

De flat die ze samen met haar broer van haar vader had geërfd was geen flat maar een maisonnette op de twee bovenste verdiepingen van een mooi wit victoriaans rijtjeshuis van het type dat Primrose Hill zijn charme geeft. Haar yuppiebroer, die met rijke vriendjes fazanten neerknalde, bezat de andere helft, en over een jaar of vijftig, als hij zich dan inmiddels niet het graf in zou hebben gedronken, en als Perry en Gail dan nog steeds bij elkaar waren, hetgeen ze momenteel betwijfelde, zullen ze hem hebben afbetaald.

De entree rook naar de boeuf bourguignon van nummer 2 en was gevuld met geluiden van ruziënde buren en televisies. De mountainbike die Perry gebruikte voor zijn weekendbezoekjes stond op zijn gebruikelijke onhandige plek, met een ketting vast aan de afvoerpijp. Ze had hem gewaarschuwd dat op een dag een ondernemende dief ook de afvoerpijp zou stelen. Hij vond het heerlijk om om zes uur 's ochtends naar Hampstead Heath te rijden en over de paden te razen waar bordjes met VERBODEN VOOR RIJWIELEN stonden.

De loper op de vier smalle trappen die naar haar voordeur leidden was tot op de draad versleten, maar de huurder op de begane grond zag niet in waarom hij iets zou betalen, en de andere twee wilden niet betalen tot hij dat deed en Gail, de onbezoldigde inwonende juriste werd geacht met een compromisvoorstel te komen, maar waar moest ze verdorie een compromis vandaan toveren zolang geen van de partijen ook maar een centimeter wilde toegeven?

Maar vanavond was ze daar juist blij mee: laat ze maar kibbelen en hun stomme muziek draaien zoveel ze wilden, laat ze haar maar alle alledaagsheid geven die ze hadden, want, o lieve deugd, wat had ze een behoefte aan alledaagsheid. Zolang ze haar maar van de operatiekamer naar de verkoeverkamer brachten. Zolang ze haar maar vertelden dat de nachtmerrie voorbij was, Gail, lieverd, er zijn geen zacht sprekende Schotse blauwkousen of ondermaatse spiocraten met Eton-accenten meer, en al evenmin weeskinderen, onaards schone Natasja's, met vuurwapens zwaaiende ooms, Dima's en Tamara's, en Perry Makepiece, mijn door de hemel gezonden minnaar en bijziende toonbeeld van naïviteit staat niet op het punt om zich op te offeren uit orwelliaanse liefde voor zijn verloren Engeland, zijn bewonderenswaardige queeste naar een Band met een grote B – een band *waarmee,* in jezusnaam? – of zijn zelf gebrouwen merk binnenstebuiten gekeerde, puriteinse ijdelheid.

Toen ze de trap opliep, knikten haar knieën.

Bij de eerste piepkleine overloop knikten ze nog heviger.

Bij de tweede knikten ze zo oncontroleerbaar dat ze tegen de muur aan moest leunen tot ze tot rust kwamen.

En toen ze de hoogste overloop bereikte, moest ze zich aan de leuning optrekken om de voordeur te bereiken voor het licht weer uitging.

Toen ze in het halletje stond, met haar rug tegen de gesloten deur, luisterde ze en snoof, op zoek naar de geur van sterkedrank, zweet of muffe sigarettenrook of alle drie, wat haar een paar maanden tevoren erop had gewezen dat er bij haar was ingebroken, nog vóór ze de wenteltrap naar haar slaapkamer was opgelopen, waar op haar bed was geplast, de kussens in stukken waren gereten en met lipstick smerige spreuken op haar spiegel waren gekalkt.

Pas toen ze dat ogenblik volledig had herbeleefd, opende ze de keukendeur, hing haar jas op, controleerde de badkamer, deed een plas, schonk zich een groot glas rioja in, nam een flinke slok, goot het glas opnieuw tot de rand toe vol en nam het voorzichtig balancerend mee naar de zitkamer.

Ze bleef staan, ging niet zitten. Ze had voor de rest van haar leven genoeg gezeten, u wordt bedankt.

Toen ging ze voor de defecte, grenenhouten, doe-het-zelf-namaak laatachttiende-eeuwse haard, die er door de vorige eigenaar in was gezet, staan en keek naar hetzelfde langwerpige schuifraam waar Perry zes uur tevoren voor had gestaan: Perry naar voren gebogen, als een vogel van tweeënhalve meter hoog, die de straat in tuurde, in afwachting van een onopvallende zwarte taxi met het "vrij"-lichtje uit, laatste twee cijfers van de nummerplaat 73, en jullie chauffeur heet Ollie.

Geen gordijnen voor onze schuiframen. Alleen luiken. Perry die houdt van vitrage maar bereid is de helft van de overgordijnen te betalen als zij die echt wil. Perry die tegen centrale verwarming is, maar bezorgd is dat ze het niet warm genoeg heeft. Perry die de ene minuut zegt dat we maar één kind kunnen krijgen uit angst voor de overbevolking op aarde, en er dan weer per kerende post zes wil. Perry die zo gauw ze na de meest versjteerde vakantie van hun hele leven in Engeland voet aan de grond zetten, naar Oxford ijlt, zich in zijn kamers opsluit en zesendertig uur lang communiceert door middel van cryptische sms'jes van het front:

Verslag bijna voltooid... heb contact opgenomen met geëigende personen... kom rond middag in Londen aan... leg sleutel onder deurmat, alsjeblieft...

'Hij zei dat ze een onafhankelijk team vormden, heel anders dan normaal,' zegt hij tegen haar, terwijl hij de verkeerde taxi's voorbij ziet rijden.

'Hij?'

'Adam.'

'De man die je heeft teruggebeld? Die Adam?'

'Ja.'

'Achternaam of voornaam?'

'Dat heb ik niet gevraagd en dat heeft hij niet gezegd. Hij zegt dat ze hun eigen ruimte hebben voor zaken als deze. Een speciaal huis. Door de telefoon wilde hij niet zeggen waar. De chauffeur zou het wel weten.'

'*Ollie.*'

'Ja.'

'Zaken als *wat,* eigenlijk?'

'Als de onze. Meer weet ik ook niet.'

Er rijdt een zwarte taxi voorbij, maar het 'vrij'-lampje is aan. Geen spionnentaxi dus. Een gewone taxi. Bestuurd door een man die niet Ollie is. Opnieuw teleurgesteld draait Perry zich naar haar om:

'Luister. Wat verwacht je anders van me? Als jij een beter idee hebt, voor de dag ermee. Sinds we terug zijn in Engeland heb je alleen nog maar lopen vitten.'

'En jij hebt me alleen nog maar lopen ontwijken. O, en me behandeld als een klein kind. Van het zwakke geslacht. Dat was ik even vergeten.'

Hij staat weer voor het raam en kijkt naar buiten.

'Is *Adam* de enige die je brief-document-verslag annex getuigenverklaring heeft gelezen?' vraagt ze.

'Dat kan ik me nauwelijks voorstellen. En ik steek er ook mijn hand niet voor in het vuur dat hij Adam heet. Hij zei *Adam* alsof het een wachtwoord was.'

'O ja? Ik vraag me af hoe hij dat deed.'

Ze probeert op verschillende manieren *Adam* te zeggen alsof het een wachtwoord is, maar Perry laat zich niet uit zijn tent lokken.

'Je weet toch wel zeker dat Adam een *man* is, hè? Niet gewoon een vrouw met een lage stem?'

Geen antwoord. Dat werd ook niet verwacht.

Er komt weer een taxi voorbij. Nog steeds niet de onze. Wat trek je in hemelsnaam aan naar *spionnen*, schat? Zoals haar moeder zou hebben gezegd. Met de pest in dat ze het zich zelfs maar afvraagt, heeft ze haar kantoorkleren verruild voor een rok en een hooggesloten blouse. En gemakkelijke schoenen, niets om opgewonden van te raken – nou ja, behalve voor Luke dan, maar hoe had ze dat kunnen weten?

'Misschien zit hij vast in het verkeer,' oppert ze, en opnieuw krijgt ze geen antwoord, wat haar verdiende loon is. 'Maar om verder te gaan. Jij hebt die brief aan een *Adam* gegeven. En een Adam heeft die ontvangen. Anders zou hij je vermoedelijk niet hebben gebeld.' Ze zit te zuigen en weet het. Hij weet het ook. 'Hoeveel pagina's? Ons geheime verslag? Het jouwe?'

'Achtentwintig,' antwoordt hij.

'Geschreven of getypt?'

'Geschreven.'

'Waarom niet getypt?'

'Met de hand geschreven vond ik veiliger.'

'O ja? Op wiens advies?'

'Ik had toen nog geen advies gekregen. Dima en Tamara waren ervan overtuigd dat ze van alle kanten werden afgeluisterd, dus besloot ik hun bezorgdheid te respecteren en niets – elektronisch – te doen. Niets dat kon worden onderschept.'

'Was dat niet nogal paranoïde?'

'Vast wel. Wij zijn allebei paranoïde. Dima en Tamara zijn dat ook. We zijn *allemaal* paranoïde.'

'Laten we dat dan toegeven. Laten we dan samen paranoïde zijn.'

Geen antwoord. Die malle kleine Gail probeert een andere benadering:

'Zou je me willen vertellen hoe je contact hebt opgenomen met die meneer Adam?'

'Dat kan iedereen. Dat is tegenwoordig geen probleem. Je kunt het doen via het web.'

'Heb *jij* het gedaan via het web?'

'Nee.'

'Vertrouw je *mij*?'

'Natuurlijk.'

'Ik hoor dag in dag uit de meest verbazingwekkende bekentenissen. Dat weet je toch, hè?'

'Ja.'

'En je hoort me onze vrienden tijdens etentjes toch eigenlijk nooit amuseren met de geheimen van mijn cliënten?'

'Nee.'

Meer munitie:

'Je weet ook dat ik, als zelfstandige jonge advocate zonder vangnet die met angst en beven afwacht waar de volgende zaak vandaan komt of niet komt, beroepshalve gekant ben tegen mysterieuze opdrachten zonder vooruitzicht of beloning.'

'Niemand schrijft je iets voor, Gail. Niemand verwacht dat je iets doet, afgezien van praten.'

'En dat noem ik een instructie.'

Weer een verkeerde taxi. Weer een stilte, geen beste.

'Nou ja, meneer Adam heeft ons in ieder geval allebei uitgenodigd,' zegt ze, nu op luchtiger toon. 'Ik was even bang dat je me volledig uit het verslag had weggeretoucheerd.'

Dat is het moment waarop Perry weer Perry wordt en de dolk in haar hand zich tegen haarzelf richt, wanneer hij haar met zoveel gekwetste liefde aankijkt dat ze zich nog ongeruster maakt over Perry dan over zichzelf.

'Ik heb *geprobeerd* je weg te retoucheren, Gail. Ik heb mijn stinkende best gedaan om je weg te retoucheren. Ik dacht dat ik je ervoor kon behoeden erbij te worden betrokken. Dat lukte niet. Ze moeten ons allebei hebben. In ieder geval in het begin. Hij was – nou ja – onvermurwbaar.' Een nietszeggend lachje. 'Net zoals jij zou zijn als het om getuigen ging. "Als jullie er allebei bij aanwezig waren, dan ligt het voor de hand dat jullie allebei moeten komen." Het spijt me echt.'

En dat meende hij. Ze wist dat hij het meende. De dag waarop Perry zou leren zijn gevoelens te veinzen, was de dag waarop Perry Perry niet meer zou zijn.

En het speet haar net zozeer als hem. Meer nog. Ze was net in zijn armen om hem dat te zeggen, toen er een zwarte taxi met zijn lichtje uit en een kenteken dat eindigde op 73 buiten op straat stopte en een mannelijke stem met een accent dat net geen cockney was hun via de intercom mededeelde dat hij Ollie was en dat hij twee passagiers kwam oppikken voor Adam.

En nu was ze opnieuw buitengesloten. Uitgesloten, uitgehoord, afgedankt.

Het gehoorzame vrouwtje, dat wacht tot haar man thuiskomt en nog een volwassen glas rioja neemt om haar daarbij te helpen.

Toegegeven, het stond van begin af aan in dat belachelijke contract. Ze had hem daar nooit mee weg moeten laten komen. Maar dat betekende niet dat ze moest gaan zitten duimendraaien en dat had ze ook niet gedaan.

Diezelfde ochtend was ze op haar kantoor op de rechtbank, zonder dat Perry, die thuis gehoorzaam zat te wachten op de Stem van Adam, het wist, druk in de weer geweest achter haar computer, en voor de verandering nu eens niet om zich voor te bereiden op de zaak *Samson versus Samson.*

Dat ze had gewacht tot ze op kantoor was in plaats van gebruik te maken van haar laptop thuis – dat ze überhaupt had gewacht – was iets waar ze zich nog steeds over verbaasde, misschien wel iets wat ze zichzelf verweet. Wijt het maar aan de samenzweerderige sfeer die momenteel heerste en die door Perry zelf was opgeroepen.

Dat ze Dima's visitekaartje met scheprand nog bezat was een doodzonde, omdat Perry haar had opgedragen het te vernietigen.

Dat ze elektronisch werkte – en dus kon worden onderschept – was, zo bleek inmiddels, eveneens een doodzonde. Maar omdat hij haar niet vooraf had gewaarschuwd voor dit specifieke aspect van zijn paranoia, kon hij daar weinig op aan te merken hebben.

De Arena Multi Global Trading Conglomerate of Nicosia, Cyprus, verwittigde de website haar in slecht en slordig Engels, was een adviesbedrijf *gespecialiseerd in het geven van hulp aan actieve handelaren.* Het hoofdkantoor stond in Moskou. Het had vertegenwoordigingen in Toronto, Rome, Bern, Karachi, Frankfurt, Boedapest, Praag, Tel Aviv en Nicosia. Maar niet op Antigua. En er was geen brievenbusbank. Althans geen vermelding daarvan.

'*Arena Multi Global is trots op zijn discretie en flèr* [verkeerd gespeld] *in bedreifskwesties* [met ei] *en biedt op alle niveaus mogelikheden* [met een i in plaats van een ij] *en vertrouwelijke bankfaciliteiten* [correct gespeld]. *Let wel: deze website wordt momenteel verbouwd. Meer informatie desgevraagd bij ons kantoor in Moskou.*'

Ted was een Amerikaanse vrijgezel die termijncontracten verkocht voor Morgan Stanley. Vanuit haar kantoor belde ze Ted op:

'Gail, lieverd.'

'Een organisatie die zich de Arena Multi Global Trading Conglomerate noemt. Kun jij er voor mij achter komen wat daar aan vuiligheid over bekend is?'

Vuiligheid? Ted kon vuiligheid naar boven halen als geen ander. Tien minuten later was hij terug aan de lijn.

'Die Roeski maatjes van jou.'

‘Roeski?’

‘Die zijn net zoals ik. Levensgevaarlijk en godsliederlijk rijk.’

‘Hoe rijk is rijk?’

‘Al sla je me dood, maar zo te zien, mega. Meer dan vijftig dochtermaatschappijen, allemaal met geweldige bedrijfsresultaten. Zeg Gail, hou jij je bezig met witwaspraktijken?’

‘Hoe weet jij dat?’

‘Die Roeski-knakkers geven het geld zo snel aan elkaar door dat niemand weet van wie het eigenlijk is. Dat is alles wat ik voor je heb en ik heb ervoor moeten knokken. Zul je voor altijd van me houden?’

‘Ik zal het overwegen, Ted.’

Haar volgende stap was Ernie, de vindingrijke rechtbankgriffier van zestig plus. Ze wachtte tot lunchtijd, wanneer de kust het veiligst was.

‘Ernie. Je moet me helpen. Het gerucht gaat dat er een scandaleuze chatsite bestaat die jij bezoekt wanneer je de bedrijven van onze hoogst respectabele cliëntèle wilt natrekken. Ik ben daar zeer ontdaan over en ik wil dat je die voor mij raadpleegt.’

Een halfuur later en Ernie heeft haar een geredigeerde uitdraai gegeven van een scandaleuze woordenwisseling aangaande de Arena Multi Global Trading Conglomerate:

> Is er ergens een klojo die enig idee heeft wie die gribustent runt? Die gozers wisselen even vaak van algemeen directeur als van sokken. P. BROSNAN

> Lees, noteer, leer en verteer de wijze woorden van Maynard Keynes: Markten kunnen langer onlogisch blijven dan jij solvabel. Je bent zelf een klojo. R. CROW

> Wat is er verdomme gebeurd met de website van MG. Die is naar de klote. B. PITT

> MG’s website is geblokkeerd maar niet verwijderd. B-s is weer opgedoken. Klojo’s, weest allen op uw hoede. M. MUNROE

Maar ik ben echt reuze nieuwsgierig. Die gozers komen op me af alsof ze bloedgeil zijn en laten me dan hijgend en onbevredigd weer in de steek. P.B.

Hé, jongens, luister nou toch eens! Ik heb net gehoord dat de MGTC een kantoor heeft geopend in Toronto. R.C.

Een kantoor? Wat lul je nou, man! Het is een Russische k*t nachtclub! Paaldanseressen, Stolichnaya en borsjtsj. M.M.

Hé, klojo, met mij weer. Is het kantoor dat ze in Toronto hebben geopend hetzelfde als dat wat ze in Equatoriaal-Guinea hebben gesloten? Zo ja, maak dan dat je wegkomt, man. Als de gesmeerde bliksem. R.C.

De Arena Multi f****ing Global heeft nul komma nul hits op Google. Nul, niks, nada. Die hele outfit is zo über-amateuristisch dat ik er hartkloppingen van krijg. P.B.

Geloof jij soms in het hiernamaals? Zo niet, begin daar dan nu maar in te geloven. Je hebt hier te maken met de Biggest Bananaskinski in de witwasarena. Zonder dollen. M.M.

Ze waren zo enthousiast over mij. Nu dit. P.B.

Blijf uit de buurt. Blijf heel heel ver uit de buurt. R.C.

Ze is op Antigua, daarheen gezweefd op een volgend glas rioja uit de keuken.

Ze luistert naar de pianist met het zachtpaarse vlinderdasje, die Simon & Garfunkel croont voor een ouder echtpaar in linnen broeken, dat in z'n eentje over de dansvloer dartelt.

Ze ontwijkt de blikken van beeldschone obers die niets anders te doen hebben dan haar met hun ogen uitkleden. Ze hoort hoe de zeventigjarige Texaanse weduwe met de duizend facelifts Ambrose vraagt haar een rode wijn te brengen zolang het maar geen Franse is.

Ze staat op de tennisbaan en schudt ingetogen voor de eerste maal de hand van een kale vechtstier die zich Dima noemt. Ze herinnert zich zijn verwijtende bruine ogen en massieve kaak en het stramme, Erich von Stroheimachtige achterwaarts hellende bovenlichaam.

Ze bevindt zich in het souterrain in Bloomsbury, het ene moment Perry's levensgezellin, het volgende zijn overtollige ballast, die hij liever niet meeneemt op reis. Ze is in gezelschap van drie personen die, dankzij *ons verslag* en wat Perry hun in de tussentijd verder nog heeft weten te verklappen, een heleboel weten wat zij niet weet.

Ze zit om halfeen in haar eentje in de zitkamer van haar aantrekkelijke woning in Primrose Hill, met *Samson versus Samson* op haar schoot en een leeg wijnglas naast zich.

Hopla – ze springt op en loopt de wenteltrap op naar haar slaapkamer, maakt het bed op, volgt het spoor van Perry's vuile kleren op de vloer naar de badkamer en doet ze in de wasmand. Vijf dagen geleden heeft hij voor het laatst met me gevreeën. Gaan we een record breken?

Ze gaat weer naar beneden, stapje voor stapje, één hand aan de leuning in verband met de deining. Ze is terug voor het raam, staart de straat in en bidt dat haar man thuiskomt in een zwarte taxi met een kenteken dat eindigt op 73. Ze zit onder de middernachtelijke sterren bil tegen bil met Perry in de hobbelende SUV met zwarte ramen, terwijl Babyface, de kortharige blonde bodyguard met de gouden schakelarmband, hen naar hun hotel rijdt, na de verjaardagsfestiviteiten in Three Chimneys.

'*Fijne avond gehad, Gail?*'

Het is de chauffeur die dat vraagt. Tot op dat moment heeft Babyface niet laten blijken dat hij Engels spreekt. Toen Perry een aanvaring met hem had bij de tennisbaan, sprak hij geen woord Engels. Dus waarom laat hij zich nu in de kaart kijken? vraagt ze zich, alerter dan ooit tevoren, af.

'*Fabelachtige* avond,' verklaart ze met haar vaders stem, invallend voor Perry, die doof schijnt te zijn geworden. 'In één woord *grandioos.* Ik ben zo blij voor die *fantastische* jongens.'

'Ik heet Niki, oké?'

'Oké. Geweldig. Hallo, Niki,' zegt Gail. 'Waar kom je vandaan?'

'Perm, Rusland. Leuke stad. Perry, heb jij ook fijne avond gehad, alsjeblieft?'

Gail staat op het punt om Perry een por te geven met haar elleboog, wanneer hij uit zichzelf tot leven komt. 'Geweldig, dank je, Niki. Verrukkelijk eten. Echt fijne mensen. Super. De mooiste avond van onze vakantie tot nu toe.'

Niet slecht voor een beginneling, denkt Gail.

'Hoe laat jullie aangekomen Three Chimneys?' vraagt Niki.

'We waren bijna *helemaal* niet aangekomen,' roept Gail uit en ze giechelt om Perry's aarzeling te verbloemen. 'Zo was het toch, Perry? We hebben het Natuurpad genomen en moesten ons zowat *een weg hakken* door de struiken! Waar heb je zo mooi Engels leren spreken, Niki?'

'Boston, Massachusetts. Hebben jullie mes?'

'Mes?'

'Om kreupelhout te kappen, heb je groot *mes* nodig.'

Die dode ogen in de spiegel, wat hebben die gezien? Wat zien ze nu?

'Ik wou dat het waar was, Niki,' roept Gail uit, nog steeds in de huid van haar vader. 'Ik ben bang dat wij *Engelsen* geen messen bij ons dragen.' *Wat bazel ik nu toch allemaal? Doet er niet toe. Gewoon doorpraten.* 'Nou ja, *sommigen* van ons wel, om eerlijk te zijn, maar niet *ons* soort mensen. Wij zijn de verkeerde maatschappelijke *klasse.* Heb je wel eens gehoord van ons klassensysteem? Nou ja, in Engeland draag je alleen een mes bij je als je tot de arbeidersklasse of lager behoort!' En meer kraaiend gelach om ze over de rotonde en de oprit naar de voordeur op te loodsen.

Verdwaasd zoeken ze onwennig en aarzelend hun weg tussen de verlichte hibiscusstruiken naar hun huisje. Perry doet de deur achter hen dicht en doet hem op slot, maar het licht doet hij niet aan. Ze staan aan weerskanten van het bed tegenover elkaar in het duister. Een eeuwigheid blijft het stil. Wat niet wil zeggen dat Perry niet al weet wat hij wil gaan zeggen:

'Ik heb papier nodig om op te schrijven. Jij ook.' Zijn ik-heb-hier-de-touwtjes-in-handen-stem die hij, veronderstelt ze, gewoonlijk reserveert voor eerstejaars die verzuimd hebben hun wekelijkse werkstuk in te leveren.

Hij doet de jaloezieën dicht. Hij doet het ontoereikende leeslampje aan mijn kant van het bed aan en laat de rest van de kamer in duisternis gehuld.

Hij rukt het laatje van mijn nachtkastje open en haalt daar een blocnote uit: ook van mij. Met daarop mijn briljante overwegingen aangaande *Samson versus Samson*: mijn eerste zaak als rechterhand van een topadvocaat, mijn reuzensprong naar onmiddellijke rijkdom en roem.

Of niet.

Hij scheurt de bladzijden waarop ik mijn pareltjes van wettelijke wijsheid heb vastgelegd eruit en stopt die terug in de la, splitst wat er over is van *mijn* blocnote in tweeën en geeft mij de helft.

'Ik ga daarheen' – en hij wijst op de badkamer. 'Jij blijft hier. Ga aan het bureau zitten en schrijf alles op wat je je herinnert. Alles wat er is gebeurd. Ik doe hetzelfde. Afgesproken?'

'Wat is er tegen om allebei in dezelfde kamer te blijven? Jezus, Perry. Ik ben *hartstikke* bang. Jij niet?'

Afgezien van elk vergeeflijk verlangen naar zijn gezelschap, is mijn vraag volkomen begrijpelijk. Ons huisje bevat, naast een veelgebruikt bed ter grootte van een rugbyveld, één bureau, twee leunstoelen en een tafel. Perry heeft dan misschien zijn onderonsje gehad met Dima, maar hoe zit het met mij, opgescheept met de knettergekke Tamara en haar bebaarde heiligen?

'Afzonderlijke getuigen leggen afzonderlijke verklaringen af,' verkondigt Perry terwijl hij naar de badkamer loopt.

'Perry! Wacht! Kom terug! Blijf hier! Ik ben hier godverdomme de jurist, niet jij. Wat heeft Dima jou verteld?'

Niets, als je op zijn gezicht afgaat. Het is dichtgeklapt.

'Perry.'

'Wat?'

'In jezusnaam. Ik ben het. Gail. Weet je nog? Dus ga nou eens even rustig zitten en vertel tante wat Dima jou heeft verteld waardoor je in een zombie bent veranderd. Ook goed, ga dan niet zitten. Vertel het me terwijl je staat. Is het einde van de wereld ophanden? Is hij een meisje? Wat is er verdomme tussen jullie gaande dat ik niet mag weten?'

Een grimas. Een waarneembare grimas. Voldoende grimas om reden voor optimisme te geven. Misplaatst.

'Ik kan het niet.'

'Wat kun je niet?'

'Jou hierin betrekken.'

'Gelul.'

Een tweede grimas. Net zo betekenisloos als de eerste.

'Luister je, Gail?'

Wat dacht je verdomme dan dat ik aan het doen ben? 'De Mikado' aan het zingen?

'Jij bent een goede advocate en jij hebt een schitterende carrière in het vooruitzicht.'

'Dank je wel.'

'Over twee weken begint jouw grote zaak. Zo is het toch, of niet soms?'

Ja, Perry, dat is een juiste samenvatting. Ik heb een schitterende carrière in het vooruitzicht, tenzij we besluiten in plaats daarvan zes kinderen te nemen en de zaak Samson versus Samson *moet over vijftien dagen voorkomen, maar als ik onze topadvocaat goed inschat, dan is de kans dat ik ook maar één woord te berde mag brengen klein.*

'Jij bent de stralende ster van een gerenommeerd advocatenbureau. Je moet je kapot werken. Dat heb je me vaak genoeg verteld.'

Ja, inderdaad, dat is waar, ik ben walgelijk overwerkt. Elke jonge jurist zou dat wel willen, we hebben net de absoluut vreselijkste avond van ons leven achter de rug en wat probeer je me nu aan mijn neus te hangen, verdomme? Perry, dit kun je niet maken! Kom terug! Maar dat denkt ze alleen maar. Ze kan geen woord uitbrengen.

'We trekken een streep. Een streep in het zand. Alles wat Dima mij heeft verteld, hou ik voor mezelf. Alles wat Tamara jou heeft verteld hou jij voor jezelf. We steken niet over. We houden ons aan de vertrouwensband met onze cliënten.'

Haar spraakvermogen keert terug. 'Ga je me nu vertellen dat Dima jouw *cliënt* is? Je bent al net zo getikt als zij.'

'Ik gebruik een juridische metafoor. Afkomstig uit jouw wereld, niet uit de mijne. Ik zeg dat Dima mijn cliënt is en Tamara de jouwe. Conceptueel.'

'Tamara heeft niets *gezegd*, Perry. Geen enkel *kutwoord.* Ze denkt dat de vogels hier zijn uitgerust met afluisterapparatuur. Ze voelde zich regelmatig geroepen in het Russisch een gebed te richten tot een van haar bebaarde beschermers, waarbij ze mij dan gebaarde naast haar te knielen, en dat deed ik. Ik ben geen anglicaanse atheïst meer, ik ben een Russisch-orthodoxe atheïst. Verder is er geen zak tussen Tamara en mij gebeurd dat ik niet tot in de kleinste details bereid ben om met je te delen, en dat heb ik zojuist met je gedeeld. Mijn grootste angst was dat mijn hand zou worden afgebeten. Dat is niet gebeurd. Allebei mijn handen zijn intact. Nu is het jouw beurt.'

'Sorry, Gail. Dat kan ik niet doen.'

'Pardon?'

'Ik vertel het je niet. Ik verdom het om jou er meer bij te betrekken dan je nu al bent. Ik wil jou erbuiten houden. Veilig.'

'Jij wilt dat?'

'Nee, ik *wil* het niet. Ik sta erop. Ik ben onvermurwbaar.'

Onvermurwbaar? Is dat Perry die daar spreekt? Of de opruiende predikant uit Huddersfield naar wie hij is vernoemd?

'Ik ben doodserieus,' voegt hij eraan toe, voor het geval zij daar nog aan twijfelde.

Dan rijst er een andere Perry op uit de eerste. Uit mijn geliefde, ijverige Jekyll, komt een oneindig veel minder aantrekkelijke Mr. Hyde van de Britse Geheime Dienst:

'Je hebt ook met Natasja gesproken, heb ik gezien. Tamelijk lang.'

'Ja.'

'Alleen.'

'Nee, niet alleen. Er waren twee kleine meisjes bij, maar die sliepen.'

'De facto dus alleen.'

'Is dat een misdaad?'

'Ze is een bron.'

'Ze is een *wat*?'

'Heeft ze met jou over haar vader gesproken?'

'Hè?'

'Ik vroeg: heeft ze met jou over haar vader gesproken?'

'Je kunt de boom in.'

'Ik meen het serieus, Gail.'

'Ik ook. Doodserieus. Je kunt de boom in, en of je bemoeit je met je eigen zaken, of je vertelt me wat Dima tegen jou heeft gezegd.'

'Heeft ze met jou gepraat over hoe Dima zijn brood verdient? Met wie hij speelt, wie hij vertrouwt, voor wie ze zo bang zijn? Al dat soort dingen dat je weet moet je ook opschrijven. Dat kan van het grootste belang zijn.'

Waarna hij naar de badkamer vertrekt en – tot zijn eeuwige schande – de deur op slot doet.

Een halfuur lang zit Gail ineengedoken op het balkon, met de beddensprei over haar schouders omdat ze te afgepeigerd is om zich uit te kleden. Ze herinnert zich de fles rum, kater gegarandeerd, schenkt zich niettemin een scheut in en sukkelt in slaap. Als ze ontwaakt staat de badkamerdeur open. Superspion Perry tekent zich krom in de deuropening af, nog niet goed wetend of hij naar buiten moet komen. Hij klemt een blocnote in beide handen op zijn rug. Ze ziet een hoekje ervan dat uitsteekt en in zijn handschrift is volgeschreven.

'Neem een borrel,' stelt ze voor en ze wijst op de fles rum.

Hij negeert haar.

'Het spijt me,' zegt hij. Dan schraapt hij zijn keel en zegt nogmaals: 'Het spijt me echt heel erg, Gail.'

Ze gooit alle trots en redelijkheid overboord, springt spontaan op, rent op hem af en omhelst hem. Om redenen van veiligheid houdt hij zijn handen op zijn rug. Ze heeft Perry nog nooit eerder bang gezien, maar nu is hij bang. Zijn angst geldt niet hemzelf. Hij is bang om haar.

Ze kijkt slaperig op haar horloge. Halfdrie. Ze staat op met de bedoeling zich nog een glas rioja in te schenken, bedenkt zich, gaat in Perry's favoriete stoel zitten en ontdekt dat ze met Natasja onder de deken zit.

'En wat doet hij eigenlijk, die Max van jou?' vraagt ze.

'Hij houdt van mij met heel zijn hart,' antwoordt Natasja. 'Ook lichamelijk.'

'Ik bedoel, wat doet hij afgezien daarvan, voor de kost?' legt Gail uit, zorgvuldig een glimlach onderdrukkend.

Het loopt tegen middernacht. Om aan de kou te ontkomen

en tot vermaak van twee heel vermoeide kleine weesmeisjes, heeft Gail in de luwte van de muur die om de tuin heen staat van dekens en kussens een tent gemaakt. Uit het niets is opeens Natasja opgedoken, zonder boek. Eerst herkent Gail haar Griekse sandalen door een kier tussen de dekens, wachtend tot ze het toneel kunnen betreden. Ze blijven daar minutenlang staan. Luistert ze mee? Is ze bezig moed te verzamelen? Waarvoor? Overweegt ze een verrassingsaanval om de kinderen te plezieren? Omdat Gail tot nu toe nog geen woord met Natasja heeft gewisseld, heeft ze geen benul van wat haar zou kunnen drijven.

De deken wordt opzij geklapt, een Griekse sandaal komt voorzichtig binnen, gevolgd door een knie en Natasja's afgewende hoofd, omlijst door haar lange zwarte haar. Dan volgt een tweede sandaal en de rest van haar lichaam. De kleine meisjes, die diep in slaap zijn, hebben geen beweging gemaakt. Opnieuw minutenlang liggen Gail en Natasja met de hoofden bij elkaar zwijgend door de open klep van de tent naar buiten te kijken, terwijl met verontrustende bekwaamheid salvo's vuurpijlen worden ontstoken door Niki en zijn wapenbroeders. Natasja rilt. Gail trekt een deken over hen heen.

'Het schijnt dat ik sinds kort zwanger ben,' merkt Natasja op in verzorgd Jane Austen-Engels, niet tot Gail, maar tot een aantal fluorescerende pauwenveren die langs de nachtelijke hemel neerdalen.

Als het geluk je te beurt valt dat een jongere je in vertrouwen neemt, dan kun je beter je ogen gericht houden op een alledaags voorwerp in de verte dan op elkaar. Gail Perkins, *ipsissima verba.* Voordat ze aan haar rechtenstudie begon, gaf ze les op een school voor kinderen met leerproblemen, en dit was een van de dingen die ze daar had geleerd. En als een beeldschoon meisje van krap zestien je zomaar plompverloren toevertrouwt dat ze denkt dat ze wel eens zwanger zou kunnen zijn, dan wordt die les dubbel zo belangrijk.

'Op het ogenblik is Max skileraar,' antwoordt Natasja, op Gails terloops gestelde vraag naar de mogelijke vader van het kind dat zij verwacht. 'Maar dat is alleen voor nu. Hij zal architect worden en huizen bouwen voor arme mensen die geen geld hebben. Max is heel creatief, ook heel gevoelig.'

Geen spoor van humor in haar stem. Daar is ware liefde een te serieuze zaak voor.

'En zijn ouders, wat doen die, als ik vragen mag?' vraagt Gail.

'Die hebben hotel. Het is voor toeristen. Het stelt niet veel voor, maar Max is volkomen filosofisch als het om materiële zaken gaat.'

'Een hotel in de bergen?'

'In Kandersteg. Dat is een dorp in de bergen, heel toeristisch.'

Gail zegt dat ze nog nooit in Kandersteg is geweest maar dat Perry daar wel eens heeft meegedaan aan een skiwedstrijd.

'De moeder van Max heeft totaal geen cultuur maar ze is sympathiek en spiritueel, net als haar zoon. De vader is volslagen waardeloos. Een idioot.'

Hou het alledaags. 'En is Max verbonden aan een officieel erkende skischool,' vraagt Gail, 'of werkt hij, zoals ze dat noemen, voor zichzelf?'

'Max werkt uitsluitend voor zichzelf. Hij skiet alleen maar met mensen voor wie hij respect heeft. Het liefst buiten de pistes, waar het veel mooier is. Hij skiet ook op gletsjers.'

Het was in een afgelegen hut hoog boven Kandersteg, zegt Natasja, dat zij elkaar verbaasden met hun hartstocht:

'Ik was maagd. Ook onbekwaam. Max is totaal begripvol. Het ligt in zijn aard om begripvol te zijn naar alle mensen. Zelfs in zijn hartstocht toont hij alle begrip.'

Vastberaden de toon licht en terloops te houden, vraagt Gail Natasja hoe ver ze is met school, in welke vakken ze uitblinkt en op welke examens zij haar zinnen heeft gezet. Sinds ze bij Dima en Tamara woont, antwoordt Natasja, gaat ze naar de rooms-katholieke kloosterschool in het kanton Fribourg waar ze doordeweeks ook slaapt:

'Helaas geloof ik niet in God, maar dat doet er niet toe. In het leven is het vaak noodzakelijk te doen alsof je over religieuze overtuiging beschikt. Kunstgeschiedenis vind ik het leukst. Max is ook heel artistiek. Misschien gaan wij allebei kunstgeschiedenis studeren in St. Petersburg of in Cambridge. Dat wordt nog beslist.'

'Is hij katholiek?'

'In het dagelijkse leven schikt Max zich naar de godsdienst van zijn familie. Dat is omdat hij plichtsgetrouw is. Maar in zijn ziel gelooft hij in alle goden.'

En in *bed*? vraagt Gail zich af, maar zonder het ook te vragen: schikt hij zich daar ook naar het geloof van zijn familie?

'En wie weten nog meer van jou en Max?' vraagt ze op dezelfde, gemoedelijke, luchthartige toon, die ze tot dusverre heeft weten vast te houden. 'Afgezien van zijn ouders, uiteraard. Of weten zij soms ook van niets?'

'De situatie is ingewikkeld. Max heeft heel dure eed gezworen dat hij niemand van onze liefde zal vertellen. Daar heb ik op aangedrongen.'

'Zelfs zijn moeder niet?'

'De moeder van Max is niet betrouwbaar. Ze heeft kleinburgerlijke instincten, is ook babbelziek. Als het haar uitkomt, vertelt ze het aan haar man, ook aan andere kleinburgerlijke mensen.'

'Is dat dan zo erg?'

'Als Dima weet dat Max mijn geliefde is, dan bestaat de kans dat hij hem vermoordt. Dima schuwt geweld niet. Dat is zijn aard.'

'En Tamara?'

'Tamara is mijn moeder niet,' snauwt ze, met een sprankje van haar vaders agressie.

'Dus wat ga je doen als je erachter komt dat je werkelijk zwanger bent?' vraagt Gail langs haar neus weg, terwijl het landschap oplicht omdat er een batterij Romeinse kaarsen is ontstoken.

'Zodra het zeker is, zullen wij onmiddellijk vluchten naar een ver oord, misschien Finland. Max zal dat regelen. Op het ogenblik komt dat slecht uit omdat hij ook zomergids is. Wij wachten nog één maand. Misschien is het mogelijk om in Helsinki te studeren. Misschien plegen wij zelfmoord. We zullen zien.'

Gail bewaart de vreselijkste vraag voor het laatst, misschien omdat haar kleinburgerlijke instincten haar voor het antwoord hebben gewaarschuwd:

'En hoe oud is die Max van jou, Natasja?'

'Eenendertig. Maar in zijn hart is hij een kind.'

Net als jij Natasja. Is dit dus een sprookje dat je me opdist onder de Caribische sterrenhemel, een fabeltje over de ridder op het witte paard die je ooit zult ontmoeten? Of ben je werkelijk naar bed geweest met een etter van een eenendertig jaar oude skipummel die zijn moeder niets over jou vertelt? Want als dat zo is dan ben je aan het juiste adres: bij mij.

Gail was iets ouder geweest, maar niet veel. De jongen in kwestie was geen skipummel maar een berooide drop-out van een plaatselijk gymnasium. Hij was van gemengd bloed, met gescheiden ouders in Zuid-Afrika. Haar eigen moeder had drie jaar tevoren het gezin in de steek gelaten zonder een postadres achter te laten. Haar alcoholische vader, die qua agressie geen enkele bedreiging vormde, lag met een terminale leveraandoening in het ziekenhuis. Met geld dat ze van vrienden had geleend had Gail de baby op stuntelige wijze laten aborteren en de jongen er nooit iets over gezegd.

Tot op dat moment is ze er ook nog niet aan toegekomen het Perry te vertellen. En zoals de zaken er nu voorstaan vraagt ze zich af of ze dat ooit nog zal doen.

Uit de handtas die ze bijna in Ollies taxi had achtergelaten, vist Gail een mobieltje en controleert of er nieuwe boodschappen zijn. Als ze die niet vindt, scrolt ze terug. Natasja's sms'jes zijn in hoofdletters geschreven voor extra dramatisch effect. Vier in totaal in één week tijd:

IK HEB MIJN VADER VERRADEN IK BEN SCHANDE.

GISTEREN HEBBEN WE MISJA EN OLGA BEGRAVEN

IN PRACHTIGE KERK MISSCHIEN VOEG IK ME SNEL BIJ HEN.

LAAT WETEN ALSJEBLIEFT WANNEER OVERGEVEN 'S OCHTENDS NORMAAL IS?

– gevolgd door Gails antwoord dat is opgeslagen in haar map verzonden berichten:

Ongeveer eerste drie maanden, maar als je ziek bent moet je ONMIDDELLIJK naar de dokter gaan, xxxx Gail.

– waarop Natasja prompt verontwaardigd reageert met:

ZEG ALSJEBLIEFT NIET DAT IK ZIEK BEN. LIEFDE IS GEEN ZIEKTE. NATASJA.

Als ze zwanger is dan heeft ze me nodig.

Als ze *niet* zwanger is, dan heeft ze me nodig.

Als ze een verknipte puber is die erover fantaseert de hand aan zichzelf te slaan, dan heeft ze me nodig.

Ik ben haar advocate en vertrouwenspersoon.

Ik ben haar enige hoop.

Perry's streep in het zand is getrokken.

Er valt niet aan te tornen en hij laat zich niet beïnvloeden door eb en vloed.

Zelfs tennis werkt niet meer. De Indiase wittebroodswekers zijn vertrokken. Enkelspel geeft te veel spanningen. Mark is de vijand.

Hun vrijpartijen bieden hun weliswaar de gelegenheid de aanwezigheid ervan voor even te vergeten, maar later ligt die streep er nog steeds om hen opnieuw uiteen te drijven.

Als ze na het avondeten op hun balkon zitten, kijken ze naar de gebogen lijn van witte beveiligingslampen die over het einde van het schiereiland is gespannen. Als Gail hoopt een glimp van de meisjes op te vangen, van wie hoopt Perry dan een glimp op te vangen?

Van Dima, zijn Jay Gatsby? Of van Dima, zijn persoonlijke Kurtz? Of van een andere gemankeerde held van zijn geliefde Joseph Conrad?

Ze zijn zich elk uur van de dag en de nacht bewust van het gevoel te worden afgeluisterd en in de gaten gehouden. Zelfs als Perry zijn zelfopgelegde zwijgplicht zou willen verbreken, dan nog zou de angst te worden afgeluisterd zijn lippen verzegelen.

Met nog twee dagen te gaan, staat Perry om zes uur op en

gaat vroeg een eind joggen. Na te hebben uitgeslapen, gaat Gail naar The Captain's Deck, in de veronderstelling dat ze in haar eentje zal moeten ontbijten, maar treft hem aan, terwijl hij met Ambrose beraadslaagt of hun datum van vertrek kan worden vervroegd. Ambrose vindt het jammer, maar de tickets zijn niet inwisselbaar:

'Als je dat nu *gisteren* had gezegd, dan hadden jullie mee kunnen vliegen met meneer Dima en zijn familie. Zij het dat zij allemaal eersteklas reisden en jullie gewoon economyclass. Ik vrees dat jullie het nog één dagje langer zullen moeten uithouden op dit goeie ouwe eilandje.'

Ze deden hun best. Ze maakten een wandeling naar de stad en bezichtigden alles wat er te bezichtigen was. Perry gaf haar college over de verschrikkingen van de slavernij. Ze gingen naar het strand aan de andere kant van het eiland en snorkelden, maar ze waren gewoon twee van de vele Britten die niet wisten wat ze aan moesten met zoveel zon.

Het duurde nog tot het diner bij The Captain's Deck voordat Gail eindelijk door het lint ging. Zich niets aantrekkend van het embargo dat hij zelf heeft afgeroepen over hun gesprekken in het huisje, vraagt Perry haar tot haar verbijstering of zij toevallig iemand kent 'uit de wereld van de Britse Inlichtingendienst'.

'Maar daar *werk* ik voor,' kaatst ze terug. 'Ik dacht dat je dat inmiddels wel door zou hebben!' Haar sarcasme levert niets op.

'Ik dacht gewoon dat jij op de rechtbank misschien wel iemand zou weten die daar iemand kent,' zegt Perry op deemoedige toon.

'O. En hoe kom je daar zo bij?' bijt Gail hem toe, terwijl ze voelt dat ze rood begint aan te lopen

'Nou ja' – met een overdreven onschuldig schouderophalen – 'ik dacht zo bij mezelf, met al dat gedoe met die rare wederzijdse uitleveringen en martelingen – openbare onderzoeken, processen en zo – dat spionnen wel alle juridische hulp nodig zouden hebben die ze kunnen krijgen.'

Het werd haar te veel. Met een galmend 'krijg de kolere, Perry', rende ze over het pad naar het huisje, waar ze in tranen uitbarstte.

En toch speet het haar ontzettend. En hem ook. Ze geneerden zich dood. Allebei. Het was allemaal mijn schuld. Nee, de mijne. Laten we teruggaan naar Engeland en deze hele ellendige toestand achter ons laten. Tijdelijk herenigd grepen ze elkaar vast als verdrinkende zwemmers en ze bedreven de liefde met dezelfde vertwijfeling.

Ze staat weer voor het hoge raam en kijkt fronsend de straat in alsof er gevaar dreigt. Nergens een taxi, verdomme. Zelfs niet de verkeerde.

'*Klootzakken*,' zegt ze hardop, precies zoals haar vader dat altijd deed. En tot zichzelf – of tot de klootzakken – zegt ze in stilte:

Wat halen jullie met hem uit, verdomme?

Wat willen jullie van hem, verdomme?

Waartegen zegt hij nee-maar-ja terwijl jullie toekijken hoe hij zijn morele sprongetjes voor jullie maakt?

Hoe zouden jullie je voelen als Dima bij mij te biecht was gegaan in plaats van bij Perry? Als het in plaats van man-tot-man van man-tot-vrouw was geweest?

Hoe zou Perry zich voelen als hij hier zou zitten als een stompzinnig afdankertje en moest wachten tot ik terugkwam met weer meer geheimen waarvan ik je, helaas, hoe jammer ik het ook vind, geen deelgenoot kan maken, al is dat voor je eigen bestwil?

'Ben jij dat, Gail?'

Is zij het?

Iemand heeft de telefoon in haar hand gedrukt en gezegd dat ze met hem moet praten. Maar dat kan helemaal niet. Ze is alleen. Perry is live aan de lijn en niet in een flashback. En ze staat nog steeds, met één hand op het raamkozijn, de straat in te kijken.

'Luister. Het spijt me dat het zo laat is en zo.'

En zo?

'Hector wil ons morgenochtend om negen uur allebei spreken.'

'Wil *Hector* dat?'

'*Ja*.'

Blijf redelijk. In een krankzinnige wereld moet je je vastklemmen aan wat je weet. 'Dat gaat niet. Ik weet dat het zondag is, maar ik ben aan het werk. *Samson versus Samson* slaapt nooit.'

'Bel dan je werk en zeg dat je ziek bent of zoiets. Het is belangrijk, Gail. Belangrijker dan *Samson versus Samson.* Echt waar.'

'Vindt Hector dat?'

'Eerlijk gezegd vinden we dat allebei.'

6

'Zijn naam wordt overigens Hector,' zei de kiene kleine Luke, even opkijkend van zijn vaalgele dossiermap.

'Is dat een waarschuwing of een goddelijke beschikking?' vroeg Perry van achter zijn gespreide handen, lang nadat Luke de hoop op een reactie had opgegeven.

In de eeuwigheid sinds Gails vertrek had Perry bewegingloos aan tafel gezeten. Hij had zijn hoofd niet opgeheven en was geen enkele maal opgestaan van zijn plek naast haar lege stoel.

'Waar is Yvonne?'

'Naar huis,' zei Luke, met zijn neus weer in zijn map.

'Gestuurd of gegaan?'

Geen antwoord.

'Is Hector jullie opperste leider?'

'Laten we zeggen dat ik een subtopper ben, hij is een topper' – en hij maakte een aantekening.

'Hector is dus jullie baas?'

'Zo zou je het ook kunnen zeggen.'

En zo zou je ook een rechtstreeks antwoord kunnen ontwijken.

Eigenlijk moest Perry, afgaande op alle bewijzen die hem tot dusverre ter beschikking stonden, toegeven dat Luke iemand was met wie hij best overweg zou kunnen. Geen hoogvlieger, wellicht. Een subtopper, precies zoals hij zichzelf had gekenschetst. Een tikkeltje bekakt misschien, een tikkeltje chique kostschool, maar afgezien daarvan een fatsoenlijke vent.

'Heeft Hector meegeluisterd?'

'Ik neem aan van wel.'

'En ons geobserveerd?'

'Soms is het beter om alleen maar te luisteren. Als naar een hoorspel.' En na een pauze: 'Geweldige meid, die Gail van jou. Zijn jullie al lang samen?'

'Vijf jaar.'

'Wow.'

'Waarom *wow*?'

'Ach, ik denk dat ik me een beetje Dima-achtig voel. Je moet maar snel met haar trouwen.'

Dit was gewijde grond en Perry overwoog hem dat ook te zeggen, maar vergaf hem toen.

'Hoe lang doe je dit werk al?' vroeg hij in plaats daarvan.

'Twintig jaar, zo'n beetje.'

'Hier of in het buitenland?'

'Hoofdzakelijk in het buitenland.'

'Is het fnuikend?'

'Pardon?'

'Het werk. Tast het je geest aan? Ben je je bewust van een – nou ja – van een *déformation professionelle*?'

'Bedoel je te vragen of ik psychisch gestoord ben?'

'Nee, niet zoiets drastisch. Gewoon – nou ja, wat voor invloed het op de lange termijn op je heeft?'

Lukes hoofd bleef gebogen, maar zijn potlood was tot stilstand gekomen en van zijn stilzwijgen ging iets uitdagends uit.

'Op de *lange termijn*?' herhaalde hij, met bestudeerde verbazing. 'Op de lange termijn zijn we allemaal dood, stel ik me zo voor.'

'Ik bedoelde alleen: hoe is het voor jou, om een land te vertegenwoordigen dat zijn rekeningen niet kan betalen?' legde Perry uit, zich er te laat van bewust dat hij zich op al te glad ijs had gewaagd. 'Dat we een goede inlichtingendienst hebben is tegenwoordig de enige reden dat we een plaatsje aan de tafel van de internationale top hebben gekregen, heb ik ergens gelezen,' blunderde hij voort. 'Het moet heel wat spanning oproepen bij de mensen die dat moeten bewerkstelligen, dat is alles. Je werkt boven je macht,' voegde hij eraan toe, geheel onbedoeld refererend aan Lukes weinig indrukwekkende postuur, wat hij onmiddellijk betreurde.

Hun moeizame woordenwisseling werd gelukkig onderbroken door het geschuifel van zachte voetstappen als op pantoffels boven hun hoofd, die vervolgens langzaam en omzichtig naar het souterrain afdaalden. Als op bevel stond Luke op, liep naar een buffet, pakte een dienblad met malt whisky, mineraalwater en drie glazen en zette dat op de tafel.

De voetstappen waren onder aan de trap aangekomen. De deur ging open. Perry stond instinctief op. Er volgde een wederzijdse inspectie. De twee mannen waren even lang, wat voor hen beiden ongebruikelijk was. Als hij meer rechtop had gestaan zou Hector misschien de langste zijn geweest. Met zijn klassieke brede voorhoofd en golvende witte haar, dat in twee slordige golven naar achteren was geworpen, deed hij Perry denken aan een faculteitshoofd van het oude daze soort. Hij was ergens tussen de vijftig en de zestig, schatte Perry, maar voor de eeuwigheid gekleed in een aftands bruin sportjasje met leren stukken op de ellebogen en leren biezen langs de manchetten. De vormeloze grijze broek had ook van Perry kunnen zijn. En dat gold ook voor de afgetrapte Hush Puppies. De simpele hoornen bril had uit de kist op zolder met de spullen van Perry's vader kunnen komen.

Eindelijk, maar rijkelijk laat, deed Hector zijn mond open:

'Die ellendige Wilfred *godver* Owen,' sprak hij, met een stem die erin slaagde zowel robuust als respectvol te klinken. 'Edmund *godver* Blunden, Siegfried *godver* Sassoon. Robert *godver* Graves. Enzovoort.'

'Wat is daarmee?' vroeg Perry verbijsterd, voordat hij zichzelf tijd had gegund om na te denken.

'Jouw grandioze klote-artikel over hen in de *London Review of Books* van afgelopen najaar! "*De opoffering van dappere mannen vormt geen rechtvaardiging voor een foute zaak. P. Makepiece* scripsit." Verdomd grandioos!'

'Nou, dank u' zei Perry onbeholpen en hij had de smoor in dat hij dat verband niet snel genoeg had gelegd.

De stilte keerde weer terwijl Hector doorging met het bewonderend inspecteren van zijn buit.

'Tja, ik zal u eens zeggen wat u bent, meneer Perry Makepiece,' verklaarde hij, alsof hij tot de conclusie was gekomen waarop zij allebei hadden gewacht. 'U bent verdomme een absolute held, dat bent u' – waarop hij Perry's hand met twee slappe handjes omvatte en zachtjes schudde – 'en dat zeg ik niet zomaar. Wij weten hoe je over ons denkt. Sommigen van ons denken dat ook, en terecht. Het probleem is dat wij het enige circus in de stad zijn. De regering is naatje, de helft van de rijksambtenaren is aan het schaften. Aan Buitenlandse Zaken heb je ongeveer evenveel als aan een natte droom, het land is volkomen bankroet en de bankiers gaan ervandoor met ons geld en zeggen dat we de pleuris kunnen krijgen. Wat kunnen wij daaraan doen? Ons beklag doen bij Mammie of orde op zaken stellen?' – zonder Perry's antwoord af te wachten – 'Ik denk dat je zeven kleuren stront hebt gescheten voor je naar ons toekwam. Maar je bent gekomen. Een drupje maar' – hij had Perry's hand losgelaten en sprak nu Luke toe van boven de malt whisky – 'voor Perry, een pietsje. Een flinke scheut water en voldoende sterke drank om zijn broekriem los te maken. Vind je het goed als ik naast Luke neerhurk of geeft dat je te veel het gevoel dat je bij de oudercommissie op het matje moet komen? Sodemieter op met dat Adam-gedoe, mijn naam is Meredith. Hector Meredith. We hebben elkaar gisteren door de telefoon gesproken. Flat in Knightsbridge, vrouw en twee koters, nu volwassen. IJskoud buitenhuisje in Norfolk, en in beide plaatsen sta ik in het telefoonboek. Luke, wie ben *jij*, wanneer je niet een ander varken bent?'

'Luke Weaver, om de waarheid te zeggen. We wonen voorbij Gail in Parliament Hill. Meest recente standplaats Centraal-Amerika. Voor de tweede keer getrouwd, een zoon samen, tien jaar oud, zojuist toegelaten tot de University College School, Hampstead, dus we zijn in de wolken.'

'En tot het einde aan toe geen lastige vragen,' beval Hector.

Luke schonk drie minuscule glaasjes whisky in. Perry ging abrupt weer zitten en wachtte af. Topper Hector ging pal tegenover hem zitten, subtopper Luke een beetje opzij van hem.

'Wel, *krijg de kolere,*' zei Hector uitgelaten.

'Inderdaad, krijg de kolere,' beaamde Perry verbluft.

Maar de waarheid was dat Hectors strijdkreet voor Perry niet gelegener had kunnen komen, niet stimulerender had kunnen zijn, en al evenmin had zijn uitbundige entree uitgekiender kunnen zijn. Veroordeeld tot het zwarte gat dat door Gails gedwongen vertrek was achtergebleven – en dat, waarom deed er niet toe, door hem zelf was geforceerd – was zijn verdeelde hart ten prooi gevallen aan alle gradaties van zelfhaat en berouw.

Hij had er nooit in moeten toestemmen hierheen te komen, met of zonder haar.

Hij had zijn verslag moeten overhandigen en tegen die lui moeten zeggen: 'Dit is het. Zoek het verder zelf maar uit. Ik *ben*, dus ik spioneer niet.'

Was het van *enig* belang dat hij een hele nacht lang over het versleten tapijt van zijn kamers in Oxford had lopen ijsberen om te delibereren over de stap waarvan hij *wist* – maar niet wilde weten – dat hij die moest zetten?

Of dat wijlen zijn vader, vrijzinnig protestant, vrijdenker en overtuigd pacifist, meegelopen had in protestmarsen tegen alle kwade zaken en ertegen geschreven en getierd had, van kernwapens tot de oorlog in Irak, en meer dan eens voor straf in een politiecel was beland?

Of dat zijn grootvader van vaders kant, een eenvoudige metselaar en een gezworen pacifist een been en een oog had verloren, toen hij aan de republikeinse kant meevocht in de Spaanse Burgeroorlog?

Of dat het Ierse meisje Siobhan, twintig jaar lang en vier uur per week de parel van het gezin Makepiece, onder bedreigingen was gedwongen de inhoud van de prullenmand van zijn vader af te staan aan een rechercheur in burger van het politiekorps van Hertfordshire? Een last die zo zwaar op haar had gedrukt dat ze op een dag in een stortvloed van tranen alles had opgebiecht aan Perry's moeder om vervolgens, in weerwil van zijn moeders smeekbeden, nooit meer in de omgeving van het huis te worden gezien.

Of dat Perry nog geen maand eerder zelf een paginagrote advertentie in de *Oxford Times* had geplaatst, die was bekrachtigd door een in allerijl samengebracht orgaan dat hijzelf in het leven had geroepen en dat zich 'Academici tegen Martelen', noemde, waarin hij ageerde tegen Engelands Geheime Regering en de heimelijke aantasting van onze hardst bevochten burgerlijke vrijheden?

Nou, voor Perry waren die dingen van immens belang geweest.

En dat waren ze nog steeds op de ochtend na zijn lange nacht van onzekerheid toen hij zich er, om acht uur, met een collegedictaat onder zijn oksel, toe had gezet het vierkante plein over te steken van de stokoude faculteit van Oxford, die hij binnenkort voor altijd vaarwel zou zeggen, en de door houtworm aangevreten houten trap op te lopen naar de vertrekken van Basil Flynn, studiebegeleider en doctor in de rechten, die hij tien minuten tevoren telefonisch om een kort onderhoud had verzocht in verband met een vertrouwelijke privéaangelegenheid.

De mannen verschilden maar drie jaar in leeftijd, maar naar Perry's mening was Flynn al de ultieme universiteitscommissiehoer. 'Ik heb wel een gaatje, maar dan moet je nu meteen komen,' had hij dienstklopperig gezegd, 'ik heb een vergadering van de universiteitsraad om negen uur en die hebben de neiging nogal uit te lopen.' Hij droeg een donker pak en zwarte schoenen met glimmende gespen aan de zijkant. Alleen zijn zorgvuldig geborstelde schouderlange haar onderscheidde hem van het gala-uniform van de orthodoxie. Perry had van tevoren niet overwogen hoe hij zijn gesprek met Flynn moest beginnen en zijn eerste woorden, zou hij nu toegeven, waren overhaast gekozen:

'In het vorige semester heb jij een van mijn studenten benaderd,' flapte hij eruit, toen hij nauwelijks de drempel over was.

'*Wat* heb ik gedaan?'

'Een half-Egyptische jongen. Dick Benson. Egyptische moeder, Engelse vader. Spreekt Arabisch. Hij wilde een projectbeurs, maar jij hebt voorgesteld dat hij in plaats daarvan eens ging praten met bepaalde mensen in Londen die jij kende. Hij begreep niet wat jij bedoelde. Hij heeft mij om raad gevraagd.'

'En die luidde?'

'Als de bepaalde mensen in Londen degenen waren die ik vermoedde dat zij waren, kon hij maar beter voorzichtig te werk gaan. Ik wilde hem zeggen dat hij er met een wijde boog omheen moest lopen, maar vond dat ik dat niet kon maken. Het was zijn keuze, niet de mijne. Heb ik gelijk?'

'Waarover?'

'Dat jij voor ze rekruteert. Dat jij een talentenjager bent.'

'En wie zijn die "ze" dan precies?'

'De spionnen. Dick Benson wist niet op wat voor soort lui hij werd afgestuurd, dus hoe moest ik het dan weten? Ik beschuldig jou niet. Ik vraag het alleen. Is het waar? Dat jij contact met ze onderhoudt? Of zoog Benson het uit zijn duim?'

'Waarom ben je hier en wat wil je?'

Op dat moment was Perry bijna de kamer uitgelopen. Hij wilde dat hij dat had gedaan. Hij had zich daadwerkelijk al omgedraaid en liep naar de deur toe, toen dwong hij zichzelf stil te staan en draaide zich om.

'Ik moet in contact komen met die lui in Londen die jij kent,' zei hij, terwijl hij het karmozijnrode dictaatcahier nog onder zijn arm hield en wachtte op de vraag 'waarom?'

'Overweeg je je bij hen aan te sluiten? Ik weet dat ze de laatste tijd de gekste types aannemen, maar jezus, *jij*?'

Opnieuw liep Perry bijna de deur uit. Opnieuw wenste hij dat hij dat had gedaan. Maar nee, hij beheerste zich, haalde diep adem en vond ditmaal de juiste woorden:

'Ik ben bij toeval op bepaalde informatie gestuit' – met zijn lange, onhandige vingers gaf hij een tikje op het cahier, wat een ping-geluid veroorzaakte – 'ongevraagd, ongewenst en' – hij aarzelde lang voor hij het woord gebruikte – 'geheim.'

'Wie zegt dat?'

'Ik.'

'Hoezo?'

'Als het waar is, zouden er mensenlevens in gevaar kunnen worden gebracht. Misschien zouden er ook levens mee worden gered. Dat is niet aan mij ter beoordeling.'

'En evenmin aan mij, kan ik je tot mijn genoegen zeggen. Ik jaag op talenten. Ik ben een kinderlokker. Die bewuste lui van mij beschikken over een voortreffelijke website. Ze plaatsen ook stompzinnige advertenties over zichzelf in de reguliere kranten en tijdschriften. Je kunt beide routes bewandelen.'

'Daar is mijn materiaal te dringend voor.'

'Dringend én geheim?'

'Als het al iets is, dan is het inderdaad heel erg dringend.'

'Het voortbestaan van het rijk hangt aan een zijden draadje? En dat is dan zeker het *Rode Boekje* dat je onder je arm klemt.'

'Het is een gedetailleerd verslag.'

Ze keken elkaar met wederzijdse afkeer aan.

'Je bent toch niet serieus van plan dat aan mij te geven, is het wel?'

'Dat ben ik wel. Ja. Waarom niet?'

'Wil jij je dringende geheimen bij Flynn dumpen? Die daar vervolgens een postzegel opplakt en ze naar zijn bepaalde personen in Londen stuurt?'

'Iets dergelijks. Hoe moet ik weten hoe jullie dat aanpakken?'

'Terwijl jij op zoek gaat naar je onsterfelijke ziel?'

'Ik doe wat ik niet laten kan. Zij mogen doen wat ze niet laten kunnen. Wat is daar mis mee?'

'Daar is alles mis mee. In dit spel, dat helemaal geen spel is, is de boodschapper minstens half zo belangrijk als de boodschap, en soms is hij in zijn eentje de hele boodschap. Waar ga je nu naartoe? Nu dadelijk, bedoel ik?'

'Terug naar mijn kamers.'

'Heb je een mobiele telefoon?'

'Natuurlijk heb ik die, verdomme.'

'Schrijf hier dan het nummer even op, alsjeblieft' – terwijl hij hem een stukje papier overhandigt – 'Ik sla nooit iets op in mijn geheugen, dat is te riskant. Je hebt toch wel een bevredigende ontvangst op je mobieltje in je kamers, mag ik aannemen? De muren zijn niet te dik of zo?'

'De ontvangst is perfect, dank je.'

'Neem je *Rode Boekje* maar weer mee. Ga terug naar je kamers, dan krijg je een telefoontje van iemand die zich *Adam* noemt. Een meneer of een mevrouw Adam. Ik heb een soundbite nodig.'

'*Wat* heb je nodig?'

'Iets om ze geil te maken. Ik kan niet alleen maar zeggen: "Ik heb een champagnesocialist te pakken die denkt dat hij op een wereldcomplot is gestuit." Ik moet ze vertellen waar het om gaat.'

Zijn verontwaardiging verbijtend, deed Perry voor het eerst een bewuste poging de situatie te schetsen.

'Zeg ze maar dat het gaat om een corrupte Russische bankier die zich Dima noemt,' zei hij, toen hij om de een of andere mysterieuze reden niets anders wist te verzinnen. 'Hij wil het met ze op een akkoordje gooien. Het is een afkorting van Dimitri, als ze dat niet mochten weten.'

'Klinkt onweerstaanbaar,' zei Flynn sarcastisch, terwijl hij een potlood oppakte en iets op hetzelfde stukje papier krabbelde.

Perry was nauwelijks een uur terug in zijn kamer toen zijn mobiel begon te rinkelen en hij luisterde naar dezelfde schalkse, enigszins hese mannenstem die op dit moment in het souterrain ook tegen hem sprak.

'Perry Makepiece? Geweldig. Adam is de naam. Ik heb zojuist je boodschap ontvangen. Vind je het goed als ik snel even een paar vragen stel, zodat we er zeker van kunnen zijn dat we het over dezelfde vent hebben? De naam van onze vriend hoef je niet te noemen. Als we maar zeker weten dat we het over dezelfde vent hebben. Heeft hij toevallig een vrouw?'

'Die heeft hij.'

'Dik blond wijffie? Type barmeid?'

'Donkerharig en uitgemergeld.'

'En de precieze omstandigheden waaronder je onze vriend tegen het lijf bent gelopen? Het wanneer en hoe?'

'Antigua. Op een tennisbaan.'

'Wie won?'

'Ik.'

'Geweldig. Derde vluggertje komt eraan. Hoe snel kun je met een door ons betaalde taxi in Londen zijn, en hoe snel kunnen we beschikken over dat heikele dossier van jou?'

'Van deur tot deur in een uur of twee, schat ik. Er is ook een klein pakketje. Dat heb ik binnen in de kaft van het dossier geplakt.'

'Stevig?'

'Ik meen van wel.'

'Check dat dan nog even goed. Schrijf met grote zwarte letters ADAM op de buitenkant van de omslag – gebruik maar een wasmerkstift of zoiets. Blijf daar dan bij de receptie mee wapperen tot iemand je in de gaten krijgt.'

Een wasmerkstift? De stem van een oude vrijgezel? Of een slinkse verwijzing naar Dima's dubieuze financiële praktijken?

Gestimuleerd door de aanwezigheid van Hector, die op ruim een meter afstand voor hem in zijn stoel zat te niksen, sprak Perry snel en gedreven, niet in de verte, waar academici traditioneel hun toevlucht zoeken, maar recht in Hectors gezicht met de haviksogen; en minder rechtstreeks tot de alerte Luke, die in de houding naast Hector zat.

Nu Gail er niet was om hem te beteugelen, voelde hij zich vrij om beide mannen onbekommerd tegemoet te treden. Hij stortte zijn hart voor hen uit, zoals Dima tegenover Perry zijn hart had uitgestort: van man tot man en van aangezicht tot aangezicht. Hij creëerde een synergie van openhartigheid. Hij herinnerde zich de dialoog weer met de accuratesse waarmee hij zich alle geschreven tekst herinnerde, goede en slechte, zonder even te stoppen om zichzelf te corrigeren.

In tegenstelling tot Gail, die niets leuker vond dan stemmen van mensen te imiteren, kon hij dat niet of was er een raar gevoel van trots dat hem weerhield. Maar in zijn herinnering hoorde hij nog steeds Dima's dikke Russische accent; en voor zijn geestesoog zag hij het bezwete gezicht zo dicht bij het zijne dat ze, als hij nog dichterbij had gestaan, de hoofden tegen elkaar zouden hebben gestoten. Hij rook, op het moment dat hij dat beschreef, de geur van wodka in Dima's raspende adem. Hij keek toe hoe Dima zijn glas bijschonk, er kwaad naar keek en het vervolgens greep en in één teug leegdronk. Hij voelde hoe hij onwillekeurig een zekere verwantschap met hem begon te voelen: de snelle en noodzakelijke emotionele band die wordt geboren uit noodzaak aan de rand van de afgrond.

'Maar niet wat je noemt *straalbezopen*?' opperde Hector, terwijl hij van zijn malt whisky nipte. 'Meer een sociale drinker die hem flink weet te raken, bedoel je te zeggen?'

Beslist, beaamde Perry: niet verward, melodramatisch, brallend, gewoon *aangenaam alcoholisch gestemd*:

'Als we de volgende ochtend hadden getennist, wed ik dat hij even goed zou hebben gespeeld als anders. Hij heeft een gigantische motor en die draait op alcohol. Daar gaat hij prat op.'

Perry klonk alsof hij daar ook prat op ging.

'Of, als we de Meester parafraseren' – het bleek dat Hector ook een liefhebber van P.G. Wodehouse was – 'het soort vent dat een paar borrels onder par is geboren?'

'*Wat je zegt, Bertie*,' beaamde Perry op zijn beste wodehousiaans, en ze namen de tijd om even te lachen, bijgevallen door subtopper Luke die sinds de komst van Hector overigens de rol van stille vennoot had gespeeld.

'Vind je het goed als ik er even een vraag tussendoor gooi aangaande de onberispelijke Gail?' vroeg Hector. 'Geen lastige, hoor. Een redelijk eenvoudige.'

Lastig, redelijk eenvoudig – Perry was op zijn hoede.

'Toen jullie tweeën uit Antigua terugkwamen in Engeland,' begon Hector – 'op Gatwick, was het niet?'

Het was Gatwick, bevestigde Perry.

'Toen zijn jullie uit elkaar gegaan. Klopt dat? Gail naar haar juridische verplichtingen en haar flat in Primrose Hill en jij naar je kamers in Oxford om je onsterfelijke prozawerk te schrijven.'

Ook dat klopte, gaf Perry toe.

'Dus wat voor soort afspraak bestond er op dat moment tussen jullie – *overeenkomst* is een mooier woord – over het vervolgens te volgen pad?'

'Pad waarheen?'

'Nou ja, naar ons, zoals is gebleken.'

Omdat Perry niet wist wat het doel van de vraag was, aarzelde hij. 'Er was eigenlijk geen sprake van een *overeenkomst*,' antwoordde hij omzichtig. 'Niet met zoveel woorden. Gail had haar taak volbracht. Nu was het mijn beurt.'

'Elk vanuit jullie eigen optiek?'

'Ja.'

'Zonder contact met elkaar te onderhouden?'

'We hielden contact met elkaar. Alleen niet over de Dima's.'

'En de reden daarvan was...?'

'Zij had niet gehoord wat ik had gehoord in Three Chimneys.'

'En verkeerde ze daarom nog steeds in Luilekkerland?'

'Daar komt het wel op neer. Ja.'

'Waar zij, voor zover jij dat weet, blijft. Voor zo lang als je haar daar kunt houden.'

'Ja.'

'Betreur je het dat we haar hebben gevraagd vanavond bij deze bijeenkomst aanwezig te zijn?'

'Je zei dat je ons allebei nodig had. Ik heb haar gezegd dat je ons allebei nodig had. Ze stemde erin toe mee te komen,' antwoordde Perry, terwijl zijn gezicht van ergernis begon te betrekken.

'Maar ze *wilde* klaarblijkelijk meekomen. Anders zou ze wel hebben geweigerd. Ze heeft een sterke persoonlijkheid. Niet iemand die zich de wet laat voorschrijven.'

'Nee. Dat is ze zeker niet,' beaamde Perry, en hij was opgelucht toen hij Hectors gelukzalige glimlach zag.

Perry beschrijft de kleine ruimte waar Dima hem mee naartoe had genomen om met hem te spreken: een kraaiennest noemt hij het, kleiner dan twee bij tweeënhalf, boven aan een scheepstrap vanuit een hoek van de eetkamer; een miezerig torentje van hout en glas, gebouwd op de halve zeshoek die uitzicht bood op de baai, waar de zeewind de dakspanen deed klapperen en de ramen deed gieren.

'Het moet de luidruchtigste plek in het huis zijn geweest. Daarom koos hij die, neem ik aan. Ik kan me niet voorstellen dat er een microfoon bestaat die ons boven dat kabaal uit had kunnen horen.' En met een stem die de verwonderde toon heeft aangenomen van iemand die een droom beschrijft: 'Het was een heel *praatziek* huis. Drie schoorstenen en drie winden. En die doos waar wij in zaten, met de koppen bij elkaar.'

Dima's gezicht op nog geen handbreed afstand van het mijne, herhaalt hij en hij buigt zich over de tafel naar Hector toe als om te demonstreren hoe dichtbij dat was.

'Een hele tijd zaten we daar alleen maar en keken elkaar aan. Ik denk dat hij aan zichzelf twijfelde. En aan mij. Hij vroeg zich af of hij er überhaupt mee door moest gaan. Of hij wel de juiste man had gekozen. En ik, die hem ervan wilde overtuigen dat hij dat had, kun je je daar iets bij voorstellen?'

Hector kon zich daar kennelijk alles bij voorstellen.

'Hij probeerde een gigantisch obstakel in zijn hoofd te overwinnen en dat is waarschijnlijk altijd zo als je een bekentenis gaat afleggen. Toen flapte hij er opeens een vraag uit, hoewel het meer klonk als een bevel: "Ben jij spion, Professor? Engelse spion?" Ik dacht eerst dat het een beschuldiging was. Toen drong tot me door dat hij dat aannam en zelfs hoopte dat ik ja zou zeggen. Dus zei ik nee, het spijt me, ik ben geen spion, nooit geweest en ik zal het ook nooit worden. Ik ben maar een eenvoudige docent. Maar daar nam hij geen genoegen mee:

"Veel Engelsen zijn spion. Lords. Heren. Intellectueel. Dat *weet* ik! Jullie zijn sportieve mensen. Jullie zijn land van wet. Jullie hebben goede spionnen."

Ik moest het hem nogmaals zeggen: Nee, Dima, ik ben geen, ik herhaal, ik ben geen spion. Ik ben jouw tennismaatje en lector op een universiteit, en ik sta op het punt staat mijn leven een heel andere wending te geven. Ik had verontwaardigd moeten zijn. Maar wat heb je aan *had moeten zijn*? Ik was in een nieuwe wereld.'

'En volkomen *verslaafd*, daar durf ik vergif op in te nemen!' valt Hector hem in de rede. Ik had er *alles* voor over gehad om in jouw schoenen te staan! Ik had er zelfs voor leren tennissen!'

Ja. *Verslaafd* is het juiste woord, moet Perry toegeven. Het was fascinerend om te zien hoe Dima daar in het halfduister stond. En het was fascinerend om te horen hoe zijn stem boven het gieren van de wind uit klonk.

Lastig, redelijk eenvoudig, Hectors vraag werd zo luchthartig en vriendelijk gesteld dat het net was alsof hij troost wilde bieden:

'En ik neem aan dat jij, ondanks je goed gefundeerde bedenkingen tegen ons, heel even wilde dat je *wel* een spion was geweest, nietwaar?' opperde hij.

Perry fronste zijn wenkbrauwen, krabde even ongemakkelijk op zijn krullenbol en kon zo gauw geen antwoord bedenken.

'Weet jij van Guantánamo, Professor?'

Ja zeker, Perry weet van Guantánamo. Hij gelooft dat hij op

alle manieren die hij kan bedenken tegen Guantánamo heeft gedemonstreerd. Maar wat probeert Dima hem duidelijk te maken? Waarom is Guantánamo opeens zo *zeer belangrijk, zeer dringend en zeer cruciaal voor Groot-Brittannië* – om Tamara's geschreven boodschap te citeren?

'Weet jij van geheime vliegtuigen, Professor? Godverdommese vliegtuigen die die CIA-gozers huren om terroristentypes van Kabul naar Guantánamo te transporteren?'

Ja zeker, Perry is op de hoogte van die geheime vliegtuigen. Hij heeft een flinke som geld aan een liefdadige instelling overgemaakt die van plan is de luchtvaartmaatschappijen die zich daar schuldig aan maken aan te klagen wegens schending van de mensenrechten.

'Van Cuba naar Kabul hebben die vliegtuigen geen vracht, oké? Weet je waarom? Omdat geen enkele kloteterrorist ooit van Guantánamo naar Afghanistan vliegt. Maar ik heb *vrienden*.'

Het woord *vrienden* lijkt hem niet lekker te zitten. Hij herhaalt het, breekt zijn zin af, moppert binnensmonds iets in het Russisch en neemt een slok wodka voor hij verdergaat.

'Mijn *vrienden* praten met die piloten, sluiten deal, heel geheime deal, geen retourlading, oké?'

Oké. Geen retourlading.

'Weet je wat ze vervoeren in die lege vliegtuigen, Professor? Zonder douane, vracht aan boord, rechtstreeks naar koper, Guantánamo-Kabul, contant vooruitbetaald?'

Nee, Perry heeft geen idee wat een voor de hand liggende vracht zou zijn vanuit Guantánamo naar Kabul, contant vooruitbetaald.

'Kreeften, Professor!' – in een woeste lachbui slaat hij zichzelf op zijn massieve dij. 'Paar duizend godvergeten kreeften uit Baai van Mexico! Wie koopt godvergeten kreeften? Krankzinnige krijgsheren. Van krijgsheren koopt CIA *gevangenen*. Aan krijgsheren verkoopt CIA *godvergeten kreeften*. Handje contantje. Misschien ook een paar kilo heroïne voor gevangenisbewaarders in Guantánamo. Eerste kwaliteit. 999. Zonder dollen. Geloof me, Professor!'

Moet Perry nu geschokt zijn? Hij probeert het te zijn. Is dit echt voldoende reden om hem naar een gammele uitkijkpost te slepen die door de wind wordt geranseld? Dat gelooft hij niet. En Dima ook niet, vermoedt hij. Het verhaal klinkt meer als een soort proefschot voor wat er in het verschiet ligt.

'Weet je wat mijn *vrienden* met dat geld doen, Professor?'

Nee, Perry weet niet wat Dima's *vrienden* doen met de opbrengsten van het smokkelen van kreeften uit de Baai van Mexico naar Afghaanse krijgsheren.

'Dat geld geven ze aan *Dima*. Waarom ze dat doen? Omdat ze Dima *vertrouwen*. Heel veel Russische syndicaat vertrouwen Dima! Niet alleen Russische! Grote, kleine, zal mij een zorg zijn! Wij nemen *alles* aan! Zeg dat maar tegen jouw Engelse spionnen: heb jij vuil geld? Dima wast het voor je, geen probleem! Wil je sparen en bewaren? Kom naar Dima! Van veel kleine weggetjes maakt Dima één *grote* weg. Zeg dat maar tegen jouw godvergeten spionnen, Professor.'

'Wat is jouw *mening* over die knakker in dat stadium?' vraagt Hector. 'Hij zweet, pocht, drinkt, maakt grappen. Hij vertelt je dat hij een boef en een witwasser is en hij schept op over zijn corrupte maatjes – wat *zie* en *hoor* jij werkelijk? Wat gaat er in hem om?'

Perry denkt na over die premisse alsof die hem wordt voorgelegd door een hogere onderzoeksrechter, zoals hij Hector begint te zien. 'Woede?' oppert hij. 'Gericht op een persoon of personen die nog nader moeten worden benoemd?'

'Ga door,' beveelt Hector.

'Vertwijfeling. Die ook nog nader moet worden benoemd.'

'En hoe zit het met recht-voor-zijn-raap haat, altijd goed?' dringt Hector aan.

'Die komt nog, zou je denken.'

'Wraak?'

'Maakt er zeker op de een of andere manier deel van uit,' geeft Perry toe.

'Berekening? Ambivalentie? Boerenslimheid? Denk dieper na!' – schertsend gesproken, maar in ernst ontvangen.

'Allemaal present. Ongetwijfeld.'

'En *schaamte? Zelfverachting?* Daar niks van gemerkt?'

Van zijn stuk gebracht peinst, fronst en tuurt Perry voor zich uit. '*Ja,*' geeft hij met een aarzelende stem toe. '*Ja.* Schaamte. De schaamte van de *afvallige. Beschaamd* dat hij ook maar iets met mij van doen heeft. *Beschaamd* om zijn verraad. Daarom pochte hij zoveel.'

'Ik ben verdomme helderziend,' zegt Hector met voldoening. 'Vraag maar aan wie je wil.'

Dat vindt Perry niet nodig.

Perry beschrijft de lange minuten stilte, de tegenstrijdige grimassen op Dima's bezwete gezicht in het halfduister, hoe hij zich nog een glas wodka inschenkt, het achteroverslaat, zijn gezicht afveegt, grijnst, verbolgen naar Perry kijkt alsof hij zich afvraagt wat die daar doet, zijn hand uitsteekt en hem bij zijn knie grijpt om zijn aandacht vast te houden terwijl hij iets benadrukt, die weer loslaat en hem vergeet. En hoe hij ten slotte, op een toon vol diep wantrouwen, een vraag blaft die zonder omwegen moet worden beantwoord voordat zij tot zaken kunnen komen:

'Heb je mijn Natasja gezien?'

Perry heeft zijn Natasja gezien.

'Is ze mooi?'

Het kost Perry geen enkele moeite Dima te verzekeren dat Natasja beslist erg mooi is.

'Tien, twaalf boeken per week, daar zit ze niet mee. Leest ze allemaal. Als jij een paar van zulke studenten had, zou je verdomd gelukkig zijn.'

Perry zegt dat hij dan beslist gelukkig zou zijn.

'Rijdt paard, danst ballet. Skiet zo mooi als een vogel, verdomme. Zal ik je eens wat zeggen? Haar moeder. Nu dood. Ik hield van die vrouw. Oké?'

Perry maakt geluiden van medeleven.

'Misschien heb ik ooit te veel vrouwen geneukt. Sommige kerels, die hebben een hoop vrouwen nodig. Goede vrouwen, die willen de enige zijn. Als je in het rond neukt, dan worden ze een beetje gek. Dat is jammer.'

Perry bevestigt dat het jammer is.

'*Jezus God,* Professor!' Hij buigt zich naar voren en klopt met zijn wijsvinger op Perry's knie. 'Natasja's moeder, ik *hou* van die vrouw, ik hou zoveel van die vrouw dat ik ontplof, hoor je wat ik zeg? Liefde die maakt dat je denkt dat je van binnen in brand staat. Je pik, je ballen, je hart, je hersens, je ziel; zij leven alleen maar voor die liefde.' Hij wrijft nog een keer met de rug van zijn hand over zijn mond, mompelt 'net als jouw Gail, zo mooi', neemt een slok wodka en vervolgt zijn verhaal. 'Haar schoft van een man heeft haar vermoord,' vertelt hij in vertrouwen. 'Weet je *waarom*?'

Nee, Perry weet niet waarom de schoft van een man van Natasja's moeder Natasja's moeder heeft vermoord, maar hij hoopt het te vernemen, net zoals hij erachter hoopt te komen of hij zich daadwerkelijk in een gekkenhuis bevindt.

'Natasja zij is *mijn* kind. Toen Natasja's moeder hem dat vertelt, omdat zij niet kan liegen, vermoordt de schoft haar. Misschien vind ik die schoft nog eens. Dan vermoord ik hem. Niet met pistool. Hiermee.'

Hij houdt zijn onwaarschijnlijk tengere handen voor Perry omhoog. Perry bewondert ze gehoorzaam.

'Mijn Natasja gaat naar Eton School, oké? Zeg dat tegen jouw spionnen. Anders gaat deal niet door.'

Heel even voelt Perry, in een vervaarlijk rondtollende wereld, vaste grond onder zijn voeten.

'Ik weet niet heel zeker of Eton inmiddels al meisjes toelaat,' zegt hij behoedzaam.

'Ik betaal goed. Ik geef zwembad cadeau. Geen probleem.'

'Zelfs dan vrees ik dat ze alleen voor haar de regels niet zullen veranderen.'

'Waar gaat zij dan naartoe?' vraagt Dima woest, alsof het Perry is en niet de school die obstakels opwerpt.

'Er is een school die Roedean heet. Die is, zeggen ze, voor meisjes wat Eton voor jongens is.'

'Allerbeste van Engeland?'

'Dat zeggen ze.'

'Kinderen van intellectuelen? Adel? *Nomenklatura?*'

'Het is een school voor het neusje van de Britse maatschappelijke zalm, om zo te zeggen.'

'Kost een boel geld?'

'Een heleboel.'

Dima is er nog niet helemaal gerust op.

'Oké,' snauwt hij. 'Als we deal maken met jouw spionnen. Allereerste voorwaarde: *Roedean School.*'

Hectors mond staat wijd open. Hij gaapt Perry aan, dan Luke die naast hem zit, en dan Perry weer. Hij strijkt in oprecht ongeloof met zijn hand door zijn wanordelijke bos wit haar.

'Wel nondeju,' mompelt hij. 'Waarom niet meteen ook een aanstelling bij de Koninklijke Garde voor zijn twee zoontjes nu hij toch bezig is? Wat heb je hem gezegd?'

'Ik heb hem beloofd dat ik mijn uiterste best zou doen,' antwoordt Perry, die de neiging voelt opkomen Dima's kant te kiezen. 'Het is het Engeland waarvan hij denkt te houden. Wat had ik anders tegen hem moeten zeggen?'

'Je hebt het *fantastisch* gedaan,' verklaart Hector enthousiast. En de kleine Luke is het met hem eens, want *fantastisch* is een woord dat zij gemeen hebben.

'Herinner je je *Mumbai,* Professor? Afgelopen november? Die knettergekke Pakistani, die de hele godvergeten wereld afmaakten? Via mobieltjes hun orders ontvangen? Dat café dat ze goddomme overhoop hebben geknald? De Joden die ze hebben gedood? Gijzelaars? De hotels, spoorwegstations? De kinderen, verdomme, moeders, allemaal dood? Hoe flikken ze hem dat, verdomme, die krankzinnige klootzakken?'

Perry heeft geen idee.

'Een van mijn kinderen snijdt in zijn vinger, bloedt een beetje, ik moet al bijna overgeven,' verklaart Dima verontwaardigd. 'Ik heb van mijn leven genoeg dood gemaakt, hoor je dat goed? Waarvoor zouden ze zoiets doen, stelletje idiote hufters?'

Perry, de ongelovige, zou willen zeggen 'voor God' maar hij zegt niets. Dima zet zich schrap en duikt dan in het diepe:

'Oké. Vertel dit dan maar eens tegen die godvergeten Engelse spionnen van jou, Professor,' benadrukt hij met een nieuwe aanval van agressie. 'Oktober 2008. Herinner je die tijd, verdomme. Een *vriend* belde me op. Oké? Een *vriend*?'

Oké. Weer een *vriend.*

'Een vent uit Pakistan. Een syndicaat waar wij zaken mee doen. 30 oktober, holst van de vervloekte nacht, hij belt me op. Ik ben in Bern, Zwitserland, heel rustige stad, massa's bankiers. Tamara ligt naast me te slapen. Wordt wakker. Geeft me de klotetelefoon: *voor jou*. Is deze gozer. Hoor je wat ik zeg?'

Perry hoort het.

'"Dima," zegt hij tegen me. "Je spreekt met je *vriend*, Khalil." Gelul. Hij heet Mohammed. Khalil, dat is een speciale naam die hij gebruikt bij bepaalde cashzaken waar ik bij betrokken ben, alsof dat iemand wat aangaat. "Ik heb te gekke beurstip voor jou, Dima. Heel grote, heel te gekke tip. Heel bijzonder. Jullie mogen niet vergeten dat ik het was die jullie tip heeft gedaan. Willen jullie aan mij denken?" Oké, zeg ik. Best. Vier uur in de ochtend, verdomme, een of ander lulverhaal over de beurs van Mumbai. Doet er niet toe. Ik zeg hem, oké, wij zullen herinneren dat jij het was, Khalil. Wij hebben goed geheugen. Niemand belazert ons. Wat is jouw te gekke tip?

"Dima, je moet als gesmeerde bliksem weg van Indiase aandelenbeurs anders ga je zwaar voor schut." "*Wat?*" zeg ik, "*Wat*, Khalil? Ben je gek, verdomme? Waarom zouden wij voor schut gaan in Mumbai? We hebben massa gerenommeerde business in Mumbai. Vaste, brandschone investeringen, heeft me vijf jaar gekost om zo schoon te wassen – dienstverlening, thee, hout, hotels zo godvergeten clean en groot dat de paus er een mis in kan opdragen." Mijn vriend luistert niet. "Dima, luister, maak als de sodemieter dat je wegkomt uit Mumbai. Misschien dat je een maand later weer sterk kan terugkomen en een paar miljoen verdient. Maar maak eerst dat je als de bliksem die hotels van de hand doet."'

Er schuift weer een vuist langs Dima's gezicht om het zweet weg te stompen. Hij fluistert binnensmonds *Jezus God* en kijkt door dat hondenhokje om zich heen alsof hij hulp zoekt. 'Zul je dat jouw Engelse apparatsjiks vertellen, Professor?'

Perry zal doen wat hij kan.

'Nadat die Pakistaanse lamstraal me in nacht van 30 oktober heeft wakker gebeld, ik slaap niet meer goed, oké?'

Oké.

'Volgende ochtend 31 oktober bel ik mijn Zwitserse klotebanken. "Haal me als de sodemieter weg uit Mumbai." Dienstverlening, hout, thee, ik krijg misschien dertig procent. Hotels zeventig. Paar weken later ben ik in Rome. Tamara belt me op. "Zet klotetelevisie aan." Wat zie ik? Die geschifte Pakistaanse etters schieten Mumbai overhoop, Indiase beurs wordt gesloten. Volgende dag zijn Indiase hotels zestien procent gedaald tot veertig roepies en nog steeds dalende. Maart dit jaar zakken ze tot eenendertig. Kahlil belt me. "Oké, mijn vriend, en nou als de sodemieter er weer op. Vergeet niet dat ik je heb gezegd." Dus ik daar weer als de sodemieter de markt op.' Het zweet gutst van zijn kale hoofd. 'Eind van jaar, Indiase hotels op honderd roepies. Ik verdien twintig miljoen schoon aan de haak. De joden zijn dood, de gegijzelden zijn dood en ik ben verdomme een genie. Zeg dat maar tegen je Engelse spionnen, Professor. Jezus God.'

Het bezwete gezicht een masker van zelfhaat. Het gekraak van de verrotte beschotting in de zeewind. Dima heeft zich naar een punt toe gepraat vanwaar hij niet meer terug kan. Perry is gewogen en getest en goedbevonden.

Terwijl hij zijn handen wast in het gerieflijk ingerichte toilet boven, kijkt Perry in de spiegel en is onder de indruk van de gretigheid op een gezicht dat hem steeds vreemder voorkomt. Hij haast zich over de rijk gestoffeerde trap terug naar beneden.

'Nog een neutje?' vraagt Hector, terwijl hij met een loom handje in de richting van het blad met de fles en de glazen wappert. 'Luke, jochie, wat zou je ervan zeggen als jij eens even een pot koffie voor ons ging zetten?'

7

Op de straat boven het souterrain scheurt een ziekenwagen voorbij en het is alsof het gehuil van de sirene alle pijn van de wereld in zich draagt.

In het door de wind geranselde halfzeshoekige torentje dat uitkijkt op de baai stroopt Dima de satijnen mouw van zijn linkerarm op. In het veranderlijke maanlicht dat de plaats heeft ingenomen van de verdwenen zon, onderscheidt Perry een Madonna met ontbloot bovenlijf, omringd door wulpse engelen in verleidelijke poses. De tatoeage strekt zich uit van de bovenkant van Dima's massieve schouder tot aan het gouden bandje van zijn met diamanten bezette Rolex.

'Wil je weten wie deze tatoeage voor mij heeft gemaakt, Professor?' fluistert hij met een stem die hees is van emotie. 'Zes maanden lang, verdomme, elke dag een uur?'

Ja, Perry wil graag weten wie een Madonna met blote borsten en haar vrouwelijke entourage op Dima's enorme arm heeft getatoeëerd en daar zes maanden over heeft gedaan. Hij zou graag weten wat de Heilige Maagd te maken heeft met Dima's streven naar een plaatsje op Roedean voor Natasja, of een vaste verblijfvergunning in Groot-Brittannië voor zijn hele familie in ruil voor cruciale informatie, maar de Engelse lector in hem leert ook dat

Dima de verhalenverteller zijn eigen spanningsboog trekt en dat zijn intriges zich naar alle kanten ontvouwen.

'Die heeft mijn Rufina gemaakt. Zij was *zek*, net als ik. Kamphoer, ziek van de tuberculose, elke dag een uur. Als zij klaar is, gaat zij dood. Jezus Christus, huh? Jezus Christus.'

Een eerbiedige stilte waarin beide mannen Rufina's meesterwerk beschouwen.

'Weet jij wat *Kolyma* is, Professor?' vraagt Dima, nog steeds met schorre stem. 'Heb je daarover gehoord?'

Ja, Perry weet wat *Kolyma* is. Hij heeft zijn Solzjenitsyn gelezen. Hij heeft zijn Sjalamov gelezen. Hij weet dat Kolyma een rivier ten noorden van de poolcirkel is die zijn naam heeft geleend aan de wreedste kampen in de Goelag Archipel, voor of na Stalin. Hij weet ook wat *zek* is: *zek* staat voor Russische gevangenen, de miljoenen en nog eens miljoenen gevangenen.

'Op mijn veertiende was ik *zek* in Kolyma, verdomme. Crimineel, niet politiek. Politiek is kut. Crimineel is zuiver. Daar heb ik vijftien jaar gezeten.'

'*Vijftien* jaar in *Kolyma*?'

'Zeker wel, Professor. Ik heb vijftien jaar gezeten.'

De pijn is uit Dima's stem verdwenen en maakt plaats voor trots.

'Voor *criminele gevangene Dima* kregen andere gevangenen *respect*. Waarom ik was in Kolyma? Ik was moordenaar. *Goede* moordenaar. Wie ik vermoord? Waardeloze sovjetski apparatsjik in Perm. Onze vader deed zelfmoord, was het beu, dronk boel wodka. Mijn moeder moest, om voor ons aan eten en zeep te komen, neuken met die waardeloze apparatsjik. In Perm, wij wonen in collectieve flat. Acht rottige kamers, dertig mensen, één rottig keukentje, één plee, iedereen stinkt en rookt. Kinderen houden niet van deze waardeloze apparatsjik die onze moeder neukt. Wij moeten buiten in keuken staan, muren heel dun, als apparatsjik op bezoek komt, eten meebrengt, mijn moeder neukt. Iedereen gaapt ons aan: moet je je moeder horen, ze is een hoer. Wij moeten onze handen tegen onze oren drukken. Zal ik je nog eens wat vertellen, Professor?'

Dat wil Perry wel.

'Die gozer, die apparatsjik, weet je waar die zijn eten vandaan haalde?

Perry weet het niet.

'Hij is zo'n *klotefoerier in leger*! Verdeelt voedsel over barakken. Heeft pistool. Mooi pistool, leren holster, grote held. Wel eens geprobeerd om te neuken met een pistoolgordel om je reet? Dan moet je een hele acrobaat zijn. Die *foerier*, die *apparatsjik*, die doet zijn schoenen uit. Hij legt zijn mooie pistool af. Hij doet pistool in schoenen. Oké, denk ik. Misschien heb jij mijn moeder genoeg geneukt. Misschien neuk jij haar niet meer. Misschien gaapt niemand ons dan meer aan alsof we hoerenkinderen zijn. Ik klop op deur. Ik maak hem open. Ik ben beleefd. "Neem me niet kwalijk," zeg ik. "Is Dima. Neem me niet kwalijk, *Kameraad Waardeloze Apparatsjik*. Mag ik je mooie pistool alsjeblieft even lenen? Wil je me voor één keer even aankijken. Hoe moet ik je doodschieten als je me niet aankijkt? Dank je wel, kameraad." Mijn moeder kijkt me aan. Ze zegt niets. Apparatsjik kijkt me aan. Ik schiet de klootzak dood. Eén kogel.'

Dima's wijsvinger rust op de brug van zijn neus, om aan te geven waar de kogel insloeg. Perry denkt terug aan die keer, midden onder de tenniswedstrijd, dat dezelfde wijsvinger op de neus van zijn zonen rustte.

'Waarom ik deze apparatsjik vermoord?' luidt Dima's retorische vraag. 'Was voor mijn *moeder* die haar *kinderen* beschermt. Was uit liefde voor mijn gekke *vader* die zelfmoord heeft gedaan. Was voor eer van *Rusland*, dat ik die schoft heb vermoord. Misschien ook om te maken dat wij in gang niet meer worden aangestaard. Daarom ben ik in Kolyma een *welkome* gevangene. Ik ben *krutoi* – beste kerel, geen problemen, zuiver. Ik ben niet *politiek*. Ik ben crimineel. Ik ben *held*, ik ben *vechter*. Ik dood militaire apparatsjik, misschien ook *Tsjekist*. Waarom geven ze mij anders vijftien? Ik heb *eer*. Ik ben geen –'

Op dat punt in zijn verhaal aangekomen aarzelde Perry en zijn stem veranderde:

'Ik ben niet *specht*. Ik ben niet *hond*, Professor,' zei hij weifelend.

'Hij bedoelt informant,' legde Hector uit. 'Specht, hond, hoen: kies maar uit. Ze betekenen allemaal informant. Hij probeert je ervan te overtuigen dat hij niet tot die categorie behoort, terwijl hij dat wel doet.'

Met een respectvol knikje voor Hectors superieure kennis, vervolgde Perry zijn verhaal.

'Op een dag, na drie jaar, wordt die goede jongen Dima *man.* Hoe wordt hij *man*? Mijn vriend *Nikita* maakt hem man. Wie is *Nikita?* Nikita is ook *man van eer*, ook goede *vechter*, grote crimineel. Hij zal *vader* zijn voor goede jongen Dima. Hij zal *broer* voor hem zijn. Hij zal Dima *beschermen.* Hij zal van Dima *houden.* Het zal *zuivere* liefde zijn. Op een dag, het is heel goede dag voor mij, trotse dag, brengt Nikita mij naar *vory.* Weet je wat *vory* is, Professor? Weet je wat *vor* is?'

Ja, Perry weet zelfs wat *vory* is. Het woord *vor* kent hij ook. Hij heeft zijn Solzjenitsyn gelezen, hij heeft zijn Sjalamov gelezen. Hij heeft gelezen dat in de Goelag de *vory* de voormannen en ordebewaarders van de gevangenen zijn, dat het een broederschap van criminelen van eer is die hebben gezworen zich strikt aan een bepaalde gedragscode te houden en huwelijk, bezittingen en dienstbaarheid aan de staat af te zweren; dat de *vory* het priesterschap vereren en zich verdiepen in de mystiek ervan; en dat *vor* het enkelvoud aangeeft en *vory* het meervoud. En dat de *vory* er prat op gaan Criminelen binnen de Wet te zijn, een aristocratie die ver boven het tuig van de richel staat, dat nooit van zijn leven een wet heeft gekend.

'Mijn Nikita praat met heel grote comité van *vory.* Veel grote criminelen zijn present bij die bijeenkomst, veel goede vechters. Hij zegt tegen *vory*: "Mijn dierbare broeders, hier is *Dima.* Dima is *klaar*, mijn broeders. Aanvaard hem." Dus *aanvaarden* ze Dima, maken zij *man* van hem. Ze maken hem crimineel van eer. Maar Nikita *beschermt* Dima nog steeds. Dit is omdat Dima – is – zijn...'

Terwijl Dima, de crimineel van eer, op zoek is naar het *mot juste*, komt Perry, de Oxford-docent die er vooral weg wil, hem te hulp:

'Discipel?'

'*Discipel! Ja*, Professor! Als voor Jezus! Nikita zal zijn *discipel* Dima beschermen. Dat is normaal dat is *vory*-wet. Hij zal hem *al-*

tijd beschermen. Dat is *belofte*. Nikita heeft mij *vor* gemaakt. Daarom beschermt hij mij. Maar hij gaat dood.'

Dima bet zijn kale voorhoofd met zijn zakdoek, wrijft dan met zijn pols over zijn ogen en klemt zijn neus tussen duim en wijsvinger als een zwemmer die boven water komt. Als hij de hand laat zakken, ziet Perry dat hij huilt om de dood van Nikita.

Hector vindt dit een geschikt moment om een pauze in te lassen. Luke heeft koffie gezet. Perry neemt ook een kopje en daarbij een chocoladekoekje nu hij toch bezig is. De lector in hem gaat er helemaal voor, hij rangschikt feiten en waarnemingen en presenteert die met alle accuratesse en precisie die hij kan opbrengen. Maar niets kan de glinstering van opwinding in zijn ogen of de blos op zijn ingevallen wangen helemaal verhullen.

En misschien is de zelfcensor in hem zich daarvan bewust en er ongerust over: en dat is de reden waarom hij, wanneer hij zijn verhaal vervolgt, kiest voor een staccato, bijna nonchalante verteltrant die meer in overeenstemming is met didactische objectiviteit dan met de hang naar avontuur:

'Nikita had vlektyfus opgelopen. Het was hartje winter. Zestig graden onder nul of daaromtrent. Een hoop gevangenen legden het loodje. De bewakers maalden er niet om. De ziekenhuizen waren er niet om te genezen, het waren oorden om in te sterven. Nikita was een taaie en het duurde lang voor hij dood was. Dima verzorgde hem. Ging niet naar zijn gevangeniswerk en kreeg eenzame opsluiting. Elke keer als ze hem eruit lieten, keerde hij terug naar Nikita in het ziekenhuis, totdat ze hem daar weer wegsleurden. Afranselingen, uithongering, lichtdeprivatie, aan de muur geketend terwijl het vroor. Al die ellende die jullie uitbesteden aan minder kieskeurige landen en doen alsof jullie er niets vanaf weten,' voegt hij eraan toe in een uithaal van quasigeestige strijdlustigheid die geen effect sorteert. 'En terwijl hij Nikita bijstond, kwamen ze overeen dat Dima zijn eigen protegé in de *vory*-broederschap mocht introduceren. Het was vast een plechtig moment: de stervende Nikita die zijn nakomelingschap veiligstelde via Dima. Het overdragen van de kelk via drie generaties criminelen. Dima's protegé – *discipel*, zoals hij hem, dankzij mij, vrees ik, van nu af aan bij voorkeur aanduidde – was een zekere Mikhail, alias *Misja.*' Perry schetst de situatie:

'"Misja is een man van eer, net als ik!" zeg ik hen,' Dima richt zich tot het hoge comité van gestelde leiders van de *vory.* '"Hij is crimineel, niet politiek. Misja houdt van *echte* Moedertje Rusland, niet van Sovjet-Unie. Misja heeft respect voor alle *vrouwen.* Hij *sterk,* hij *puur,* hij niet specht, hij niet hond, niet militair, geen kampbewaker, KGB. Hij niet *politieman.* Hij doodt *politiemannen.* Hij heeft pest aan alle apparatsjik. Misja mijn *zoon.* Hij jullie broeder. Aanvaard de zoon van Dima als jullie broeder in *vory!*"'

Perry volhardt nog steeds in zijn docentengedrag. De volgende feiten voor jullie notitieboeken, alstublieft, dames en heren. De passage die ik op het punt sta aan u voor te lezen behelst de verkorte versie van Dima's levensverhaal, zoals door hem verteld tussen slokken wodka door, in de uitkijkpost van het huis dat Three Chimneys heet:

'Zodra hij ontslagen was uit Kolyma haastte hij zich naar Perm en kwam op tijd om zijn moeder te begraven. De vroege jaren tachtig waren een glorietijd voor criminelen. Het leven aan de zelfkant was kort en gevaarlijk, maar profijtelijk. Met zijn onberispelijke referenties werd Dima met open armen door de plaatselijke *vory* ontvangen. Toen hij erachter kwam dat hij van nature een oog had voor cijfers, wijdde hij zich al snel aan illegale valutaspeculatie, verzekeringsfraude en smokkelpraktijken. Een snelgroeiende portfolio met allerhande kleine criminaliteit voert hem naar het communistische Oost-Duitsland. Autodiefstal, valse paspoorten en valutagesjoemel vormen zijn specialiteit. En al doende leert hij ook nog Duits spreken. Hij grijpt vrouwen waar hij de kans krijgt, maar zijn vaste levensgezellin blijft Tamara, die op de zwarte markt handelt in zeldzame goederen als vrouwenkleding en primaire levensbehoeften en die ook in Perm resideert. Met de hulp van Dima en gelijkgestemde medeplichtigen houdt zij zich daarnaast bezig met afpersing, ontvoering en chantage. Dat brengt haar in conflict met een rivaliserende broederschap waarvan de leden haar eerst gevangennemen en martelen en haar vervolgens vals beschuldigen en aan de politie uitleveren, die haar nog wat meer martelt, Dima legt uit wat Tamara's *probleem* is:

"Ze slaat never nooit door, Professor, hoor je wat ik zeg? Ze is goede crimineel, beter dan man. Ze stoppen haar in drukcel. Weet je wat drukcel is? Ze hangen haar ondersteboven op, verkrachten haar tien, twintig keer, slaan haar tot pulp, maar ze geeft never nooit een kik. Ze zegt tegen ze dat ze de pleuris kunnen krijgen. Tamara is grote vechter, geen *teef*."'

Opnieuw sprak Perry het woord uit met schroom, en opnieuw komt Hector hem op zachte toon te hulp:

'*Teef* is nog erger dan hond of specht. Een teef schendt de code van de onderwereld. Inmiddels wordt Dima overmand door schuldgevoelens.'

'Dat is dan misschien de reden waarom hij dat woord met moeite uitsprak,' oppert Perry, en Hector zegt dat hij daar best eens gelijk in zou kunnen hebben.

Perry citeert Dima weer: 'Op een dag heeft de politie zo schoon genoeg van haar dat ze haar al haar kleren van het lijf rukken en haar zo in de sneeuw laten staan, verdomme. En nog geeft ze geen kik, hoor je me? Ze wordt een beetje gek, oké? Praat met God. Koopt een heleboel iconen. Begraaft geld in tuin en kan het niet meer terugvinden, wat dondert het? Die vrouw weet wat loyaliteit is, hoor je wat ik zeg? Ik zal haar nooit in de steek laten. Van Natasja's moeder hield ik. Maar Tamara laat ik nooit vallen. Hoor je wat ik zeg?'

Perry hoort het.

Zodra Dima flink begint te verdienen, neemt hij Tamara mee naar een Zwitserse kliniek om te rusten en te herstellen en vervolgens trouwt hij met haar. Binnen een jaar wordt hun tweeling geboren. Vlak na het huwelijk volgt de verloving van Tamara's waanzinnig mooie, veel jongere zuster Olga, een hoer van niveau die bij de *vory* in hoog aanzien staat. En de bruidegom is niemand anders dan Dima's geliefde discipel Misja, die inmiddels ook is ontslagen uit Kolyma.

'Met het huwelijk van Olga en Misja kon Dima zijn geluk niet op,' verklaarde Perry. 'Vanaf dat moment zijn Dima en Misja ware broeders. Volgens de wet van de *vory* was Misja al Dima's zoon, maar het huwelijk maakt de familieband compleet. Dima's kinderen zouden Misja's kinderen zijn, Misja's kinderen zouden de zijne zijn,' zei Perry en hij leunde gedecideerd achterover, alsof hij wachtte op vragen van achter uit de zaal.

Maar Hector, die Perry's bewegingen van achter zijn academische linies enigszins geamuseerd had gadegeslagen, gaf er de voorkeur aan zijn eigen ironische commentaar te leveren:

'Wat een verdomd merkwaardig trekje is van die *vory*-knapen, vind je niet? De ene minuut zweren ze het huwelijk, de politiek en de staat en alles wat daarmee te maken heeft af en de volgende minuut huppelen ze door het gangpad terwijl de kerkklokken luiden. Neem nog een slokje. Een theelepeltje maar. Water?'

Gedoe met de fles en een waterkaraf.

'Dat gold voor hen allemaal, denk je niet?' antwoordt Perry, alsof het er niet toe doet, en hij neemt een slokje van zijn uitermate waterige whisky. 'Al die maffe neven en ooms in Antigua. Het waren Criminelen binnen de Wet die waren gekomen om te rouwen om Misja en Olga.'

Perry is weer terug in zijn rol als resolute docent. Perry als kenner van een klein stukje geschiedenis, en niets anders:

Perm is niet groot genoeg meer voor Dima of de Broederschap. De zaken floreren. Misdaadsyndicaten sluiten zich bij elkaar aan. Er worden transacties afgesloten met buitenlandse maffia's. En het mooiste van alles is dat Dima, het praktisch ongeschoolde *bête intellectuelle* van Kolyma, heeft ontdekt dat hij over een natuurtalent beschikt waar het gaat om het witwassen van uit misdaad verkregen opbrengsten. Als Dima's Broederschap besluit haar werkterrein uit te breiden naar Amerika, is Dima degene die ze naar New York sturen om een witwasketen op te zetten met als basis Brighton Beach. Dima neemt Misja mee als zijn sterke man. Wanneer de Broederschap besluit een Europees filiaal voor haar witwaspraktijken te openen, is Dima degene die daarmee wordt belast. Dima aanvaardt de opdracht opnieuw op voorwaarde dat Misja ook wordt aangesteld, ditmaal als zijn tweede man in Rome. Hij krijgt zijn zin. Nu zijn de Dima's en de Misja's waarlijk één familie, ze werken samen, spelen samen, wisselen huizen uit, gaan bij elkaar op bezoek en bewonderen elkaars kinderen.

Perry neemt nog een slokje van zijn whisky.

'Dat was in de dagen van de *oude Prins*,' zegt Perry, op bijna nostalgische toon. 'Voor Dima, de gouden eeuw. De oude Prins was een ware *vor*. Hij was onaantastbaar.'

'En de *nieuwe* Prins?' vraagt Hector uitdagend. 'Die jonge knaap? Weten we ook maar iets van hem?'

Perry is onaangenaam getroffen. 'Je weet verdomd goed dat we dat weten,' antwoordt hij nors. En hij voegt eraan toe: 'De nieuwe jonge Prins is de grootste smeerlap die er op twee benen rondloopt. De verrader aller verraders. Hij is de Prins die de *vory* uitlevert aan de staat, wat het ergste is dat een *vor* kan doen. Zo'n man verraden is in Dima's ogen een plicht, geen misdaad.'

'Vind je die kleine kids leuk, Professor?' vraagt Dima op een toon van gespeelde afstandelijkheid, terwijl hij zijn hoofd achterover gooit en doet alsof hij de afbladderende plafondtegels bestudeert: 'Katja? Irina? Vind je *aardig*?'

'Natuurlijk. Ze zijn geweldig.'

'Gail, zij vindt ook aardig?'

'Dat weet je best. Ze heeft verschrikkelijk met ze te doen.'

'Wat hebben zij haar verteld, de kleine meisjes, hoe hun vader is gestorven?'

'Bij een auto-ongeluk. Tien dagen geleden. Buiten Moskou. Een tragedie. De vader en de moeder, allebei.'

'Zeker. Was tragedie. Was auto-ongeluk. Heel *simpel* auto-ongeluk. Heel *normaal* auto-ongeluk. In Rusland hebben we veel van zulke auto-ongelukken. Vier mannen, vier kalasjnikov, misschien zestig kogels, wat kan het schelen? Dat is verdomme pas een auto-ongeluk, Professor. Eén lijk, twintig misschien dertig kogel. Mijn Misja, mijn discipel, een kind, veertig jaar oud. Dima bracht hem bij de *vory*, maakte hem tot *man*.'

Een plotselinge woede-uitbarsting:

'Waarom bescherm ik mijn Misja dan niet? Waarom laat ik hem naar Moskou gaan? Laat smerige schoft Prins hem doden met twintig, dertig kogel? Olga doden, beeldschone zus van mijn vrouw Tamara, moeder van Misja's kleine meisjes. Waarom bescherm ik hem niet? Jij bent Professor! Vertel me, alsjeblieft, waarom bescherm ik mijn Misja niet?'

Als het woede was, en niet slechts de luide klank, die zijn stem zo'n onaardse kracht verleende, dan is het de kameleonachtige aard van de man, die hem vervolgens in staat stelt zijn woede opzij te zetten ten gunste van droefgeestige Slavische contemplatie:

'Oké. Misschien is Tamara's zuster, Olga, niet zo godvergeten gelovig,' zegt hij, waarmee hij iets toegeeft aan Perry, die daar helemaal niet om heeft gevraagd. 'Ik zeg tegen Misja: "Misschien kijkt jouw Olga nog steeds te veel naar andere kerels, heeft prachtige kont. Misschien moet je niet meer in het rond neuken, Misja, eens een keer thuisblijven, zoals ik nu, een beetje aandacht aan haar besteden."' Zijn stem zwakt weer af tot een fluistering: 'Dertig kogels, verdomme, Professor. Die schoft van een Prins zal moeten boeten voor de dertig kogels in mijn Misja.'

Perry was stil geworden. Het was net alsof er in de verte een bel had geklonken om het einde van het college-uur aan te geven en hij zich daar pas laat bewust van was geworden. Even leek hij zelf verbaasd over zijn aanwezigheid aan tafel. Toen keerde zijn lange, schonkige lijf met een ruk terug in het heden.

'Nou ja, dat is het wel zo'n beetje,' zei hij, op een toon alsof dat zijn slotconclusie was. 'Dima trok zich een poosje in zichzelf terug, werd wakker, leek vreemd op te kijken dat ik daar was, nam aanstoot aan mijn aanwezigheid, besloot toen dat het goed was, vergat mij vervolgens weer, sloeg zijn handen voor zijn gezicht en prevelde binnensmonds in het Russisch. Toen kwam hij overeind, klopte op de zakken van zijn satijnen overhemd en trok daar het pakje uit tevoorschijn dat ik bij mijn verslag heb gevoegd,' vervolgde hij. 'Hij gaf het me en omhelsde me. Het was een emotioneel moment.'

'Voor jullie allebei.'

'Ieder op onze eigen manier, ja, inderdaad. Ik denk dat het dat wel was.'

Opeens leek hij haast te hebben om terug te keren naar Gail.

'Ging het pakje nog vergezeld van instructies?' vroeg Hector, terwijl naast hem de kleine subtopper Luke inwendig zat te glimlachen boven zijn keurig gevouwen handjes.

'Jazeker. '"Breng dit naar je apparatsjiks, Professor. Een cadeautje van wereldkampioen witwassen. Zeg dat ik eerlijk spel verlang." Precies zoals ik in mijn verslag heb vermeld.'

'Enig idee wat er in het pakje zat?'

'Niet meer dan vage vermoedens, eigenlijk. Het was gewikkeld in watten, met daaromheen plasticfolie. Zoals je zelf hebt gezien. Ik had de indruk dat het een cassettebandje was – van een of andere minirecorder. Zo voelde het tenminste aan.'

Hector was nog niet helemaal overtuigd. 'En je hebt niet geprobeerd het open te maken.'

'God nee. Het was voor jullie bedoeld. Ik heb alleen maar gezorgd dat het stevig vastgeplakt zat aan de binnenkant van het cahier.'

Terwijl hij langzaam de bladzijden van Perry's verslag omsloeg, knikte Hector verstrooid.

'Hij droeg het op zijn lijf,' vervolgde Perry, die het duidelijk nodig vond om de zwaarder wordende stilte te doorbreken: 'Het deed me denken aan Kolyma. De trucs die ze verzonnen moeten hebben. Geheime boodschappen en van die dingen. Het ding was druipnat. Ik moest het met een handdoek afdrogen toen ik terug was in ons huisje.'

'En je hebt het niet opengemaakt?'

'Dat zei ik toch al? Waarom zou ik? Het is niet mijn gewoonte om de brieven van anderen te lezen. Of ernaar te luisteren.'

'Zelfs niet voordat je op Gatwick de douane passeerde?'

'Wis en waarachtig niet.'

'Maar je hebt het wel *betast.*'

'Natuurlijk heb ik dat. Dat heb ik je net verteld. Waar gaat dit over? Door de plasticfolie heen. En de watten. Toen hij het mij overhandigde.'

'En wat deed jij ermee nadat hij het jou had gegeven?'

'Toen heb ik het veilig opgeborgen.'

'Waar was dat?'

'Pardon?'

'Die veilige plek. Waar was die?'

'In mijn toilettas. Zodra ik terugkwam in ons huisje, ben ik meteen doorgelopen naar de badkamer en heb het erin gestopt.'

'Naast je tandenborstel, als het ware.'
'Als het ware.'
Opnieuw een langdurige stilte. Duurde die voor hun net zo lang als voor Perry? Hij vreesde van niet.
'Waarom?' vroeg Hector ten slotte.
'Waarom wat?'
'De toilettas,' herhaalde Hector geduldig.
'Het leek me veiliger.'
'Toen je op Gatwick langs de douane moest?'
'Ja.'
'Jij dacht dat iedereen daar zijn cassettebandjes bewaarde?'
'Het leek me gewoon beter' – hij haalde zijn schouders op.
'Omdat het in een toilettas minder op zou vallen?'
'Iets dergelijks.'
'Wist Gail ervan?'
'Wat? Natuurlijk niet. Nee.'
'Dat dacht ik al. Is de opname in het Russisch of in het Engels?'
'Hoe moet ik dat in hemelsnaam weten? Ik heb hem niet *beluisterd*.'
'Heeft Dima je niet gezegd in welke taal het was?'
'Hij heeft er helemaal niets over gezegd, behalve dan dat ik het aan jullie moest geven. Proost.'
Hij nam een laatste slok van zijn sterk verdunde whisky, en zette zijn glas toen met een klap op tafel om aan te geven dat hij het welletjes vond. Maar daar was Hector het helemaal niet mee eens. Integendeel. Hij sloeg een bladzijde van Perry's verslag terug. En bladerde toen weer een paar bladzijden verder.
'Dus nogmaals *waarom*?' vervolgde Hector.
'Waarom wat?'
'Waarom doe je het allemaal? Waarom smokkel je voor een Russische boef een link pakketje door de douane? Waarom heb je het niet gewoon in de Caribische Zee gemieterd om er meteen vanaf te zijn?'
'Ik dacht dat dat nogal logisch was.'
'Voor mij wel. Maar ik had niet gedacht dat het dat ook voor jou zou zijn. Wat is daar eigenlijk zo logisch aan?'

Perry zocht, maar leek zo gauw geen antwoord op de vraag te kunnen vinden.

'Nou, wat zou je zeggen van *omdat het er is*?' opperde Hector. 'Is dat niet de reden waarom bergbeklimmers geacht worden een berg te beklimmen?'

'Het wordt beweerd.'

'Totale lulkoek, zeg ik je. Het is omdat de bergbeklimmers er zijn. Ze moeten die kloteberg de schuld niet geven. Ze moeten die klimmers de schuld geven. Mee eens?'

'Zo'n beetje.'

'Dat zijn de kerels die de top in de verte zien. De berg zelf kan het geen bal schelen.'

'Je zult wel gelijk hebben' – een zuinig grijnsje.

'Heeft Dima eigenlijk nog iets gezegd over jouw persoonlijke betrokkenheid bij deze onderhandelingen, voor het geval het ooit zover komt?' vroeg Hector, na wat in Perry's ogen een eindeloos lange tijd was.

'Weinig.'

In hoeverre – *weinig*?'

'Hij wilde dat ik er voor hen bij aanwezig zou zijn.'

'Aanwezig, *waarom*?'

'Om toe te zien dat er eerlijk spel werd gespeeld, klaarblijkelijk.'

'Wie zou er eerlijk spel moeten spelen, verdomme?'

'Nou ja, jullie, ben ik bang,' zei Perry schoorvoetend. 'Hij wilde dat ik jullie aan je woord zou houden. Hij heeft een hekel aan apparatsjiks, zoals je misschien is opgevallen. Hij wil jullie bewonderen omdat jullie Engelse gentlemen zijn, maar hij vertrouwt jullie niet omdat jullie apparatsjiks zijn.'

'Denk *jij* er zo over?' – terwijl hij met zijn bovenmaatse grijze ogen Perry aanstaarde. 'Dat wij apparatsjiks zijn?'

'Zo ongeveer,' moest Perry nogmaals bekennen.

Hector wendde zich tot Luke, die nog steeds netjes naast hem zat. 'Luke, ouwe jongen, als je het mij vraagt heb jij een afspraak. Laten we je niet langer ophouden.'

'Natuurlijk,' zei Luke, en met een bruuske afscheidsglimlach naar Perry verliet hij gehoorzaam de kamer.

De malt whisky kwam van het eiland Skye. Hector schonk snel twee borrels in en nodigde Perry uit zelf water bij te schenken.

'Zo,' kondigde hij aan. 'Lastige-vragenuurtje. Denk je dat je het aankunt?'

Wat moest hij anders?

'We zitten met een discrepantie. En niet zo'n kleintje ook.'

'Daar ben ik me niet van bewust.'

'Ik wel. Het heeft betrekking op wat je *niet* hebt opgeschreven in dat tien-met-een-griffel opstel en wat je tot nu toe hebt weggelaten uit jouw in alle andere opzichten onberispelijke *viva voce*. Zal ik het voor je uitspellen of doe je het zelf?'

Duidelijk slecht op zijn gemak haalde Perry opnieuw zijn schouders op. 'Doe jij het maar.'

'Met genoegen. In beide gevallen heb je nagelaten een sleutelclausule in Dima's eisen en voorwaarden te vermelden die ons wel wordt kenbaar gemaakt in het pakje dat je zo ingenieus bij je scheerspullen, of zoals jij het noemt in je toilettas, via Gatwick Airport het land binnen hebt gesmokkeld. Dima *eist* – en niet *zo'n beetje*, zoals jij suggereert, maar als breekpunt – en Tamara *eist*, wat, ook al lijkt het anders, zelfs nog belangrijker is – dat jij, Perry, aanwezig bent bij alle onderhandelingen en dat genoemde onderhandelingen ten behoeve van jou worden gevoerd in de Engelse taal. Heeft hij die voorwaarde in de loop van zijn uitweidingen tegen jou toevallig nog genoemd?'

'Ja.'

'Maar je vond het niet nodig ons dat te melden.'

'Zo is het.'

'Was dat toevallig misschien omdat Dima en Tamara niet alleen de medewerking bedingen van *Professor Makepiece* maar ook van een dame die zij verkiezen aan te duiden als *Madam Gail Perkins*?'

'*Nee*,' zei Perry kortaf, met stramme kaak.

'*Nee?* Wat nee? Nee, heb je die voorwaarde niet op eigen houtje geschrapt uit je schriftelijke en mondelinge verslag van de gebeurtenissen?'

Perry's reactie was zo heftig en treffend dat het duidelijk was dat hij die al enige tijd had voorbereid. Maar eerst sloot hij zijn ogen alsof hij de demonen binnen in hem wilde raadplegen. 'Ik doe het voor Dima. Ik doe het zelfs voor jullie. Maar ik doe het in mijn eentje of helemaal niet.'

'Terwijl Dima in dezelfde onsamenhangende verhandeling aan ons,' vervolgde Hector, op een toon die geen notitie nam van de emotionele verklaring waarmee Perry zojuist op de proppen was gekomen, '*ook* melding maakt van een geplande ontmoeting in Parijs in juni. Op de zevende, om precies te zijn. Geen ontmoeting met ons, de verachte apparatsjiks, maar met *jou zelf en Gail*, wat een beetje vreemd op ons overkwam. Kun je dat toevallig nader verklaren?'

Perry kon het niet of wilde het niet. Hij keek in het halfduister stuurs voor zich uit, met een lange hand voor zijn mond alsof die een muilkorf was.

'Hij schijnt een *rendez-vous* voor te stellen,' vervolgde Hector. 'Of om preciezer te zijn, hij verwijst naar een afspraak die *hij* al heeft voorgesteld en waarin *jij* kennelijk al hebt toegestemd. Waar zou dat plaatshebben, vraag ik me af? Onder de Eiffeltoren, klokslag twaalf uur 's nachts, met een exemplaar van de *Figaro* van gisteren onder je arm?'

'Nee, daar niet, verdomme.'

'Waar dan wel?'

Met een binnensmonds 'krijg toch de kolere' stak Perry een hand in de binnenzak van zijn jasje, haalde een blauwe envelop tevoorschijn en smeet die woest op de ovale tafel. Hij was niet dichtgeplakt. Hector pakte hem op, klapte met zijn magere, bleke vingertoppen de flap nauwgezet terug en haalde er twee bedrukte blauwe kaartjes uit en vouwde die open. Er zat nog een vel papier in dat ook was opgevouwen.

'En *waarvoor* zijn die kaartjes precies?' vroeg hij na ze niet-begrijpend lang genoeg te hebben bestudeerd om normaal gesproken het antwoord daarop te hebben gevonden.

'Kun je niet lezen? De Finale Heren op het French Open. Roland Garros, Parijs.'

'En hoe ben je daaraan gekomen?'

'Ik was bezig onze hotelrekening te betalen. Gail was aan het pakken. Ambrose heeft ze me gegeven.'

'Gelijk met dit aardige briefje van Tamara?'

'Juist. Gelijk met het aardige briefje van Tamara. Knap werk.'

'Tamara's briefje zat samen met de kaartjes in een gesloten envelop, neem ik aan. Of waren die apart?'

'Tamara's briefje zat in een aparte envelop die was dichtgeplakt en die ik inmiddels heb weggegooid,' zei Perry, met een stem die dik was van woede. 'De twee kaartjes voor het tennisstadion Roland Garros zaten in een envelop die *niet* was dichtgeplakt. Dat is de envelop die je nu in je hand houdt. Ik heb de envelop waar Tamara's brief in zat weggegooid en haar brief *samen* met de kaartjes *daarin* gedaan.'

'Geweldig. Mag ik het lezen?'

Hij deed het hoe dan ook:

'Wij nodigen je alsjeblieft uit om Gail mee te nemen. We zullen fijn vinden ons met jullie te herenigen.'

'Godsgloeiende,' mompelde Perry.

'Wees alsjeblieft beschikbaar in Allée Marcel-Bernard van Roland Garros-terrein vijftien (15) minuten voor begin van match. Er zijn veel winkels in deze allée. Let alsjeblieft vooral op uitstalling van Adidas-materialen. Het zal grote verrassing lijken jullie tegen lijf te lopen. Het zal door God gegeven toeval lijken. Bespreek deze zaak alsjeblieft met jullie Britse ambtenaren. Zij zullen deze situatie begrijpen.
Alsjeblieft aanvaard ook uitnodiging voor speciale box van vertegenwoordiger van bedrijf Arena. Het zou goed uitkomen als iemand van geheime dienst van Groot-Brittannië in diezelfde periode in Parijs aanwezig zal zijn voor heel discreet gesprek. Maak dit alsjeblieft mogelijk.
Wij houden van jullie in God,
Tamara.'

'Is dit alles?'

'Alles.

'En je bent van streek. Verbitterd. Je hebt de smoor in dat je je in de kaart moet laten kijken.'

'Om de waarheid te zeggen ben ik verdomme des duivels,' beaamde Perry.

'Nou, laat me je dan, voordat je helemaal uit je vel springt, een beetje kostenloze achtergrondinformatie verschaffen. Meer krijg je misschien niet.' Hector boog zich naar voren over de tafel, waarbij zijn grijze fanatieke ogen glinsterden van opwinding. 'Dima heeft twee uiterst belangrijke transacties op stapel staan, waarbij hij formeel zijn volledige, buitengewoon ingenieuze witwassysteem overdraagt in jongere handen: namelijk in die van de Prins en zijn gevolg. De hiermee gemoeide geldbedragen zijn astronomisch. De eerste overdracht vindt plaats in Parijs, op maandag 8 juni, de dag na jullie tennismatch. De tweede en laatste – we zouden kunnen zeggen terminale – overdracht vindt twee dagen later plaats in Bern, op woensdag 10 juni. Zodra Dima zijn levenswerk heeft overgedragen – ergo, na de overdracht in Bern op de tiende – is hij rijp voor dezelfde onvriendelijke behandeling die zijn vriend Misja te beurt is gevallen: dan wordt hij afgemaakt, met andere woorden. Ik vermeld dit tussen twee haakjes om je bewust te maken van de grondigheid van Dima's voorbereidingen, de wanhopige situatie waarin hij zich bevindt, en van de – letterlijk – vele miljarden die er op het spel staan. Totdat hij heeft getekend heeft hij niets te vrezen. Je kunt je melkkoe niet neerknallen. Zodra hij heeft getekend is hij ten dode opgeschreven.'

'Waarom ging hij dan in hemelsnaam naar Moskou voor de begrafenis?' bracht Perry ertegen in, op afstandelijke toon.

'Tja, jij en ik zouden dat wel uit ons hoofd laten, nietwaar?' gaf Hector toe. 'Maar wij zijn geen *vory*, en wraak heeft zijn prijs. Overleving ook. Zolang hij niet heeft getekend is hij kogelvrij. Kunnen we het nu weer over *jou* hebben?'

'Als je moet.'

'Dat moeten we allebei. Zojuist vertelde je me dat je godverdomme des duivels was. Nou, ik vind dat je alle recht hebt om godverdomde kwaad te zijn, en op *jezelf*, want op één niveau – het niveau van normale maatschappelijke interactie – gedraag je je, onder moeilijke omstandigheden, dat geef ik toe – als een chauvinistische klootzak. Daar hoeven we niet moeilijk over te doen. Moet je zien wat voor een puinhoop je er tot nu toe van hebt gemaakt. Gail mag niet meedoen van jou, hoe graag ze dat ook zou willen. Ik weet niet in welke eeuw jij denkt te leven, maar zij heeft evenveel recht om voor zichzelf te beslissen als jij. Was je serieus van plan om haar een vrijkaartje voor de herenfinale op het French Open door de neus te boren? Gail? – jouw tennispartner én je levenspartner?'

Met zijn hand opnieuw voor zijn mond, liet Perry een gedempt gekreun horen.

'Ik bedoel maar. Dan nu het andere niveau: dat van *ab*normale maatschappelijke interactie. Mijn niveau, *Lukes* niveau. *Dima's* niveau. Wat je je heel goed hebt gerealiseerd is dat jij en Gail louter bij toeval terecht zijn gekomen in een volgestouwd mijnenveld. En zoals bij ieder fatsoenlijk mens van jouw slag is je eerste neiging ervoor te zorgen dat Gail daar als de sodemieter maakt dat ze wegkomt en weg blijft. En als ik me niet vergis heb jij ook persoonlijk uitgevogeld dat jij, door Dima's aanbod aan te horen, door ons daarvan op de hoogte te stellen en door op te treden als aangewezen scheidsrechter of waarnemer of hoe hij het ook wil noemen, dat jij dus volgens de *vory*-wet, in de ogen van de lieden die Dima van plan is te verlinken, een legitieme kandidaat wordt voor de uiterste vergeldingsmaatregel. Mee eens?'

Mee eens.

'In welke mate Gail daarbij ook gevaar loopt is een open vraag. Daar heb jij ongetwijfeld ook aan gedacht.'

Dat had Perry.

'Laten we de grote vragen dan maar eens op een rijtje zetten. Grote vraag nummer één: heb jij, Perry, het morele recht om Gail *niet* op de hoogte te stellen van de gevaren waaraan ze is blootgesteld? Volgens mij luidt het antwoord daarop: *nee*. Grote vraag nummer twee: heb jij het morele recht haar de keuze te ontzeggen om mee te doen wanneer zij eenmaal op de hoogte is gesteld, gezien het feit dat zij een emotionele band heeft met de kinderen in Dima's familie, om nog maar te zwijgen over haar gevoelens voor jou persoonlijk? Volgens mij luidt het antwoord daarop: nogmaals *nee*, maar daar kunnen we later nog over bakkeleien. En *drie*, wat een beetje tenenkrommend is, maar we moeten het toch vragen: voel jij, Perry, voelt zij, Gail, voelen jullie je als stel aangetrokken tot het idee iets *verdomd* gevaarlijks te doen voor jullie land, zonder daar noemenswaardig voor te worden beloond, behalve dan met wat losjes de eer ervan wordt genoemd, in het volle besef dat jullie, als jullie er ooit maar met één woord over reppen, al is het tegen jullie allerdierbaarsten, tot in alle uithoeken van de aarde door ons zullen worden opgejaagd?' Hij pauzeerde even om Perry gelegenheid te geven te spreken, maar Perry hield zijn mond, dus vervolgde hij:

'Volgens onze dossiers koester jij de overtuiging dat ons groene en aangename land nodig van zichzelf moet worden gered. Ik ben toevallig diezelfde mening toegedaan. Ik heb de ziekte bestudeerd, ik heb in het moeras gewoond. Het is mijn gefundeerde conclusie dat wij, als een voormalige grote natie, lijden aan *top-down* institutioneel verval. En dat is niet uitsluitend het oordeel van een krakkemikkige ouwe lul. Een massa mensen in mijn Dienst maken er hun beroep van om de dingen niet zwart-wit te zien. Verwar me niet met hen. Ik ben een laatbloeiende rooie rakker maar wel met ballen. Luister je nog?'

Een onwillig knikje.

'Dima doet, net als ik, een beroep op je en geeft je de kans om werkelijk iets te *doen*, in plaats van er alleen maar over te mekkeren. Maar jij rukt aan de teugels en doet ondertussen alsof dat niet het geval is, wat ik een fundamenteel oneerlijke houding vind. Dus raad ik je ten sterkste aan: bel Gail *nu* op, verlos haar uit haar lijden, en als je terug bent in Primrose Hill vertel je haar elke bijzonderheid, ongeacht hoe klein, die je haar tot dusverre hebt verzwegen. Dan kom je morgenochtend om negen uur samen met haar hier terug. *Vanochtend*, nu ik erover nadenk. Ollie komt jullie halen. Daarna teken je een zelfs nog draconischer en onleesbaarder document dan wat jullie allebei vandaag hebben ondertekend, en dan vertellen we jullie zo veel mogelijk van de rest van het verhaal als we kunnen zonder het voor jullie te verknoeien, *mochten* jullie samen besluiten de reis naar Parijs te ondernemen – en zo weinig mogelijk als we ons kunnen veroorloven als jullie mochten besluiten om *niet* te gaan. Als Gail persoonlijk haar bedenkingen heeft, dan is dat haar zaak, maar ik geef je op een briefje dat ze mee zal doen tot het bittere einde.'

Eindelijk hief Perry zijn hoofd op.

'*Hoe?*'

'Wat hoe?'

'*Hoe* Engeland redden? Waarvan? Oké. Van zichzelf. Welk *stukje* van zichzelf?'

Nu was het Hectors beurt om even goed na te denken. 'Wat dat betreft moet je ons maar op ons woord geloven.'

'Op het woord van jouw Dienst?'

'Voorlopig wel, ja.'

'Op grond waarvan? Worden jullie niet geacht de heren te zijn die liegen in het belang van het land?'

'Dat doen de diplomaten. Wij zijn geen heren.'

'Dan liegen jullie om je hachje te redden.'

'Dat doen de politici. Dat is een heel ander chapiter.'

8

In de middag van een zonnige zondag, tien uur nadat Perry Makepiece was teruggekeerd naar Primrose Hill om vrede te sluiten met Gail, gaf Luke Weaver zijn plaats aan de gezinseettafel op – hoewel zijn vrouw Eloise speciaal een dikke scharrelkip in melksaus met broodkruimels had klaargemaakt en zijn zoon Ben een Israëlisch schoolvriendje had uitgenodigd – en verliet hij, met zijn verontschuldigingen nog nagalmend in zijn oren, het uit rode baksteen opgetrokken rijtjeshuis in Parliament Hill dat hij zich slechts met de grootste moeite kon veroorloven, op weg naar wat volgens hem de beslissende ontmoeting van zijn veelbewogen carrière binnen de inlichtingendienst zou worden.

Zijn bestemming was, voor zover Eloise en Ben mochten weten, het monsterlijke hoofdkwartier van zijn Dienst aan de rivieroever in Lambeth, dat door Eloise, die van Franse aristocratische afkomst was, *la Lubianka-sur-Tamise* was gedoopt. In werkelijkheid was zijn bestemming Bloomsbury, wat het de afgelopen drie maanden al steeds was geweest. Zijn favoriete transportmiddel was, vanwege de spanning die in hem opborrelde of juist in weerwil daarvan, noch de ondergrondse, noch de bus, maar de benenwagen, een gewoonte die hij zich had eigen gemaakt tijdens zijn werkzaamheden in Moskou, waar drie uur doorstappen onder alle mogelijke weersomstandigheden de gewoonste zaak van de wereld was als je iets uit een geheime bergplaats moest ophalen of een portiek moest binnenglippen om binnen dertig seconden ademloos geld en goederen te overhandigen.

Om te voet van Parliament Hill naar Bloomsbury te komen, een wandeling waarvoor Luke zich gewoonlijk een dik uur de tijd gaf, was het zijn gewoonte, voor zover mogelijk, elke dag een andere route te kiezen, niet om mogelijke achtervolgers af te schudden, hoewel die gedachte nooit helemaal weg was uit zijn bewustzijn, maar om te genieten van de kleine straatjes van een stad die hij na jaren dienst te hebben gedaan in het buitenland heel graag weer wilde leren kennen.

En vandaag, nu de zon scheen en hij het nodig vond om zijn gedachten te ordenen voor wat hem te wachten stond, had hij besloten door Regent's Park te wandelen en daarna oostwaarts de stad te doorkruisen; en om dat mogelijk te maken had hij zichzelf een extra halfuurtje reistijd gegund. Zijn gevoelens, die werden overheerst door verwachting en opwinding, bezaten ook een element van angst. Hij had die nacht niet of nauwelijks een oog dichtgedaan. Hij moest zijn evenwicht zien terug te vinden. Hij had er behoefte aan om gewone mensen te zien, zonder geheimen, en bloemen en de buitenwereld.

'Een hartgrondig *ja* van hem, en een hartgrondig *ja, verdomme* van haar,' had Hector geestdriftig door de beveiligde telefoon verkondigd. 'Billy Boy zal ons om twee uur vanmiddag aanhoren en God is terug op aarde.'

Zes maanden tevoren, toen Luke na drie jaar Bogotá met verlof thuis was, had de Koningin van Personeelszaken, die binnen de Dienst veelal oneerbiedig werd aangeduid als de Mensenmajesteit, hem meegedeeld dat hij binnenkort aan de dijk zou worden gezet. Daar keek hij niet vreemd van op. Toch kostte het hem een paar pijnlijke seconden voordat hij haar boodschap had gedecodeerd:

'De Dienst overleeft de recessie met zijn gebruikelijke spreekwoordelijke veerkracht, Luke,' verzekerde ze hem, op een zo onbezorgd optimistische toon dat het hem kon worden vergeven dat hij dacht dat hij, in plaats van de laan uit te worden gestuurd, een aanstelling als regiohoofd tegemoet kon zien. 'Ons aanzien in Whitehall is eerlijk gezegd groter dan ooit tevoren, kan ik tot mijn genoegen verklaren, en de rekrutering is nooit gemakkelijker verlopen. Tachtig procent van onze laatste lichting nieuwe veelbelovende talenten is *cum laude* afgestudeerd aan gerenommeerde universiteiten en *niemand* heeft het meer over Irak. Sommigen zelfs *tweemaal* cum laude. Is dat niet geweldig?'

Luke vond het geweldig, maar was wel zo wijs om niet op te merken dat hij zichzelf toch twintig jaar lang behoorlijk van zijn taak had gekweten met een eenvoudig 'tot tevredenheid' op zak.

Het enige *echte* probleem tegenwoordig, legde ze op dezelfde vastberaden opbeurende toon uit, was dat mannen van Lukes kaliber en salarisgroep, die hun *natuurlijke plafond* hadden bereikt steeds moeilijker te plaatsen waren. En voor sommigen was helemaal geen plekje meer te vinden, klaagde ze. Maar wat moest zij dan – wilde zij weten – met een *jong* Hoofd van Dienst, dat personeel wilde dat geen bagage uit de Koude Oorlog met zich meedroeg? Het was gewoon *te* sneu.

Dus het aller*beste* wat ze kon regelen, vreesde ze, Luke, hoe *geweldig* en hoe verschrikkelijk dapper hij in Bogotá ook was geweest – en trouwens, de wijze waarop hij met zijn privéleven omging *ging haar in het geheel niets aan*, vooropgesteld dat het zijn werk niet beïnvloedde, en dat had het overduidelijk *niet gedaan* – dat alles afgeraffeld tussen haakjes – zou een tijdelijke baan op de administratie zijn, totdat degene die de functie bekleedde terug was van zwangerschapsverlof.

Intussen zou het een goed idee zijn als hij eens ging praten met de mensen van het plaatsingskantoor van de Dienst om te zien wat zij in de grote wereld te bieden hadden, wat, in weerwil van alle kletskoek die hij wellicht in de krant had gelezen, helemaal niet alleen maar droefenis en ellende was. Dat terreurgedoe én de dreiging van onrust onder de bevolking deden *wonderen* voor de particuliere beveiligingsbranche. Sommigen van haar allerbeste voormalige agenten verdienden nu twee keer zoveel als ze bij de Dienst opstreken en hadden het erg naar hun zin. Met een staat van dienst als de zijne – en als zijn privéleven weer op orde was, wat het volgens iedereen was, hoewel ze daar niet mee te maken had – twijfelde ze er niet aan dat Luke een heel waardevolle aanwinst voor zijn volgende werkgever zou blijken te zijn.

'En je hebt geen behoefte aan posttraumatische therapie of van *die* dingen?' vroeg ze bezorgd, toen hij wegliep.

Van jou niet, dank je feestelijk, dacht Luke. *En mijn privéleven is niet op orde.*

De afdeling administratie leidde een troosteloos bestaan op de begane grond en Lukes bureau stond zo dicht bij de straat als maar mogelijk was, zonder feitelijk buiten te staan. Na drie jaar in de kidnaphoofdstad van de wereld had hij de grootste moeite met het aanvragen van een kilometervergoeding voor het thuis gestationeerde middenkader, maar hij deed zijn best. Daarom was zijn verbazing des te groter toen hij een maand na zijn veroordeling de telefoon opnam die maar zelden ging, om te horen dat hij door Hector Meredith werd ontboden om terstond met hem te komen lunchen in zijn Londense club, die beroemd was om zijn stoffigheid.

'*Vandaag*, Hector? Jezus.'

'Kom vroeg en zeg het verdomme tegen niemand. Zeg maar dat je ongesteld bent of zoiets.'

'Wat noem jij vroeg?'

'Elf uur.'

'Elf uur? *Lunch?*'

'Heb je geen trek?'

De keuze van plaats en tijd bleek uiteindelijk nog niet zo bizar als die aanvankelijk leek. Op de ochtend van een doordeweekse dag is het in een vervallen club aan Pall Mall een heel kabaal van stofzuigers, het zangerige gekwebbel van onderbetaalde allochtone werknemers die dekken voor de lunch en weinig anders. De van zuilen voorziene foyer was verlaten, met uitzondering van een aftandse portier in zijn hokje en een zwarte vrouw die de marmeren vloer dweilde. Hector, die met zijn lange benen over elkaar op een oude troon met houtsnijwerk prijkte, zat de *Financial Times* te lezen.

In een Dienst vol nomaden die hebben gezworen hun geheimen voor zichzelf te houden, was het altijd lastig om aan harde gegevens over een collega te komen. Maar zelfs met die lage verwachtingen was de somtijds Plaatsvervangend Directeur West-Europa, dan weer Plaatsvervangend Directeur Rusland, dan weer Plaatsvervangend Directeur Afrika & Zuid-Oost Azië en nu, op een geheimzinnige wijze, Directeur Speciale Projecten een wandelend raadsel of, zoals sommigen van zijn collega's hem bij voorkeur noemden, een dissident.

Vijftien jaar eerder hadden Luke en Hector drie maanden lang een intensieve cursus Russisch gevolgd, die werd gegeven door een bejaarde prinses in haar met klimop overdekte landhuis in Hampstead, op nog geen tien minuten lopen van waar Luke nu woonde. Als de avond viel maakten zij samen een cathartische wandeling door de Heath. Hector was in die tijd zowel fysiek als professioneel een snelle jongen. Als hij met zijn slungelachtige benen voortstruinde, was hij voor de kleine Luke maar moeilijk bij te benen. Zijn conversatie, die Luke zowel figuurlijk als letterlijk vaak boven de pet ging, was gelardeerd met krachttermen, variërend van 'de twee grootste bedriegers in de geschiedenis' – Karl Marx en Sigmund Freud – tot de schrijnende behoefte aan een soort Brits patriottisme dat consistent was met het contemporaine geweten – gewoonlijk gevolgd door een voor Hector typisch wending, waarin hij eiste te weten wat *geweten* überhaupt betekende.

Sindsdien hadden hun paden zich nog maar zelden gekruist. Terwijl Lukes carrière in het veld zich op de gebruikelijke manier ontwikkelde – Moskou, Praag, Amman, opnieuw Moskou, met daartussen periodes op het Hoofdkantoor, en ten slotte Bogotá – leek Hectors snelle opklimmen naar de vierde verdieping door God verordonneerd en zijn onbereikbaarheid, voor zover het Luke betrof, volledig.

Maar naarmate de tijd verstreek, vertoonde de weerspannige antagonist in Hector de neiging zijn kop op te steken. Een nieuwe instroom van machtsmanipulatoren binnen de Dienst wilde meer invloed op het regeringsbeleid. In een vertrouwelijk schrijven aan de topfunctionarissen dat uiteindelijk niet zo vertrouwelijk bleek, hekelde hij de Wijze Dwazen op de vierde verdieping die bereid waren 'de heilige plicht van de Dienst om de machthebbers de waarheid te verkondigen op te geven'.

Het stof was nauwelijks neergedaald toen Hector, terwijl hij een stormachtige nabespreking voorzat over een operationele miskleun, de betrokkenen verdedigde tegen de voorstanders van een nauwere samenwerking met buitenlandse diensten, wier visie, zo beweerde hij, 'op onnatuurlijke wijze was beperkt doordat ze hun kop in de Amerikaanse reet hadden gestoken'.

Toen verdween hij ergens in 2003 van het toneel, wat niet verbazingwekkend was. Geen afscheidsfeestjes, geen in memoriam in het maandelijkse nieuwsbulletin, geen obscure onderscheiding, geen adreswijziging. Eerst verdween zijn gecodeerde handtekening van de operationele orders. Toen verdween die ook van de distributielijsten. Toen verdween hij uit het geheime e-mailadresboek en ten slotte uit het gecodeerde telefoonboek, wat ongeveer gelijkstond aan een overlijdensbericht.

En in plaats van de man zelf resteerde slechts het onvermijdelijke papegaaiencircuit:

Hij had op de bovenste verdieping een opstand tegen de interventie in Irak geleid en was daarom ontslagen. Mis, zeiden anderen. Het was het bombardement op Afghanistan, en hij was niet ontslagen, hij had ontslag genomen.

Tijdens een hooglopende ruzie had hij de staatssecretaris in zijn gezicht uitgemaakt voor 'leugenachtige klootzak'. Weer mis, zei een andere factie. Het betrof de minister van Justitie die hij 'een karakterloze pluimstrijker' had genoemd.

Anderen die over hardere bewijzen beschikten, wezen op een persoonlijke tragedie die Hector kort voor zijn vertrek uit de Dienst had getroffen, toen zijn onhandelbare zoon Adrian, niet voor de eerste keer, met hoge snelheid een gestolen auto total loss had gereden, onder invloed van harddrugs. Wonder boven wonder was Adrian zelf het enige slachtoffer, met verwondingen aan zijn borst en gezicht. Maar een jonge moeder en haar baby waren op een haar na ontkomen en de kop WEGGELOPEN ZOON VAN TOPAMBTENAAR BETROKKEN BIJ GRUWELIJK ONGELUK IN CENTRUM was geen aangenaam leesvoer. Gebroken door het ongeval, beweerde het papegaaiencircuit, had Hector zich teruggetrokken uit de Dienst om zijn zoon te kunnen bijstaan terwijl hij achter de tralies zat.

Maar hoewel deze theorie niet geheel uit de lucht was gegrepen – er waren in ieder geval een paar harde feiten die haar ondersteunden – kon dat niet het volledige verhaal zijn, want een paar maanden na zijn verdwijning, was het Hectors eigen gezicht dat ons vanuit de roddelbladen aankeek, niet als de bezorgde vader van Adrian, maar als de dappere eenzame strijder die zich inzette om een oud gerenommeerd familiebedrijfje te redden uit de klauwen van degenen die hij KAPITALISTISCHE AASGIEREN noemde, waarmee hij garant stond voor een sensationele krantenkop.

Wekenlang smulden Hector-*watchers* van sappige verhalen over dit oude, gerenommeerde, redelijk winstgevende graanimportbedrijf aan de haven, met vijfenzestig al vele jaren trouwe werknemers, allemaal aandeelhouders, die 'plotseling waren bedreigd in hun voortbestaan' volgens Hector, die al even plotseling een talent voor public relations in zichzelf had ontdekt: 'De activa-verpatsers en speculanten staan voor onze poorten en vijfenzestig van de beste mannen en vrouwen in Engeland staan op het punt bij het grofvuil te worden gezet,' vertelde hij de pers. En ja hoor, binnen een maand schreeuwden de koppen: MEREDITH SLAAT AANVAL KAPITALISTISCHE AASGIEREN AF – FAMILIEBEDRIJF TREKT IN OVERNAMESTRIJD AAN LANGSTE EIND.

En een jaar later zat Hector weer in zijn oude kamer op de vierde verdieping om een beetje stampij te maken, zoals hij het placht te noemen.

Hoe Hector zich naar binnen had weten te praten, of dat de Dienst hem op de blote knieën had gesmeekt terug te komen, en wat precies de functie was van een zogenaamd Hoofd Speciale Projecten waren mysteriën waar Luke alleen maar naar kon gissen toen hij hem in een slakkengang de imposante trap van zijn club op volgde, langs de craquelé portretten van zijn majesteitelijke helden, naar de muffe bibliotheek vol boeken die niemand las. En hij bleef gissen toen Hector de mahoniehouten deur sloot, de sleutel omdraaide, die in zijn zak liet glijden, de gespen van een oud bruin diplomatenkoffertje openmaakte, een verzegelde Dienstenvelop zonder postzegel naar Luke toeschoof en vervolgens naar het tot het plafond reikende schuifraam kuierde dat uitzicht bood op St. James's Park.

'Ik dacht dat dit misschien meer iets voor je was dan dat gekeutel op de administratie,' merkte hij achteloos op, terwijl zijn hoekige lichaam zich aftekende tegen de smoezelige vitrage.

De brief in de Dienstenvelop was een uitdraai van dezelfde Mensenmajesteit die pas twee maanden tevoren haar vonnis over Luke had geveld. In futloos proza werd hij met onmiddellijke ingang en zonder enige verklaring overgeplaatst naar de functie van coördinator van een orgaan in oprichting dat de Counterclaim-Reconventie Focus Group werd genoemd en dat verantwoording verschuldigd was aan het Hoofd Speciale Projecten. De taak van de Focus Groep zou bestaan uit het 'proactief beschouwen welke operationele kosten konden worden teruggevorderd van klantendepartementen die aanzienlijk hebben geprofiteerd van door de Dienst uitgevoerde operaties'. De benoeming hield een verlenging van zijn contract van achttien maanden in, die mee zouden tellen voor zijn pensioenopbouw. Zijn er nog vragen, e-mail naar dit adres.

'Kun je daar wat mee?' vroeg Hector, vanaf zijn plek voor het lange schuifraam.

Verbluft mompelde Luke iets over dat dit hielp bij de hypotheekaflossing.

'Houd jij van *proactief*? Vind je proactief fascinerend?'

'Niet echt,' zei Luke met een onthutst lachje.

'De Mensenmajesteit is *dol* op proactief,' antwoordde Hector. 'Daar wordt ze zo geil van als boter. Doe er nog eens *focus* bij en je kunt niet meer stuk.'

Moest Luke de man naar de mond praten? Wat bezielde hem in hemelsnaam om hem om elf uur 's ochtends in zijn weerzinwekkende club te ontbieden, hem een brief te overhandigen die hij niet eens zou mogen overhandigen en betweterige grapjes te maken over het taalgebruik van de Mensenmajesteit?

'Ik hoorde dat het je slecht is vergaan in Bogotá,' zei Hector.

'Ach, het had zijn ups en downs, je weet hoe dat gaat,' antwoordde Luke afwerend.

'Dat gewip met de vrouw van je rechterhand, bedoel je? Dat soort ups en downs?'

Terwijl hij naar de brief in zijn hand staarde, zag Luke dat die begon te trillen, maar hij kon de zelfbeheersing opbrengen om zich van commentaar te onthouden.

'Of het soort ups en downs dat je krijgt als je onder bedreiging van een machinegeweer wordt ontvoerd door de een of andere klootzak van een drugsbaron van wie je dacht dat hij voor jou spioneerde?' vervolgde Hector. *'Dat* soort ups en downs?'

'Heel waarschijnlijk allebei,' antwoordde Luke stijfjes.

'Zou je me kunnen vertellen wat er het eerst was – de ontvoering of de wip?'

'De wip, helaas.'

'*Helaas* omdat, terwijl jij zonder enige haast door de drugsbaron werd opgehouden in zijn junglehut, je arme lieve vrouwtje thuis in Bogotá te horen kreeg dat je het buurmeisje had geneukt?'

'Ja. Dat is waar. Zo was het.'

'Met als gevolg dat jij, toen je ontsnapte aan de gastvrijheid van de drugsbaron en na een paar dagen rondstruinen in de ongerepte natuur, bij thuiskomst niet als held werd binnengehaald, zoals je had verwacht?'

'Nee, dat werd ik niet.'

'Heb je alles opgebiecht?'

'Aan de drugsbaron?'

'Aan Eloise.'

'Nou ja, niet *alles*,' zei Luke, die zelf niet goed wist waarom hij hiermee doorging.

'Je hebt alleen opgebiecht wat zij al wist, of waar zij zeker achter zou komen,' opperde Hector goedkeurend. ' Een tipje van de sluier prijsgeven en doen alsof je het hele boetekleed aantrekt. Is dat een juiste omschrijving?'

'Het lijkt me wel.'

'Ik ben niet bemoeiziek, Luke, ouwe jongen. Ik vel geen oordeel. Ik wil alleen even de puntjes op de i. Wij hebben in betere dagen samen een paar goede paarden gestolen. In mijn ogen ben jij een verdomd goede agent en daarom ben je hier. Wat vind je ervan? Alles bij elkaar genomen. De brief die je in je hand houdt. En verder?'

'En verder? Tja, ik weet niet goed wat ik ervan moet denken.'

'Hoe bedoel je? Waarvan, precies?'

'Nou ja, waarom die haast, om te beginnen? Goed, het is met onmiddellijke ingang. Maar de baan bestaat niet.'

'Dat hoeft ook niet. Het verhaal is volmaakt duidelijk. De kas is leeg, dus gaat de grote baas naar Financiën met zijn bedelbakje en vraagt om meer geld. Financiën zet zijn hakken in het zand. "Sorry, zal niet gaan. We zijn volkomen platzak. Zie het maar terug te halen bij die klojo's die altijd alles gratis van jullie hebben gekregen." Ik vond dat het eigenlijk best aardig heeft uitgepakt, de moeilijke tijden in aanmerking genomen.'

'Het is vast en zeker een goed idee,' zei Luke ernstig, die inmiddels meer de kluts kwijt was dan ooit sinds zijn smadelijke terugkeer naar Engeland.

'Ach, als het toch *niks* wordt, dan kun je dat nu beter meteen zeggen, in jezusnaam. In deze situatie zit een tweede kans er niet in, geloof me.'

'Het wordt wel wat, daar ben ik zeker van. En ik ben je heel dankbaar, Hector. Fijn dat je aan mij hebt gedacht. Bedankt voor het zetje in de goede richting.'

'De Mensenmajesteit is van plan je je eigen bureau te geven, God zegene haar. Een paar deuren voorbij Financiën. Tja, daar kan ik me niet mee bemoeien. Dat zou geen pas geven. Maar ik raad je aan met een wijde boog om Financiën heen te lopen. Zij willen niet dat jij *hun* knikkers telt en wij willen niet dat zij de *onze* tellen. Nietwaar?'

'Dat lijkt me ook niet.'

'Hoe dan ook, je zult weinig op kantoor zijn. Je zult op pad zijn, Whitehall bezoeken en de steenrijke ministeries op hun huid zitten. Kom je een paar keer per week even melden, breng me verslag uit over je vorderingen, sjoemel met je onkosten, dat is jouw taak. Is het je nog steeds helemaal duidelijk?'

'Niet echt.'

'Hoezo niet?'

'Nou, waarom *hier*, om te beginnen? Waarom niet een e-mail op de begane grond of een telefoontje via de interne lijn?'

Hector had nooit goed tegen kritiek gekund, herinnerde Luke zich, en dat werd hem nu opnieuw duidelijk. 'Goed dan, verdomme. Stel dat ik je eerst een mailtje *had* gestuurd. Of je had opgebeld, godskolere? Had je het *dan* geloofd? Het aanbod van de Mensenmajesteit als zodanig, in jezusnaam?'

Wat al te laat begon een ander en opbeurender scenario in Lukes geest vorm aan te nemen.

'Als je wilt weten of ik het aanbod van de Mensenmajesteit zoals het me in de brief wordt voorgeschoteld – hypothetisch gesproken – zou hebben aanvaard, dan luidt mijn antwoord ja. Als je me – opnieuw hypothetisch gesproken – vraagt of ik nattigheid zou voelen als ik de brief op mijn bureau op kantoor zou vinden of op mijn computerscherm, dan luidt mijn antwoord nee, dat zou ik niet.'

'Erewoord?'

'Erewoord.'

Ze werden gestoord door een woest gerammel aan de deurkruk, gevolgd door een roffel boos geklop. Met een vermoeid 'ach, val dood' gebaarde Hector Luke dat hij zich achter de boekenplanken onzichtbaar moest maken, opende de deur en stak zijn hoofd om de hoek.

'Sorry, ouwe reus, vandaag niet, ben ik bang,' hoorde Luke hem zeggen. 'Officieuze inventarisatie in uitvoering. Het gebruikelijke gedonder. Leden die boeken meenemen en er niet voor tekenen. Ik hoop dat jij er niet zo eentje bent. Probeer het vrijdag nog eens. Dit is ongeveer de eerste keer van mijn leven dat ik blij ben dat ik onbezoldigd bibliothecaris ben, verdomme,' vervolgde hij, zonder de moeite te nemen zijn stem te dempen, terwijl hij de deur weer op slot deed. 'Je kunt weer tevoorschijn komen. En voor het geval je mocht denken dat ik de leider ben van een complot zoals er achter *nine-eleven* zou hebben gezeten, kun je beter ook deze brief lezen en die vervolgens naar mij toe schuiven zodat ik hem kan opeten.'

Deze envelop was lichtblauw en opmerkelijk ondoorzichtig. Een blauwe leeuw en een eenhoorn stonden in fraai reliëf afgedrukt op de flap. En erin een bijpassende velletje briefpapier, kleinste formaat, met het indrukwekkende gedrukte briefhoofd: Van het Bureau van het Secretariaat.

Beste Luke,
Dit is om je te verzekeren dat het uitermate privégesprek dat je vandaag met onze gemeenschappelijke collega voert

tijdens de lunch op zijn club plaatsvindt met mijn officieuze goedkeuring.

Je –

– dan een heel kleine handtekening die eruitzag alsof hij onder bedreiging met een vuurwapen was geplaatst: William J. Matlock (Hoofd Secretariaat), beter bekend als Billy Boy Matlock – of gewoon Bullebak als je daar de voorkeur aan gaf, wat het geval was voor degenen die een aanvaring met hem hadden gehad – de langst dienende en meest onverzoenlijke puinruimer en linkerhand van de Directeur zelf.

'Gelul in de ruimte, om je de waarheid te zeggen, maar wat moet de arme sloeber anders?' merkte Hector op, terwijl hij de brief terugstopte in de envelop en de envelop terugstopte in de binnenzak van zijn sjofele sportjasje. 'Ze weten dat ik gelijk heb, willen niet dat ik het heb, weten niet wat ze moeten doen als ik het heb. Willen niet dat ik in de pot pis, willen niet dat ik buiten de pot pis. Me opsluiten en de mond snoeren is het enige antwoord, maar dat vind ik niet prettig, heb ik nooit gevonden. Jij ook niet, voor zover ik kon nagaan – waarom ben je niet verslonden door tijgers of wat ze daar ook hebben?'

'Hoofdzakelijk insecten.'

'Bloedzuigers?'

'Die ook.'

'Blijf daar niet zo staan. Ga zitten.'

Luke ging gehoorzaam zitten. Maar Hector bleef staan, handen diep in zijn zakken gestoken, afhangende schouders, starend in de open haard met zijn oude koperen tangen en poken en craquelé leren sierranden. En het viel Luke op dat de sfeer in de bibliotheek benauwend, om niet te zeggen bedreigend, was geworden. En misschien voelde Hector het ook, want zijn luchthartigheid liet hem in de steek en zijn uitgemergelde, ziekelijke gelaat werd zo macaber als dat van een begrafenisondernemer.

'Ik wil je wat vragen,' verkondigde hij abrupt, meer tegen de haard dan tegen Luke.

'Vraag maar raak.'

'Wat is het meest ijzingwekkende, absoluut afschuwelijkste wat jij ooit van je leven hebt gezien? Waar dan ook? Afgezien van de loop van de uzi van een drugsbaron die je in je gezicht staart. Kindertjes in Congo, met dikke buikjes en afgehakte handjes die creperen van de honger, te moe om te huilen? Gecastreerde vaders, met hun pik in hun mond gepropt, oogkassen vol vliegen? Vrouwen met bajonetten in hun kut gestoken?'

Luke had nooit in Congo gediend, dus ging hij ervan uit dat Hector een eigen ervaring beschreef.

'Wij hadden ook soortgelijke dingen,' zei hij.

'Zoals? Noem er eens een paar.'

'Een grote dag voor de Colombiaanse regering. Met Amerikaanse assistentie, uiteraard. Dorpen platgebrand. Bewoners massaal verkracht, gemarteld, in mootjes gehakt. Iedereen dood behalve die ene overlevende om het verhaal na te kunnen vertellen.'

'Ja. Ach. We hebben allebei dus een stukje van de wereld gezien,' gaf Hector toe. 'Geen kattenpis.'

'Nee.'

'En al dat vuile geld waarmee wordt gesmeten, de opbrengsten van pijn, ook dat hebben we gezien. Alleen in Colombia al, *miljarden.* Dat heb jij gezien. God mag weten wat *jouw* mannetje waard was.' Hij wachtte niet op een antwoord. 'In Congo, *miljarden.* In Afghanistan, *miljarden.* Een achtste van de wereldeconomie, verdomme: zo zwart als de neten. Wij weten ervan.'

'Ja. Dat is zo.'

'Bloedgeld. Dat is het.'

'Ja.'

'Doet er niet toe waar. Het kan in een doos onder het bed van een krijgsheer in Somalië liggen of in een bank in de City van Londen, naast de oude port. Het verandert niet van kleur. Het is nog steeds bloedgeld.'

'Zo zal het wel zijn.'

'Geen schone schijn, geen fraaie excuses. De opbrengsten van afpersing, drugshandel, moord, intimidatie, massaverkrachting, slavernij. Bloedgeld. Zeg het maar als je vindt dat ik overdrijf.'

'Nee nee nee, dat doe je vast niet.'

'Er zijn maar vier manieren om het een halt toe te roepen. *Een:* je gaat achter de kerels aan die zich er schuldig aan maken.

Pakt ze, doodt ze of sluit ze op, als het je lukt. *Twee*: je gaat achter het product aan. Onderschept het, voordat het op straat of op de markt komt. Als het je lukt. *Drie*: pik de opbrengsten in en zorg dat die klootzakken failliet gaan.'

Een zorgwekkende pauze terwijl Hector leek na te denken over zaken die ver boven Lukes loonschaal uitgingen. Dacht hij aan de heroïnehandelaren die van zijn zoon een bajesklant en een junkie hadden gemaakt? Of aan de *kapitalistische aasgieren*, die hadden geprobeerd zijn familiebedrijf te ruïneren en vijfenzestig van de beste mannen en vrouwen in Engeland bij het grofvuil te zetten?

'Dan is er nog een *vierde* manier,' zei Hector. 'Verreweg de beroerdste manier. De best beproefde, gemakkelijkste, comfortabelste, gewoonste manier met de minste rompslomp. Trek je niets aan van de mensen die zijn uitgehongerd, verkracht, gemarteld of aan een verslaving zijn gestorven. De boom in met de menselijke kosten. Geld stinkt niet zolang er genoeg van is en het van ons is. Denk vooral ruim. Vang de spierinkjes, maar laat de haaien in het water. Een gozer die een paar miljoen witwast? Dat is een verdomde schurk. Haal de toezichthouders erbij en sla hem in de boeien. Maar een paar *miljard?* Nou hebben we het ergens over. Miljarden zijn een *statistisch gegeven*.' Hector sloot zijn ogen, verzonk in gedachten en leek even op zijn eigen dodenmasker: dat dacht Luke in elk geval. 'Je hoeft het nergens mee eens te zijn, Lukie,' zei hij vriendelijk, terwijl hij ontwaakte uit zijn gemijmer. 'Daar is het gat van de deur. Gezien mijn reputatie waren een hoop kerels nu allang weggeweest.'

Luke bedacht dat het een nogal ironische metafoor was, gezien het feit dat Hector de sleutel in zijn zak had, maar hij zei er niets over.

'Je kunt na de lunch teruggaan naar kantoor, tegen de Mensenmajesteit zeggen dat je haar geweldig dankbaar bent, maar dat je liever je tijd uitzit op de begane grond. Bouw je pensioentje op, blijf uit de buurt van de drugsbaronnen en de vrouwen van collega's en ga de rest van je leven op je rug liggen en naar het plafond spugen. Geen man overboord.'

Luke slaagde erin te glimlachen. 'Mijn probleem is dat ik niet erg goed ben in spugen naar het plafond,' zei hij.

Maar niets kon Hectors verontrustende toekomstbeeld stuiten: 'Ik bied je een straat met eenrichtingsverkeer die nergens heen leidt,' benadrukte hij. 'Als je je akkoord verklaart hieraan mee te doen, kun je geen kant meer op. Als we verliezen, dan zijn we twee gemankeerde klokkenluiders die geprobeerd hebben het eigen nest te bevuilen. Als we winnen, dan zijn we de leprozen van de Whitehall-Westminster jungle en alle haltes daar tussenin. Om nog maar te zwijgen van de Dienst die wij proberen lief te hebben, te eren en te gehoorzamen.'

'Is dit alle informatie die ik krijg?'

'Voor je eigen lijfsbehoud en het mijne, ja. Geen wip zonder boterbriefje.'

Ze stonden bij de deur. Hector had de sleutel tevoorschijn gehaald en stond op het punt die om te draaien.

'En wat Billy Boy betreft,' zei hij.

'Wat is er met hem?'

'Hij gaat je arm omdraaien. Dat zit er dik in. Met dreigementen en lokmiddelen. "Wat heeft die geschifte Meredith je op je mouw gespeld? Wat voert hij in zijn schild, waar, wie heeft hij ingehuurd?" Als dat gebeurt, praat dan eerst met mij en praat dan achteraf nogmaals met mij. Niemand heeft schone handen in deze kwestie. Iedereen is schuldig tot zijn onschuld bewezen is. Afgesproken?'

'Tot nu toe heb ik het er bij de contraverhoorwedstrijden aardig afgebracht,' antwoordde Luke, die het gevoel had dat het hoog tijd werd dat hij weer een duit in het zakje deed.

'Ja, maar evengoed,' zei Hector, die nog wachtte op een antwoord.

'Is het toevallig iets *Russisch*?' vroeg Luke hoopvol, in wat hij later beschouwde als een ogenblik van inspiratie. Hij was een russofiel en had het altijd vreselijk gevonden dat hij uit dat circuit weg werd gehaald op grond van zogenaamde bovenmatige genegenheid voor het doelwit.

'Het zou Russisch kunnen zijn. Het zou verdomme *alles* kunnen zijn,' kaatste Hector terug, en zijn grote grijze ogen gloeiden weer van fanatiek vuur.

Had Luke ooit *echt* ja gezegd tegen het aanbod? Had hij, nu hij erop terugkeek ooit gezegd: 'Ja, Hector, ik stap aan boord, geblinddoekt en met mijn handen geboeid, precies zoals ik die nacht in Colombia was en ik neem deel aan je mysterieuze kruistocht' – of woorden van soortgelijke strekking?

Nee, dat had hij niet.

Zelfs toen ze aan tafel gingen voor wat Hector later blijmoedig beschreef als de op één na beroerdste lunch op aarde, waarbij de allerslechtste nog moest worden bepaald, was Luke, als hij eerlijk was tegen zichzelf, er nog steeds niet zeker van of hij werd uitgenodigd om mee te doen aan het soort privéoorlog waartoe de Dienst zich soms, tegen beter weten in en met rampzalige gevolgen, liet verleiden.

Hectors eerste pogingen tot een gesprek over koetjes en kalfjes deden niets om die onzekerheden weg te nemen. Terwijl ze in de buitenste regionen van de naargeestige eetzaal van zijn club zaten, aan het tafeltje dat het dichtst bij het gekletter uit de keuken stond, vergastte hij Luke op een masterclass in het gebruik van indirecte formuleringen in openbare ruimtes.

Tijdens de gerookte paling beperkte hij zich tot het informeren naar Lukes gezin, waarbij hij de namen van zijn vrouw en zoon bleek te kennen, wat voor Luke het zoveelste teken was dat hij zijn privédossier had gelezen. Toen de shepherd's pie met doodgekookte kool werd geserveerd op een ratelend zilveren dienwagentje, voortgeduwd door een boze oude zwarte man in een rood jagersjasje, ging Hector over op de intiemere maar al even onschuldige kwestie van Jenny's trouwplannen – Jenny, zo bleek was zijn dierbare dochter – die zij onlangs had laten varen omdat de vent met wie zij verkering had, aldus Hector, een driedubbel overgehaalde schoft was:

'Het was geen liefde van Jenny's kant, het was verslaving – net als bij Adrian, zij het dat het, godzijdank, hier niet om drugs ging. Die vent is een sadist en zij is een ouwe softie. Gretige verkoper, dociele koopster, dachten wij. We zeiden niets, dat kun je niet maken. Hopeloos. Ik heb nog een leuk huisje voor ze gekocht in Bloomsbury, alles erop en eraan. Die ordinaire hufter wilde overal tien centimeter diep kamerbreed tapijt, dus wilde Jenny dat ook. Persoonlijk heb ik er de pest aan, maar wat moet je anders? Een paar minuten lopen van het British Museum, en precies goed voor Trotski en haar doctor in de filosofie. Maar die goeie ouwe Jenny heeft het ettertje de laan uitgestuurd, godzijdank, één hoeraatje voor haar. Heb er een fatsoenlijke recessieprijs voor bedongen, de eigenaar was platzak, ik zal er geen geld op verliezen. Leuke tuin, niet te groot.'

De oude ober was teruggekeerd met een nergens bij passende kom custard. Hij werd door Hector weggewuifd, mopperde een verwensing en schuifelde door naar het volgende tafeltje, zo'n zeven meter verderop.

'Zit ook nog een flink souterrain onder, wat je tegenwoordig niet vaak meer ziet. Stinkt een beetje. Niet heel erg. Was vroeger iemands wijnkelder. Geen buurkelders. Buiten komt er een redelijke hoeveelheid verkeer voorbij. Nog een geluk dat ze niet in verwachting was van die knaap. Ze troffen vast geen voorzorgsmaatregelen, Jenny kennende.'

'Dat klinkt als een zegen,' zei Luke beleefd.

'Ja, ach, zo kun je het wel zien, nietwaar?' beaamde Hector en hij boog zich naar voren om er zeker van te zijn dat hij werd verstaan onder het lawaai van de keuken. Inmiddels begon Luke eraan te twijfelen of Hector überhaupt wel een dochter had. 'Ik vroeg me af of jij die woning niet een tijdje gratis zou willen overnemen. Jenny wil er geen voet meer over de drempel zetten, wat te begrijpen is, maar er moet nodig een beetje in worden gewoond. Ik zal je zo de sleutel geven. Herinner je je Ollie Devereux trouwens nog? De zoon van een Wit-Russische reisagent in Genève en een fish-and-chipsdame uit Harrow? Zo te zien ergens tussen de zestien en de vijfenveertig? Heeft ooit je hachje gered toen je een tijdje geleden een opdracht met een peilmicrofoon verknalde in dat hotel in St. Petersburg?'

Luke herinnerde zich Ollie Devereux goed.

'Frans, Russisch, Zwitsers-Duits en Italiaans, als we daar behoefte aan hebben, en de beste duvelstoejager in de business. Je betaalt hem cash. Daar zal ik je morgen ook wat van geven. Je begint morgen klokslag negen uur. Dan heb je de tijd om je bureau op de administratie op te ruimen en je pennen en paperclips naar de derde verdieping te verhuizen. O ja, en je gaat daar samen zitten met een leuke vrouw die Yvonne heet, achternaam doet er niet toe: professionele bloedhond, koele kikker, ballen van staal.'

Het zilveren dienwagentje kwam weer langs. Hector beval de *bread-and-butter*-pudding van de club aan. Luke zei dat dat zijn lievelingskostje was. En custard was nu wel prima, dank u. Het wagentje vertrok in een wolk van geriatrische woede.

'En wil je jezelf wel beschouwen als een van de weinige uitverkorenen, sinds een paar uur geleden,' zei Hector, terwijl hij zijn mond depte met een door motten aangevreten damasten servet. 'Je zou nummer zeven op de lijst zijn, Ollie incluis, als er een lijst zou zijn. Ik wil geen achtste zonder dat ik daar zelf om vraag. Afgesproken?'

'Afgesproken,' zei Luke ditmaal.

Dus misschien had hij uiteindelijk toch 'ja' gezegd.

Die middag verzamelde Luke, onder de ijzige blikken van zijn medegedetineerden op de Administratie, en duizelig van de smerige rode clubwijn, wat Hector zijn pennen en paperclips had genoemd en verplaatste die naar de afzondering van de derde verdieping, waar een groezelige doch acceptabele kamer met op de deur het bordje COUNTERCLAIM FOCUS daadwerkelijk wachtte op zijn hypothetische bewoner. Hij droeg een oud vest en iets bracht hem ertoe dat over de rugleuning van zijn stoel te hangen, waar het tot op de dag van vandaag nog hing, als de geest van zijn andere zelf elke keer dat hij op een vrijdagmiddag maar even langswipte om een vrolijk gedag te zeggen tegen wie hij toevallig maar tegen het lijf mocht lopen, of om zijn wekelijkse gefingeerde onkostenrekening in te dienen, die hij later tot op de laatste cent terugstortte in het huishoudpotje in Bloomsbury.

En meteen de volgende ochtend – hij begon in die dagen net de slaap weer te vatten – begon hij aan zijn eerste wandeling naar Bloomsbury, precies zoals hij dat nu ook deed, zij het dat op de dag van zijn *maidentrip* de regen boven Londen in verblindende bakken uit de hemel kwam, wat hem noodzaakte zijn top tot teen waterdichte regenjas en een zuidwester te dragen.

Eerst had hij de straat gecontroleerd – wat nauwelijks een probleem vormde met die stortbui, maar er zijn een paar operationele gewoontes die je niet kunt veranderen, hoeveel je ook slaapt en hoe hard je ook wandelt – een benadering van noord naar zuid, een andere van een zijstraatje dat pal tegenover het betreffende pand, nummer negen, op de straat uitkwam.

En het huis zelf was precies zo mooi als Hector had beloofd, zelfs in de stortregen; een laatachttiende-eeuws rijtjeshuis van drie verdiepingen met een platte voorgevel van Londense baksteen en met een pas geschilderde witte trap die leidde naar een pas geschilderde koningsblauwe deur met een ventilatieraam erboven, aan weerskanten een schuifraam en souterrainramen aan weerskanten van de trap naar de voordeur.

Maar geen aparte trap naar het souterrain, merkte Luke werktuiglijk op toen hij de trap op liep, de sleutel omdraaide, naar binnen stapte en op de deurmat bleef staan, eerst om te luisteren, vervolgens om zijn drijfnatte regenkleding uit te trekken en een paar droge instappers uit de tas onder zijn waterdichte regenjas te halen.

De hal was rijk gestoffeerd in hoogpolig oogverblindend vermiljoen: een erfenis van het ettertje dat Jenny juist op tijd de laan uit had gestuurd. Een antieke leunstoel met helgroene nieuwe bekleding. Een oude spiegel, uitbundig opnieuw verguld. Hector had het goed voor gehad met zijn dierbare Jenny, en na zijn succesvolle actie tegen de Kapitalistische Aasgieren, kon hij zich dat vermoedelijk ook veroorloven. Twee trappen, ook hoogpolig gestoffeerd. Hij riep 'hallo, is daar iemand?' – en hoorde niets. Hij duwde een deur naar de zitkamer open. Oorspronkelijke haard. Prenten van Roberts, sofa en leunstoelen met chique overtrekken. In de keuken luxueuze apparatuur, kunstmatig verouderde grenen tafel. Hij duwde de kelderdeur open en riep naar beneden: 'Hallo daar – neem me niet kwalijk' – geen antwoord.

Hij liep de trap op naar de eerste verdieping zonder zijn eigen voetstappen te horen. Op de overloop bevonden zich twee deuren, de ene links van hem was versterkt met een stalen plaat en koperen sloten aan weerszijden op schouderhoogte. De deur rechts van hem was gewoon een deur. Een onopgemaakt lits-jumeaux, aangrenzend een kleine badkamer.

Aan de huissleutel die Hector hem had gegeven zat nog een tweede sleutel vast. Hij keerde zich naar de deur links van hem, opende de sloten en stapte een aardedonkere kamer binnen die rook naar deodorant voor vrouwen, hetzelfde merk dat Eloise gebruikte. Hij tastte naar het lichtknopje. Zware roodfluwelen gordijnen, die nog nauwelijks waren uitgehangen, zorgvuldig gesloten en bijeen gehouden met bovenmaatse veiligheidsspelden die hem opeens deden terugdenken aan de weken dat hij revalideerde in het Amerikaanse hospitaal in Bogotá. Geen bed. Midden in de kamer een kale schragentafel met een draaistoel, een computer en een leeslamp. Aan de muur voor hem, in een hoek aan het plafond bevestigd, vier zwarte rolgordijnen van zeildoek die tot op de grond reikten.

Nadat hij was teruggekeerd naar de overloop, leunde hij over de trapleuning, riep opnieuw 'is daar iemand?' en kreeg opnieuw geen reactie. Terug in de slaapkamer deed hij een voor een de zwarte rolgordijnen omhoog tot ze terug in hun foedralen tegen het plafond zaten. Eerst dacht hij dat hij naar een bouwtekening keek die een hele muur besloeg. Maar een bouwtekening *waarvan*? Toen dacht hij dat het een gigantische berekening was. Maar een berekening van *wat*?

Hij bestudeerde de gekleurde lijnen en las de notaties in zorgvuldig schuinschrift, die hij aanvankelijk aanzag voor aanduidingen van steden. Maar hoe konden er steden bestaan met namen als Pastoor, Bisschop, Priester en Kapelaan? Stippellijnen tussen aaneengesloten lijnen. Zwarte lijnen die grijs werden en dan verdwenen. Zachtpaarse en blauwe lijnen die ergens onder het midden bijeenkwamen, of ontsprongen ze daar juist?

En allemaal met zoveel omwegen, zoveel omkeringen, zoveel bochten en wendingen, omhoog, omlaag, zijwaarts, en dan weer omhoog, dat als zijn zoon Ben, in deze zelfde kamer een van zijn onverklaarbare woedeaanvallen zou hebben gekregen en een blik met kleurkrijtjes had gegrepen, het resultaat er niet veel anders zou hebben uitgezien.

'Vind je het mooi?' vroeg Hector, die achter hem stond.

'Weet je zeker dat de goede kant boven hangt?' antwoordde Luke, vastbesloten geen blijk te geven van verrassing.

‘Ze noemt het *Geld Anarchie*. Volgens mij kan het zo in de Tate Modern.’

‘Ze?’

‘Yvonne. Onze IJzeren Maagd. Werkt voornamelijk ’s middags. Dit is haar kamer. De jouwe is boven.’

Samen liepen zij de trap op naar een verbouwde zolder met kale balken en dakramen. Een schragentafel van hetzelfde model als die van Yvonne. Hector houdt niet van bureaus met laden. Eén desktop computer, geen terminal.

‘We gebruiken geen vaste verbindingen, gecodeerd of anderszins,’ zei Hector, met de bedaarde felheid waaraan Luke gewend begon te raken. ‘Geen ingewikkelde hotlines met het Hoofdkantoor, geen e-mailverbinding, gecodeerd, versleuteld of gestoofd. De enige documenten waar we hiermee te maken hebben, staan op Ollies oranje stickjes.’ Hij hield er een omhoog: een gewone USB-stick met een nummer 7 op het oranje plastic kapje. ‘Elke stick die in andere handen overgaat, wordt door elk van ons van beide kanten gevolgd, begrepen? Je tekent ervoor als je hem aanneemt en je tekent ervoor als je hem doorgeeft. Ollie is de pendelbaas en houdt het logboek bij. Als je een paar dagen met Yvonne mee hebt gelopen, wordt het je wel duidelijk. Andere vragen wanneer die zich aandienen. Verder nog problemen?’

‘Ik geloof het niet.’

‘Ik evenmin. Dus leun achterover, denk aan Engeland, geen gebazel en maak er geen puinhoop van.’

En denk ook aan onze IJzeren Maagd. Professionele bloedhond, ballen van staal en Eloises dure deodorant.

Luke had de afgelopen drie maanden zijn uiterste best gedaan zich aan deze adviezen te houden en hij bad vurig dat hem dat vandaag ook zou lukken. Tweemaal had Billy Boy Matlock hem bij zich ontboden, om hem te verlokken of om hem te bedreigen of allebei. Tweemaal had hij zich gedrukt en het omzeild en gelogen op Hectors instructie, en het overleefd. Het was niet gemakkelijk geweest.

‘Yvonne bestaat niet, noch in de hemel, noch hier op aarde,’ had Hector vanaf de eerste dag verordonneerd. ‘Nu niet, nooit niet. Begrepen? Dat is je eerste gebod. En je laatste. En als Billy Boy je aan je ballen aan de kroonluchter hangt dan bestaat ze nog *steeds* niet.'

Bestaat niet? Een ingetogen jonge vrouw in een lange donkere regenjas met een puntcapuchon die op de eerste namiddag van zijn eerste dag hier op de stoep staat, zonder make-up, met een uitpuilende aktetas in beide armen, alsof ze die zojuist van de verdrinkingsdood heeft gered, *die niet bestaat? Nu niet, nooit niet?*

'Hallo. Ik ben Yvonne.'

'Luke. Kom toch binnen, in hemelsnaam!'

Een druipnatte handdruk, terwijl ze haar de vestibule in duwen. Ollie, de beste duvelstoejager in de branche, vindt een knaapje om haar regenjas op te draperen en hangt die in de wc zodat hij kan uitlekken op de tegelvloer. Een drie maanden lange werkrelatie die niet bestaat is begonnen. Hectors restricties ten aanzien van het gebruik van papier strekken zich niet uit tot Yvonnes uitpuilende tas. Daar kwam Luke diezelfde avond al snel achter. Dat was omdat wat ze ook mee mocht brengen in die tas nog dezelfde dag op dezelfde manier weer verdween. En de reden daarvan was op zijn beurt dat Yvonne niet zomaar een researcher was, ze was een clandestiene bron.

De ene dag kon haar tas een uitpuilend dossier van de Bank of Engeland bevatten. De andere dag was het iets van de Financial Services Authority, het ministerie van Financiën, de Afdeling Zware en Georganiseerde Criminaliteit. En op een gedenkwaardige vrijdagavond, die hij nooit meer zou vergeten, was het een stapel van zes dikke boekdelen en een twintigtal cassettebandjes, voldoende om de tas uit zijn voegen te doen barsten en afkomstig van de geheiligde archieven van het Hoofdkantoor Rijkscommunicatie zelf. Ollie, Luke en Yvonne waren het hele weekend bezig het materiaal op alle mogelijke manieren te kopiëren, fotograferen en vermenigvuldigen, zodat Yvonne het maandagochtend bij het krieken van de dag bij de rechtmatige eigenaren kon terugbezorgen.

Of ze haar buit op legale wijze had verkregen of door diefstal, of ze die van haar collega's en medeplichtigen had gepikt of geritseld, is Luke tot op de dag van vandaag een volslagen raadsel. Hij wist alleen dat Ollie, zodra ze met haar tas kwam opdagen, die onmiddellijk meesleurde naar zijn hol achter de keuken, om daar de inhoud te scannen en over te zetten op een USB-stick, vervolgens de tas terug te geven aan Yvonne, en Yvonne terug te brengen naar het departement waar zij officieel werkzaam was, waar dat ook zijn mocht.

Want ook dat was een mysterie dat nooit werd opgehelderd tijdens de lange middagen dat Luke en Yvonne bij elkaar zaten om de illustere namen van Kapitalistische Aasgieren te vergelijken met de overboekingen van miljarden dollars aan contanten die op één dag bliksemsnel over drie continenten zoefden; of als ze in de keuken zaten te kletsen bij Ollies lunchsoep, tomaten was zijn specialiteit, maar zijn Franse uiensoep mocht er ook wezen. En zijn krabchowder, die hij deels bereid meebracht in een thermosfles en op het fornuis voltooide, was om te smullen, daar was iedereen het over eens. Maar voor zover het Billy Boy Matlock betreft bestaat Yvonne niet en zal ze ook nooit bestaan. Weken training in de techniek van tegenwerking tijdens verhoor hebben dat duidelijk gemaakt, evenals een maand gehurkt en met handboeien om in de junglehut van een krankzinnige drugsbaron te verblijven, terwijl je vrouw erachter komt dat je een onverbeterlijke rokkenjager bent.

‘Nou, wat hebben we hier aan informanten bij elkaar gesprokkeld, Luke?’ vraagt Matlock aan Luke onder een lekker kopje thee in de comfortabele hoek van zijn ruime kantoorkamer in *la Lubianka-sur-Tamise*, waar hij hem heeft uitgenodigd langs te komen voor een babbeltje, zonder dat Hector daarvan op de hoogte hoeft te zijn. ‘Jij bent een jongen die wel het een en ander weet als het om informanten gaat. Ik zat laatst net aan je te denken toen de behoefte aan een nieuwe hoofdinstructeur in spionnenbegeleiding ter sprake kwam. Een mooi vijfjarencontract voor iemand van precies jouw leeftijd,’ zegt Matlock met zijn pretentieloze Midlands-accent.

‘Om helemaal eerlijk te zijn, Billy, weet ik er net zo weinig van als jij,’ antwoordt Luke, eraan denkend dat Yvonne niet bestaat en niet zal bestaan, ook al hangt Billy Boy hem aan zijn ballen aan de kroonluchter, wat zo’n beetje het enige is waar de jongens van de drugsbaron niet aan dachten toen ze dingen met hem deden. ‘Hector plukt zijn informatie gewoon uit de lucht, om je de waarheid te zeggen. 'Het is verbazingwekkend,' voegt hij er met passende verbijstering aan toe.

Matlock lijkt zijn antwoord niet te horen, of er niets van te moeten hebben, want de jovialiteit verdwijnt uit zijn stem alsof ze er nooit is geweest.

'Denk er wel aan dat het een tweesnijdend zwaard is, zo'n instructeursfunctie als deze. We zijn op zoek naar de door de wol geverfde agent wiens loopbaan als rolmodel moet fungeren voor idealistische jonge trainees. Mannen *en* vrouwen, dat hoef ik niet te benadrukken. De leiding moet ervan overtuigd worden dat er geen sprake is van enige smet op het blazoen van de kandidaat die uiteindelijk de functie zal krijgen. En het Secretariaat zou daarover uiteraard moeten adviseren. In jouw geval zou een beetje creatieve herstructurering van je CV wel eens nodig kunnen blijken.'

'Dat zou een ruimhartig gebaar zijn, Billy.'

'Dat zou het zeker, Luke,' beaamde Matlock. 'Dat zou het zeker. En het zou ook enigszins afhangen van je huidige gedrag.'

Wie *was* Yvonne? In de eerste van drie maanden had ze Luke – dat kon hij nu wel zeggen, nu wel toegeven – een klein beetje het hoofd op hol gebracht. Hij hield van haar ingetogenheid en haar geslotenheid, die hij wat graag met haar zou delen. Haar bescheiden geparfumeerde lichaam zou, als ze ooit zou toestaan dat het werd onthuld, iets bijkans klassieks hebben, hij zag het helemaal voor zich. Toch konden zij uren achtereen, wang vlak bij kaak, voor haar computerscherm zitten of zich verdiepen in de Tate Modern-muurschildering, en elkaars lichaamswarmte voelen en af en toe per ongeluk elkaars hand aanraken. Ze konden elke bocht en kromming van de jacht, elk vals spoor, elke doodlopende weg en elke tijdelijke triomf delen: en dat allemaal op een afstand van luttele centimeters van elkaar, in de slaapkamer boven van een geheim huis, waarin zij het grootste deel van de dag samen alleen waren.

En nog steeds niets: tot op een avond, toen ze allebei uitgeput en alleen aan de keukentafel zaten en genoten van een kop van Ollies soep en, op voorstel van Luke, een glaasje van Hectors Islay malt. Tot zijn eigen verbazing vroeg hij Yvonne zonder omwegen wat voor leven zij leidde buiten *dit*, en of ze iemand had om het mee te delen, iemand die haar kon steunen in haar zware werkzaamheden – waar hij, met de oude droeve glimlach waarvoor hij zich onmiddellijk schaamde, aan toevoegde dat per slot van rekening alleen onze *antwoorden* gevaarlijk waren, nietwaar, niet de vragen, als ze voelde wat hij bedoelde?

Haar gevaarlijke antwoord liet een lange tijd op zich wachten:

'Ik ben een *rijksambtenaar*,' zei ze op de robotachtige toon van een quizdeelnemer die in een camera spreekt. 'Mijn naam is niet Yvonne. Waar ik werkzaam ben gaat jou niets aan. Maar ik denk niet dat dat is wat je me vraagt. Ik ben Hectors ontdekking, en dat zijn wij denk ik allebei. Maar dat is geloof ik ook niet wat je me vraagt. Je vraagt me naar mijn geaardheid. En daarop voortbordurend, of ik met je naar bed wil.'

'Yvonne, dat was in het geheel niet wat ik je vroeg!' protesteerde Luke bezijden de waarheid.

'Maar als je het zo graag weten wilt, ik ben getrouwd met een man van wie ik hou, we hebben een dochtertje van drie en ik ga niet vreemd, zelfs niet met mensen zo aardig als jij. Dus laten we ons nu maar weer aan onze soep wijden, oké?' opperde ze – waarop ze, verbazingwekkend genoeg, allebei uitbarstten in ontspannend geschater en, nu de spanning uit de lucht was, in alle rust terugkeerden naar hun respectieve hoekjes.

En Hector, wat kon je van hem zeggen, na hem drie maanden te hebben meegemaakt, zij het sporadisch? – de Hector van de koortsachtige blikken en de obscene tirades tegen de schurken van de City die de bron van al het kwaad in ons land waren? In het papegaaiencircuit van de Dienst ging het gerucht dat Hector zich bij de succesvolle redding van zijn familiebedrijf had bediend van methoden die waren aangeleerd tijdens een half mensenleven praktiseren van zwarte kunsten die, zelfs naar de afgrijselijke maatstaven van de City, als smerig werden beschouwd. Werd dus de vendetta tegen de boosdoeners van de City ingegeven door gevoelens van wraak – of door schuld? Ollie, die zich normaliter niet met geroddel inliet, twijfelde er niet aan: Hectors ervaring met de slechte manieren van de City – en de wijze waarop hij er zelf gebruik van maakte, zei Ollie – had hem in één klap veranderd in een engel der wrake. 'Het is een kleine eed die hij heeft afgelegd,' biechtte hij een keer op toen ze in de keuken zaten te wachten op een van Hectors late bezoekjes. 'Hij zal de wereld redden voordat hij haar verlaat, zelfs al wordt het zijn dood.'

Maar Luke was nu eenmaal altijd een tobber geweest. Vanaf zijn prilste jeugd had hij zich lukraak over van alles zorgen gemaakt, ongeveer net zoals hij verliefd werd.

Hij kon zich evenveel zorgen maken over de vraag of zijn horloge tien seconden voor of achter liep als over de kant die een huwelijk op ging dat behalve in de keuken volkomen non-existent was.

Hij vroeg zich bezorgd af of de woedeaanvallen van zijn zoon Ben aan meer moesten worden toegeschreven dan aan groeistuipen en of zijn moeder Ben had verboden om van zijn vader te houden.

Hij maakte zich zorgen over het feit dat hij zich op zijn gemak voelde zolang hij aan het werk was en dat hij een bonk rauwe zenuwen was als hij niet werkte.

Hij vroeg zich bezorgd af of hij zijn trots had moeten inslikken en het aanbod van de Mensenmajesteit om een zielenknijper te raadplegen had moeten aanvaarden.

Hij maakte zich zorgen om Gail en zijn verlangen naar haar, of naar een meisje zoals zij: een meisje met een gezicht als stralend lenteweer in plaats van de sombere wolk die Eloise volgde, zelfs als ze door de zon werd beschenen.

Hij maakte zich zorgen om Perry en probeerde niet jaloers op hem te zijn. Hij vroeg zich bezorgd af welke helft van Perry de overhand zou krijgen tijdens een operationele noodtoestand: zou het de onverschrokken bergbeklimmer zijn of de wereldvreemde academische moralist – en was er trouwens wel een verschil?

Hij maakte zich zorgen over het ophanden zijnde duel tussen Hector en Billy Boy Matlock en wie van beiden het eerst zijn geduld zou verliezen – of zou doen alsof.

Hij verliet de geborgenheid van Regent's Park en voegde zich bij de horden zondags winkelpubliek op zoek naar een koopje. Kalm aan, hield hij zichzelf voor. Het komt wel goed. Hector staat aan het roer, jij niet.

Hij telde de oriëntatiepunten. Sinds Bogotá waren oriëntatiepunten belangrijk voor hem. Als ze me ontvoeren, zijn dit de laatste dingen die ik zag voordat ze me blinddoekten.

Het Chinese restaurant.

De Big Archway nachtclub.

De Gentle Readers' Bookshop.

Dit is de versgemalen koffie die ik rook toen ik met mijn aanvallers worstelde.

Dat zijn de besneeuwde dennenbomen die ik in de etalage van de kunstgalerie zag, voordat ze me in elkaar sloegen.

Dit is nummer 9. Het huis waar ik werd herboren, drie stappen tot aan de voordeur en gedraag je zoals iedere doorsnee huiseigenaar.

9

Er waren geen formaliteiten tussen Hector en Matlock, vriendschappelijk of anderszins, en misschien waren die er wel nooit geweest: gewoon een knikje en een zwijgende handdruk van twee door de wol geverfde ruziezoekers die zich schrap zetten voor een volgende tweekamp. Matlock was te voet gekomen, na door zijn chauffeur om de hoek te zijn afgezet.

'Heel degelijk Wilton-tapijt, Hector,' zei hij, terwijl hij een langzame blik om zich heen wierp die zijn bangste vermoedens leek te bevestigen. 'Er gaat niets boven Wilton als je het over prijs-kwaliteitsverhouding hebt. Hallo Luke. Jullie zijn hier maar met z'n tweetjes, begrijp ik?' terwijl hij Hector zijn jas overhandigde.

'Het personeel is naar de paardenrennen,' zei Hector, en hij hing de jas op.

Matlock was een breedgeschouderde bullebak van een man met, zoals zijn bijnaam al deed vermoeden, een brede kop en op het eerste gezicht iets vaderlijks, en met een gekromde houding die Luke deed denken aan een rugbyaanvaller op leeftijd. Zijn Midlands-accent was volgens de roddels op de begane grond sterker geworden onder het nieuwe bewind van *New Labour*, maar nam nu weer af bij het vooruitzicht van een electorale nederlaag.

'We zitten in het souterrain, als je daar geen bezwaar tegen hebt, Billy,' zei Hector.

'Er zal voor mij weinig anders op zitten, dank je, Hector,' zei Matlock, vriendelijk noch onbeschoft, terwijl hij als eerste de smalle stenen trap afdaalde. 'Wat betalen we eigenlijk voor deze tent?'

'Daar betalen jullie niets voor. Tot nu toe dok ik ervoor.'

'Jij staat bij *ons* op de loonlijst, Hector. De Dienst staat niet op de *jouwe*.'

'Zodra je de operatie het groene licht geeft, zal ik een declaratie indienen.'

'En ik zal daar mijn vraagtekens bij plaatsen,' zei Matlock. 'Ben je tegenwoordig aan de drank?'

'Dit was vroeger de wijnkelder.'

Ze gingen zitten. Matlock aan het hoofd van de tafel. Hector, meestal halsstarrig technofoob, nam links van Matlock plaats, zodat hij achter een cassetterecorder en het toetsenbord van een computer zat. En links van Hector zat Luke, zodat ze alle drie goed zicht hadden op het plasmascherm dat de nu afwezige Ollie daar de nacht tevoren had geplaatst.

'Heb je tijd gehad om al het materiaal dat we je in je maag hebben gesplitst door te nemen, Billy?' informeerde Hector meelevend. 'Sorry dat we je van je golf afhouden.'

'Als wat je hebt gestuurd *alles* is, Hector, dan ja, dank je wel,' antwoordde Matlock. 'Hoewel ik uit ervaring weet dat *alles* uit jouw mond een enigszins relatief begrip is. En om de waarheid te zeggen speel ik geen golf, en ben ik niet gecharmeerd van samenvattingen, zolang ik die kan vermijden. In het bijzonder als ze van jou komen. Ik had best wat meer onbewerkt materiaal willen zien en wat minder drammerig gespeculeer.'

'Waarom laten we je nu dan niet wat van dat onbewerkte materaal zien, om het goed te maken?' opperde Hector, op al even beminnelijke toon. 'Ik neem aan dat we nog steeds het Russisch beheersen, Billy?'

'Tenzij dat van jou in de tijd dat je een fortuin voor jezelf vergaarde te ver is weggezakt, ja, dan kun je daar wel van uitgaan.'

Het is net een oud getrouwd echtpaar, dacht Luke toen Hector de knop 'play' op de cassetterecorder indrukte. Elke ruzie die ze maken is een herhaling van een eerdere.

Voor Luke had de klank van Dima's stem het effect van het begin van een kleurenfilm. Iedere keer dat hij naar het bandje luisterde dat Perry in zijn onschuld in zijn toilettas het land in had gesmokkeld, zag hij weer hetzelfde beeld voor zich van Dima, gehurkt in de bossen rond Three Chimneys, met een minicassetterecorder geklemd in zijn onwaarschijnlijk sierlijke hand, ver genoeg verwijderd van het huis om te ontsnappen aan Tamara's werkelijke of vermeende afluistermicrofoons, maar dichtbij genoeg om zich terug te haasten als ze schreeuwde dat hij het zoveelste telefoontje moest aannemen.

Hij kon de drie winden rond Dima's kale hoofd tekeer horen gaan. Hij kon de boomtoppen boven hem zien zwiepen. Hij kon het geruis van de bladeren en het gegorgel van het water horen, en hij wist dat het dezelfde tropische regen was die hem in de wouden van Colombia had doorweekt. Had Dima zijn opname in één enkele sessie gemaakt of in meerdere? Had hij zich tussen de sessies met glazen wodka moed in moeten drinken om zijn *vory*-remmingen te overwinnen? Nu schakelt zijn Russische geblaf over op Engels, misschien om hem eraan te herinneren wie zijn biechtvaders zijn. Nu doet hij een beroep op Perry. Nu op een hele rits Perry's:

> 'Jullie Engelse gentlemen! Alsjeblieft! Jullie zijn *sportief*, jullie hebben land van wet! Jullie zijn onbesmet! Ik vertrouw jullie. Jullie moeten Dima ook vertrouwen!'

Dan terug naar zijn Russische moedertaal, maar zo zorgvuldig in zijn grammaticale subtiliteiten, zo opgesmukt en welsprekend, dat hij in Lukes verbeelding probeert de smet van Kolyma eruit te bannen om goede sier te maken bij de heren van Ascot en hun dames:

> 'De man die zij Dima noemen, de belangrijkste geldwitwasser voor de Zeven Broers, financieel superbrein van de gedegenereerde overweldiger die zich de Prins noemt, brengt

zijn complimenten over aan de beroemde Engelse Geheime Dienst en wil het volgende aanbod van waardevolle informatie doen in ruil voor betrouwbare garanties door de Britse regering. *Voorbeeld.*'

Dan spreken alleen de winden, terwijl Luke zich voorstelt hoe Dima met een grote zijden zakdoek het zweet en de tranen van zijn gezicht veegt – Lukes eigen interpretatie, maar Perry had herhaaldelijk melding gemaakt van een zakdoek – waarna hij weer een slok neemt uit de fles en verder gaat met het onmiskenbare en onherstelbare plegen van verraad.

'*Voorbeeld.* Operaties van de criminele organisatie van de Prins nu bekend als de Zeven Broers omvatten:
Een: import en naamsverandering van onder embargo staande olie uit Midden-Oosten. Ik ben bekend met deze transacties. Veel corrupte Italianen en veel Britse juristen zijn betrokken.
Twee: inbreng van zwart geld in olieaankopen en opbrengsten ter waarde van multi-miljarden dollars. Hierbij was mijn vriend Mikhail, roepnaam Misja, specialist voor alle zeven *vory* Broederschappen. Om die reden woonde hij ook in Rome.'

Weer zwijgt de stem even, waarschijnlijk voor een stille heildronk op wijlen Misja, gevolgd door een geestdriftige terugkeer naar gebroken Engels:

'*Voorbeeld drie:* zwart hout, Afrika. Eerst veranderen we zwart hout in wit hout. Dan veranderen we zwart geld in wit geld! Is normaal. Is eenvoudig. Heel veel Russische criminelen in tropisch Afrika. Ook zwarte diamanten heel interessante nieuwe handel voor broederschappen.'

Nog steeds in het Engels:

'*Voorbeeld vier:* namaakmedicijnen, geproduceerd in India. Heel beroerd, genezen niet, maken je aan het kotsen, misschien dood. Officiële Russische Staat heeft heel interessante relaties met officiële Staat India. Ook heel interessante relaties tussen Indiase en Russische Broederschappen. De man die ze Dima noemen kent interessante namen, ook Engelse, met betrekking tot deze verticale banden en bepaalde financiële privéregelingen, gevestigd in Zwitserland.'

Luke de tobber voelt als een impresario ten behoeve van Hector een vertrouwenscrisis opkomen:

'Is het volume naar je zin, Billy?' vraagt Hector, terwijl hij de band even stilzet.

'Het volume is prima, dank je,' zegt Matlock, met net voldoende nadruk op *volume* om de indruk te wekken dat de inhoud hem veel minder bevalt.

'Daar gaan we dan weer,' zegt Hector, een beetje te tam naar Lukes smaak, terwijl Dima dankbaar terugkeert naar zijn Russische moedertaal:

'*Voorbeeld*: in Turkije, op Kreta, op Cyprus, op Madeira, in veel badplaatsen: zwarte hotels, geen gasten, twintig miljoen zwarte dollars per week. Dit geld wordt ook witgewassen door de man die ze Dima noemen. Bepaalde criminele Britse zogenaamde onroerendgoedmaatschappijen zijn medeplichtig.

Voorbeeld: persoonlijke corrupte betrokkenheid van medewerkers van de Europese Unie bij criminele groothandelaren in vlees. Deze vleeshandelaren moeten hoge kwaliteit waarmerken, heel duur Italiaans vlees voor export naar Russische Republiek. Voor deze regeling was mijn vriend Misja ook persoonlijk verantwoordelijk.'

Hector zet opnieuw de cassetterecorder stil. Matlock heeft zijn hand opgestoken. 'Wat kan ik voor je doen, Billy?'

'Hij leest voor.'

'Wat is er verkeerd aan dat hij voorleest?'

'Niets. Zolang we maar weten waar hij van voorleest.'

'Naar wij hebben begrepen heeft zijn vrouw Tamara een deel

van zijn tekst voor hem opgeschreven.'

'Dus zij heeft hem verteld wat hij moest zeggen?' vroeg Matlock. 'Ik geloof niet dat dat me erg aanstaat. Wie heeft *haar* verteld wat ze moest zeggen?'

'Wil je dat ik snel doorspoel? Het gaat toch alleen maar over onze collega's in de Europese Unie die mensen vergiftigen. Als het buiten je interessesfeer valt, dan geef je maar een seintje.'

'Wees zo vriendelijk en ga gewoon door waar je was gebleven, Hector. Ik zal mijn commentaren van nu af aan voor me houden tot in een later stadium. Eigenlijk weet ik nog niet zo net of onze behoefte aan informatieverschaffing zich uitstrekt tot vleesverkopen aan Rusland, maar je kunt erop rekenen dat ik het zal uitzoeken.'

Voor Luke was het verhaal dat Dima op het punt stond te vertellen als een hele schok gekomen. Niets wat hij in zijn leven had meegemaakt had zijn gevoelens afgestompt. Maar hoe het op Matlock overkwam kon niemand bevroeden. Dima's favoriete wapen is opnieuw Tamara's Engels:

> 'Corrupt systeem werkt als volgt. *Ten eerste*: Prins regelt via corrupte ambtenaren in Moskou dat bepaald vlees *liefdadigheidsvlees* wordt genoemd. Om *liefdadigheidsvlees* te zijn moet vlees uitsluitend bedoeld zijn voor behoeftige elementen in Russische samenleving. Zo hoeft op vlees dat corrupt als *charitatief* wordt bestempeld geen Russische belasting worden betaald. *Ten tweede*: mijn vriend Misja die dood is koopt veel karkassen vlees uit *Bulgarije*. Dat vlees is gevaarlijk om te eten, heel bedorven, heel goedkoop. *Ten derde*: mijn vriend Misja die dood is regelt met heel corrupte ambtenaren in Brusselse Unie dat alle Bulgaarse vleeskarkassen *elk afzonderlijk van Europese Unie stempel krijgen dat garandeert dat vlees naar Europese maatstaven eerste klas topkwaliteit Italiaans vlees is*. Voor deze criminele dienst stort ik, Dima, persoonlijk honderd euro per karkas op Zwitserse bankrekening van heel corrupte Moskouse ambtenaar. Netto winst naar Prins, na aftrek alle overheadkosten: een duizend twee honderd euro per karkas. Misschien worden vijftig Rus-

> sische mensen, ook kinderen, ziek van dit heel slechte vlees en gaan dood. Dat is slechts *schatting*. Deze informatie wordt officieel *ontkend*. De namen van heel corrupte functionarissen zijn mij bekend, ook Zwitserse bankrekeningen met nummers.'

En als streng postscriptum staat er nog:

> 'Het is persoonlijke mening van mijn vrouw Tamara L'vovna dat immorele verspreiding van bedorven Bulgaars vlees door criminele corrupte Europese en Russische functionarissen elke christelijke mens met goed hart overal op aarde aangaat. Het is Gods wil.'

De onwaarschijnlijke interventie van God in de lijn der gebeurtenissen had een korte stilte veroorzaakt.

'Zou iemand me misschien willen vertellen wat een *zwart hotel* is?' vroeg Matlock aan de ruimte voor hem. 'Ik ga toevallig altijd op vakantie naar Madeira. Aan *mijn* hotel heb ik nooit erg veel zwarts kunnen ontdekken.'

Gevoed door de behoefte de tot stilzwijgen vervallen Hector te hulp te snellen, benoemde Luke zichzelf tot degene die Matlock zou vertellen wat een zwart hotel was:

'Je koopt een piekfijn stuk land, doorgaans aan zee, Billy. Je betaalt er contant voor en je bouwt er een vijfsterren vakantieverblijf op. Misschien zelfs een paar. Die betaal je ook cash. En als je er de ruimte voor hebt, zet je er op de koop toe ook nog eens een stuk of vijftig vakantiebungalows naast. Je rust alles uit met het mooiste meubilair, bestek, servies en linnen. Vanaf dat moment zijn je hotel en bungalows volledig volgeboekt. Behalve dan dat er nooit iemand in verblijft, begrijp je. Als een reisbureau belt: sorry, we zitten helemaal vol. Iedere maand komt er bij de bank een geldwagen voorrijden en stort daar al het geld dat er is aan kamerverhuur, bungalowverhuur, de restaurants, de casino's, de nachtclubs en de bars. Na een paar jaar zijn je vakantieoorden in prima conditie om met een briljante staat van dienst te worden verkocht.'

Geen antwoord, behoudens Matlocks vaderlijke glimlach die

zich tot het uiterste verbreedt.

'En het gebeurt trouwens niet alleen met vakantieoorden. Het kan ook met die merkwaardig verlaten witte vakantiedorpen – je moet ze wel eens hebben gezien, hier en daar in de Turkse valleien tot aan zee – het kan, nou ja, het kan natuurlijk ook met series villa's worden gedaan, dat ligt voor de hand. Het kan eigenlijk met praktisch alles wat te verhuren is. Ook met auto's, als je aan valse papieren kunt komen.'

'Hoe maak jij het vandaag, Luke?'

'Uitstekend, dank je, Billy.'

'We overwegen je voor te dragen voor een medaille, wegens buitengewone moed, wist je dat?'

'Nee, dat wist ik niet.'

'Nou, toch is het zo. Een geheime, wel te verstaan, hoor, niets openbaars. Let wel, niet iets waarmee je op wapenstilstandsdag op je borst kunt lopen pronken. Dat zou niet veilig zijn. Bovendien zou het een precedent scheppen.'

'Natuurlijk,' zei Luke, volkomen in de war gebracht, het ene moment bedenkend dat een medaille wellicht het enige was wat Eloise over haar depressie heen zou kunnen helpen, het andere moment dat het weer een van Matlocks streken was. Niettemin stond hij net op het punt om iets passends te zeggen – uitdrukking te geven aan zijn verbazing, dankbaarheid... blijdschap – toen hij merkte dat Matlock alweer zijn belangstelling voor hem had verloren:

'Wat ik tot nu toe heb gehoord, Hector, als ik de lariekoek buiten beschouwing laat, wat ik graag doe, is naar mijn bescheiden mening louter internationale zwendelarij. Oké, toegegeven, de Dienst heeft best een zekere belangstelling voor internationale zwendelarij en witwaspraktijken. We hebben gevochten voor een aandeel erin toen we in zwaar weer zaten, en nu zitten we ermee opgescheept. Ik doel op dat onfortuinlijke vacuüm tussen de val van de Berlijnse Muur en de dienst die Osama bin Laden ons op 9/11 bewees. We hebben om een deel van de witwasmarkt gevochten zoals we voor een groter deel van Noord-Ierland vochten, en voor wat we ook maar bij elkaar konden sprokkelen om ons bestaan te rechtvaardigen. Maar dat was *toen*, Hector. En dit is *nu*, en vanaf het heden, waarin we leven of je dat nu leuk vindt of niet, hebben jouw Dienst en de mijne betere dingen te doen met onze tijd en middelen dan verstrikt te raken in de hoogst complexe raderen van het financiële reilen en zeilen van de City van Londen, dank je wel.'

Matlock deed er het zwijgen toe en verwachtte iets waarvan Luke niet wist wat het was, behalve misschien applaus, maar Hector was, afgaande op de starre uitdrukking op zijn gezicht, bij lange na niet van plan hem dat te gunnen, dus zuchtte Matlock en vervolgde zijn verhaal.

'Bovendien hebben we sinds kort in dit land ook een heel groot, volledig geïntegreerd, enigszins overgefinancierd nevenbureau dat al zijn inspanningen, voor zover voorradig, wijdt aan problemen van de zware en georganiseerde misdaad die jij, naar ik begrijp, van plan bent aan de kaak te stellen. Om nog maar te zwijgen van Interpol en een hele zwik concurrerende Amerikaanse diensten die elkaar voortdurend voor de voeten lopen en precies dezelfde dingen doen, waarbij ze er wel voor zorgen dat die grote natie van ons er financieel niet onder lijdt. Mijn punt is, Hector – wacht tot ik ben uitgesproken, alsjeblieft – mijn punt is dat ik niet inzie waarom ik halsoverkop hierheen moest komen. We weten allemaal dat wat je hier hebt *urgent* is, hoewel het mij niet zo duidelijk is voor wie. Misschien is het zelfs waar. Maar is het iets voor *ons*, Hector? Is het *ons* pakkie-an?'

De vraag was duidelijk een retorische, want hij oreerde verder.

'Of zou het zo kunnen zijn, Hector, dat jij je, op eigen risico, op het hoogst gevoelige terrein begeeft van een zusterorganisatie waarmee ik en mijn Secretariaat uitputtende maanden lang hebben gesteggeld om een paar moeizaam bevochten demarcatielijnen uit te stippelen? Want als dat het geval is, dan zou ik je het volgende willen aanraden: pak dat materiaal dat je me zojuist hebt laten horen en al het andere van hetzelfde slag dat je in je bezit hebt op en draag dat als de gesmeerde bliksem over aan onze nevendienst, met een nederige brief met spijtbetuigingen voor het feit dat je je op hun terrein hebt begeven. En als je dat hebt gedaan, dan stel ik voor dat je jezelf, en Luke hier, en wie je verder nog ergens in je kast hebt verstopt, met twee weken welverdiend ziekteverlof stuurt.' Hadden Hectors legendarische zenuwen het eindelijk begeven? vroeg Luke zich bezorgd af. Had de stress die gepaard ging met het overhalen van Perry en Gail een te zware tol geëist? Of was hij zo in de ban van het hogere doel van zijn missie dat hij niet meer in staat was tot diplomatiek handelen?

Terwijl hij loom een vinger uitstak, schudde Hector zijn hoofd, zuchtte, en spoelde de band snel door.

Dima rustig. Dima voorlezend, of Billy Boy dat nu leuk vindt of niet. Dima machtig en waardig, die voordraagt in zijn beste plechtstatige Russisch:

> '*Voorbeeld.* Details over zeer geheim pact in Sochi 2000 tussen zeven met elkaar verbonden *vory*-broederschappen, ondertekend door de Zeven Broers, dat de Schikking wordt genoemd. Onder dit pact, dat teef Prins zich met stilzwijgende toestemming en medeweten van Kremlin heeft toegeëigend, zijn alle zeven ondertekenaars het eens over het volgende:
> *Een*: dat zij zullen profiteren en algemeen gebruik zullen maken van alle bewezen en succesvolle geldroutes die zijn ontworpen door de man die ze Dima noemen en hij dus de belangrijkste witwasser is voor alle zeven broederschappen.
> *Twee*: alle gemeenschappelijke bankrekeningen zullen worden beheerd onder *vory* erecode, elke afwijking zal worden gestraft met de dood van de schuldige partij, met bovendien permanente uitsluiting van *verantwoordelijke vory*-broederschap.
> *Drie*: een degelijke *bedrijfsvoering* zal worden bewerkstelligd in de volgende zes financiële hoofdsteden: Toronto, Parijs, Rome, Bern, Nicosia, *Londen.* Eindbestemming van alle witgewassen gelden: *Londen.* Beste centrum voor degelijke bedrijfsvoering: *Londen.* Beste prognoses voor lange-termijnbankieren: *Londen.* Beste prognoses voor sparen en bestendigen: *Londen.* Ook daar was iedereen het over eens.
> *Vier*: de taak van versluieren oorsprong van zwart geld en transport ervan via veilige havens zal in de eerste plaats en

uitsluitend de verantwoordelijkheid zijn van *de man die ze Dima noemen.*

Vijf: voor alle belangrijke geldverplaatsingen heeft deze Dima volmacht om te tekenen. Iedere ondertekening van de Schikking zal één enkele schone gevolmachtigde aanwijzen. Deze ene schone gevolmachtigde zal alleen recht van tweede handtekening hebben.

Zes: om bovengenoemd systeem te kunnen wijzigen dienen alle schone gevolmachtigden gezamenlijk aanwezig te zijn volgens *vory*-wet.

Zeven: de superioriteit van de man die ze Dima noemen als het grote brein achter alle witwasconstructies zoals overeengekomen in de Schikking van Sochi 2000 is hierbij bekrachtigd.'

'En amen, zouden we kunnen zeggen,' mompelt Hector, en opnieuw zet hij de cassetterecorder uit en kijkt Matlock aan om te zien wat zijn reactie is. Luke doet hetzelfde en wordt, nota bene, getrakteerd op Matlocks toegeeflijke glimlach.

'Zeg Hector, ik denk dat ik dat zelf ook wel had kunnen verzinnen,' zegt hij en hij schudt met zijn hoofd in wat door moet gaan voor bewondering. 'Prachtig, dat moet ik toegeven. Welbespraakt, fantasierijk en het plaatst hem helemaal boven aan de lijst. Hoe zou iemand ook maar kunnen twijfelen aan de waarheid van zo'n luisterrijke, wereldomvattende verklaring? Ik zou hem om te beginnen een Oscar geven. Wat bedoelt hij eigenlijk met *schone gevolmachtigde*?'

'Schoon, in de zin van zonder strafblad, Billy. Geen voorafgaande veroordelingen, crimineel of moreel. Accountants, advocaten, schnabbelende politieagenten en personeel van de inlichtingendiensten, iedere gevormde broer die vrij kan reizen, zijn naam kan schrijven, trouw heeft gezworen aan de Broederschap en weet dat hij met zijn ballen in zijn mond wakker wordt als hij een greep in de kas doet.'

Hector, die er in Lukes ogen eerder uitziet als een afgetobde familienotaris dan als zijn onstuitbare zelf, raadpleegt een verfomfaaid kaartje waarop hij klaarblijkelijk een marsroute heeft genoteerd voor de vergadering en spoelt de band weer snel door.

'*Kaart*,' blaft Dima in het Russisch.

'Godver. Te ver,' moppert Hector, en hij spoelt de band weer een stukje terug.

> 'Ook afhankelijk van betrouwbare Britse garanties, zal heel geheime, heel belangrijke *kaart* zijn.'

Dima vervolgt, snel van papier voorlezend, in het Russisch:

> 'Op deze *kaart* zullen internationale routes staan aangegeven van alle zwarte geld onder verantwoordelijkheid van de man die ze *Dima* noemen die nu tot u spreekt.'

Op instigatie van Matlock zet Hector opnieuw de band stil.

'Waar hij het hier over heeft is geen landkaart, het is een verbindingsschema,' klaagt Matlock, op de toon van iemand die Dima's gebrekkige vocabulaire corrigeert. 'En ik zal je één ding zeggen over *verbindingsschema's*, als ik zo vrij mag zijn. Ik heb in mijn tijd wel een paar *verbindingsschema's* gezien. In mijn ervaring lijken ze doorgaans op veelkleurige rollen prikkeldraad die nergens toe leiden. *Waardeloos*, met andere woorden, als je het mij vraagt,' voegt hij er met voldoening aan toe. 'Ik reken ze tot dezelfde categorie als de insinuaties over mythische criminele conferenties aan de Zwarte Zee in het jaar 2000.'

Je zou Yvonnes verbindingsschema eens moeten zien, dat is een gigantische warwinkel, wil Luke hem vertellen in een aanval van erbarmelijke hilariteit.

Als Matlock aan de winnende hand is, laat hij niet gemakkelijk los. Hij schudt zijn hoofd en glimlacht meesmuilend:

'Zal ik je eens wat zeggen, Hector? Als ik vijf pond kreeg voor elk roddeltje van onbeproefde bronnen waar onze Dienst – gelukkig niet allemaal in mijn tijd, zeg ik er opgelucht bij – in de loop der jaren is ingetuind, dan zou ik een rijk man zijn. Verbindingsschema's, Bilderbergcomplotten, wereldomvattende samenzweringen en die oude groene schuur in Siberië die vol ligt met roestige waterstofbommen, het is me allemaal één pot nat. Ik zou niet rijk zijn naar de maatstaven van hun ingenieuze bedenkers, misschien, of evenmin naar jouw maatstaven. Maar mensen zoals ik zouden er heel comfortabel van kunnen leven, dank je wel.'

Waarom zet Hector die bullebak verdomme niet op zijn nummer? Maar Hector lijkt de fut niet meer te hebben om terug te slaan. Erger nog, tot Lukes vertwijfeling neemt hij niet eens de moeite om het laatste deel van Dima's historische aanbod af te spelen. Hij zet de cassetterecorder uit, alsof hij wil zeggen 'ik heb het geprobeerd, maar het is me niet gelukt', en met een chagrijnige glimlach en een bedroefd 'Tja, misschien vind je het prettiger om een paar foto's te bekijken, Billy', pakt hij de afstandsbediening voor het plasmascherm en doet het licht uit.

In het halfduister bestrijkt een videocamera bibberig de kantelen van een middeleeuwse vesting, daalt dan af naar de zeewering van een oude haven vol met dure zeiljachten. Het is schemerdonker, de camera is van slechte kwaliteit en het beeld is schimmig in het tanende licht. Een in blauw en goud geschilderd, dertig meter lang luxe jacht ligt voor anker buiten de havenmuren. Het is behangen met feestverlichting en de patrijspoorten zijn verlicht. Verre dansmuziek bereikt ons over het water. Misschien viert iemand een verjaardag of een bruiloft? Aan de achtersteven hangen vlaggen van Zwitserland, Engeland en Rusland. In de top van de mast bevindt zich een gouden wolf op een karmozijnrood veld.

De camera zoomt in op de boeg. De naam van het schip, geschilderd in sierlijke Romeinse en Cyrillische gouden letters, luidt *Princess Tatiana.*

Hector levert een effen, emotieloos commentaar:

'Eigendom van een pas opgerichte maatschappij genaamd First Arena Credit Bank of Toronto, geregistreerd op Cyprus, eigendom van een stichting in Liechtenstein, die het eigendom is van een maatschappij die geregistreerd staat op Cyprus,' verkondigt hij droogjes. 'Een circulair eigendomsrecht dus. Je geeft het aan een maatschappij en krijgt het dan weer terug van de maatschappij. Tot voor kort heette ze de *Princess Anastasia,* wat toevallig de naam is van het vorige scharreltje van de Prins. Zijn nieuwe scharrel heet Tatiana, dus we kunnen onze conclusies trekken. Aangezien de Prins momenteel om gezondheidsredenen in Rusland moet blijven, is de *ss Princess Tatiana* gecharterd door een internationaal consortium dat, gek genoeg, First Arena Credit International heet en een totaal ander bedrijf is dat, en dat zal je verbazen, geregistreerd staat op Cyprus.'

'Wat scheelt hem?' vraagt Matlock op agressieve toon.

'Wie?'

'De Prins. Ik ben toch niet op mijn achterhoofd gevallen, is het wel? Waarom kan hij Rusland niet uit?'

'Hij wacht tot de Amerikanen een of andere volkomen ongegronde aanklacht wegens witwassen intrekken, die ze een paar jaar geleden tegen hem hebben ingediend. Het goede nieuws is dat hij niet lang meer zal hoeven wachten. Dankzij wat gelobby in Washingtons illustere wandelgangen, zal binnenkort worden overeengekomen dat hij zich nergens meer voor hoeft te verantwoorden. Het is altijd handig als je weet waar invloedrijke Amerikanen hun illegale buitenlandse bankrekeningen hebben.'

De camera springt naar het achterschip. Bemanning in Russische stijl met gestreepte shirts en matrozenpetten. Een helikopter die op het punt staat te landen. Camera dwaalt verder naar de achtersteven en daalt aarzelend af tot zeeniveau terwijl het beeld donker wordt. Een speedsloep komt langszij met passagiers aan boord. Bedrijvige bemanning alom als passagiers in hun chique kleren de scheepsladder beklimmen.

Terug naar het achterdek. De helikopter is geland, maar de wieken draaien nog langzaam rond. Een elegante dame in opbollende rok daalt, haar hoed vastklemmend, een met rode loper beklede trap af. Gevolgd door een tweede elegante dame en dan een groep elegante heren in blazers en witte linnen broeken, zes in totaal. Wazige omhelzingen over en weer. Vage begroetingskreten boven de dansmuziek uit.

Camera terug naar een tweede speedsloep die langszij komt en mooie meisjes aflevert. Superstrakke jeans, opwaaiende jurkjes, veel blote benen en schouders als zij de ladder op klauteren. Een stel vage herauten in kozakkenuniform laten een welkomstgroet schallen als de mooie meisjes aan boord komen.

Camera richt zich moeizaam op gasten bijeen op het hoofddek. Tot dusverre zijn het er achttien. Luke en Yvonne hebben ze geteld.

Het beeld valt stil en wordt dan een serie schokkerig naderbij komende close-ups, sterk uitvergroot door Ollie. Onderschrift luidt KLEINE ADRIATISCHE HAVEN IN DE BUURT VAN DUBROVNIK 21 JUNI 2008. Het is de eerste van vele ondertitels en bijschriften die Yvonne, Luke en Ollie gezamenlijk hebben toegevoegd bij wijze van toelichting op Hectors gesproken commentaar.

De stilte in het souterrain is tastbaar. Het is net alsof iedereen in de kamer, Hector incluis, tegelijkertijd zijn adem inhoudt. Misschien is dat ook zo. Zelfs Matlock leunt naar voren op zijn stoel en staart strak naar het plasmascherm voor hem.

Twee goed geconserveerde, duur geklede zakenlieden zijn in gesprek. Achter hen de blote nek en schouders van een vrouw van middelbare leeftijd, met een bol kapsel dat glimt van de haarlak. Ze staat met haar rug naar ons toe en draagt een halsketting van vier strengen diamanten en bijpassende oorhangers, waarvan de waarde niet te schatten is. Links op het scherm offreert een geborduurde manchet en een wit gehandschoende hand van een kozakkenober een zilveren dienblad met glazen champagne.

De twee zakenlieden van dichtbij. De een draagt een witte smoking. Hij heeft zwart haar, een vooruitstekende kaak en een mediterraan voorkomen. De ander draagt een uitermate Engelse marineblauwe blazer met een dubbele rij koperen knopen of, zoals de hogere Britse klassen het bij voorkeur noemen – en Luke kan het weten, want dat is het milieu waar hij ook uit stamt – een *boating jacket*. Vergeleken met zijn metgezel is deze tweede man jong. Hij is ook knap op de manier waarop jongemannen in de achttiende eeuw knap waren op de portretten die ze aan Lukes oude school schonken wanneer ze daar afstudeerden: breed voorhoofd, terugwijkende haarlijn, de hooghartige enigszins Byronachtige blik van sensuele suprematie, een aantrekkelijk pruilmondje en een houding waarmee ze erin slaagden op je neer te kijken ongeacht hoe lang je ook was.

Hector heeft nog steeds niets gezegd. Het comité had besloten de ondertitels te laten verklaren wat iedereen in één blik zelf kon zien: dat het boating jacket met de dubbele rij koperen knopen toebehoort aan een vooraanstaand lid van Hare Majesteits oppositie, een schaduwminister die wordt getipt voor een buitengewoon hoge functie na de volgende verkiezingen.

Tot opluchting van Luke maakt Hector eindelijk een einde aan de stilte.

'Zijn opdracht, aldus het perscommuniqué van de Partij, behelst *het positioneren van het Britse bedrijfsleven in een voortrekkerspositie op de internationale financiële markten*, als iemand mij kan vertellen wat dat betekent,' merkt hij sarcastisch op, met een lichte heropleving van zijn oude energie. 'Plus natuurlijk een einde maken aan de bankexcessen. Maar dat gaan ze allemaal doen, is het niet? Ooit.'

Matlock heeft zijn tong teruggevonden:

'Je kunt geen *zaken* doen zonder vrienden te maken, Hector,' protesteert hij. 'Zo werkt de wereld niet en dat zou jij beter moeten weten dan wie ook, aangezien je daarbij zelf ook vuile handen hebt gemaakt. Je kunt iemand niet *veroordelen* alleen omdat hij zich op iemands boot bevindt!'

Maar noch Hectors toon noch Matlocks ongeloofwaardige verontwaardiging kan de spanning verminderen. En het biedt totaal geen troost dat de witte smoking volgens Yvonnes bijschrift toebehoort aan een corrupte Franse markies die gespecialiseerd is in vijandige bedrijfsovernames en hechte banden heeft met Rusland.

'Maar goed. Hoe kom je eigenlijk aan dat materiaal?' vroeg Matlock plotseling, na een tijdje zwijgend te hebben zitten piekeren.

'Welk materiaal?'

'De film. Die amateurvideo. Wat het ook zijn mag. Hoe kom je daaraan?'

'Die is onder een steen gevonden, Billy. Waar anders?'

'Door wie?'

'Door een vriend van me. Of twee.'

'Wat voor steen?'

'Scotland Yard.'

'Waar heb je het over? *De Londense politie?* Je hebt zitten knoeien met politiebewijzen, hè? Heb je dat werkelijk gedaan?'

'Ik zou best willen dat het zo was, Billy. Maar ik betwijfel het sterk. Wil je het verhaal horen?'

'Als het waar is.'

'Een jong stel uit een van de voorsteden van Londen had wat geld opzijgelegd voor hun huwelijksreis en boekte een geheel verzorgde reis naar de Adriatische kust. Toen ze een wandeling maakten over de klippen stuitten ze bij toeval op een luxueus jacht dat in de baai voor anker lag en toen ze zagen dat er een spectaculair feest in volle gang was filmden ze dat. Toen ze later het materiaal in de beslotenheid van hun huis, laten we zeggen in Surbiton, bekeken, herkenden ze tot hun verbazing en opwinding bepaalde vooraanstaande Britse figuren uit de financiële en politieke wereld. In de hoop de kosten van hun vakantie terug te kunnen verdienen, stuurden ze hun trofee met bekwame spoed naar Sky Television News. Voor ze goed en wel wisten wat hen overkwam, deelden ze om vier uur in de ochtend hun slaapkamer opeens met een team geüniformeerde, gewapende politiemannen in volle wapenrusting en werden zij met vervolging bedreigd op grond van de Antiterrorismewet als ze niet onmiddellijk alle kopieën van hun film aan de politie gaven, dus waren ze zo verstandig dat te doen. En dat is de waarheid, Billy.'

Luke begint te beseffen dat hij Hectors optreden heeft onderschat. Hector lijkt misschien een beetje onhandig. Hij heeft misschien alleen maar een verfomfaaid oud kaartje in zijn hand. Maar er is niets ambtelijks aan de marsroute die hij in gedachten heeft uitgestippeld. Hij heeft nog twee heren die hij aan Matlock wil voorstellen en als het beeld op de televisie zich verbreedt om ook hen erbij te betrekken, wordt duidelijk dat zij al die tijd al hebben deelgenomen aan het gesprek. De ene is lang, elegant, ergens tussen de vijftig en de zestig en met een enigszins diplomatieke manier van doen. Hij steekt bijna een kop boven onze rijksminister in spe uit. Zijn mond staat schertsend open. Zijn naam luidt, vertelt Yvonnes bijschrift ons, kapitein Giles de Salis, Koninklijke Marine, buiten dienst.

Ditmaal neemt Hector de functieomschrijving zelf voor zijn rekening:

'Zeer invloedrijke Westminster lobbyist, makelaar in beleidsbeïnvloeding, tot zijn cliëntèle behoren enkele van de grootste smeerlappen op aarde.'

'Vriend van je, Hector?' vraagt Matlock.

'Vriend van iedereen die bereid is tien ruggen op te hoesten voor een tête-à-tête met een van onze onomkoopbare heersers, Billy,' kaatst Hector terug.

Het vierde en laatste lid van het kwartet is, zelfs op een wazige vergroting, het summum van de vitaliteit van de high society. Subtiele zwarte biesjes accentueren de revers van zijn perfect gesneden witte smoking. Zijn zilvergrijze manen zijn theatraal achterover geworpen. Is hij soms een groot dirigent? Of een belangrijke chef-ober? Zijn beringde wijsvinger steekt quasiwaarschuwend omhoog als die van een balletdanser. Zijn gracieuze vrije hand rust licht en niet aanstootgevend op de bovenarm van de minister in spe. Op zijn geplisseerde overhemdfront schittert een Maltezer Kruis.

Een *wat*? Een Maltezer Kruis? Zou hij dan een Ridder van Malta kunnen zijn? Of is het een eremedaille? Of een buitenlandse onderscheiding? Of heeft hij hem gekocht als cadeautje voor zichzelf? In de kleine uurtjes van de ochtend hebben Luke en Yvonne daar hun hersens over gepijnigd. Nee, waren ze het er over eens. Hij heeft hem gestolen.

Signor Emilio dell Oro, Italiaans-Zwitserse nationaliteit, woonachtig in Lugano, luidt het onderschrift, ditmaal opgesteld door Luke onder strikte instructies van Hector om de omschrijving CO_2-neutraal te houden. *Lid van de internationale beau monde, paardenman, machtsmanipulator voor het Kremlin.*

Opnieuw heeft Hector zich de beste tekst toegeëigend:

'Werkelijke naam, voor zover wij kunnen nagaan, Stanislav Auros, Poolse Armeniër, Turkse antecedenten, autodidact, self-made man, briljant. Tegenwoordig majordomus van de Prins, regelneef, duvelstoejager, maatschappelijk raadsman en woordvoerder.' En zonder te pauzeren of van toon te veranderen: 'Billy, waarom neem jij hem hier niet van me over? Jij weet meer van hem af dan ik.'

Is Matlock ooit in de luren te leggen? Blijkbaar niet, want hij komt zonder zelfs maar een seconde te aarzelen terug:

'Ik vrees dat ik je niet meer kan volgen, Hector. Help me nog een beetje op weg, als je wilt.'

Dat wil Hector wel. Hij is opmerkelijk goed hersteld:

'Onze recente jeugd, Billy. Voordat we volwassenen werden. Een midzomerdag, als ik me goed herinner. Ik was Hoofd van Dienst in Praag, jij was Hoofd Operaties in Londen. Jij gaf me opdracht in het holst van de nacht vijftigduizend dollar in kleine coupures in de kofferbak van Stanislavs geparkeerde witte Mercedes te dumpen, zonder verder commentaar. Zij het dat hij in die tijd niet Stanislav was, hij was toen Monsieur Fabian Lazaar. Hij verwaardigde zich niet om dank je wel te zeggen. Ik weet niet waarmee hij dat geld heeft verdiend, maar jij weet dat ongetwijfeld wel. Hij was zich in die dagen omhoog aan het werken. Gestolen kunstvoorwerpen, voornamelijk uit Irak. Hij chaperonneerde rijke dames uit Genève de centen van hun man uit hun zak. Ventte diplomatieke bedgeheimen uit aan de hoogste bieder. Misschien was dat wel wat we van hem kochten. Klopt dat?'

'Stanislav *of* Fabian, maakte geen deel uit van mijn stal, Hector. En dat geldt ook voor meneer dell Oro, of hoe hij zich ook noemen mag. Hij was *niet* mijn agent. Toen jij die betaling aan hem deed, viel ik alleen maar in.'

'Voor wie?'

'Voor mijn voorganger. Vind je het erg om mij verder niet te verhoren, Hector? Zo gaan we niet met elkaar om, mocht je dat nog niet hebben gemerkt. *Aubrey Longrigg* was mijn voorganger, Hector, zoals jij heel goed weet en nu ik erover nadenk zal hij dat wel blijven, zolang als ik deze baan heb. Ga me nu niet vertellen dat je vergeten bent wie *Aubrey Longrigg* is, anders ga ik nog denken dat dokter Alzheimer je een onwelkom bezoekje heeft gebracht. Aubrey was altijd het slimste jongetje van de klas, tot aan zijn enigszins vroegtijdige vertrek. Ook al ging hij af en toe zijn boekje te buiten, net als jij.'

Luke herinnerde zich dat de aanval voor Matlock de enige verdediging was.

'En geloof me, Hector,' ging hij verder, onderweg meer krachten verzamelend, 'als mijn voorganger *Aubrey Longrigg* vlak voordat hij de Dienst verliet om zich met hogere zaken bezig te houden, vond dat er vijftigduizend piek uitbetaald moest worden aan zijn agent, en als Aubrey mij had gevraagd om namens hem dat bedrag als enige en definitieve vergoeding voor een zekere particuliere afspraak uit te betalen, wat hij deed, dan was het niet aan mij om te zeggen: "Zeg Aubrey, wacht eerst eens even tot ik officieel toestemming heb gevraagd en heb gecontroleerd of je verhaal wel klopt." Mooi niet! Niet bij *Aubrey*! Niet zoals Aubrey en het Hoofd in die tijd waren, twee handen op één buik, altijd dikke mik, ik zou niet goed snik zijn geweest, wat jij?'

Het oude staal was eindelijk teruggekeerd in Hectors stem:

'Nou, waarom kijken we dan niet eens naar Aubrey zoals hij nu is: staatssecretaris, parlementslid voor een van de meest achtergebleven kiesdistricten van zijn Partij, stoere voorvechter van vrouwenrechten, gewaardeerd adviseur van de minister van Defensie op het gebied van wapenaankopen en' – hij knipt zachtjes met zijn vingers en fronst zijn wenkbrauwen alsof hij het echt is vergeten – 'wat ook nog meer, Luke? – er was *nog iets*, ik weet het zeker.'

En precies op het juiste moment hoort Luke zichzelf het antwoord uitkraaien:

'Beoogd Voorzitter van de nieuwe parlementaire subcommissie bankethiek.'

'En niet *geheel* zonder voeling met onze Dienst, neem ik aan?' opperde Hector.

'Ik dacht het niet,' beaamt Luke, maar waarom Hector hem in hemelsnaam op dat gebied als autoriteit beschouwde was moeilijk te zeggen.

Misschien is het niet meer dan terecht dat wij spionnen, zelfs onze voormalige spionnen, het niet prettig vinden om te worden gefotografeerd, dacht Luke. Misschien koesteren wij een geheime angst dat de Grote Muur tussen ons innerlijke zelf en ons uiterlijke zelf door de cameralens zal worden doorboord.

Aubrey Longrigg, parlementslid, wekte in ieder geval die indruk. Zelfs onbewust gefilmd door een inferieure videocamera van vijftig meter verderop over het water, leek Longrigg zich zo veel mogelijk op te houden in elke schaduw die het feestelijk verlichte dek van de *Princess Tatiana* maar bood.

Niet dat de arme kerel van nature fotogeniek was, moest Luke toegeven, opnieuw de Heer op zijn blote knieën dankend dat hun levenspaden elkaar nooit hadden gekruist. Aubrey Longrigg was kalend, gemeen en roofvogelachtig, zoals paste bij een man die beroemd was om zijn intolerantie jegens iedereen die minder hersens had dan hij. De Adriatische zon heeft zijn onaantrekkelijke gelaatstrekken helroze gekleurd en de montuurloze bril doet weinig om de indruk van een vijftigjarige bankbediende weg te nemen – tenzij je, zoals Luke, verhalen hebt gehoord over de tomeloze ambitie die hem voortstuwt, over het onverzoenlijke intellect, dat van de vierde verdieping een zinderende broeikas van innovatieve ideeën en ruziënde baronnen had gemaakt, en over zijn onwaarschijnlijke voorliefde voor een bepaald type vrouw – het soort dat het klaarblijkelijk prettig vindt om geestelijk te worden gekleineerd – waarvan het meest recente exemplaar naast hem stond in de persoon van: *The Lady Janice (Jay) Longrigg, societygastvrouw en fondsenwerver,* gevolgd door Yvonnes shortlist van de vele goede doelen die een reden hadden om Lady Longrigg dankbaar te zijn.

Ze draagt een stijlvolle strapless avondjurk. Haar opgestoken ravenzwarte haar wordt in model gehouden door een speld met diamanten. Ze beschikt over een minzame glimlach en de koninklijke, voorovergebogen, wankelende gang die alleen Engelse vrouwen van een zekere afkomst en klasse zich eigen maken. En ze ziet er, in Lukes genadeloze ogen, onzegbaar dom uit. Naast haar drentelen haar twee prepuberale dochters in feestjurken.

'Dat is zijn nieuwe, dus?' jubelde Matlock de onverschrokken Labour-aanhanger plotseling, met onwaarschijnlijk enthousiasme, uit, toen het scherm, nadat Hector op een knopje had gedrukt, zwart werd en het bovenlicht aan ging. 'Die ene met wie hij is getrouwd toen hij besloot een politieke bliksemcarrière te maken zonder zelf iets van het vuile werk te hoeven doen. Die Aubrey Longrigg, dat is me nog eens een echte Labour-man, dat moet gezegd! Oud *of* nieuw Labour!'

Waarom was Matlock weer zo goedgemutst? – en ditmaal oprecht? Het laatste wat Luke van hem had verwacht was een klare lach, wat bij Matlock sowieso al een grote zeldzaamheid was. Maar nu schudde zijn grote, in tweed gehulde torso van stille pret. Was het omdat Longrigg en Matlock al jarenlang beroemd waren om hun wapengekletter? Dat je, als je bij de een een wit voetje had gehaald, je de vijandschap van de ander op de hals haalde? Dat Longrigg bekend was geworden als het brein van het Hoofd, en Matlock veel minder vriendelijk als zijn branieschopper? Omdat met Longriggs vertrek, kantoorgrappen hun vete hadden vergeleken met een tien jaar durend stierengevecht waarbij de stier *la puntilla* had geplaatst?

'Tja, ach, die Aubrey is altijd al een hoogvlieger geweest,' merkte hij op, als iemand die terugdenkt aan een gestorvene. 'En bovendien een financieel genie, als ik me goed herinner. Niet van *jouw* niveau, Hector, kan ik gelukkig zeggen, maar het scheelt niet bar veel. Operationele fondsen waren nooit een probleem, dat staat vast, niet zolang Aubrey aan het roer stond. Ik bedoel maar, hoe is hij om te beginnen op die boot verzeild geraakt?' – vroeg dezelfde Matlock, die luttele minuten tevoren nog had verklaard dat je iemand niet kon veroordelen omdat hij zich op iemands boot bevond. '*Daarbij* komt dat er in het boekje een paar heel strenge regels staan over de omgang met een voormalige geheime bron na afscheid te hebben genomen van de Dienst, vooral als die bron zo'n gladjakker is als – hoe hij zich tegenwoordig ook mag noemen.'

'Emilio dell Oro,' vermeldde Hector hulpvaardig. 'Wel een naam om te onthouden, eerlijk gezegd, Billy.'

'Je zou zeggen dat hij beter moest weten, die Aubrey, na wat wij hem hebben geleerd, dan om aan te pappen met Emilio dell Oro, dus. Je zou zeggen dat een man met Aubreys enigszins louche talenten behoedzamer zou zijn in de keuze van zijn vrienden. Hoe is hij daar terechtgekomen? Misschien had hij een goede reden. We moeten niet voorbarig over hem oordelen.'

'Een van die gelukkige toevalstreffers, Billy,' legde Hector uit. 'Aubrey en zijn nieuwste vrouw en haar dochters waren op kampeervakantie in de heuvels boven de Adriatische kust. Een Londens bankiersmaatje van Aubrey, naam onbekend, belde hem op, zei hem dat de *Tatiana* daar in de buurt voor anker lag en dat er een feestje was, dus haast je erheen en doe gezellig mee.'

'In een tentje? *Aubrey*? Maak dat de kat wijs.'

'Het primitieve leven op een camping. Het populistische leven van de *New Labour* Aubrey, man van het volk.'

'Ga *jij* wel eens op kampeervakantie, Luke?'

'Ja, maar Eloise heeft de pest aan Britse campings. Ze is Frans,' antwoordde hij, en vond zelf dat hij idioot klonk.

'En als jij op kampeervakantie gaat, Luke – en er, zoals jij doet, wel voor zorgt dat je *Britse* campings mijdt – heb jij dan de gewoonte om je smoking mee te nemen?'

'Nee.'

'En Eloise, neemt die haar diamanten mee?'

'Die heeft ze niet, eerlijk gezegd.'

Matlock dacht daarover na. 'Ik veronderstel dat je Aubrey heel wat keren tegen het lijf bent gelopen, hè, Hector, toen jij je lucratieve slag in de City sloeg, en de overigen van ons hun plicht bleven doen? Jullie hebben zo nu en dan toch wel een flesje ontkurkt, jij en Aubrey? Zoals dat gebruikelijk is onder lui van de City?'

Hector haalde onverschillig zijn schouders op. 'We zijn elkaar hier en daar wel eens tegengekomen. Maar ik heb niet veel op met blinde ambitie, om je de waarheid te zeggen. Die vind ik vervelend.'

Waarop Luke, die de laatste tijd minder gemakkelijk omging met veinzerij dan vroeger, zichzelf moest beheersen om niet de leuningen van zijn stoel vast te grijpen.

Elkaar hier en daar wel eens tegengekomen? Lieve hemel, ze hadden elkaar te vuur en te zwaard bestreden – en waren dat daarna blijven doen. Van alle *kapitalistische aasgieren*, activa-versjacheraars, sluipmoordenaars en *smerige speculanten* – volgens Hector – die ooit het levenslicht zagen, was Aubrey Longrigg wel de meest schijnheilige, onbetrouwbare, achterbakse, oneerlijke, en degene met de beste relaties.

Het was Aubrey Longrigg die vanuit de coulissen de aanval op het graanbedrijf van Hectors familie had geleid. Het was Longrigg die, via een dubieus maar ingenieus in elkaar gezet netwerk van manipulaties Hare Majesteits fiscale en douaneautoriteiten had overgehaald om in het holst van de nacht een inval te doen in Hectors pakhuizen, honderden zakken open te snijden, deuren in te trappen en de nachtploeg de stuipen op het lijf te jagen.

Het was Longriggs geniepige netwerk aan contactpersonen binnen Whitehall dat de Gezondheidsdienst, de staatsbelastingen, de brandweer en de immigratiedienst op hem had losgelaten om de vele jaren trouwe werknemers van de familie te bestoken en te intimideren, hun bureaus te plunderen, hun boekhoudingen in beslag te nemen en hun belastingopgaven te tackelen.

Maar Aubrey Longrigg was niet alleen maar *de vijand* in Hectors ogen – dat zou al te eenvoudig zijn geweest – hij was een archetype; een klassiek symptoom van de kanker die niet alleen de City aantastte, maar ook onze waardevolste overheidsinstellingen.

Hector was niet met Longrigg persoonlijk in oorlog. Waarschijnlijk sprak hij de waarheid toen hij zei dat Longrigg hem verveelde, want het was een essentieel aspect van zijn stelling dat de mannen en vrouwen op wie hij jacht maakte per definitie vervelende types waren: middelmatig, plat, gevoelloos, glansloos, die zich alleen van andere vervelende types onderscheidden door hun heimelijke steun aan elkaar en hun onverzadigbare hebzucht.

Hectors commentaar is plichtmatig geworden. Als een goochelaar die niet wil dat je al te aandachtig naar één kaart kijkt, schudt hij snel het spel internationale schurken dat Yvonne voor hem heeft samengesteld.

Glimp van een dik, heerszuchtig, heel klein mannetje dat bij het buffet zijn bord volschept:

'In Duitse kringen bekend als Karl der Kleine,' zegt Hector smalend. 'Voor de helft een Wittelsbach – welke helft is me niet duidelijk. Beier, roomser dan de paus; nauwe banden met het Vaticaan. Nog nauwere banden met het Kremlin. Indirect gekozen lid van de Bundestag – en niet-uitvoerende directeur van een groep Russische oliemaatschappijen, dikke maat van Emilio dell Oro. Heeft vorig jaar met hem geskied in St. Moritz, had zijn Spaanse vriendje meegenomen. De Saoediërs zijn dol op hem. Volgende schatje.'

Te snel flitst het beeld naar een bebaarde mooie jongen in een glinsterende magenta cape, die omstandig in gesprek is met twee met juwelen behangen matrones:

'Karl der Kleines nieuwste knuffeldier,' verkondigt Hector. 'Vorig jaar tot drie jaar dwangarbeid veroordeeld door een rechtbank in Madrid wegens zware lichamelijke geweldpleging, vrijgekomen op een technische fout, dankzij Karl. Onlangs benoemd tot niet-uitvoerend directeur van de Arena Groep van maatschappijen, dezelfde club die eigenaar is van het jacht van de Prins – ah, en *hier* is er eentje om in de gaten te houden' – druk op een knopje op het toetsenbord – '*Doctor* Evelyn Popham uit Mount Street, Mayfair; Bunny voor zijn vrienden. Studeerde rechten in Neuchâtel en Manchester. Bevoegd om in Zwitserland te praktiseren, hoveling en pooier van de oligarchen uit Surrey, enige partner in zijn eigen florerende advocatenkantoor in het West End. Internationalist, bon vivant, verrekt goede advocaat. Zo corrupt als de neten. Waar is zijn website? Wacht even. Ik heb hem zo gevonden, Laat me maar even, Luke. Daar heb je hem al. Beet.'

Terwijl Hector zit te friemelen en te mopperen blijft op het plasmascherm doctor (Bunny-voor-zijn-vrienden) Popham zijn publiek geduldig uit de hoogte beschouwen. Hij is een corpulente, jolige heer met volle wangen en bakkebaarden, die zo van de pagina's van een kinderboek van Beatrix Potter kon zijn geplukt. Hij draagt een onwaarschijnlijk witte tennisuitrusting en omklemt, behalve zijn racket, ook een bevallige, vrouwelijke tennispartner.

Als de homepage van de website van doctor Popham & Geen Partners eindelijk verschijnt, wordt die gedomineerd door hetzelfde vrolijke gezicht, glimlachend over de rand van een quasikoninklijk familiewapen dat de weegschaal van het recht voorstelt. Onder hem staan zijn doelstellingen:

De professionele expertise van mijn bekwame team omvat:
– het succesvol bewaken van de rechten van vooraanstaan-

de personen in de internationale zakelijke banksfeer tegen Diepgaande Onderzoeken van de Ernstige Fraudebestrijdingsdienst
- het succesvol vertegenwoordigen van belangrijke internationale cliënten met betrekking tot buitenlandse jurisdictie en hun recht op stilzwijgen tijdens internationale en Engelse onderzoekstribunalen
- Het succesvol reageren op opdringerige, verlammende onderzoeken en aanklachten wegens onoorbare of ongeoorloofde betalingen aan invloedrijke individuen.

'En de klootzakken kunnen maar niet ophouden met tennissen,' klaagt Hector, terwijl zijn lijst schurken weer in het oude straffe tempo wordt uitgebreid.

We bevinden ons weldra achtereenvolgens in de sportclubs van Monte Carlo, Cannes, op Madeira en aan de Algarve. We zijn in Biarritz en Bologna. We proberen Yvonnes onderschriften en haar album van uit societytijdschriften geplukte pretplaatjes bij te benen, maar het kost moeite, tenzij je, zoals Luke, weet wat je kunt verwachten en waarom.

Maar hoe snel gezichten en plaatsen ook veranderen onder Hectors gezwinde aanpak, hoeveel mooie mensen in modieuze tennisoutfits de revue ook passeren, vijf spelers doen steeds weer van zich spreken:

- de olijke Bunny Popham, uw favoriete advocaat bij het verweer tegen opdringerige en verlammende onderzoekingen en aanklachten wegens ongeoorloofde betalingen aan invloedrijke personen;
- de ambitieuze, intolerante Aubrey Longrigg, spion in ruste, parlementslid en kampeerder, met zijn recente aristocratische en liefdadige echtgenote;
- Hare Majesteits beoogde minister en alleenstaand specialist in de ethiek van het bankwezen;
- Het autodidactische, selfmade, levendige en charmante lid van de beau monde: de veel talen beheersende Emilio dell Oro, Zwitsers staatsburger, financier en wereld-

burger die – zo wordt ons duidelijk uit een gescand krantenknipsel dat je pijlsnel moet kunnen lezen – verslaafd is aan 'adrenalinesporten, van paardrijden zonder zadel in de Oeral, heli-skiën in Canada, tot tennis op de inhaalstrook en speculeren op de Moskouse aandelenbeurs', die tengevolge van een technische tekortkoming meer speelruimte krijgt dan hem toekomt, en ten slotte:

- aristocraat, wellevend public-relations maestro Kapitein Giles de Salis, Koninklijke Marine, buiten dienst, beïnvloeder van machthebbers, specialist in corrupte edellieden – voorgesteld met op de achtergrond de muzikale toevoeging van Hector: 'een van de kruiperigste klootzakken van Westminster.'

Licht aan. Andere USB-stick. Regel van het huis: één onderwerp, één stick. Hector houdt ervan zijn smaken gescheiden te houden. Tijd om naar Moskou af te reizen.

10

Hector heeft voor de verandering een gelofte van stilzwijgen afgelegd: dat wil zeggen dat hij, verlost van zijn akelige technische preoccupaties, achterover op zijn stoel zit en de baritonstem van de Russische nieuwslezer het werk voor zich laat doen. Net als Luke is Hector bekeerd tot de Russische taal – en, met voorbehoud, tot de Russische ziel. Net als Luke is hij, iedere keer als hij naar de film kijkt die nu wordt vertoond, dat moet hij zelf toegeven, onder de indruk van de aanwezigheid van de klassieke, tijdloze, puur Russische, schaamteloze, kolossale leugen.

En de in Moskou gevestigde televisiejournaaldienst kan het heel goed alleen af, zonder de hulp van Hector of van wie dan ook. De baritonstem is uitstekend in staat uiting te geven aan zijn weerzin bij de gruwelijke tragedie die hij verslaat: deze zinloze moord vanuit een rijdend voertuig op een briljant en toegewijd Russisch echtpaar uit Perm in de bloei van hun leven! Hoe hadden de slachtoffers, toen ze besloten vanuit het verre Italië, waar zij woonachtig waren, een bezoek te brengen aan hun geliefde thuisland, kunnen vermoeden dat hun reis van de ziel hier zou eindigen, op het met klimop overwoekerde kerkhof van het oude seminarie waar zij altijd zo van hadden gehouden, met zijn uivormige koepels en levensbomen, gelegen op een heuvel buiten Moskou, aan de rand van een zacht glooiend woud:

> Op deze sombere, voor het seizoen abnormale middag in mei, rouwt heel Moskou om de dood van twee schuldloze Russen en om hun twee dochtertjes die, dankzij Gods genade, niet aanwezig waren in de auto toen hun ouders aan flarden werden geschoten door terroristische elementen binnen onze samenleving.

Zie de aan gruzelementen geschoten raampjes en met kogels doorzeefde portieren, het uitgebrande wrak van een ooit voorname Mercedes, op zijn kant geworpen tussen de zilverberken, het onschuldige Russische bloed dat zich in een meedogenloze close-up vermengt met de benzine op het asfalt, en de verminkte gezichten van de slachtoffers zelf.

De verslaggever verzekert ons dat de beestachtige moord de gerechtvaardigde woede heeft opgewekt van alle verantwoordelijke inwoners van Moskou. Wanneer zal er een einde komen aan deze dreiging? vragen zij. Wanneer zullen fatsoenlijke Russen weer vrij over hun eigen wegen kunnen reizen zonder te worden neergeknald door plunderende bendes Tsjetsjeense bandieten die erop uit zijn om angst en paniek te zaaien?

> Mikhail Arkadjewitsj – opkomend internationaal handelaar in olie en metalen! Olga L'vovna – onzelfzuchtig actief bij het inzamelen van charitatieve voedselvoorraden ten behoeve van de behoeftigen in Rusland! Liefhebbende ouders van de kleine Katja en Irina! Volbloed Russen, met heimwee naar het moederland dat ze nooit meer zullen verlaten!

Tegen het opkomende tij van verontwaardiging van de verslaggever begeleidt een stapvoets rijdende rij zwarte limousines een lijkwagen met glazen wanden de beboste heuvel op naar de poorten van het seminarie. De stoet blijft stilstaan, portieren zwaaien open en jongemannen in zwarte designerpakken springen eruit en gaan in het gelid staan om de kisten te begeleiden. Het beeld verplaatst zich naar een grimmig kijkende waarnemend hoofdcommissaris van politie in vol ornaat, inclusief medailles, die stram in de houding staat bij een ingelegd bureau, omringd door getuigenissen en foto's van president Medvedev en premier Poetin:

> Laten wij troost putten uit de wetenschap dat tenminste één Tsjetsjeen al vrijwillig heeft bekend de misdaad te hebben begaan,

vertelt hij ons, en de camera houdt zijn gezicht lang genoeg vast om ons de gelegenheid te geven in zijn verontwaardiging te delen.

We keren terug naar het kerkhof en horen flarden van een gregoriaanse rouwklacht als een koor van jonge orthodoxe priesters met bloempothoeden en zijdeachtige baarden met hoog geheven iconen de trap van het seminarie afdaalt naar een dubbel graf waarbij de belangrijkste begrafenisgasten staan te wachten. Het beeld wordt stilgezet en zoomt dan in op iedere begrafenisgast afzonderlijk, terwijl onder hen de door Yvonne geleverde bijschriften tevoorschijn komen:

TAMARA, echtgenote van Dima, zuster van Olga, tante van Katja en Irina: kaarsrecht, onder een breedgerande, zwarte imkershoed.

DIMA, echtgenoot van Tamara, zijn kale, gekwelde gezicht zo ziekelijk in zijn verstarde glimlach dat hij zelf net zo goed dood zou kunnen zijn, ondanks de aanwezigheid van zijn geliefde dochter.

NATASJA, dochter van Dima: haar lange haar als een zwarte rivier golvend over haar rug, haar slanke lichaam verhuld door lagen vormeloze zwarte rouwkleren.

IRINA en KATJA, kinderen van Olga en Misja: uitdrukkingloos, allebei een hand van Natasja omklemmend.

De verslaggever dreunt de namen op van de machtigen en rechtschapenen die zijn gekomen om de laatste eer te bewijzen. Onder hen bevinden zich de vertegenwoordigers van Jemen, Libië, Panama, Dubai en Cyprus. Niemand uit Groot-Brittannië.

De camera richt zich op een grazige ophoging halverwege de

heuvel die wordt overschaduwd door levensbomen. Zes – nee, zeven – strak in het pak zittende jongemannen van in de twintig en begin dertig staan daar op een kluitje bij elkaar. Hun gladgeschoren gezichten, waarvan sommige al pafferig beginnen te worden, zijn gericht op het open graf twintig meter lager op de heuvel, waar Dima rechtop staat, zijn bovenlichaam naar achteren hellend in de militaire houding waaraan hij de voorkeur geeft, terwijl hij niet naar het graf staart maar naar de zeven mannen in pak op de verhoging.

Is de camera stilgezet of loopt hij nog? Dima staat volkomen bewegingloos, dus het is moeilijk te zeggen. Dat geldt ook voor de zeven mannen die boven hem bij elkaar staan. Dan pas verschijnt Yvonnes ondertiteling:

DE ZEVEN BROERS

Een voor een neemt de camera hen in close-up.

Luke heeft het al lang geleden opgegeven om de wereld te beoordelen naar zijn uiterlijk. Hij heeft die gezichten ontelbare malen bestudeerd, maar kan er nog steeds niets in ontdekken wat hij tegenover zich aan de andere kant van een bureau in elk makelaarskantoor in Hampstead niet zou kunnen ontdekken of in elke bar of elk chic hotel van Moskou tot Bogotá, waar zakentypes in zwarte pakken met zwarte diplomatenkoffertjes bij elkaar komen.

Zelfs als hun langademige Russische namen verschijnen, compleet met vadersnamen, criminele bijnamen en pseudoniemen, slaagt hij er niet in iets belangwekkenders in hun gezichten te onderscheiden dan de zoveelste verzameling prototypes uit de geüniformeerde gelederen van het middenkader.

Maar als je blijft kijken, dan begin je te beseffen dat zes van hen, vooropgezet of bij toeval, een beschermende kring rond de zevende in hun midden vormen. Kijk je nog beter, dan zie je dat de man die zij beschermen geen dag ouder is dan zij zelf en dat zijn rimpelloze gelaat dat van een blij kind op een zonnige dag is, niet bepaald het soort gezicht dat je op een begrafenis verwacht. Het gelaat is zo'n toonbeeld van gezondheid, in

Lukes ogen, dat je bijna wel moet denken dat er een gezonde geest achter schuilgaat. Als de eigenaar ervan opeens onaangekondigd bij Luke op de stoep zou staan met een pechverhaal, dan zou het hem moeite kosten om hem de toegang te weigeren. En zijn bijschrift?

DE PRINS.

Plotseling maakt genoemde Prins zich los van zijn broeders, draaft de grazige heuvel af en stormt zonder zijn pas in te houden of vaart te minderen met gespreide armen af op Dima, die zich naar hem heeft toegewend om recht voor hem te gaan staan, schouders naar achteren, borst vooruit, kin trots en uitdagend geheven. Maar zijn gekromde handen, zo klein in vergelijking tot de rest van hem, lijken niet in staat van zijn zij te wijken. Misschien – komt elke keer dat hij ernaar kijkt in Luke op – misschien denkt hij dat dit zijn kans is om de Prins aan te doen wat hij ooit de echtgenoot van Natasja's moeder aan wilde doen – '*hier*mee, Professor!' Als dat zo is dan krijgen verstandiger en tactischer overwegingen ten slotte de overhand.

Geleidelijk, zij het een beetje laat, gaan zijn handen onwillig omhoog voor de omhelzing, die aarzelend begint maar dan, uit mannelijke wilskracht of wederzijdse afkeer, een omhelzing tussen geliefden wordt.

De kus in slow motion: rechterwang tegen rechterwang, oude *vor* tegen jonge *vor*. Misja's beschermer kust Misja's moordenaar.

De tweede kus in slow motion: linkerwang tegen linkerwang.

En na elke kus, de korte pauze voor gemeenschappelijk beklag en bespiegeling, en dat gesmoorde woord van medeleven tussen twee rouwende begrafenisgasten dat, als het al wordt uitgesproken, door niemand wordt gehoord dan door henzelf.

De mond-op-mond kus in slow motion.

Via de cassetterecorder die tussen Hectors bewegingloze handen staat, legt Dima aan de Engelse apparatsjiks uit waarom hij bereid is de man te omhelzen die hij het allerliefst van iedereen op aarde zou willen doodslaan:

'Natuurlijk zijn wij bedroefd, zeg ik tegen hem! Maar als goede *vory* begrijpen wij waarom het noodzakelijk was mijn Misja te vermoorden! "Die Misja, hij werd te hebzuchtig, Prins!" zullen wij tegen hem zeggen. "Die Misja heeft jouw geld gestolen, Prins! Hij was te ambitieus, te gevaarlijk!" Wij zeggen niet: "Prins, jij bent geen ware *vor*, jij bent corrupte teef." Wij zeggen niet: "Prins, jij handelt in opdracht van de staat!" Wij zeggen niet: "Prins, jij betoont financieel respect aan de staat." Wij zeggen niet: "Jij pleegt huurmoorden voor de staat, jij verraadt Russische hart aan de staat." Nee. Wij zijn *nederig*. Wij betreuren het. Wij accepteren het. Wij tonen respect. Wij zeggen: "Prins, wij houden van je. Dima *aanvaardt* jouw verstandige besluit om zijn bloeddiscipel Misja te vermoorden."'

Hector zet de recorder op pauze en wendt zich tot Matlock.

'Hij heeft het hier feitelijk over een proces dat wij al een tijdje observeren, Billy,' zegt hij bijna verontschuldigend.

'Wij?'

'Kremlin-watchers, criminologen.'

'En jij.'

'Ja. Ons team. Wij ook.'

'En wat is dat voor proces dat jouw team zo zorgvuldig heeft geobserveerd, Hector?'

'Hoe meer de criminele broederschappen naar elkaar toe groeien om betere zaken te kunnen doen, hoe meer het Kremlin toegroeit naar de criminele broederschappen. Het Kremlin heeft de oligarchen tien jaar geleden de wacht aangezegd: kom terug in ons hok, anders laten we jullie je blauw betalen aan belasting of we smijten jullie achter de tralies, of allebei.'

'Volgens mij heb ik dat zelf al eens ergens gelezen, Hector,' zegt Matlock, die zijn pijlen bij voorkeur afschiet met een allervriendelijkste glimlach.

'Tja, en nu zeggen ze hetzelfde tegen de broederschappen,' vervolgt Hector onverstoorbaar: 'Breng jullie je zaakjes op orde, gedraag je, moord niet als het niet nodig is, tenzij wij jullie daartoe opdracht geven, en laten we allemaal samen rijk worden. En hier is je onstuitbare vriend weer.'

De nieuwsreportage wordt hervat. Hector zet het beeld stil, kiest een hoek uit en vergroot die. Terwijl Dima en de Prins elkaar omhelzen staat halverwege de helling, gekleed in een zwarte ambassadeursjas met astrakankraag, de man die zich Emilio dell Oro noemt en hij kijkt goedkeurend naar het koppel – terwijl op de cassetterecorder Dima in staccato Russisch Tamara's script voorleest:

> 'De hoofdregelaar voor de vele geheime betalingen van de Prins is Emilio dell Oro, corrupte Zwitserse staatsburger met vele voormalige identiteiten, die met doortraptheid de Prins heeft weten te paaien. Dell Oro is de adviseur van de Prins in vele delicate criminele kwesties waar de Prins, die erg dom is, geen verstand van heeft. Dell Oro heeft veel corrupte contacten, ook in Groot-Brittannië. Als speciale betalingen moeten worden geregeld voor die Britse connecties, gebeurt dat op aanbeveling van de slang Dell Oro na persoonlijke goedkeuring van de Prins. Als een aanbeveling eenmaal is goedgekeurd, is het de taak van de man die zich Dima noemt om Zwitserse bankrekeningen voor die Britse personen te openen. Zodra honorabele Britse garanties zijn verkregen, zal de man die zich Dima noemt ook de namen prijsgeven van corrupte Britse personen op hoge politieke en maatschappelijke posities.'

Hector zette opnieuw de recorder uit.

'Gaat hij dan niet verder?' klaagde Matlock op sarcastische toon. 'Hij probeert ons wel zijn wil op te leggen, zeg, dat moet ik hem nageven! Hij wil ons niets geven zolang we hem niet alles geven wat hij verlangt en dan nog wat. Zelfs als hij het uit zijn duim moet zuigen.'

Maar of Matlock zichzelf daarmee overtuigde was een andere kwestie. Zelfs als hij dat deed, moest Hectors reactie als een doodvonnis in zijn oren hebben geklonken:

'Dan heeft hij dit misschien ook uit zijn duim gezogen, Billy. Vandaag precies een week geleden diende het hoofdkantoor op Cyprus van de Arena Global Trading Conglomerate een officiële aanvraag in bij de Toezichthouder Effectenverkeer voor een vergunning om een nieuwe handelsbank te vestigen in de City van Londen, die zal opereren onder de naam First Arena City Trading en die voortaan en voor eeuwig bekend zal staan onder zijn acroniem FACT, derhalve de FACT Bank NV of BV of wat dondert het ook. De aanvragers beweren de steun te hebben van drie belangrijke banken in de City en toegezegde activa ter waarde van vijfhonderd miljoen dollar en onbevestigde activa voor miljarden. Veel miljarden. Ze zijn een beetje terughoudend over het precieze aantal miljarden uit angst de paarden aan het schrikken te maken. De aanvraag wordt ondersteund door een aantal verheven financiële instellingen, in binnenland en buitenland, en een indrukwekkende rij illustere namen van eigen bodem. Jouw voorganger Aubrey Longrigg en onze beoogde minister zijn toevallig twee van die illustere namen. In hun voorstel worden zij gesteund door het gebruikelijke contingent opportunisten uit het Hogerhuis. Onder de diverse juridische adviseurs die door Arena in de arm zijn genomen om hun belangen te behartigen bij de Toezichthouder Effectenverkeer bevindt zich de eminente doctor Bunny Popham uit Mount Street, Mayfair. Kapitein de Salis, Koninklijke Marine, buiten dienst, heeft zich ruimhartig bereid verklaard als speerpunt in Arena's public-relationsoffensief op te treden.'

Matlocks grote hoofd is naar voren gezakt. Eindelijk neemt hij het woord, maar nog steeds zonder zijn hoofd op te heffen:

'Jij hebt makkelijk praten, hè, Hector, een beetje met modder gooien van een veilige afstand. En dat geldt *ook* voor jouw vriendje Luke hier. Hoe zit het met de positie van de Dienst als het erop aankomt? Jij maakt geen deel meer uit van de *Dienst*. Jij bent Hector. Hoe zit het met het outsourcen van de noodzakelijke informatievoorziening aan bevriende bedrijven, waar nadrukkelijk ook banken toe kunnen behoren? We zijn niet bezig met een kruistocht, Hector. We zijn niet ingehuurd om de boel op te schudden. We zijn hier om te zorgen dat alles gladjes verloopt. Wij zijn een *Dienst*.'

Omdat hij in Hectors naargeestige blik maar weinig medeleven kan bespeuren, kiest Matlock voor een persoonlijker toon:

'Ik ben zelf altijd een man van de status quo geweest, Hector, en daar heb ik me ook nooit voor geschaamd. Ik ben al dankbaar als dit geweldige land van ons weer een nacht zonder incidenten doorkomt. Maar dat vind jij maar niks, hè? Het is net als die oude Sovjetgrap die we elkaar vroeger in de Koude Oorlog vertelden: er komt geen oorlog, maar in de strijd voor de vrede zal geen steen op de andere blijven. Jij bent een *absolutist*, Hector, dat ben je, ik ben eruit. Dat komt door die zoon van je die je zoveel leed heeft berokkend. Hij heeft je zo gemaakt. Adrian.'

Luke hield zijn adem in. Dit was gewijde grond. Nog nooit van zijn leven, in al die intieme uren die hij samen met Hector had doorgebracht – genietend van Ollies soepjes en whisky's in de keuken 's avonds, samen met opgetrokken schouders kijkend naar Yvonnes gestolen filmmateriaal of voor de zoveelste keer luisterend naar Dima's schimprede – had Luke het gewaagd om zelfs maar zijdelings te refereren aan Hectors aan lager wal geraakte zoon. Alleen bij toeval was hij van Ollie te weten gekomen dat Hector op woensdag en zaterdagmiddag alleen in uiterste noodgevallen mocht worden gestoord, omdat dan de bezoekuren van Adrians open gevangenis in East Anglia waren.

Maar Hector leek Matlocks beledigende woorden niet te hebben gehoord, of er althans geen aandacht aan te schenken. En wat Matlock betreft, die was zo verbolgen dat hij waarschijnlijk niet eens in de gaten had dat hij ze had uitgesproken.

'*En dan nog wat, Hector!*' blaft hij. 'Wat is er, alles bij elkaar genomen, alles wel beschouwd, op *tegen* om zwart geld wit te wassen? Oké, er is sprake van een alternatieve economie. Een heel grote. Dat weten we allemaal. We zijn niet van gisteren. De economieën van sommige landen zijn meer zwart dan wit, dat weten we ook. Kijk naar Turkije. Kijk naar Colombia, Lukes parochie. Oké, kijk ook naar Rusland. Maar waar zou jij dat geld liever zien? Zwart en daar? Of wit en veilig in Londen in de handen van beschaafde lieden, beschikbaar voor rechtmatige bestedingen en het algemeen welzijn?'

'Dan moet je misschien zelf maar eens gaan witwassen, Billy,' zegt Hector op zachte toon. 'Voor het algemeen welzijn.'

Nu is het Matlocks beurt om het niet te hebben gehoord. Abrupt verandert hij van koers, een truc die hij in de loop der jaren heeft vervolmaakt:

'En wie is die *Professor* waarover we horen spreken?' vraagt hij, Hector recht aankijkend. 'Of juist *niet* horen spreken? Is hij jouw *bron* voor dit alles? Waarom krijg ik voortdurend fragmenten voorgeschoteld, geen harde feiten? Waarom heb je hem – of haar – niet door ons laten natrekken? Ik kan me niet herinneren ook maar iets over een professor op *mijn* bureau te hebben gezien.'

'Wil jij hem begeleiden, Billy?'

Matlock kijkt Hector lange tijd zwijgend aan.

'Ga gerust je gang, Billy,' dringt Hector aan. 'Neem hem over, wie hij of zij ook is. Neem de hele zaak over, Aubrey Longrigg en de hele santenkraam incluis. Geef hem aan de jongens van de afdeling georganiseerde misdaad, als je dat liever hebt. Haal de politie erbij, de veiligheidsdiensten en de mobiele eenheid, als je toch bezig bent. Het Hoofd zal het je misschien niet in dank afnemen, maar anderen wel.'

Matlock is nooit verslagen. Niettemin heeft zijn uitdagende vraag de onmiskenbare ondertoon van een tegemoetkoming:

'Goed dan. Laten we dan even spijkers met koppen slaan. Wat wil je? Voor hoe lang en hoeveel? Leg het hele eisenpakket maar op tafel. Laten we maar eens kijken wat we voor je kunnen doen.'

'Ik wil *dit*, Billy. Ik wil Dima persoonlijk ontmoeten als hij over drie weken naar Parijs komt. Ik wil monsters van hem hebben, net zoals we die aan iedere dure overloper zouden vragen: namen van zijn lijst, rekeningnummers en een blik op zijn kaart – sorry, verbindingsschema. Ik wil toestemming op schrift – de jouwe – voor een oriënterend onderhoud met dien verstande dat, als hij kan leveren wat hij zegt dat hij kan leveren, we hem ter plekke kopen, tegen de volledige marktwaarde, en dat we niet gaan zitten rotzooien terwijl hij probeert zich te verkwanselen aan de Fransen, de Duitsers, de Zwitsers of – God sta ons bij – de Amerikanen, die maar één snelle blik op zijn materiaal hoeven te werpen om hun huidige deerniswekkende opvattingen over deze Dienst, deze regering en dit land bevestigd te zien.' Een knokige wijsvinger schiet de lucht in en blijft daar terwijl de fanatieke gloed opnieuw oplicht in zijn grote grijze ogen. 'En ik wil *onaangelijnd* gaan. Kun je me volgen? Dat betekent dat de Afdeling Parijs *niet* wordt ingelicht dat ik er ben en het betekent geen operationele, financiële of logistieke steun van jou of van de Dienst op enig niveau zolang ik er niet om vraag. Begrepen? Hetzelfde geldt voor Bern. Ik wil dat de zaak absoluut waterdicht blijft en de indoctrinatielijst gesloten en op slot. Geen medeondertekenaars en geen *gefluister* in de wandelgangen tegen je beste maatjes. Ik behandel de zaak op *eigen* houtje, op mijn *eigen* manier, met de hulp van Luke hier en welke hulpmiddelen ik ook verkies. Goed, ga verder, ontplof nu maar.'

Hector had het dus wel gehoord, dacht Luke voldaan: Billy Boy sloeg je om je oren met Adrian, en jij hebt hem daarvoor laten boeten.

Matlocks woede was vermengd met oprecht ongeloof. 'Zelfs zonder toestemming van het Hoofd? *Totaal* zonder medeweten van de vierde verdieping? Hector Meredith die voor de zoveelste keer zijn eigen boontjes dopt? Informatie onttrekt aan volkomen onbekende bronnen, op eigen initiatief, om eigen beweegredenen? Je bent niet van deze wereld, Hector. Dat ben je nooit geweest. Je moet niet kijken naar wat je mannetje te *bieden* heeft. Kijk naar wat hij *verlangt*! Nieuwe vestiging voor zijn hele stam, nieuwe identiteiten, paspoorten, veilige onderkomens, generaal pardon, garanties, ik zou niet weten wat hij eigenlijk *niet* vraagt! Je zou de voltallige Commissie van Machtiging achter je moeten hebben, zwart op wit, voordat je me zo gek krijgt om zoiets te ondertekenen. Ik vertrouw je niet. Nooit gedaan ook. Voor jou is het nooit genoeg. Nooit geweest ook.'

'De *voltallige* Commissie van Machtiging?' vroeg Hector.

'Zoals bepaald door het ministerie van Financiën. De voltallige Commissie van Machtiging, in plenaire vergadering bijeen, zonder subcommissies.'

'Dus een kluitje rijksadvocaten, een sterrenbezetting van mandarijnen van Buitenlandse Zaken, Algemene Zaken, Financiën, om nog maar te zwijgen over onze eigen vierde verdieping. Dacht je dat je dat in de hand kunt houden, Billy? In deze context? Hoe zit het met die lui van de Parlementaire Onderzoekscommissie? Die zijn een lachertje. Het Hoger- en het Lagerhuis, door alle partijen heen, Aubrey Longrigg op de eerste rij, en De Salis' volledig betaalde koor van parlementaire huurlingen, die allemaal uit hetzelfde psalmenboek zingen?'

‘De omvang en samenstelling van de Machtigingscommissie is flexibel *en* aanpasbaar, Hector, dat weet je heel goed. Niet alle leden hoeven in alle gevallen aanwezig te zijn.’

‘En dit stel je voor voordat ik zelfs maar met Dima heb gesproken? Jij wilt een schandaal voordat het schandaal is uitgebroken? Is dat waar je op uit bent? Hang het aan de grote klok, verlink je bron voordat hij je heeft laten zien wat hij te bieden heeft, dondert niet wat de gevolgen zijn? Is dat wat je in alle ernst voorstelt? Jij laat de pleuris uitbreken voordat iemand weet wat de pleuris is, allemaal om je hachje te redden? En jij praat over het welzijn van de Dienst.’

Luke moest het Matlock nageven. Zelfs nu liet hij zijn agressie niet verslappen.

‘Dus uiteindelijk gaat het om het beschermen van de belangen van de Dienst! Kijk eens aan. Ik ben blij dat te horen, ook al is het aan de late kant. Wat stel *jij* dan voor?’

‘Stel je commissievergadering uit tot na Parijs.’

‘En in de tussentijd?’

‘Tegen beter weten en alles wat jou dierbaar is in, zoals je eigen hachje, geef je me een tijdelijk operationele volmacht, waarbij je de gehele operatie toevertrouwt aan een dissidente functionaris die op het moment dat de operatie de soep in draait de laan uit kan worden gestuurd: aan mij dus. Hector Meredith heeft zijn kwaliteiten, maar hij is een geclassificeerde vrijbuiter en hij is zijn boekje te buiten gegaan. Officieel persbericht.’

‘En als de operatie *niet* in de soep draait?’

‘Dan roep je de Machtigingscommissie in kleinst mogelijke vergadering bijeen.’

‘En dan spreek jij die toe.’

‘En dan ben jij met ziekteverlof.’

‘Dat is niet eerlijk, Hector.’

‘Dat was ook niet de bedoeling, Billy.’

Luke heeft nooit geweten wat voor papier het was dat Matlock ergens uit zijn jasje opdiepte, wat er in stond en wat er niet in stond, of ze het allebei ondertekenden of maar een van hen, of er een kopie van bestond en zo ja, wie die bewaarde en waar, want Hector herinnerde hem er, niet voor de eerste keer, aan dat hij een afspraak had, en dus had hij tegen de tijd dat Matlock zijn waren op tafel uitstalde de kamer verlaten.

Maar hij zou van zijn leven nooit vergeten hoe hij die avond, in het licht van de laatste zonnestralen terugwandelde naar Hampstead en overwoog onderweg nog even langs te gaan bij Perry en Gail in hun flat in Primrose Hill om hun aan te sporen als de gesmeerde bliksem te maken dat ze wegkwamen nu het nog kon.

En vandaar dwaalden zijn gedachten zoals zo vaak, en als vanzelf, af naar de van alcohol doortrokken zestigjarige Colombiaanse drugsbaron die, om redenen die hijzelf noch Luke ooit volledig zou begrijpen, besloot om Luke, in plaats van hem informatie te verschaffen, zoals hij de voorafgaande twee jaar had gedaan, een maand lang op te sluiten in een stinkend junglehok en hem over te laten aan de liefdevolle barmhartigheid van zijn luitenants, en hem vervolgens een stel schone kleren en een fles tequila te bezorgen en hem uit te nodigen op eigen houtje zijn weg terug te vinden naar Eloise.

11

Als er één emotie was die Gail niet had verwacht te voelen toen ze op een bewolkte zaterdagmiddag in juni in de Eurostar van 12 uur 29 stapte om af te reizen naar Parijs, dan was het wel opluchting. Toch voelde ze wel degelijk opluchting, zij het vermengd met allerlei soorten voorbehoud en bedenkingen, en als ze zou kunnen afgaan op Perry's gezicht tegenover haar, gold voor hem hetzelfde. Als opluchting helderheid betekende, als het betekende dat de goede verstandhouding tussen hen was hersteld, en ze haar relatie met Natasja en de meisjes weer kon oppakken en Perry's voorhoofd afvegen als hij zijn Vaderland & Vrijheid-act opvoerde, dan was Gail opgelucht; wat niet betekende dat ze haar kritische vermogens overboord had gegooid, of zelfs maar half zo verrukt was als Perry duidelijk was over zijn rol als meesterspion.

Perry's bekering tot de zaak had haar niet echt verbaasd, hoewel je een Perry-watcher moest zijn om te begrijpen hoe sterk hij was veranderd: van verheven afwijzing tot directe betrokkenheid bij wat Hector De Klus noemde. Soms gaf Perry, dat moest ze toegeven, uiting aan een restje morele of ethische bedenkingen, aan twijfels zelfs – is dit *echt* de enige manier om dit aan te pakken? Is er geen eenvoudiger weg om hetzelfde te bereiken? – maar hij was ook nog in staat zich die vraag te stellen als hij halverwege een driehonderd meter hoge overhangende rotsformatie hing.

De oorspronkelijke zaden voor zijn bekering, besefte ze nu, waren niet geplant door Hector, maar door Dima, die sinds Antigua de afmetingen van een Rousseau-eske nobele wilde in Perry's woordenboek had aangenomen: 'Stel je eens voor wie *wij* waren geweest als we in *zijn* leven waren geboren, Gail. Je kunt je ogen niet sluiten voor het feit: het is bijna een eer om door hem te worden uitverkoren. En ik bedoel maar, denk eens aan die *kinderen*!'

O, en of ze aan de kinderen dacht. Ze dacht dag en nacht aan hen en in het bijzonder dacht ze aan Natasja, wat een van de redenen was dat ze niet tegen Perry had opgemerkt dat Dima, op een landtong op Antigua, met de vreze Gods in zijn lijf, misschien niet veel keuze had als het ging om zijn boodschapper, biechtvader of celmaatje, of wat het mocht zijn waartoe Perry was benoemd of zichzelf had benoemd. Ze had altijd geweten dat er een sluimerende romanticus in hem huisde, die wachtte om te ontwaken als er onbaatzuchtige toewijding geboden was, en als er nog wat gevaar bij kwam kijken, des te beter.

Het enige personage dat nog ontbrak was een medezeloot om de bugel te blazen: totdat, als op afspraak, Hector ten tonele verscheen, de charmante, geestige, quasiontspannen, eeuwig strijdvoerende, zoals ze hem zag: de archetypische, door gerechtigheid geobsedeerde cliënt die zijn leven lang nijver poogde te bewijzen dat het land waarop Westminster Abbey was gebouwd aan hem toebehoorde. En als haar kantoor zich honderd jaar met zijn zaak zou bezighouden, dan zou hij waarschijnlijk zijn gelijk kunnen bewijzen en de rechtbank ten gunste van hem oordelen. Maar ondertussen zou de Abbey gewoon blijven waar hij stond en zou het leven gewoon doorgaan.

En Luke? Tja, Luke was Luke, waar het Perry betrof, een waardevolle toeverlaat, dat stond buiten kijf: een vakman, nauwgezet, gewiekst. Maar toch was het voor Perry wel prettig, moest hij toegeven, dat Luke niet, zoals zij eerst meenden, de teamleider was, maar Hectors rechterhand. En omdat Hector in Perry's ogen niets verkeerds kon doen, was dat duidelijk de aangewezen positie voor Luke.

Gail was daar nog niet zo zeker van. Hoe vaker ze Luke had gezien in de twee 'oriëntatieweken', hoe meer ze geneigd was hem – ondanks zijn gejaagdheid en overdreven hoffelijkheid en de zorgrimpeltjes die zich vluchtig op zijn gezicht aftekenden als hij dacht dat niemand keek – te beschouwen als de veiligste toeverlaat; en Hector, met zijn drieste beloftes en schuine grappen en overweldigende overredingskracht, als een gevaarlijke eenling.

Dat Luke ook nog verliefd op haar was verbaasde noch stoorde haar. Mannen werden voortdurend verliefd op haar. Het had wel iets veiligs om te weten waar hun gevoelens lagen. Dat Perry zich daar niet bewust van was verbaasde haar al evenmin. Zijn onoplettendheid had ook wel iets veiligs.

Wat haar het meest stoorde was hoe hartstochtelijk Hector overtuigd was van zijn zaak: het gevoel dat hij een man met een missie was – precies wat Perry nu juist zo verrukte.

'Ach, ik zit nog steeds op het reservebankje,' had Perry gezegd, met die quasinonchalante bescheidenheid waar hij zo dol op was. 'Hector is de *gevormde* man' – een kwalificatie waar hij voortdurend naar streefde en die hij niet gauw aan iemand gunde.

Was Hector een gevormde versie van *Perry*? Hector, de *man van de harde actie*, die de dingen deed waar Perry alleen maar over praatte? Maar wie stond er nu in de frontlinie? Perry. En wie was er alsmaar aan het woord? Hector.

En Hector was niet de enige van wie Perry gecharmeerd was. Dat was hij ook van Ollie. Perry, die zich beriep op een scherp oog wanneer het erom ging te zien of iemand de kluit belazerde, had, net als Gail, simpelweg niet kunnen geloven dat de grote onhandige, niet-fitte Ollie, met zijn nichterige gedrag en ene oorringetje en bovenmatige intelligentie, en het niet te plaatsen buitenlandse accent waar ze uit beleefdheid niet naar wilde vragen, uiteindelijk een geboren pedagoog zou blijken te zijn: nauwgezet, goed formulerend en vastbesloten te zorgen dat elke les leuk was en elke les bleef hangen.

En het deed er niet toe dat hun kostbare weekends hun werden afgepakt, of dat het 's avonds laat was, na een vermoeiende dag op kantoor of in de rechtszaal: of dat Perry de hele dag in Oxford was geweest om afmattende afstudeerplechtigheden bij te wonen, afscheid te nemen van zijn studenten en zijn kamers uit te ruimen. Ollie had hen binnen enkele ogenblikken in zijn ban, of ze nu opgesloten zaten in het souterrain of in een druk café aan Tottenham Court Road met Luke buiten op de stoep en grote Ollie in zijn taxi met zijn baret op, terwijl ze hun speeltjes uitprobeerden uit zijn zwarte museum vol vulpennen, blazerknopen en dasspelden die konden luisteren, zenden, opnemen of al het voorafgaande bij elkaar; en voor de meisjes, speciaal ontworpen sieraden.

'Welke hiervan zijn echt iets voor *ons*, Gail?' had Ollie gevraagd toen zij aan de beurt was om te worden uitgerust. En toen zij antwoordde: 'Nou, als je het eerlijk wilt weten, Ollie, dan zou ik met geen van die spullen dood willen worden gevonden,' waren ze naar Liberty's gestapt om iets te vinden dat wel echt iets voor haar was.

Toch waren de kansen dat ze Ollies speelgoed ooit zouden gebruiken, zoals hij hen met nadruk geruststelde, praktisch nihil:

'Hector zou er niet over *peinzen* om je zelfs maar in de *buurt* ervan te laten komen als het menens is, schat. Het is alleen maar voor "het geval dat". Het is voor wanneer je opeens iets geweldigs hoort dat niemand ooit had verwacht en er geen enkel gevaar voor eigen leven of have of goed is, en we willen ons er alleen maar van verzekeren dat je over de noodzakelijke kennis beschikt om ermee om te gaan.'

Achteraf betwijfelde Gail dat. Ze vermoedde dat Ollies speeltjes in werkelijkheid leermiddelen waren om bij de mensen die werden geïnstrueerd hoe ze ermee om moesten gaan een psychologische afhankelijkheid te bewerkstelligen.

'Jullie oriëntatiecursus zal plaatsvinden wanneer het *jullie* uitkomt, niet wanneer het ons uitkomt,' had Hector hun medegedeeld, toen hij op hun eerste avond het woord tot zijn pas gerekruteerde troepen richtte, met een gedragen stem die ze hem nooit eerder had horen opzetten – dus misschien was hij ook zenuwachtig. 'Perry, als je wordt opgehouden in Oxford voor een spoedvergadering of iets dergelijks, blijf daar dan gewoon en geef ons een belletje. Gail, wat je ook doet op kantoor, neem niet te veel risico's. Het advies is: gedraag je normaal en doe alsof je het druk hebt. Iedere verandering in jullie levensstijl zal wenkbrauwen doen fronsen en contraproductief werken. Begrepen?'

Vervolgens herhaalde hij ten behoeve van Gail de belofte die hij aan Perry had gedaan:

'We vertellen jullie zo weinig mogelijk, maar wat we jullie vertellen is de waarheid. Jullie zijn een onschuldig stel in het buitenland. Zo wil Dima jullie zien en zo wil ik jullie zien en zo willen Luke en Ollie hier jullie zien. Wat je niet weet kun je ook niet verkloten. Ieder nieuw gezicht moet ook echt een nieuw gezicht voor jullie *zijn*. Iedere eerste keer moet een eerste keer *zijn*. Dima's plan is jullie wit te wassen zoals hij geld witwast. Hij wast jullie zijn maatschappelijke landschap binnen, maakt een fatsoenlijk betaalmiddel van jullie. In wezen staat hij overal waar hij gaat onder huisarrest en dat is al zo sinds Moskou. Dat is zijn probleem en hij zal hard en diep hebben nagedacht hoe hij dat kon oplossen. Zoals altijd ligt het initiatief bij de arme sloeber in het veld. Het is Dima's taak om ons te laten zien waartoe hij in staat is, wanneer en hoe.' En dan een toevoeging die Hector kenmerkt: 'Ik ben grof in de mond. Dat ontspant me, het zet me met beide benen op de grond. Luke en Ollie hier zijn tutten, dus dat herstelt het evenwicht.'

En dan de preek:

'Dit is geen, ik herhaal, dit is geen opleiding. We hebben geen paar jaar de tijd: slechts een paar uur, verspreid over een paar weken. Dus is het een oriëntatie, om zelfvertrouwen te kweken, om onder alle weersomstandigheden vertrouwen te scheppen. Jullie in ons, wij in jullie. Maar jullie zijn *geen* spionnen. Dus probeer dat in jezusnaam ook niet te zijn. *Denk* zelfs niet aan schaduwen. Jullie hebben er geen *benul* van als jullie worden gevolgd. Jullie zijn een jong stel dat geniet van een uitstapje naar Parijs. Ga dus verdomme niet staan lummelen voor etalageruiten, kijk niet achterom en schiet geen zijstraatjes in. Met mobieltjes en telefoons ligt het een tikkeltje anders,' vervolgde hij zonder dralen. 'Heeft een van jullie in aanwezigheid van Dima of iemand van zijn bende zijn mobieltje gebruikt?'

Ze hadden hun mobieltjes gebruikt toen ze op het balkon van hun huisje stonden, Gail om de rechtbank te bellen met betrekking tot *Samson versus Samson*. Perry om zijn hospita in Oxford te bellen.

'Heeft iemand van Dima's zooitje ooit een van jullie mobieltjes horen afgaan?'

Nee. Met *overtuiging*.

'Kent Dima of Tamara het mobiele nummer van een van jullie of van allebei?'

'*Nee*,' zei Perry.

'Nee,'antwoordde Gail, zij het iets minder stellig.

Natasja had Gails mobiele nummer en Gail had het nummer van Natasja. Maar binnen de parameters van de vraag was haar antwoord oprecht.

'Dan kunnen ze onze versleutelde mobieltjes krijgen, Ollie,' zei Hector. 'Blauw voor Gail, zilver voor hem. En geven jullie tweeën alsjeblieft je SIMkaarten aan Ollie, dan doet hij wat nodig is. Jullie nieuwe telefoons zijn uitsluitend versleuteld voor de gesprekken tussen ons vijven. Jullie zullen zien dat wij drieën in het telefoonboek zijn opgenomen onder de namen Tom, Dick en Harry. Tom ben ik, Luke is Dick. Ollie is Harry. Perry, jij heet Milton, naar de dichter. Gail heet Doolittle, naar Eliza. Allemaal voorgeprogrammeerd. Verder zijn alle functies op het mobieltje hetzelfde. Ja, Gail?'

Gail de juriste:

'Gaan jullie van nu af aan al onze gesprekken afluisteren, als jullie dat niet al doen?'

Gelach.

'We luisteren uitsluitend naar de voorgeprogrammeerde versleutelde verbindingen.'

'Niet naar andere? Is dat zeker?'

'Niet naar andere. Erewoord.'

'Zelfs niet als ik mijn vijf geheime minnaars bel?'

'Zelfs dan niet, helaas.'

'En hoe zit het met onze privé-sms'jes?'

'Absoluut niet. Dat is verspilling van tijd en daar doen we niet aan.'

'Als onze voorgeprogrammeerde lijnen versleuteld zijn, waarom zijn die rare codenamen dan nodig?'

'Omdat mensen wel eens meeluisteren in de bus. Nog meer vragen van de openbare aanklager? Ollie, waar blijft die whisky, verdomme?'

'Die heb ik hier, baas. Ik heb zelfs een nieuwe fles laten aanrukken' – met die ergerlijk ontraceerbare stem van hem.

'En hoe zit het met jouw gezin, Luke?' had Gail hem gevraagd tijdens een kop soep en een flesje rood in de keuken voordat ze naar huis gingen.

Het verbaasde haar dat ze die vraag niet al eerder had gesteld. Misschien – duistere gedachte – had ze het niet gewild, wilde ze hem liever aan het lijntje houden. Het verbaasde Luke duidelijk ook, want zijn hand schoot omhoog naar zijn voorhoofd om een klein bleek litteken te betasten dat op eigen houtje leek te komen en te gaan. De kolf van het pistool van een medespion? Of de koekenpan van een woedende echtgenote?

'Eén kind maar, vrees ik, Gail,' zei hij, alsof hij zich moest verontschuldigen voor het feit dat hij er niet meer had. 'Een jongen. Geweldig kereltje. We noemen hem Ben. Heeft me alles geleerd wat ik weet over het leven. Schaakt ook beter dan ik, zeg ik met trots. Ja.' Trilling van het dwalende ooglid. 'Het probleem is dat we nooit een spelletje kunnen afmaken. Te veel van *dit.*'

Dit? Bedoelde hij drank? Spioneren? Of verliefd worden?

Ze had hem er even van verdacht iets met Yvonne te hebben, voornamelijk vanwege de manier waarop Yvonne hem discreet bemoederde. Toen concludeerde ze dat zij gewoon een man en een vrouw waren die naast elkaar werkten: tot ze op een avond zag hoe zijn ogen dan weer op Yvonne en dan weer op haar waren gericht, alsof ze allebei een soort hoger wezen waren, en ze bedacht dat ze nog nooit van haar leven zo'n droevig gezicht had gezien.

Het is gisteravond. Het is het einde van het semester. Het is helemaal het einde van de schooltijd. Er komen nooit meer twee zulke weken. In de keuken bereiden Yvonne en Ollie zeebaars in zoutkorst. Ollie zingt, nog tamelijk goed ook, een aria uit *La Traviata* en Luke toont zijn waardering door naar iedereen te glimlachen en in overdreven bewondering zijn hoofd te schudden. Hector heeft een fles uitstekende Meursault meegebracht – twee flessen eigenlijk. Maar eerst moet hij Perry en Gail nog even spreken in de opzichtig ingerichte zitkamer van de rector. Gaan we zitten of blijven we staan? Hector blijft staan, dus blijft Perry, formeel als altijd, al wil hij dat niet zijn, ook staan. Gail kiest een rechte stoel onder een prent van Roberts die Damascus voorstelt.

'Zo,' zegt Hector.

Zo, beamen ze.

'Dan nu nog een laatste woord. Zonder getuigen. De Klus is gevaarlijk. Dat heb ik jullie al eerder gezegd, maar ik zeg het nog eens. Hij is *godsgloeiend* gevaarlijk. Jullie kunnen je nog steeds terugtrekken, dat zal niemand jullie kwalijk nemen. Als jullie er toch mee doorgaan, zullen we jullie zo veel mogelijk vertroetelen, maar van enige logistieke steun van betekenis is geen sprake. We gaan, zoals we dat in ons vak noemen, er onaangelijnd in. Jullie hoeven geen afscheid te nemen. Vergeet Ollies vis. Pak je jas uit de gang, loop de deur uit, nooit iets gebeurd. Laatste oproep.'

De laatste van vele, maar dat wist hij niet. Perry en Gail hebben diezelfde vraag elke van de afgelopen veertien avonden besproken. Perry stond erop dat zij namens hen beiden antwoordt, dus doet ze dat:

'We zijn eruit. We hebben een besluit genomen. We doen het,' zegt ze, op heldhaftiger toon dan haar bedoeling is, en Perry knikt diep en traag en zegt: 'Ja, dat staat,' en ook hij klinkt anders dan anders – en daar is hij zich van bewust, want hij kaatst Hectors vraag meteen terug:

'Maar hoe zit het met *jullie*?' vraagt hij. 'Hebben *jullie* nooit je twijfels?'

'Ach, wij zijn sowieso de lul,' antwoordt Hector luchthartig. 'Daar gaat het om, nietwaar? Als je toch de lul bent, dan kun je beter de lul zijn voor een goede zaak.'

Wat voor Perry natuurlijk balsem voor zijn puriteinse oor is.

En afgaande op de uitdrukking op Perry's gezicht wanneer ze het Gare du Nord binnenrijden, werkte diezelfde balsem nog steeds, want hij had een onderdrukte Ik-ben-Groot-Brittannië houding aangenomen die helemaal nieuw was voor Gail. Pas toen ze bij het Hôtel des Quinze Anges waren aangekomen – typisch een keuze van Perry: sjofel, klein, vijf gammele etages hoog, piepkleine kamertjes, lits-jumeaux ter grootte van strijkplanken en op een steenworp afstand van de rue du Bac – drong ten volle tot hen door waaraan ze waren begonnen. Het was alsof hun onderricht in het huis in Bloomsbury met zijn gezellige, huiselijke sfeer – een knus uurtje met Ollie, nog een met Luke, Yvonne is even langsgekomen, Hector is in aantocht voor een slaapmutsje – een gevoel van onkwetsbaarheid in hen had gewekt dat, nu ze er alleen voor stonden, was weggeëbd.

Ze ontdekten ook dat ze niet meer in staat waren normaal te praten en met elkaar spraken als een ideaal echtpaar in een reclamefilmpje op televisie:

'Ik verheug me *echt* op morgen, jij niet?' vraagt Doolittle aan Milton. 'Ik heb Federer nog nooit eerder in levenden lijve gezien. Ik popel helemaal.'

'Ik hoop alleen dat we het droog houden,' zegt Milton tegen Doolittle, met een bezorgde blik uit het raam.

'Ik ook,' beaamt Doolittle ernstig.

'Zullen we dan eerst maar eens even uitpakken en dan een plekje gaan zoeken om wat te eten?' oppert Milton.

'Goed idee,' zegt Doolittle.

Maar wat ze werkelijk denken is: als de match vanwege de regen wordt afgelast, wat doet Dima in hemelsnaam dan?

Perry's mobieltje gaat. Hector.

'Hallo, Tom,' zegt Perry stupide.

'Aankomst gladjes verlopen, Milton?'

'Prima. Uit de kunst. Prettige reis. Alles ging van een leien dakje,' zegt Perry met voldoende enthousiasme voor hun allebei.

'Je staat er vanavond alleen voor, oké?'

'Dat zei je al.'

'Doolittle in blakende gezondheid?'

'Ze straalt.'

'Bel maar als je wat nodig hebt. We zijn dag en nacht open.'

In de minuscule lobby op weg naar buiten bespreekt Perry zijn bezorgdheid aangaande het weer met een ontzagwekkende dame die Madame Mère heet, naar de moeder van Napoleon. Hij kent haar al sinds zijn studententijd en als je haar mag geloven, houdt Madame Mère van Perry alsof hij haar eigen zoon is. Ze is nauwelijks een meter twintig op haar pantoffels en volgens Perry heeft nog nooit iemand haar gezien zonder een sjaaltje over haar krulspelden. Gail vindt het leuk om Perry in het Frans te horen ratelen, maar ze heeft altijd wat moeite gehad met zijn beheersing van die taal, waarschijnlijk omdat hij weinig toeschietelijk is over zijn vroegere docenten.

Bij een *Tabac* in de rue de l'Université eten Milton en Doolittle een matige steak frites en een futloze salade en zijn het erover eens dat ze nog nooit zo heerlijk hebben gegeten. Hun liter rode huiswijn maken ze niet op, die nemen ze mee terug naar hun hotel.

'Doe gewoon wat jullie normaal ook doen,' had Hector luchthartig gezegd. 'Als jullie maatjes in Parijs hebben en jullie willen met ze gaan stappen, waarom niet?'

Omdat we dan niet zouden doen wat we normaal ook doen, daarom niet. Omdat we geen zin hebben om in een café in St. Germain rond te hangen met onze vrienden in Parijs zolang we een olifant in ons hoofd hebben zitten die Dima heet. En omdat we niet tegen hen willen liegen over hoe we aan onze kaartjes voor de finale van morgen zijn gekomen.

Terug in hun kamer drinken ze het restje rode wijn uit hun tandenpoetsbekertjes en bedrijven ze intens en teder de liefde zonder een woord te zeggen, beter kon niet. Als de ochtend aanbreekt slaapt Gail van de zenuwen uit en ziet als ze wakker wordt hoe Perry naar de regendruppels op het groezelige raam staat te kijken en zich opnieuw bezorgd afvraagt wat Dima zal doen als de match wordt afgelast. En als die wordt uitgesteld tot maandag – dat is Gails gedachte – moet ze dan weer naar haar werk opbellen met een of andere kutsmoes over keelpijn, wat op kantoor het codewoord is voor een vervelende ongesteldheid?

Dan komt er opeens vanzelf schot in de zaak. Na de koffie en croissants die hun op bed worden geserveerd door Madame

Mère – met een waarderend gemompel tegen Gail: '*Quel titan alors*' – en een betekenisloos telefoontje van Luke om te vragen of ze goed hebben geslapen en of ze klaar zijn voor de match, liggen ze in bed en bespreken ze wat ze zullen doen voor het begin van de finale om drie uur die middag, als ze ruimschoots de tijd nemen om naar het stadion te komen en hun plaatsen te vinden en zich te installeren.

Hun antwoord is dat zij om de beurt gebruikmaken van het kleine wasbakje en zich aankleden, vervolgens in Perry's tempo naar het Musée Rodin marcheren, waar ze zich bij een rij schoolkinderen aansluiten en op tijd in de tuin aankomen om nat te worden geregend, te schuilen onder een boom, hun toevlucht te zoeken in het museumcafé en door de deuropening naar buiten te turen in een poging te ontdekken welke kant de wolken op bewegen.

Met wederzijds goedvinden laten ze hun koffie staan, hoewel ze geen van beiden weten waarom eigenlijk, en besluiten de tuinen van de Champs-Elysées te gaan verkennen, om vervolgens te ontdekken dat die om veiligheidsredenen gesloten zijn. Michelle Obama en haar kinderen zijn in de stad, aldus Madame Mère, maar het is een staatsgeheim, dus alleen Madame Mère en heel Parijs zijn op de hoogte.

De tuinen van het Theâtre Marigny blijken daarentegen zowel open als verlaten, op twee oudere Arabische mannen na, in zwarte pakken en met witte schoenen aan. Doolittle kiest een bankje, Milton is het met haar keuze eens. Doolittle kijkt omhoog naar de kastanjebomen en Milton bestudeert een stratengids.

Perry kent zijn Parijs en heeft natuurlijk al precies uitgedokterd hoe ze bij het Roland Garros Stadion moeten komen – metro naar hier, bus naar daar, en een ruime marge om er zeker van te zijn dat ze op tijd komen om Tamara's deadline te halen.

Niettemin vindt hij het verstandig om zich in de stratengids te verdiepen, want wat zou je anders moeten doen als je een jong stel bent op een uitstapje naar Parijs en, als je zo maf bent om in de regen op een parkbankje te gaan zitten?

'Iedereen op koers, Doolittle? Geen probleempjes die we voor jullie kunnen oplossen?' Luke ditmaal rechtstreeks tot Gail, met de stem van de zeer mannelijke gezinsarts van de familie Perkins toen ze nog een jong meisje was: *Pijn in het keeltje, Gail? Trek je kleren dan maar uit dan zullen we eens een kijkje nemen.*

'Geen problemen, niets waarmee je ons behulpzaam kunt zijn, dank je,' antwoordt ze. 'Milton heeft me verteld dat we over een halfuurtje op stap gaan.' *En er is ook niets mis met mijn keel.*

Perry vouwt zijn plattegrond op. Het gesprekje met Luke heeft Gail kwaad gemaakt en haar een opgelaten gevoel gegeven. Haar mond is droog geworden, dus zuigt ze haar lippen naar binnen en likt ze van binnenuit af. Hoeveel gekker wordt dit nog? Ze keren terug naar het verlaten trottoir en lopen tegen de heuvel op richting Arc de Triomphe. Perry struint voor haar uit zoals hij altijd doet als hij alleen wil zijn maar dat niet kan.

'Waar denk jij *verdomme* dat je mee bezig bent?' sist ze in zijn oor.

Hij is een bedompte winkelpromenade in gevlucht, waar rockmuziek rondgalmt. Hij kijkt in een verduisterde etalage alsof zijn hele toekomst hier wordt onthuld. Speelt hij spionnetje? – en trekt hij zich voor even niets aan van Hectors bevel om niet naar denkbeeldige schaduwen uit te kijken?

Nee. Hij lacht. En godzijdank lacht Gail een ogenblik later ook en met de armen om elkaars schouders geslagen staren zij vol ongeloof naar een waar arsenaal aan spionnenspeeltjes: merkhorloges met ingebouwde camera's die tienduizend euro kosten, microfoontjes om in koffers te verstoppen en telefoonvervormers, nachtkijkers, verdovingspistolen in al hun glorieuze variëteiten, pistoolholsters met kleefbandsluiting als optionele extra's, en peper-, verf-, of rubberkogels naar keuze: welkom in Ollies zwarte museum voor de paranoïde zakenman met lege handen.

Er was geen bus geweest om hen erheen te brengen.

Ze hadden de metro niet genomen.

De kneep in haar bil die ze had ontvangen van een uitstappende reiziger die oud genoeg was om haar grootvader te zijn was niet operatie-gerelateerd.

Ze waren hiernaartoe gezweefd en zo kwam het dat ze precies twaalf minuten vóór de met Tamara afgesproken tijd in een rij beleefde Franse staatsburgers aan de linkerkant van de westelijke ingang van het Roland Garros Stadion stonden.

Zo kwam het ook dat Gail gewichtloos glimlachend langs welwillende, geüniformeerde poortwachters gleed, die haar glimlach maar al te graag beantwoordden; om vervolgens met de massa door een laan met tentvormige winkels te kuieren in de richting van het getoeter van een onzichtbare brassband, het geloei van Zwitserse alpenhoorns en onverstaanbare raadgevingen uit mannelijke luidsprekers.

Maar het was Gail, de koelbloedige advocate, die de sponsornamen op de winkelpuien aftelde: Lacoste, Slazenger, Nike, Head, Reebok – en welke had Tamara in haar brief genoemd? – doe nou niet net alsof je dat niet meer weet.

'Perry' – hard aan zijn arm trekkend – 'je had me nog zó beloofd dat je een paar fatsoenlijke tennisschoenen voor me zou kopen. *Kijk.*'

'O, had ik dat? Ach ja, dat is waar,' geeft Perry alias Milton toe, terwijl er een ballonnetje boven zijn hoofd verschijnt met daarin *WEET HET WEER!*

En met meer overtuiging dan ze van hem had kunnen verwachten, buigt hij zich naar voren om de laatste modellen te bestuderen van – Adidas.

'En het wordt hoog tijd dat je ook eens een paar voor *jezelf* koopt en dat stinkende oude paar met groene schimmel op het leer eens weggooit,' zegt Doolittle bazig tegen Milton.

'*Professor! Krijg nou wat!* Mijn vriend! Weet je niet meer wie ik ben?'

De stem was zonder voorafgaande waarschuwing tot hen gekomen: de onstoffelijke stem van Antigua die de drie winden overstemde.

Ja ik weet nog wie je bent, maar *ik* ben de Professor niet.

Dat is Perry.

Dus blijf ik kijken naar het nieuwste van het nieuwste in Adidas tennisschoenen, en laat Perry voorgaan voordat ik mijn hoofd omdraai, in gepaste verrukking en opperste verbazing, zoals Ollie het zou formuleren.

Perry neemt het voortouw. Ze voelt hoe hij van haar zijde wijkt en zich omdraait. Ze meet de tijd die verstrijkt voor hij het bewijs dat voor zijn neus staat kan geloven.

'Jezus, *Dima*! Dima uit Antigua! – ongelooflijk!'

Niet te sterk overdrijven, Perry, bind een beetje in –

'Wat doe *jij* in hemelsnaam hier! Gail, *kijk* nou toch eens!'

Maar ik kijk niet. Zelfs niet heel even. Ik kijk verlekkerd naar schoenen, weet je nog? En als ik verlekkerd naar schoenen kijk, dan bestaat er niets anders voor me. Dan bevind ik me eigenlijk op een andere planeet, zelfs als het om tennisschoenen gaat. Gek genoeg, zo dachten ze er toen tenminste over, hadden ze deze scène geoefend voor de deur van een sportwinkel in Camden Town die zich specialiseerde in atletiekschoenen, en nog een keer in Golders Green, eerst met Ollie die op overdreven wijze de uitbundige Dima speelde en Luke die een argeloze voorbijganger speelde, en vervolgens met de rollen omgekeerd. Maar nu was ze daar blij om: ze kende haar tekst.

Dus wachten, hem horen, wakker worden, je omdraaien. *Dan* verrukt en hoogst verbaasd zijn.

'Dima! O mijn *God. Jij* bent het! Lieve schat! Dit is gewoon volkomen... *nou ja!'* – gevolgd door haar opgetogen muizengilletje, het gilletje dat ze gebruikt voor het openen van kerstcadeautjes, terwijl ze toekijkt hoe Perry opgaat in het enorme lijf van een Dima wiens verrukking en verbazing niet minder spontaan zijn dan de hare:

'Wat *doe* jij hier, Professor, jij verdomd waardeloze tennisser!'

'Maar Dima, wat doe *jij* hier?' vragen Perry en Gail nu tegelijk, in een koor van uitroepen in diverse toonaarden, terwijl Dima door buldert.

Is hij veranderd? Hij is bleker. De Caribische zonneteint is verdwenen. Gele halvemaantjes onder de sexy bruine ogen. Diepere groeven bij zijn mondhoeken. Maar dezelfde houding, dezelfde achterwaarts hellende pose, die zegt 'kom maar op als je durft'. Dezelfde Hendrik de Achtste positie van de kleine voeten.

En de man is een absoluut natuurtalent voor het toneel, luister hier maar eens naar:

'Denk je dat Federer die Söderling gaat verneuken net zoals jij *mij* hebt verneukt? – denk je dat hij die pokkenmatch gaat verliezen omdat hij zo dol is op sportiviteit? Gail, ik zweer het je, kom hier! – ik moet dit meisje omhelzen, Professor! Ben je nu al met haar getrouwd? Je bent knettergek!' – terwijl hij haar tegen zijn enorme borst drukt, zijn hele lijf tegen haar aan wrijft, beginnend met een vochtige, met tranen bedekte wang, dan zijn borst, dan de bobbel in zijn kruis, totdat zelfs hun knieën elkaar raken; vervolgens duwt hij haar een stukje van zich af om de drie obligate kussen van de Drie-eenheid op haar wangen te planten, linkerwang, rechterwang, nogmaals linkerwang, terwijl Perry vervolgt: 'Tjonge, ik moet zeggen dat dit het belachelijkste, volslagen onwaarschijnlijke toeval is,' met veel meer academische afstandelijkheid dan Gail passend vindt: een tikkeltje weinig spontaan naar haar mening, en ze maakt het goed met een opgewonden opeenhoping van te veel vragen tegelijk:

'Dima, *schat*, hoe gaat het in hemelsnaam met Katja en Irina? Ik moet voortdurend aan ze denken!' – dat is waar – 'Speelt de tweeling *cricket*? Hoe gaat het met *Natasja?* Waar hebben jullie *gezeten*? Ambrose zei dat jullie allemaal naar *Moskou* waren. Zijn jullie daar echt geweest? Voor de begrafenis? Je ziet er zo *goed* uit. Hoe maakt Tamara het? Hoe is het met al die rare, lieve vrienden en familieleden die je allemaal bij je had?'

Zei ze dat laatste *echt?* En terwijl ze het zegt, en tussendoor flarden van antwoorden terugkrijgt, wordt ze zich, zij het onscherp, bewust van modieus geklede mannen en vrouwen die stil blijven staan om de vertoning te aanschouwen: een ander clubje supporters van Dima, kennelijk, maar van een jongere, meer gepolijste generatie, heel anders dan het morsige zooitje dat hij in Antigua om zich heen had vergaard. Is dat Babyface Niki die daar onopvallend tussen hen in staat? Als dat zo is, dan heeft hij zich een Armani zomerpak aangeschaft in beige met chique manchetten. Zijn de schakelarmband en het diepzeeduikershorloge daaronder verscholen?

Dima praat nog steeds en ze hoort wat ze niet wil horen: Tamara en de kinderen zijn vanuit Moskou rechtstreeks naar Zürich doorgevlogen – ja, Natasja ook, ze houdt niet van dat stomme tennis, ze wilde naar Bern om te lezen en paard te rijden. Een beetje tot zichzelf komen. Had ze ook begrepen dat Natasja zich niet helemaal goed voelde, of verbeeldde ze zich dat maar? Iedereen voert drie gesprekken tegelijk:

'Geef jij *kinderen* geen les meer, Professor?' – gespeelde verontwaardiging – Ga je *Franse* kinderen nog eens leren om Engelse gentlemen te zijn? Luister, waar zitten jullie? In een of ander lullig vogelhuisje op de bovenste rij zeker, hè?'

Waarschijnlijk gevolgd door een vertaling van dezelfde gevatte suggestie over zijn schouder in het Russisch. Maar die moet in de vertaling verloren zijn gegaan, want slechts een paar van de modieus geklede toeschouwers glimlachen, met uitzondering van een opgedofte danser in hun midden. Op het eerste gezicht ziet Gail hem aan voor een soort toergids, want hij draagt een heel opvallende roomkleurige marineblazer met een gouden anker geborduurd op zijn borstzakje en hij heeft een karmozijnrode paraplu bij zich die hem, samen met zijn achterover golvende zilvergrijze haar, onmiddellijk traceerbaar maakt voor iedereen die in de menigte het spoor bijster is geraakt. Ze ziet zijn glimlach en dan ziet ze zijn blik. En als ze weer naar Dima kijkt, weet ze dat zijn oog nog steeds op haar gericht is.

Dima heeft gevraagd de kaartjes te mogen zien. Perry heeft de gewoonte kaartjes kwijt te raken, dus heeft Gail ze onder haar hoede. Ze kent de plaatsnummers uit haar hoofd, Perry ook. Maar dat is voor haar geen reden zich niet van de domme te houden of niet vertederend onzeker te kijken als ze ze overhandigt aan Dima, die een honend gesnuif laat horen:

'Hebben jullie *telescopen*, Professor? Jullie zitten zo hoog, jullie hebben extra zuurstof nodig!'

Opnieuw herhaalt hij de grap in het Russisch, maar opnieuw lijkt het groepje achter hem meer te wachten dan te luisteren. Is zijn kortademigheid nieuw sinds Antigua? Of nieuw vandaag? Heeft het iets met zijn hart te maken? Of met de wodka?

'Wij hebben verdomme een eigen skybox, hoor je me? Business gedoe. Jongelui met wie ik samenwerk, uit Moskou. Armani kids hebben mooie meiden. Moet je ze zien!'

Gails oog valt toevallig net op een paar van de meisjes: leren jasjes, kokerrokjes en enkellaarsjes. Knappe echtgenotes? Of knappe hoeren? Zo ja, dan is het topklasse. En de Armani kids, een vage vlek van strenge marineblauwe pakken met door de drank getekende gezichten erboven.

'Dertig van de allerbeste plaatsen, eten om een moord voor te doen,' buldert Dima. 'Wil jij dat ook, Gail? Kom je bij ons zitten? De match bekijken als een echte dame? Champagne drinken? We hebben meer dan genoeg. Hé, *kom op*, Professor. Waarom niet, verdomme?'

Omdat Hector hem heeft opgedragen zich niet gemakkelijk gewonnen te geven, daarom niet. Want hoe lastiger het is hem over te halen, hoe harder je moet werken om hem zover te krijgen, en mij erbij, en hoe groter onze geloofwaardigheid is bij jouw gasten uit Moskou. In een hoek gedrukt lukt het Perry uitstekend om Perry te zijn: fronsend speelt hij beschroomd en onbeholpen zijn rol. Voor een absolute beginner in de kunst van het huichelen, geeft hij knap partij. Evengoed tijd om hem een handje te helpen:

'Die kaartjes waren een *cadeautje*, zie je, Dima,' bekent ze hem liefjes, terwijl ze zijn arm aanraakt. 'Een goede vriend heeft ze ons gegeven, een dierbare oude gentleman. Uit de goedheid van zijn hart. Ik denk niet dat hij het leuk zou vinden als we onze plaatsen onbezet zouden laten, toch? Als hij erachter kwam zou hij ontroostbaar zijn' – wat het antwoord was dat ze met Luke en Ollie hadden bedacht tijdens een slaapmutsje whisky.

Dima kijkt teleurgesteld van de een naar de ander, terwijl hij zijn gedachten opnieuw op een rijtje zet.

Onrust in de gelederen achter hem: kunnen we hier geen eind aan maken?

Het initiatief ligt bij de arme drommel in het veld...

Oplossing!

'Luister dan naar me, Professor, oké? Luister nu eens goed' – zijn vinger prikt in Perry's borst. 'Oké,' zegt hij nogmaals, dreigend knikkend. '*Na* de match. Hoor je me? Zodra die klotewedstrijd is afgelopen, dan kom je ons in skybox opzoeken.' Hij wendt zich om naar Gail, haar tartend zijn grootse plan te torpederen. 'Hoor je me, Gail? Jij neemt deze Professor mee naar onze skybox. En jullie gaan champagne met ons drinken. De wedstrijd is nog niet afgelopen als hij is afgelopen. Ze gaan stomme presentaties doen en toespraken, een hoop gezeik. Federer gaat met gemak winnen. Durf jij er vijfduizend dollar op te zetten dat hij niet wint, Professor? Ik geef je drie tegen een. Vier tegen een.'

Perry lacht. Als hij een god zou hebben, dan zou dat Federer zijn. Mooi niet, Dima, sorry, hoor, zegt hij. Nog niet bij honderd tegen een. Maar zo gemakkelijk komt hij er niet vanaf:

'Jij gaat morgen met mij tennissen, Professor, hoor je me? Een *rematch*' – de vinger port nog steeds in Perry's borst. 'Ik stuur iemand naar je toe om je op te halen na de wedstrijd, en dan kom je ons in skybox opzoeken, en dan regelen we een rematch, zonder verneukerij. En dan maak ik je af en trakteer je daarna op een massage. Die zul je nodig hebben, hoor je me?'

Perry heeft geen tijd om verder nog te protesteren. Uit haar ooghoeken heeft Gail gezien dat de toergids met het zilvergrijze haar en de rode paraplu zich van de groep heeft losgemaakt en Dima's ongedekte rug nadert.

'Wil je ons niet voorstellen aan je vrienden, Dima? Je kunt een beeldschone dame als deze niet voor jezelf houden, weet je,' zegt een zoetgevooisde stem verwijtend in onberispelijk Engels met een licht Italiaans accent. '*Dell Oro*,' verkondigt hij. '*Emilio* dell Oro. Een oude vriend van Dima, van heel, heel lang geleden. Wat een genoegen.' En hij geeft hun beiden een hand, eerst Gail, met een galante buiging van zijn hoofd, vervolgens Perry, zonder buiging, waarbij hij haar doet denken aan een ballroom-casanova die Percy heette en die toen ze zeventien was haar beste vriendje op de dansvloer aftikte en haar zowat verkrachtte op de dansvloer.

'En ik ben Perry Makepiece en zij is Gail Perkins,' zegt Perry. En als een luchthartige voetnoot die werkelijk indruk op haar maakt: 'Ik ben niet echt een professor, dus schrik maar niet. Het is gewoon Dima's manier om mijn tennis te verstoren.'

'Welkom dan in het Roland Garros Stadion, Gail Perkins en Perry Makepiece,' antwoordt Dell Oro, met een stralende glimlach die naar zij begint te vrezen wel eens permanent zou kunnen zijn. 'Wat fijn om het genoegen te smaken jullie na de historische match terug te zien. Als er tenminste een match *is*,' voegt hij eraan toe, waarbij hij theatraal zijn handen opheft en met een verwijtende blik naar de grijze hemel kijkt.

Maar Dima heeft het laatste woord:

'Ik stuur iemand naar jullie toe, hoor je me, Professor? Laat me niet zitten. Morgen maak ik gehakt van je. Ik houd van deze gozer, horen jullie me?' roept hij naar de verwaande Armani kids met hun waterige glimlachjes die zich achter hem hebben verzameld, en na Perry te hebben omhelsd voor een laatste uitdagende omhelzing, voegt hij zich bij hen en kuieren ze verder.

12

Terwijl ze zich naast Perry installeert op de twaalfde rij van de westelijke tribune van het Roland Garros Stadion, kijkt Gail ongelovig naar het muziekkorps van Napoleons Garde Républicaine, met hun koperen helmen, rode kokardes, nauwsluitende witte kniebroeken en strakke tot de dij reikende laarzen, wanneer zij roffelen op hun pauken en een laatste stoot op hun bugels geven, alvorens hun dirigent zijn houten rostrum betreedt, zijn witgehandschoende handen boven zijn hoofd houdt, zijn vingers spreidt en ermee wappert als een modeontwerper. Perry praat tegen haar maar moet zichzelf herhalen, want ze zit te beven. En Perry doet dat ook op zijn manier, want ze kan zijn hartslag horen – boem boem.

'Is dit de Finale Heren Enkel of de Slag bij Borodino?' roept hij uitgelaten, wijzend op Napoleons troepen. Ze laat het hem nog eens zeggen, schatert het uit van het lachen en geeft een kneepje in zijn hand om hen allebei met beide benen terug te brengen op aarde.

'Het is helemaal goed!' gilt ze in zijn oor. 'Je deed het geweldig! Je was een kanjer! Uitstekende plaatsen ook! Bravo!'

'Jij ook! Dima zag er geweldig uit.'

'Geweldig. Maar de kinderen zijn al in Bern!'

'Wat?'

'Tamara en de kleine meisjes zijn al in Bern! Natasja ook! Ik zou denken dat ze allemaal samen hier zouden zijn!'

'Ik ook.'

Maar zijn teleurstelling is van een mindere orde dan de hare.

Napoleons kapel speelt heel hard. Complete regimenten zouden erop kunnen afmarcheren en nooit meer terugkomen.

'Hij popelt gewoon om weer met je te tennissen, de arme man!' schreeuwt Doolittle.

'Dat is me opgevallen!' Enthousiast geknik en glimlachjes van Milton.

'Heb je morgen tijd?'

'Absoluut niet. Te veel afspraken,' antwoordt Milton, terwijl hij resoluut met zijn hoofd schudt.

'Daar was ik al bang voor. Lastig.'

'Zeer,' bevestigt Milton.

Doen ze gewoon kinderachtig, of zijn ze bevangen door de vreze Gods? Gail brengt zijn hand naar haar lippen, kust die en houdt hem dan tegen haar wang, omdat hij haar, volkomen onbewust, bijna tot tranen heeft geroerd:

Dit is nou echt een van die dagen waarop hij met volle teugen zou moeten genieten en dat doet hij niet! Federer in de finale op het French Open te zien is voor Perry zoiets als Nijinsky zien in *L'après-midi d'un faune*! Hoeveel Perry-colleges heeft ze, terwijl ze knus tegen hem aan genesteld voor de televisie zat in Primrose Hill, niet van Perry gekregen over het onderwerp Federer, de volmaakte sportman die Perry zo graag zou zijn geweest? – Federer als *gevormde* man, Federer de *renner* als *danser*, zijn passen verkortend en verlengend in zijn streven de op hem afvliegende bal te temmen en hem de nanoseconde extra op te leveren die hij nodig heeft om de juiste snelheid en hoek te vinden – de stabiliteit van zijn bovenlichaam of dat nu achterwaarts, voorwaarts of zijwaarts beweegt – zijn bovennatuurlijke krachten in het anticiperen, die helemaal niet bovennatuurlijk zijn, Gail, maar het toppunt van oog-lichaam-geest-coördinatie.

'Ik wil echt dat je vandaag geniet!' roept ze in zijn oor als een laatste boodschap. 'Zet al het andere gewoon uit je hoofd. Ik hou van je: Ik zei ik *hou* van je, idioot!'

Ze doet een onschuldig onderzoekje naar de toeschouwers naast hen. Van wie zijn ze? Van Dima? Van Dima's vijanden? Van Hector? *We gaan onaangelijnd naar binnen.*

Links van haar een blonde vrouw met een massieve kaak en een Zwitsers nationaal kruis op haar hoedje van papier en nog eentje op haar wijde blouse.

Rechts van haar een pessimist van middelbare leeftijd met een zuidwester en een cape, waarmee hij zich beschut tegen de regen die verder ieder ander probeert niet op te merken.

Op de rij achter hen gaat een Franse vrouw haar kinderen voor in een krachtig gezongen 'La Marseillaise', wellicht omdat zij abusievelijk aanneemt dat Federer een Fransman is.

Met dezelfde onbekommerdheid laat Gail haar blik over de menigte op de open tribune tegenover hen glijden.

'Zie je iets bijzonders?' schreeuwt Perry in haar oor.

'Niet echt. Ik vroeg me af of *Barry* hier misschien zou zijn.'

'*Barry*?'

'Een van onze topadvocaten!'

Ze slaat wartaal uit. Er is een topadvocaat bij haar op kantoor die Barry heet, maar die heeft een bloedhekel aan tennis en een bloedhekel aan de Fransen. Ze heeft honger. Niet alleen hebben ze hun koffie in het Rodin Museum laten staan, ze zijn eigenlijk ook nog vergeten te lunchen. Dat besef roept herinneringen op aan de roman van Beryl Bainbridge waarin de gastvrouw van een ingewikkeld diner vergeet waar ze het dessert gelaten heeft. Ze schreeuwt naar Perry om de grap met hem te delen:

'Hoe lang is het geleden dat jij en ik voor het laatst *de lunch kwijtraakten*?'

Maar bij uitzondering heeft Perry de literaire verwijzing nu eens niet door. Hij staart naar een rij vensters met een weids uitzicht, halverwege de tribunes aan de overkant van de baan. Witte tafelkleden en heen en weer dravende obers zijn zichtbaar door het rookglas, en hij vraagt zich af welk raam dat van Dima's skybox is. Ze voelt opnieuw de druk van Dima's armen om haar heen en zijn kruis dat met kinderlijke onbevangenheid tegen haar dij drukt. Was die geur van wodka van gisteravond of van vanochtend? Ze vraagt het aan Perry.

'Hij heeft zich gewoon wat moed ingedronken,' antwoordt Perry.

'*Wat?*'

'*Moed!*'

Napoleons troepen hebben het slagveld verlaten. Een gespannen stilte daalt neer. Een overheadcamera glijdt aan kabels langs een akelig zwarte hemel. *Natasja.* Is ze het wel of is ze het niet? Waarom heeft ze mijn sms'je niet beantwoord? Weet Tamara ervan? Is dat de reden dat ze haar zo snel terug heeft gesleept naar Bern? Nee. Natasja beslist voor zichzelf. Natasja is Tamara's kind niet. En Tamara is, God is mijn getuige, geen toonbeeld van moederliefde. Sms naar Natasja?

> Zojuist je pappa tegen t lijf gelopen. Kijken naar Federer.
> R U zwanger? xxx, Gail

Niet doen.

Het stadion barst los. Eerst Robin Söderling, dan Roger Federer, zo aantrekkelijk bescheiden en zelfverzekerd als alleen God dat kan zijn. Perry schuift vooruit op zijn stoel, met de lippen stijf op elkaar. Hij kijkt naar zijn held.

Tijd voor de warming-up. Federer slaat een paar backhands mis; de forehandreturns van Söderling zijn een tikkeltje te venijnig voor een vriendschappelijke slagenwisseling. Federer oefent een paar serves, in zijn eentje. Söderling doet hetzelfde, in zijn eentje. Het inslaan is voorbij. Hun jasjes vallen van ze af als scheden van een zwaard. In de lichtblauwe hoek Federer, met een flits rood binnen zijn kraag en een bijpassend vinkje op de band om zijn hoofd. In de witte hoek Söderling met lichtgevend gele bliksemschichten op zijn mouwen en korte broek.

Perry's blik dwaalt terug naar de donkere ramen, dus kijkt Gail ook die kant op. Is dat een roomkleurige blazer met een gouden anker op de borstzak die daar in de bruine mist achter het glas zweeft? Als er ooit iemand was met wie je nooit samen achter in een taxi moest stappen, dan was dat wel Signor Emilio dell Oro, wil ze tegen Perry zeggen.

Maar stil: de match is begonnen en tot verrukking van het publiek, maar te plotseling naar de smaak van Gail, heeft Federer Söderlings service gebroken en de zijne gewonnen. Nu moet Söderling weer serveren. Een mooi blond ballenmeisje met een paardenstaart geeft hem een bal, maakt snel een buiginkje en snelt weer weg. De lijnrechter geeft een schreeuw alsof hij door een wesp is gestoken. Het is weer begonnen met regenen. Söderling heeft een dubbele fout geslagen; Federers triomfantelijke opmars naar de overwinning is begonnen. Perry's gezicht straalt van puur ontzag en Gail ontdekt dat ze weer evenveel van hem houdt als in het begin: zijn oprechte moed, zijn vastberadenheid om het goede te doen ook al is het fout, zijn behoefte loyaal te zijn en zijn weigering medelijden met zichzelf te hebben. Zij is zijn zuster, vriendin, beschermster.

Een soortgelijk gevoel moet ook Perry hebben bevangen, want hij pakt haar hand en houdt die vast. Söderling gaat voor de French Open. Federer gaat voor de eeuwigheid, en Perry gaat met hem mee. Federer heeft de eerste set met 6-1 gewonnen. In nog minder dan een halfuur.

Het Franse publiek gedraagt zich echt voorbeeldig, vindt Gail. Federer is ook hun held, net als die van Perry. Maar ze applaudisseren heel netjes voor Söderling, als dat op zijn plaats is. En Söderling is dankbaar, en laat dat blijken ook. Hij neemt risico's, wat betekent dat hij ook fouten afdwingt en Federer heeft er juist een gemaakt. Om die goed te maken slaat hij een dodelijke dropshot van drie meter achter de baseline.

Wanneer Perry naar geweldig tennis kijkt, betreedt hij een hoger, zuiverder niveau. Na een paar slagen kan hij je vertellen waar een rally op uitdraait en wie hem domineert. Gail is niet zo. Zij is een groundstroke-meisje: geef de bal een mep en zie waar hij uitkomt, is haar motto. Op het niveau waarop zij speelt, kom je er prima mee weg.

Maar opeens volgt Perry de wedstrijd niet meer. En hij kijkt ook al niet naar de donkere ramen. Hij is opgesprongen en, kennelijk om haar te beschermen, pal voor haar gaan staan en hij schreeuwt: '*Wat krijgen we nou!*' zonder op een antwoord te hopen.

Als ze naast hem opstaat, wat niet eenvoudig is, want inmiddels staat iedereen op en gilt 'wat krijgen we nou' in het Frans,

Zwitser-Duits, Engels of welke taal hun voertaal ook is, is het eerste wat ze verwacht te zien een koppel dode fazanten aan Roger Federers voeten; een linkse en een rechtse. Dat komt omdat ze het kabaal waarmee iedereen overeind komt verwart met de herrie van in paniek geraakte vogels die als antieke vliegtuigjes klapwiekend het luchtruim kiezen om vervolgens te worden neergeschoten door haar broer en zijn rijke vriendjes. Haar tweede, al even ongerijmde, gedachte is dat het Dima is die, waarschijnlijk door Niki, is neergeschoten en door de donkere ruiten naar buiten is gegooid.

Maar de broodmagere man die als een verfomfaaide rode vogel aan Federers kant van de tennisbaan is opgedoken is niet Dima, en hij is allesbehalve dood. Hij draagt het rood waaraan Madame Guillotine de voorkeur gaf en lange bloedrode sokken. Hij heeft een bloedrode mantel om zijn schouders geslagen en hij staat vlak achter de baseline vanwaar Federer heeft geserveerd tegen Federer te kletsen.

Federer weet niet goed wat hij moet zeggen – het is duidelijk dat ze elkaar niet eerder hebben ontmoet – maar hij blijft voorkomend en beleefd, hoewel hij een enigszins geërgerde indruk maakt, op een humeurige, Zwitserse manier die ons eraan herinnert dat zijn befaamde harnas ook zijn zwakke plekken heeft. Per slot van rekening is hij hier om geschiedenis te schrijven, niet om tijd te verspillen aan een broodmagere man in een rood gewaad die de baan op is gestormd en zichzelf heeft voorgesteld.

Maar wat er ook tussen hen is gepasseerd, het is voorbij, en de man in het rood draaft met wapperend gewaad en wild bewegende ellebogen naar het net. Een stel in het zwart geklede heren draaft traag en koddig achter hem aan en het publiek doet er het zwijgen toe: het is een publiek dat belangstelling heeft voor sport en dit is sport, zij het van een lagere orde. De man in het rode gewaad springt over het net, maar niet helemaal: hij toucheert de bovenkant van het net. Het gewaad is niet langer een gewaad. Dat is het nooit geweest. Het is een vlag. Er zijn nog twee mannen in het zwart bij gekomen aan de overkant van het net. De vlag is de vlag van Spanje – L'Espagne – maar dat is alleen zo volgens de vrouw die 'La Marseillaise' zong, en haar mening wordt betwist door een man met een hese stem, verscheidene rijen boven haar, die volhoudt dat het de vlag is van *le Club Football de Barcelona*.

Een man in het zwart heeft de man met de vlag met een rugbytackle gevloerd. Twee anderen storten zich op hem en sleuren hem de duisternis van een tunnel in. Gail kijkt Perry recht in zijn gezicht, dat bleker is dan ze ooit heeft gezien.

'*Jezus*, dat was op het nippertje,' fluistert ze.

Op het nippertje van wat? Wat bedoelt ze? Perry is het met haar eens. Ja, op het nippertje.

God transpireert niet. Federers lichtblauwe shirt vertoont geen zweetplekken, met uitzondering van één enkel remspoortje tussen de schouderbladen. Zijn motoriek lijkt een fractie minder vloeiend, maar of dat komt door de regen of het klonterende gravel of de aanslag op zijn zenuwen door de man met de vlag weet niemand. De zon is weer verdwenen, overal rond de baan worden paraplu's opgestoken, op de een of andere manier is het 3-4 in de tweede set geworden, Söderling speelt sterker en Federer maakte een beetje een bedrukte indruk. Hij wil alleen maar geschiedenis schrijven en terugkeren naar zijn geliefde Zwitserland. En, och hemeltje, het is een tiebreak – hoewel het dat nauwelijks is, want Federers eerste serves knallen er de een na de ander in, zoals dat Perry ook wel eens overkomt, maar dan twee keer zo snel. Het is de derde set en Federer heeft Söderlings service gebroken, hij heeft zijn ritme teruggevonden en de man met de vlag heeft uiteindelijk het onderspit gedolven.

Huilt Federer al voordat hij heeft gewonnen?

Doet er niet toe. Nu heeft hij gewonnen. Zo eenvoudig en bedaard gaat dat. Federer heeft gewonnen en hij mag tranen met tuiten huilen en ook Perry pinkt een mannelijk traantje weg. Zijn idool heeft de geschiedenis geschreven die hij wilde schrijven en het publiek is overeind gekomen voor de geschiedschrijver, en Niki de bodyguard met de babyface baant zich tussen de rijen blije mensen een weg in hun richting; het handgeklap is een gecoördineerde trommelslag geworden.

'Ik ben de vent die jullie in Antigua teruggereden heeft naar het hotel, weten jullie nog?' zegt hij, met een zweem van een glimlach.

'Hallo, Niki,' zegt Perry.

'Genoten van de match?'

'Heel erg,' zegt Perry.

'Behoorlijk goed, hè? Die Federer?'

'Schitterend.'

'Willen jullie Dima komen bezoeken?'

Perry kijkt weifelend naar Gail: *jouw beurt.*

'Eerlijk gezegd zitten we een beetje krap in onze tijd, Niki. Er zijn nog *zoveel* mensen in Parijs bij wie we langs moeten –'

'Zal ik je eens wat zeggen, Gail?' oppert Niki op bedroefde toon. 'Als jullie niet een borrel komen drinken met Dima, dan denk ik dat hij mijn ballen eraf hakt.'

Gail laat Perry dit horen en blijft er zelf doof voor:

'Jij mag het zeggen,' zegt Perry, nog steeds tegen Gail.

'Nou ja, één glaasje dan?' geeft Gail zich schoorvoetend gewonnen.

Niki drijft hen met zachte drang voor zich uit en loopt achter hen aan, iets waarin bodyguards worden opgeleid, veronderstelt ze. Maar Perry en Gail zijn helemaal niet van plan weg te lopen. Op het centrale plein blazen Zwitserse alpenhoorns een hartverscheurend klaaglied voor een zwerm paraplu's. Terwijl Niki hen van achteren stuurt, lopen ze een kale stenen trap op en betreden een kakelbonte gang met elke deur in een andere kleur, zoals de kastjes in het gymnastieklokaal bij Gail op school, zij het dat er in plaats van meisjesnamen namen van bedrijven op staan: blauwe deur voor MEYER-AMBROSINI GMBH, roze voor SEGURA-HELLENIKA & CIE, geel voor EROS VACANCIA PLC. En karmozijnrood voor FIRST ARENA CYPRUS, waar Niki de deksel van een op de deur gemonteerd zwart kistje optilt, een nummer intikt en wacht tot de deur van binnenuit door bevriende handen wordt geopend.

Na de orgie: dat was Gails oneerbiedige indruk toen ze de langwerpige, lage skybox met de schuine glazen wand binnenkwam en de gravel tennisbaan zo dichtbij en helder aan de andere kant zag dat ze, als Dell Oro nu maar uit de weg zou gaan, haar hand erdoorheen kon steken en hem kon aanraken.

Voor haar stonden een stuk of twaalf tafels opgesteld, met vier of zes gasten per tafel. De stadionvoorschriften volkomen aan hun laars lappend hadden de mannen hun postcoïtale sigaretten opgestoken en zaten ze na te denken over hun viriliteit of het gebrek eraan, en een paar van hen namen haar onderzoekend op en vroegen zich af of zij een betere wip zou zijn geweest. En de mooie meisjes bij hen, die lang niet zo mooi meer waren na de hoeveelheid drank die ze tot zich hadden moeten nemen – nou ja, waarschijnlijk nadat ze gedaan hadden alsof. In hun vak was dat wat je deed.

De tafel die het dichtst bij haar stond was de grootste, maar ook de jongste, en hij stond op een verhoging om Dima's Armani kids meer status te verlenen dan de nederiger tafels eromheen – een feit dat door Dell Oro werd bevestigd toen hij Gail en Perry naar voren schoof, ten gerieve van de zeven managers met hun uitdrukkingsloze gezichten, harde ogen en harde lijven met hun flessen en meisjes en verboden sigaretten.

'Professor. Gail. Zeg alsjeblieft even gedag tegen onze gastheren, de raad van bestuur en hun dames,' zegt Dell Oro voor met beleefde charme, en hij herhaalt de suggestie in het Russisch.

Van rond de tafel een paar stuurse knikjes en hallo's. De meisjes glimlachen hun stewardessenglimlachjes.

'Jij! Mijn vriend!'

Wie schreeuwt daar? Tegen wie? Het is die man met de dikke nek, het borstelhaar en een sigaar, en hij schreeuwt tegen Perry.

'Ben jij *Professor*?'

'Zo noemt Dima mij, ja.'

'Vond je het een leuke match vandaag?'

'Nou en of, een geweldige match. Ik voelde me bevoorrecht.'

'Jij speelt ook goed, hè? Beter dan Federer!' schreeuwt de man met de dikke nek om met zijn Engels te pronken.

'Nou, niet echt.'

'Prettige dag verder. Oké? Geniet ervan!'

Dell Oro duwt hen met zachte drang verder door het gangpad. Aan de andere kant van de schuine glaswand dalen Zweedse hoogwaardigheidsbekleders met strohoeden met blauwe linten op hun hoofd de kletsnatte trappen van het presidentiële vak af om zich door de slotceremonie heen te slaan. Perry heeft

Gails hand vastgepakt. Er is enig gemanoeuvreer voor nodig om Emilio dell Oro tussen de tafeltjes door te kunnen volgen, zich langs hoofden te wringen en 'neem me niet kwalijk, oeps, hallo, ja, *geweldige* wedstrijd!' te zeggen tegen een opeenvolging van voor het merendeel mannelijke gezichten, nu eens Arabisch, dan weer Indiaas, dan weer blank.

Nu is het een tafel met Britse heren van de kletsende klasse die het nodig vinden als één man op te springen met: 'Ik ben Bunny, wat ben jij een *schoonheid*' – 'Ik ben Giles, hallo *hallo*! – jij bofkont, *Professor*!' – allemaal te veel om in je op te nemen, maar een meisje doet haar best.

Dan weer zijn het twee mannen met Zwitserse papieren hoedjes, de een dik en voldaan, de ander mager, die haar de hand willen schudden: Peter en de Wolf, denkt ze onzinnig, maar die herinnering blijft haar bij.

'Heb je hem al gezien?' roept Gail naar Perry – en op hetzelfde moment ziet ze hem zelf: Dima, voorovergebogen, helemaal aan de andere kant van de kamer, in zijn eentje aan een tafel voor vier, met een fles Stolichnaya-wodka voor zich; en dreigend achter hem een uitgemergelde filosoof, met lange polsen en hoge jukbeenderen, die ogenschijnlijk de toegang tot de keuken bewaakt. Emilio dell Oro staat in haar oor te prevelen alsof hij haar al zijn hele leven kent:

'Onze vriend Dima is een tikkeltje *gedeprimeerd*, Gail. Je weet natuurlijk van de tragedie, de dubbele begrafenis in Moskou – zijn dierbare vrienden die door maniakken zijn afgeslacht – dat heeft zijn *tol* geëist. Je ziet het.'

Ze zag het inderdaad. En ze vroeg zich af hoeveel van wat ze zag echt was: een Dima zonder glimlach die haar nauwelijks verwelkomde, een Dima verzonken in door wodka gevoede melancholie, die niet de moeite nam op te staan toen ze naderbij kwamen, maar die naar hen loerde vanuit de hoek, waar hij met twee van zijn oppassers naartoe was verbannen. Voorlopig heeft de blonde Niki de wacht betrokken naast de uitgemergelde filosoof, en er gaat iets beangstigends uit van de wijze waarop de twee mannen elkaar negeren, terwijl ze hun aandacht op hun gevangene richtten.

‘Kom hier zitten, Professor! Je moet die verdomde Emilio niet vertrouwen! Gail. Ik hou van je. Ga zitten. *Garçon!* Champagne. Kobe-beef. *Ici.*’

Buiten op de baan heeft Napoleons Republikeinse Garde zijn plaats weer ingenomen. Federer en Söderling betreden een erepodium waarop ook André Agassi staat, in een net pak.

‘Heb je met de Armani kids aan de tafel daar gesproken?’ vroeg Dima nukkig. ‘Willen jullie kennismaken met een paar godvergeten bankiers, advocaten, accountants? Al die types die de wereld verneuken? We hebben Fransen, Duitsers en Zwitsers.’ Hij hief zijn hoofd op en schreeuwde door de kamer: ‘Hé, allemaal, zeg eens dag tegen de Professor! Deze gozer heeft me met tennis verneukt! Zij is Gail. Hij gaat trouwen met dit meisje. Als hij dat niet doet, dan trouwt ze met Roger Federer. Zo is het toch, Gail?’

‘Ik denk dat ik maar genoegen neem met Perry,’ zegt Gail.

Was er iemand die naar haar luisterde? In ieder geval niet de jongemannen met de harde ogen aan de grote tafel en hun meisjes, die demonstratief dicht naar elkaar toe kropen toen Dima zijn stem verhief. Ook aan de tafels die dichterbij stonden, overheerste de onverschilligheid.

‘Engelsen hebben we ook! Sportieve jongens. Hé, Bunny! Aubrey! Bunny, kom eens hier! Bunny!’ Geen reactie. ‘Weet je wat *Bunny* betekent? Konijn. Hij kan de kolere krijgen.’

Gail draaide zich om om in de vreugde te delen, op tijd om een mollig heertje met een baard en bakkebaarden te herkennen, en als zijn bijnaam niet Bunny was, dan zou hij dat moeten zijn. Maar naar een Aubrey zocht ze tevergeefs, tenzij hij die lange, kalende, intelligent uitziende man met die bril zonder montuur was die zich met zijn regenjas over zijn arm tussen de tafeltjes door haastte, als iemand die zich plotseling herinnert dat hij een trein moet halen.

De gladde Emilio dell Oro met zijn schitterende zilvergrijze haar had de vrije plaats naast Dima ingenomen. Was zijn haar echt of was het een haarstukje? vroeg ze zich af. Tegenwoordig maken ze die zo knap.

Dima stelt voor morgen een potje tennis te spelen. Perry verontschuldigt zich, en soebat met Dima als een oude vriend, wat hij op de een of andere manier is geworden, in de drie weken sinds ze elkaar voor het laatst hebben gezien.

'Dima, ik zie daar *echt* geen kans toe,' protesteert Perry. 'We hebben een hele zwik mensen in de stad, die we plechtig beloofd hebben te bezoeken. Ik heb geen spullen bij me. En ik heb Gail bezworen dat we ditmaal de waterlelies van Monet gaan bezichtigen. Heus.'

Dima neemt een slok wodka en veegt zijn mond af. '*We spelen*,' zegt hij, alsof het een voldongen feit is. 'Club des Rois. Morgen twaalf uur. Ik heb al gereserveerd. Daarna nemen we een massage, verdomme.'

'Een massage in de *regen*, Dima?' vraagt Gail schertsend. 'Ga me nu niet vertellen dat je een nieuwe ontaarde liefhebberij hebt weten te vinden.'

Dima negeert haar:

'Ik heb een vergadering op een of andere kolerebank, om negen uur, waar ik een zooi klotepapieren moet tekenen voor de Armani kids. Twaalf uur krijg ik mijn revanche, hoor je me? Of ben je bang geworden?' Perry begint opnieuw te protesteren. Dima trekt zich niets van hem aan. 'Baan 6. De beste. We spelen een uur, krijgen massage, dan lunchen we. Ik trakteer.'

Dell Oro komt eindelijk op zalvende toon tussenbeide en kiest voor een afleidingsmanoeuvre: 'Zeg, waar verblijf je in Parijs, Professor, als ik zo vrij mag zijn? De Ritz? Ik mag hopen van niet. Ze hebben hier geweldige, weinig bekende hotelletjes, als je weet waar je zoeken moet. Als ik het had geweten had ik je wel een stuk of zes adresjes kunnen verstrekken.'

Als ze iets vragen, draai er dan niet omheen, geef ze eerlijk antwoord, had Hector gezegd. *Het is een onschuldige vraag, dus die krijgt een onschuldig antwoord.* Perry had die raad duidelijk ter harte genomen, want hij lachte al:

'Een zo armetierig hotelletje dat je het niet zou geloven,' riep hij uit.

Maar Emilio geloofde het wel en de naam beviel hem zo goed dat hij hem noteerde in een krokodillenleren notitieboekje dat hij bewaarde in de marineblauwe voering van zijn roomkleurige blazer met het wapen erop. En na dat te hebben gedaan richtte hij zich tot Dima met de volle kracht van zijn overtuigende charme:

'Als je doelt op een partijtje tennis morgen, Dima, dan denk ik dat Gail het bij het rechte eind heeft. Je hebt totaal niet aan de regen gedacht. Zelfs onze vriend de Professor kan niet doen wat je verlangt als het water met bakken uit de hemel komt. De weersverwachting voor morgen was zelfs nog beroerder dan voor vandaag.'

'*Sodemieter op, met je gelul!*'

Dima had zo hard met zijn vuist op tafel geslagen dat de glazen alle kanten op schoven en een fles rode bourgogne probeerde zichzelf uit te schenken op het tapijt, totdat Perry hem behendig opving en rechtop zette. Overal langs het schuine raam leek het alsof iedereen door een luide explosie doof was geworden.

Perry's voorzichtige verzoek herstelde de rust enigszins:

'Dima, doe me een lol. Ik heb niet eens een *racket* bij me, in hemelsnaam.'

'Dell Oro heeft *twintig* van die godvergeten rackets.'

'Dertig,' verbeterde Dell Oro hem op ijzige toon.

'*Oké!*'

Oké wat? Oké, dan geeft Dima nog een dreun op tafel? Zijn bezwete gezicht staat gespannen, de kaak strak vooruit, terwijl hij zich langzaam opricht, zijn bovenlichaam voorwaarts buigt, Perry's pols grijpt en hem naast zich overeind trekt.

'Oké, allemaal!' schreeuwt hij. 'De Professor en ik gaan morgen een rematch spelen en ik maak gehakt van hem. Twaalf uur, Club des Rois. Iedereen die wil komen kijken moet een paraplu meenemen, verdomme, daarna lunch. Winnaar betaalt. Dat is Dima. Horen jullie me?'

Sommigen horen hem. Een of twee glimlachen en een paar applaudisseren. Van de Hoge Tafel eerst niets, dan een enkel commentaar in het Russisch, gevolgd door hatelijk gelach.

Gail en Perry kijken elkaar aan, glimlachen, halen hun schouders op. Hoe kunnen ze nu nog nee zeggen, ten overstaan van zo'n onstuitbare kracht en op zo'n gênant moment? Dell Oro voorziet hun capitulatie en probeert die te voorkomen:

'Dima. Ik vind dat je het je vrienden een beetje moeilijk maakt.

Misschien een wedstrijdje later in het jaar, oké?'

Maar het is al te laat, en Gail en Perry zijn te grootmoedig.

'Ach, Emilio,' zegt Gail. 'Als Dima nou zo graag wil spelen en Perry wil dat ook, waarom gunnen we de jongens hun pretje dan niet? *Ik* vind het best, als jij dat ook vindt. Schat?'

De *schatten* zijn nieuw, meer voor Milton en Doolittle dan voor henzelf.

'Goed dan. Maar op één voorwaarde' – Dell Oro opnieuw, die het initiatief per se naar zich toe wilde trekken – 'vanavond komen jullie op mijn feestje. Ik heb een prachtig huis in Neuilly, jullie zullen het enig vinden. Dima vindt het geweldig, hij is kind aan huis bij ons. We hebben onze geëerde gasten uit Moskou bij ons. Die arme vrouw van mij is op dit moment bezig toezicht te houden op de voorbereidingen. Wat zeggen jullie ervan als ik om acht uur een auto naar jullie hotel stuur? Jullie kunnen gewoon komen zoals je bent. Wij zijn heel informele mensen.'

Maar Dell Oro's uitnodiging valt totaal niet in goede aarde. Perry lacht – zegt dat dat *volkomen* uitgesloten is, Emilio. Gail brengt ertegenin dat haar Parijse vrienden het haar *nooit* zouden vergeven, en nee, ze kan ze onmogelijk ook meebrengen, ze hebben hun eigen feest en Gail en Perry zijn de eregasten.

In plaats daarvan spreken ze af dat Emilio's auto hen om elf uur morgenochtend bij het hotel zal ophalen voor een potje tennis in de regen, en als blikken konden doden, zou Dell Oro Dima ter plekke hebben vermoord, maar volgens Hector kan hij dat niet tot na Bern.

'Jullie zijn echt *verbluffend* geknipt voor jullie rol,' riep Hector uit. 'Vind je niet, Luke? Gail, met die *heerlijke* intuïtie en jij, Perry, met je *godsnakend geweldige* Brein-van-Groot-Brittannië. Niet dat Gail op haar achterhoofd is gevallen. We zijn jullie enorm dankbaar dat jullie het al zover hebben geschopt. Voor jullie kranige gedrag in het hol van de leeuw. Klink ik als een hopman?'

'Nou en of,' zei Perry, behaaglijk uitgestrekt op een chaise longue onder het grote boograam dat uitzicht bood op de Seine.

'Mooi zo,' zei Hector zelfgenoegzaam, tot algemene hilariteit.

Alleen Gail, die op een krukje bij Perry's hoofdeinde zat en met haar hand nadenkend door zijn haar streek, leek zich een beetje van de feestvreugde te distantiëren.

Het was na het avondeten op het Île St-Louis. Het schitterende appartement op de bovenste verdieping van de oude vesting was eigendom van Lukes artistieke tante. Haar werk, dat ze zich nooit verlaagd had te verkopen, stond tegen de muren opgestapeld. Ze was een knappe, goedgemutste vrouw van ver in de zeventig. Omdat ze als jong meisje in het Verzet tegen de Duitsers had gevochten, had ze geen enkele moeite met de haar toegewezen rol in Lukes kleine intrige:

‘Ik begrijp dat wij oude vrienden zijn van vroeger,’ had ze een paar uur tevoren tegen Perry gezegd, waarbij ze ter begroeting zacht zijn hand aanraakte en die vervolgens weer losliet. ‘Wij hebben elkaar ontmoet in de salon van een dierbare vriendin van mij, toen jij student was en het onstilbare verlangen koesterde om schilder te worden. Haar naam luidde, als je behoefte hebt aan een naam, Michelle de la Tour, inmiddels overleden, helaas. Ik stond je toe aan mijn voeten te zitten. Je was te jong om mijn minnaar te zijn. Is dat voldoende of heb je behoefte aan meer?’

‘Ik vind het prachtig, dank u wel!’ zei Perry lachend.

‘Ik anders *niet*. Niemand is te jong om mijn minnaar te zijn. Luke zal je voorzien van *confit de canard* en een camembert. Ik wens je een prettige avond. En jij, lieverd, bent iets heel *bijzonders* – tegen Gail – ‘en *veel* te goed voor die mislukte kunstenaar van je. Ik maak maar een grapje. Luke, vergeet Sheeba niet.’

Sheeba, haar Siamese kat, die nu bij Gail op schoot zit.

Aan de eettafel was Perry – nog steeds een beetje hyper – de ster van de avond, of hij nu Federer de hemel in prees of vertelde van de geënsceneerde ontmoeting met Dima, of Dima’s huzarenstukje in de skybox tot leven deed komen. Voor Gail was het net alsof ze hem hoorde bijkomen na een gevaarlijke bergbeklimming of een nek-aan-nek-veldloop. En Luke en Hector vormden het ideale publiek: Hector, in vervoering en ongewoon zwijgzaam voor zijn doen, die hen alleen in de rede viel om hun nog een kostelijk detail te ontlokken – de eventuele Aubrey, hoe lang schatten jullie dat hij was? Bunny, was die bezopen? – Luke die heen en weer draafde naar de gigantische keuken, of hun glazen volschonk met bijzondere aandacht voor dat van Gail of een paar telefoontjes van Ollie aannam, maar toch nog helemaal een lid van het team was.

Het gebeurde pas toen het diner voorbij was, de wijn zijn therapeutische werk had gedaan, en Perry's spannende avonturenverhalen plaats hadden gemaakt voor een sober stilzwijgen, dat Hector terugkeerde naar de exacte formulering van Dima's uitnodiging voor een tennismatch in de Club des Rois.

'We gaan er dus vanuit dat de *message* in de *massage* zit,' zei hij. 'Heeft iemand daar iets aan toe te voegen?'

'De boodschap maakte praktisch deel uit van de uitdaging,' beaamde Perry.

'Luke?'

'Lijkt me zo klaar als een klontje. Hoeveel keer?'

'Drie,' zei Perry.

'Gail?' vroeg Hector.

Gail ontwaakte uit haar mijmeringen en was minder stellig dan de mannen:

'Ik vraag me alleen af of het voor Emilio en voor de Armani kids ook zo klaar als een klontje was,' zei ze, terwijl ze Lukes blikken ontweek.

Hector had zich dat ook afgevraagd:

'Tja, ach, ik denk dat de waarheid is dat Dell Oro, als hij onraad ruikt, het tennissen afgelast en dan zijn wij de lul. *Game over.* Maar volgens Ollies meest recente rapporten wijzen de tekenen de andere kant op, toch, Luke?'

'Ollie heeft net een informele bijeenkomst van chauffeurs voor de deur van Dell Oro's chateau bijgewoond,' legde Luke uit, met zijn minzame glimlach. 'De tenniswedstrijd van morgen wordt door Emilio aangekondigd als een feestje na de ondertekening. Zijn heren uit Moskou hebben de Eiffeltoren gezien en hebben geen belangstelling voor het Louvre, waardoor Emilio niet goed weet wat hij met ze aan moet.'

'En de *message* over de *massage*?' drong Hector aan.

'Luidt dat Dima twee gelijktijdige sessies heeft geboekt voor Perry en hemzelf, meteen na de match. Ollie heeft ook vastgesteld dat, hoewel de Club des Rois tennisfaciliteiten biedt aan enkelen van 's werelds meest gewilde schietschijven, zij er prat op gaat een veilig toevluchtsoord te zijn. Bodyguards worden niet aangemoedigd hun beschermelingen tot in de kleedkamers, sauna's of massagekamers te volgen. Hun wordt verzocht in de foyer van de club of in hun kogelvrije limousines te wachten.'

'En de vaste masseurs van de club?' vroeg Gail. 'Wat doen *die* terwijl jullie de koppen bij elkaar steken?'

Luke verschafte het antwoord, met zijn speciale glimlach. 'Maandag is hun vrije dag, Gail. Ze komen alleen op afspraak. Zelfs Emilio zal niet weten dat ze morgen niet aanwezig zijn.'

In Hôtel des Quinze Anges was het één uur in de ochtend en Perry was eindelijk in slaap gevallen. Gail liep op haar tenen de gang in naar de wc, deed de deur op slot en bij het ziekelijke licht van het miezerigst denkbare peertje herlas ze het sms-bericht dat ze diezelfde avond, vlak voordat ze vertrokken om te dineren op het Île, had ontvangen.

> Mijn vader zegt dat jij in Parijs bent. Volgens Zwitserse dokter ben ik negen weken zwanger. Max is klimmen in de bergen en reageert niet. Gail

Gail? Ondertekende Natasja met *mijn* naam? Is ze zo radeloos dat ze haar eigen naam niet meer weet? Of bedoelt ze 'Gail, alsjeblieft, ik smeek je'? – *dat* soort *Gail?*

Terwijl een deel van haar hoofd half sliep, belde ze het nummer en voor ze wist wat ze had gedaan, drukte ze op het groene knopje en kreeg een Zwitsers voicemailbericht. In paniek verbrak ze de verbinding en sms'te, nu klaarwakker, in plaats daarvan:

> Doe absoluut niets tot we hebben gepraat. We moeten elkaar zien en spreken. Alle liefs, Gail

Ze keerde terug naar de slaapkamer en kroop weer onder het dekbed van paardenhaar. Perry sliep als een roos. Zou ze het hem vertellen of niet? Heeft hij al te veel hooi op zijn vork? Morgen zijn grote dag? Of mijn gelofte van geheimhouding aan Natasja?

13

Toen Perry Makepiece in de door een chauffeur bestuurde Mercedes van Emilio dell Oro klom die tot woede van Madame Mère, de weg voor haar hotel de afgelopen tien minuten had geblokkeerd – en die idioot van een chauffeur had het zelfs vertikt om zijn raampje omlaag te doen om haar schimpscheuten te incasseren! – was hij ten prooi aan veel grotere angsten dan hij bereid was toe te geven tegenover Gail, die zich voor de gelegenheid tot in de puntjes had uitgedost in de Vivienne Westwood-outfit met harembroek die ze had gekocht op de dag dat ze haar eerste zaak had gewonnen: 'Als die dure hoeren van de partij zijn, dan heb ik alle hulp nodig die ik kan krijgen,' had ze tegen Perry gezegd, toen ze zich wankelend op het bed staand in evenwicht hield om zichzelf in de spiegel boven het wasbakje te bekijken.

Toen ze de vorige avond van hun soupertje waren teruggekeerd naar de Quinze Anges, had Perry gezien hoe Madame Mère hem met haar kraaloogjes vanuit haar kamertje achter de receptiebalie aanstaarde.

'Waarom ga jij niet alvast de badkamer in, dan kom ik zo achter je aan?' had hij voorgesteld en Gail had met een dankbare geeuw de daad bij het woord gevoegd.

'Twee Arabieren,' had Madame Mère gefluisterd.

'*Arabieren?*'

'Arabische politie. Ze spraken Arabisch met elkaar en Frans tegen mij. *Arabisch* Frans.'

'Wat wilden ze weten?'

'Alles. Waar je was. Wat je doet. Je paspoort. Je adres in Oxford. Het adres van de juffrouw in Londen. Alles over jullie.'

'Wat heb je hun verteld?'

'Niets. Dat je een oude gast bent, dat je betaalt, beleefd bent, niet dronken bent, dat je maar één vrouw tegelijk hebt, dat je bent uitgenodigd door een kunstenares op het Île en dat je laat thuiskomt, maar dat je een sleutel hebt, dat ik je vertrouw.'

'En onze adressen in Engeland?'

Madame Mère was een kleine vrouw en haar Gallische schouderophalen leek daardoor des te groter: 'Ze hebben overgenomen wat jij in het gastenboek hebt geschreven. Als je niet wilde dat ze jullie adres in handen kregen, dan had je een vals adres moeten opgeven.'

Nadat hij haar had laten beloven dat ze hier tegenover Gail met geen woord over zou reppen – mijn God, zoiets zou nooit bij me opkomen, zij was een vrouw! – overwoog Perry dadelijk Hector op te bellen maar, omdat hij Perry was, en een flinke hoeveelheid oude calvados ophad, besloot hij op pragmatische gronden dat niemand iets kon doen wat niet beter de volgende ochtend kon worden gedaan en ging naar bed. Hij ontwaakte met de geur van verse koffie en croissants in zijn neus en zag tot zijn verbazing Gail in haar peignoir aan het voeteneinde van het bed naar haar mobieltje kijken.

'Slecht nieuws?' vroeg hij.

'Gewoon kantoor. Om te bevestigen.'

'Om wat te bevestigen?'

'Jij was van plan om mij vanavond naar huis te sturen, weet je nog?'

'*Natuurlijk* weet ik dat nog!'

'Nou, ik ga niet. Ik heb het kantoor een sms'je gezonden en ze geven *Samson versus Samson* aan Helga om te verkloten.'

Helga, haar *bête noire*? De mannenverslindende Helga met de netkousen die de mannen op het advocatenkantoor als een lier bespeelt?

'Hoe kom je daar in hemelsnaam bij?'

'Dat komt gedeeltelijk door jou. Om de een of andere reden heb ik er geen zin in jou aan je wenkbrauwen boven een gevaarlijke afgrond te laten bungelen. En morgen ga ik met je mee naar Bern, waar je, naar ik aanneem vervolgens naartoe gaat, hoewel je me dat niet hebt verteld.'

'Is dat alles?'

'Waarom niet? Als ik in Londen zit, maak je je ook zorgen om mij. Dus kan ik net zo goed ergens zijn waar je me in de gaten kunt houden.'

'En het is niet bij je opgekomen dat ik me meer zorgen zou kunnen maken als je mee was?'

Dat was niet aardig van hem en dat wist hij en zij wist het ook. Om het een beetje goed te maken kwam hij in de verleiding om haar te vertellen van zijn gesprek met Madame Mère, maar hij was bang dat dat haar zou sterken in haar vastberadenheid niet van zijn zijde te wijken.

'Je schijnt te midden van al dat volwassen gedoe de kinderen te zijn vergeten,' zei ze, met wat minder verwijt in haar stem.

'Gail, dat is de grootste flauwekul! Ik doe wat ik kan en dat geldt ook voor onze vrienden, om te zorgen dat hun –' Die zin kon hij beter niet afmaken. Hij kon zich beter tot toespelingen beperken. Na hun twee weken *oriëntatie* mocht God weten wie er allemaal meeluisterden en wanneer. 'De kinderen zijn mijn eerste zorg en dat zijn ze altijd geweest,' zei hij, hoewel dat niet helemaal waar was en hij voelde dat hij bloosde. 'Daarom zijn we juist hier,' hield hij vol. 'Wij allebei. Niet alleen jij. *Ja,* ik maak me zorgen om onze vriend en ik wil dat het goed afloopt. En *ja,* het fascineert me. Alles eraan.' Hij aarzelde, een beetje beschaamd. 'Het gaat om voeling met de werkelijke wereld. En de kinderen maken daar deel van uit. Een enorm deel. Dat is nu zo en dat blijft zo als jij naar Londen bent teruggekeerd.'

Maar als Perry had verwacht dat deze pompeuze verklaring haar gerust zou stellen, dan had hij zijn publiek verkeerd ingeschat.

'Maar de kinderen zijn niet hier, toch? En evenmin in Londen,' antwoordde ze onvermurwbaar. 'Ze zijn in Bern. En volgens Natasja zijn ze in diepe rouw om Misja en Olga. De jongens zijn de hele dag in het voetbalstadion, Tamara voert intieme gesprekken met God, iedereen weet dat er iets groots op handen is, maar ze weten niet wat.'

'*Volgens Natasja?* Waar heb je het in hemelsnaam over?'

'We sms'en.'

'Jij en Natasja?'

'Precies.'

'Dat heb je me niet verteld!'

'En jij hebt mij niet verteld wat er voor Bern op het programma stond. Toch?' – ze geeft hem een kus – 'Toch? Om mij te beschermen. Dus van nu af aan beschermen we elkaar. Samen uit, samen thuis. Afgesproken?'

Afgesproken enkel in zoverre dat zij zich zou voorbereiden terwijl hij naar de Printemps vertrok om tennisspullen te kopen in de regen. De rest van hun gesprek was, wat Perry betrof, nadrukkelijk *niet* afgesproken.

Het waren niet alleen Madame Mères bezoekers van de vorige avond die hem zorgen baarden. Het was het besef van dreigend en onvoorspelbaar gevaar dat de euforie van de avond tevoren had vervangen. Doorweekt van de regen belde hij Hector vanuit de hal van de Printemps en kreeg de ingesprektoon. Tien minuten later, toen hij een splinternieuwe tennistas voor zich op de grond had staan met daarin een T-shirt, een korte broek, een paar tennisschoenen en – hij moest knettergek zijn geweest toen hij die kocht – een zonneklep, probeerde hij het nogmaals en dit keer kreeg hij verbinding.

'Is er een signalement van ze?' vroeg Hector, iets te sloom naar Perry's zin, toen hij hem had aangehoord.

'Arabisch.'

'Nou, misschien waren het Arabieren. Misschien waren ze ook van de Franse politie. Hebben ze zich gelegitimeerd?'

'Dat is me niet verteld.'

'En je hebt het niet gevraagd?

'Nee, dat heb ik niet. Ik was een beetje aangeschoten.'

'Mag ik Harry erop afsturen om een praatje met haar te maken?'

Harry? O ja, Ollie. 'Ik denk dat er voor vandaag al voldoende trammelant is geweest, maar evengoed bedankt,' zei Perry stug.

Hij wist niet goed hoe hij verder moest. Misschien wist Hector het ook niet:

'Verder geen gedub?' vroeg Hector.

'Gedub?'

'Twijfels. Bedenkingen. Plankenkoorts. Koude rillingen, jezus,' zei Hector ongeduldig.

'Van mijn kant totaal geen gedub. Ik wacht alleen tot die ellendige creditcard van mij wordt geactiveerd.' Dat was niet waar. Het was een leugen en hij had zelf geen flauw idee waarom hij die vertelde, tenzij hij vroeg om het medeleven dat hij niet kreeg.

'Met Doolittle alles kits?'

'Zij vindt van wel. Ik niet. Ze wil per se mee naar Bern. Ik ben ervan overtuigd dat ze dat beter niet kan doen. Ze heeft haar rol gespeeld – geweldig, dat zei je gisteravond zelf. Ik wil dat ze het voor gezien houdt, dat ze zoals afgesproken vanavond naar Londen teruggaat en daar blijft tot ik terugkom.'

'Nou, dat gaat niet gebeuren, hè?'

'Waarom niet?'

'Omdat ze me tien minuten geleden heeft opgebeld om me te zeggen dat jij me zou opbellen en dat haar besluit rotsvast staat. Dus beschouw ik dat maar als een gegeven en ik raad jou aan dat ook te doen. Als je er niets tegen kunt doen, kun je je er maar beter bij neerleggen. Ben je er nog?'

'Niet helemaal. Wat heb je geantwoord?'

'Dat ik verrukt was. Dat zij een absoluut onmisbare factor was. Gezien het feit dat het haar keuze is en dat niets op Gods aarde haar op andere gedachten kan brengen, stel ik voor dat je dezelfde houding aanneemt. Wil je het laatste nieuws van het front nog horen?'

'Ga door.'

'We liggen op schema. De bende van zeven is met onze jongen van hun grote ondertekensessie teruggekeerd, iedereen met een gezicht als een donderwolk, maar dat kunnen hun katers zijn geweest. Hij is momenteel onder gewapende begeleiding op weg naar Neuilly. Er is een lunchtafel voor twintig personen gereserveerd in de Club des Rois. Masseurs staan paraat. Dus alles verloopt volgens plan behalve dat jullie, na *ce soir* naar Londen te zijn teruggekeerd, morgen samen naar Zürich vliegen, tickets liggen klaar op het vliegveld. Luke haalt jullie op. Niet jou alleen, zoals eerder gepland. Jullie allebei. Oké?'

'Het moet maar.'

'Je klinkt knorrig. Ben je nog een beetje daas van de uitspattingen van gisteravond?'

'Nee.'

'Houwen zo. Je moet in topconditie zijn voor onze jongen. En voor ons.'

Perry had overwogen Hector te vertellen van Gails sms-contacten met Natasja, maar was zo verstandig geweest, als je het zo kon noemen, om daarvan af te zien.

De Mercedes stonk muf naar verschaalde sigarettenrook. Een fles met een restje mineraalwater zat tussen de zitting van de achterbank geklemd. De chauffeur was een reus met een ronde kop. Hij had geen nek, alleen een paar dwarslopende rode littekens tussen het stoppelhaar, als sneden van een scheermes. Gail droeg haar zijden broekpak dat eruitzag alsof het elk moment van haar lijf kon vallen. Perry vond dat ze er mooier uitzag dan ooit. Haar lange witte regenjas – een eerdere onverantwoorde aankoop bij Bergdorf Goodman in New York – lag naast haar. De regen roffelde als hagelstenen op het dak van de auto. De ruitenwissers kreunden en piepten terwijl ze probeerden het bij te houden.

De reus met de ronde kop stuurde de Mercedes een oprit op, stopte voor een chic flatgebouw en drukte op de claxon. Een tweede auto stopte achter hen. Werden ze gevolgd? *Denk er zelfs niet aan.* Een ronde, joviale man in een gevoerde regenjas en met een breedgerande zuidwester op, kwam de entree uit springen, plofte neer op de plaats naast de bestuurder, draaide zich om en legde zijn arm op de rugleuning en zijn onderkin op zijn onderarm.

'Zo, wie heeft zin in een potje tennis, *allemachtig*,' kraaide hij met een schelle, lijzige stem. '*Monsieur le Professeur* in eigen persoon, om te beginnen. En jij bent zeker zijn betere helft, schat, natuurlijk ben je dat. Nog beter dan gisteren, als ik zo vrij mag zijn. Ik ben van zins de gehele wedstrijd beslag op je te leggen.'

'Gail Perkins, mijn verloofde,' zei Perry stijfjes.

Zijn verloofde? Was ze dat echt? Daar hadden ze het nog nooit over gehad. Misschien Milton en Doolittle wel.

'Tja, ik ben *doctor Popham.* Ze noemen me Bunny, de wandelende maas in de wet voor de weerzinwekkend rijken,' vervolgde hij, terwijl zijn roze oogjes hebzuchtig van de een naar de ander schoten, alsof hij nog niet wist wie hij wilde opeten. 'Jullie herinneren je wellicht dat de ongelikte beer Dima de onbeschaamdheid had me ten overstaan van een duizendkoppig publiek te beledigen, maar ik heb hem weggewuifd met mijn kanten zakdoek.'

Perry leek geen zin te hebben om te reageren, dus kwam Gail tussenbeide:

'En wat is *jouw* connectie met hem, Bunny?' vroeg ze opgewekt, terwijl hun auto zich weer invoegde in het verkeer.

'Ach, liefje, van een connectie tussen ons is *nauwelijks* sprake, God zij geloofd en geprezen. Zie mij maar als een oud maatje van Emilio, die hem hier en daar te hulp schiet. Hij doet het zichzelf aan, de arme stumper. Vorige keer was het een groep achterlijke Arabische prinsen met een aanval van koopwoede. Ditmaal is het een ploeg doodsaaie Russische bankiers, Armani kids, nou vraag ik je! *Met* hun lieve dames' – en hij dempte zijn stem om vertrouwelijkheid te benadrukken – 'en *lievere dames* heb ik nooit gezien.' Zijn hebzuchtige kraaloogjes keken Perry in aanbidding aan. 'Maar ik heb vooral medelijden met jouw arme Professor, hier!' – roze oogjes met droefenis op Perry gericht – '*Welk* een blijk van onbaatzuchtigheid! God zal je lonen, daar zal ik op toezien. Maar hoe zou je ook nee kunnen zeggen tegen die arme beer als hij zo kapot is van die vreselijke moorden?' Terug naar Gail. 'Blijft u lang in Parijs, juffrouw Gail Perkins?'

'Ach, ik wou dat het waar was. Maar ik zal weer aan het werk moeten vrees ik, weer of geen weer' – en ze wierp een wrange blik naar buiten waar de regen de voorruit ranselde. 'En hoe zit het met *jou,* Bunny?'

'Ach, ik *fladder.* Ik ben een fladderaar. Een nestje hier, een nestje daar. Ik strijk neer, maar nooit voor lang.'

Een verkeersbord met CENTRE HIPPIQUE DU TOURING, en nog een met PAVILLON DES OISEAUX. Het begon wat minder hard te regenen. De volgauto reed nog steeds achter hen. Rechts van hen verschenen barokke toegangshekken. Tegenover de hekken bevond zich een parkeerplaats, waar de chauffeur de Mercedes in reed. De onheilspellende auto parkeerde ernaast. Verduisterde ramen. Perry wachtte tot een van de portieren open zou gaan. Langzaam gebeurde dat. Een oudere matrone stapte uit, gevolgd door haar Duitse herder.

'*Cent mètres*,' gromde de chauffeur en hij wees met een vieze vinger naar het hek.

'Dat *weten* we, mallerd,' zei Bunny.

Naast elkaar legden ze de *cent mètres* af, waarbij Gail onderdak vond onder Bunny Pophams paraplu en Perry zijn nieuwe tennistas tegen zijn borst drukte en de regen over zijn gezicht stroomde. Ze kwamen aan bij een laag wit gebouw.

Op de bovenste tree, onder een luifel, stond Emilio dell Oro in een regenjas tot de knieën, met een bontkraag. In een apart groepje bij elkaar stonden drie van de narrige jonge zakenlieden van gisteren. Een paar meisjes zogen wanhopig aan de sigaretten die ze binnen in het clubhuis niet mochten roken. Naast Dell Oro stond, gekleed in een grijze flanellen broek en een blazer, een lange, grijsharige, agressief Britse heer uit de hoogste kringen, die een met levervlekken bezaaide hand uitstak.

'*Giles*,' stelde hij zich voor. 'We hebben elkaar gisteren even van ver gezien. Ik verwacht niet dat je je mij herinnert. Ik was toevallig op doorreis in Parijs toen Emilio me heeft geschaakt. Dat bewijst maar weer eens dat je nooit in een opwelling je maatjes moet bellen. Evengoed hadden we gisteravond en echte knalfuif, dat moet ik zeggen. Jammer dat jullie tweeën er niet bij konden zijn' – nu tot Perry – 'Spreek jij Russisch? Ik gelukkig wel een beetje. Ik vrees dat onze geëerde gasten op het gebied van talen weinig anders te bieden hebben.'

Ze gingen naar binnen, met Dell Oro voorop. Lunchtijd op een verregende maandag: er waren maar weinig leden aanwezig. Links van Perry zat Luke met een bril op aan een hoektafeltje. Hij zat met een Bluetooth-apparaatje in zijn oor gebogen over een dunne, zilveren laptop en leek voor het oog van de buitenwereld een zakenman die even wat werk verzet.

Als je toevallig iemand ziet die je vaag aan ons doet denken, dan is dat een hersenschim, had Hector hen de vorige avond gewaarschuwd.

Paniek. Steek in de borststreek. *Waar is Gail in hemelsnaam?* Misselijk van angst keek Perry om zich heen en ontwaarde haar midden in de kamer, babbelend met Giles, Bunny Popham en Dell Oro. Hou je gemak en blijf in het zicht, zei hij in gedachten tot zichzelf. Hou je *koest,* laat je niet uit de tent lokken, blijf kalm. Dell Oro vroeg Bunny Popham of het te vroeg was voor champagne en Bunny antwoordde dat dat afhing van het oogstjaar. Iedereen barstte in lachen uit, maar Gail lachte het luidst. Perry maakte net aanstalten om haar te hulp te snellen toen hij een bulderend en inmiddels vertrouwd '*Professor, wel heb ik jou daar!*' hoorde en toen hij zich omdraaide zag hij drie paraplu's de trap op komen.

Onder de middelste paraplu, Dima met een Gucci-tennistas.

Links en rechts van hem Niki en de man die Gail tot in lengte van dagen de uitgemergelde filosoof had gedoopt.

Ze waren boven aan de trap aangekomen.

Dima klapte zijn paraplu in, gaf die aan Niki en banjerde in zijn eentje door de klapdeuren naar binnen.

'Zien jullie die kloteregen?' vroeg hij strijdlustig aan alle aanwezigen. 'Zien jullie de hemel?' Over tien minuten staat daar de zon!' En tegen Perry: 'Ga je je tennisspullen nog aantrekken, Professor, of moet ik je een pak slaag geven in dat kutpak van je?'

Futloos gelach van de toehoorders. De surrealistische pantomime van gisteren stond op het punt opnieuw te worden opgevoerd.

Perry en Dima dalen een donkere houten trap af, met de tennistassen in hun hand. Dima het clublid gaat voorop. Kleedkamergeuren. Dennenessence, muffe damp, bezwete kleren.

'Ik heb rackets, Professor!' buldert Dima langs de trap omhoog.

'Geweldig!' buldert Perry even luid terug.

'Zes wel! Emilio's rackets! Die vent krijgt geen bal over het net maar hij heeft goede rackets.'

'Zes van de dertig, dus!'

'Zo is dat, Professor! Zo is dat!'

Dima laat hun weten dat ze op weg naar beneden zijn. Hij weet wellicht niet dat Luke hen al heeft ingelicht. Onder aan de trap kijkt Perry achterom. Geen Niki, geen uitgemergelde filosoof, geen Emilio, niemand. Ze betreden een sombere, gelambriseerde kleedkamer in Zweedse stijl. Geen ramen. Spaarlampen. Door matglas zien ze twee oude mannen douchen. Een houten deur met TOILETTES erop. Nog twee deuren met MASSAGE. De mededeling op beide deurkrukken: *occupé. Je klopt op de rechterdeur, maar pas als hij klaar is. Herhaal dat nu eens hardop.*

'Goed geslapen, Professor?' vraagt Dima terwijl hij zich uitkleedt.

'Uitstekend. En jij?'

'Kut.'

Perry gooit zijn tennistas op een bank, ritst hem open en begint zich om te kleden. Spiernaakt staat Dima met zijn rug naar hem toe. Zijn torso is een bordspel van blauwe lijnen van zijn nek tot en met zijn billen. Midden op zijn rug wordt een meisje in een badpak uit de jaren veertig overweldigd door grauwende beesten. Haar dijen zijn geklemd om een levensboom waarvan de wortels in Dima's achterste steken en de takken zich over zijn schouderbladen uitspreiden.

'Ik moet pissen,' kondigt Dima aan.

'Ga je gang,' zegt Perry schertsend.

Dima doet de deur van de wc open en doet die van binnenuit op slot. Een ogenblik later komt hij weer tevoorschijn met een kokervormig voorwerp in zijn hand. Het is een dichtgeknoopt condoom met daarin een USB-stick. Recht van voren gezien, heeft Dima het lichaam van de Minotaurus. Zijn zwarte bos schaamhaar spreidt zich uit tot zijn navel. De rest voorspelbaar groot. Aan de wastafel spoelt hij het condoom af, loopt ermee naar zijn Gucci-tennistas en met een schaartje knipt hij het open, haalt het eraf en geeft de twee stukken van het condoom aan Perry om weg te gooien. Perry steekt ze in de zijzak van zijn jasje en ziet in een flits hoe Gail ze daar over een jaar aantreft en vraagt: 'Wanneer komt de baby?'

Met de snelheid van een gevangene schiet Dima een suspensoir en een blauwe tennisbroek aan, laat de USB-stick in de rechterzak van de korte broek glijden en trekt een T-shirt met lange mouwen, sokken en sportschoenen aan. Het hele proces heeft hem niet meer dan een paar seconden gekost. Een douchedeur gaat open. Een dikke oudere man komt tevoorschijn met een handdoek om zijn middel.

'*Bonjour tout le monde.*'

Bonjour.

De dikke oudere man trekt de deur van een kluisje open, laat de handdoek op de grond vallen en pakt een klerenhanger. De tweede douchedeur gaat open. Een tweede oudere man verschijnt.

'*Quelle horreur, la pluie.*' klaagt de tweede oudere man.

Perry is het met hem eens. De regen is inderdaad een gruwel. Hij bonst krachtig op de deur van de rechter massageruimte. Drie korte kloppen, maar duidelijk en hard. Dima staat achter hem.

'*C'est occupé,*' waarschuwt de eerste oudere man.

'*Pour moi, alors,*' zegt Perry.

'*Lundi, c'est tout fermé,*' verklaart de tweede oudere man.

Ollie maakt de deur van binnenuit open. Ze glippen langs hem naar binnen. Ollie sluit de deur en geeft Perry een geruststellend klopje op zijn arm. Hij heeft zijn oorring uitgedaan en zijn haar strak achterovergekamd. Hij draagt een witte doktersjas. Het is net alsof hij de ene Ollie heeft uitgetrokken en een andere heeft aangetrokken. Hector draagt een witte jas, maar heeft niet de moeite genomen die dicht te knopen. Hij is de hoofdmasseur.

Ollie klemt houten wiggen tussen de deur en de deurpost, twee onder, twee aan de zijkant. Zoals altijd met Ollie heeft Perry het gevoel dat hij het allemaal vaker heeft gedaan. Hector en Dima staan voor de eerste maal van aangezicht tot aangezicht, Dima buigt zich achterover, Hector buigt zich naar voren, de een rukt op, de ander deinst terug. Dima is een oude bajesklant die wacht op zijn volgende bestraffing, Hector de directeur van zijn gevangenis. Hector steekt zijn hand uit. Dima schudt hem en houdt hem vervolgens met zijn linkerhand gevangen, terwijl hij met zijn rechter in zijn zak graait. Hector geeft de USB-stick door aan Ollie, die hem meeneemt naar een wandtafel, de massagetas openritst, er een zilverkleurige laptop uithaalt, de klep openklapt en de USB-stick erin steekt, alles in één vloeiende beweging. Met zijn witte jas aan is Ollie forser dan ooit en tegelijkertijd twee keer zo behendig.

Dima en Hector hebben geen enkel woord gewisseld. Het bajesklant-gevangenisdirecteur-ogenblik is voorbij. Dima heeft zijn achterwaartse houding weer aangenomen en Hector staat weer voorover. Zijn bestendige grijze blik is open en vastberaden maar ook onderzoekend. Er is niets bezitterigs in, niets van rivaliteit, niets triomfantelijks. Hij zou een chirurg kunnen zijn die zich afvraagt hoe hij moet opereren en of hij überhaupt wel moet opereren.

'Dima?'

'Ja.'

'Ik ben Tom. Ik ben jouw Britse apparatsjik.'

'De hoogste?'

'De Hoogste laat je groeten. Ik ben hier namens hem. Dit is Harry' – hij wijst op Ollie – 'We spreken Engels en de Professor hier staat garant voor fair play.'

'Oké.'

'Laten we dan maar gaan zitten.'

Ze gaan zitten. Recht tegenover elkaar. Met Perry, de professor in de sportiviteit naast Dima.

'We hebben nog een collega boven,' vervolgt Hector. 'Hij zit in zijn eentje in de bar achter net zo'n zilveren laptop als Harry daar heeft. Hij heet Dick. Hij draagt een bril en een rode Partijdas. Als je later vandaag de club verlaat, zal Dick opstaan en langzaam met zijn laptop voor je uit door de lobby lopen en zijn donkerblauwe regenjas aantrekken. Prent hem voor de toekomst alsjeblieft goed in je geheugen. Dick spreekt in opdracht van mij en van de Hoogste. Begrepen?'

'Ik begrijp het, Tom.'

'Hij spreekt ook Russisch als dat nodig is. Net als ik.'

Hector kijkt op zijn horloge en dan naar Ollie. 'Ik sta zeven minuten toe voordat het tijd is voor jou en de Professor om naar boven te gaan. Dick laat ons weten als je aanwezigheid eerder vereist is. Voel je je daar prettig onder?'

'*Prettig?* Ben jij godsgloeiende niet goed bij je hoofd?'

Het ritueel begon. Nooit van zijn leven had Perry geloofd dat een dergelijk ritueel bestond. Toch leken beide mannen de noodzaak ervan in te zien.

Hector eerst: 'Sta je op dit moment of heb je ooit in contact gestaan met enig andere buitenlandse inlichtingendienst?'

Dima's beurt: 'God is mijn getuige, nee.'

'Zelfs geen Russische?'

'Nee.'

'Weet jij iemand in jouw kringen die in contact heeft gestaan met enig andere inlichtingendienst?'

'Nee.'

'Niemand die elders gelijksoortige informatie verkoopt? Doet er niet toe aan wie – politie, een bedrijf, een privépersoon, ergens op de wereld?'

'Zo iemand ken ik niet. Ik wil mijn kinderen naar Engeland hebben. Nu. Ik wil mijn klotedeal, verdomme.'

'En ik wil dat jij je deal krijgt. Dick en Harry willen dat jij je deal krijgt. Dat geldt ook voor de Professor hier. We staan allemaal aan dezelfde kant. Maar eerst moet je ons overtuigen en moet ik mijn mede-apparatsjiks in Londen overtuigen.'

'De Prins maakt me af, verdomme.'

'Heeft hij je dat gezegd?

'Zeker. Op die klotebegrafenis: "Wees niet bedroefd, Dima, binnenkort zul je bij Misja zijn." Als grap. Slechte grap.'

'Hoe ging het ondertekenen vanochtend?'

'Geweldig. Mijn kloteleven is al grotendeels voorbij.'

'Dan zijn we hier om de rest daarvan veilig te stellen, nietwaar?'

Luke weet eindelijk eens precies wie hij is en waarom hij hier is. Dat weet het management van de Club ook. Hij is Monsieur Michel Despard, een bemiddeld man, en hij wacht op zijn excentrieke oude tante, die hem op een lunch komt trakteren, de beroemde kunstenares van wie niemand ooit heeft gehoord en die op het Île St-Louis woont. Haar secretaris heeft een tafeltje voor hen gereserveerd, maar omdat zij een excentrieke tante is, weet je maar nooit of ze wel komt opdagen. Michel Despard weet dat van haar; de Club weet het ook, omdat een welwillende oberkelner hem is voorgegaan naar een rustig hoekje van de bar om te wachten, want het is maandag en het regent, en wat zaken af te handelen nu hij daar toch zit – en dank u zeer, meneer, dank u zeer hartelijk: met honderd euro erbij wordt het leven iets gemakkelijker.

Is Lukes tante werkelijk lid van de Club des Rois? Natuurlijk is ze dat! Of wijlen haar beschermer de Comte was lid, maar wat maakt dat uit? Dat is tenminste wat Ollie hen heeft voorgespiegeld, in zijn rol als de secretaris van Lukes tante. En Ollie is, zoals Hector al eerder opmerkte, de beste duvelstoejager in de branche, en de tante zal alles bevestigen wat bevestigd moet worden.

En Luke is tevreden. Hij is op zijn bedaarde, doodgemoedereerde, operationele best. Hij zou louter een getolereerde gast kunnen zijn, die in een ongezellig hoekje van de clubruimte is weggestopt. Met zijn hoornen bril en Bluetooth-oortje en opengeklapte laptop, zou hij iedere willekeurige afgematte zakenman kunnen zijn, die op maandagochtend het werk inhaalt dat hij eigenlijk in het weekend had moeten doen.

Maar veilig in zichzelf is hij in zijn element: zo voldaan en bevrijd als hij maar zijn kan. Hij is de evenwichtige stem te midden van het krijgsgewoel. Hij is de vooruitgeschoven uitkijkpost, die verslag uitbrengt aan het hoofdkantoor. Hij is de micromanager, de constructieve tobber, de adjudant met een oog voor het vitale detail dat zijn zwaar op de proef gestelde commandant over het hoofd heeft gezien of niet wil zien. Volgens Hector waren die twee 'Arabische politiemannen' het product van Perry's oververhitte zorgen om Gails veiligheid. Als ze al echt bestonden, dan was het 'een stel Franse dienders die op een zondagavond niets beters te doen hadden'. Maar in Lukes ogen maakten zij deel uit van een ongeïdentificeerde inlichtingendienst, wier status kan worden bevestigd noch ontkend, maar wordt opgeslagen tot meer informatie beschikbaar was.

Hij kijkt op zijn horloge en dan naar het beeldscherm. Zes minuten sinds Perry en Dima de trap naar de kleedkamers zijn afgedaald. Vier minuten en twintig seconden sinds Ollie rapporteerde dat ze de massagekamer hadden betreden.

Opkijkend inventariseert hij de scène die zich voor zijn ogen afspeelt: eerst de Schone Afgezanten, beter bekend als de Armani kids, die gemelijk toastjes verorberen en champagne achteroverslaan en nauwelijks de moeite nemen een woord te wisselen met hun dure escortmeisjes. Hun werkdag zit er al op. Zij hebben getekend. Ze zijn al halverwege Bern, hun volgende pleisterplaats. Ze vervelen zich, hebben een kater en zijn rusteloos. Hun vrouwen van gisternacht waren een afknapper: of dat vermoedt Luke tenminste. En hoe noemde Gail die twee Zwitserse bankiers ook weer die alleen in een hoekje bij elkaar zaten en mineraalwater dronken? Peter en de Wolf.

Volmaakt, Gail. Alles aan haar is volmaakt. Moet je haar nu zien, hoe ze als een doorgewinterde veteraan de sfeer naar haar hand zet. Het soepele lichaam, de bevallige heupen, de benen waar geen einde aan komt, en de merkwaardig moederlijke charme. Gail met Bunny Popham. Gail met Giles de Salis. Gail met hen allebei. Emilio dell Oro, als een mot aangetrokken door het licht, voegt zich bij het groepje. Evenals een verdwaalde Rus die zijn ogen niet van haar af kan houden. Het is die bolle. Hij heeft de champagne laten staan en zich op de wodka gestort. Emilio's wenkbrauwen zijn omhooggegaan als hij een geestige vraag stelt die Luke niet kan verstaan. Gail reageert met een geestig antwoord. Luke is hopeloos verliefd op haar, wat typerend is voor Luke. Altijd.

Emilio kijkt over Gails schouder naar de deur van de kleedkamers. Ging de grap daarover? – Emilio die zegt *Wat spoken die jongens daar toch uit? Zal ik naar beneden gaan om er een einde aan te maken?* En Gail die antwoordt: *Waag het niet, Emilio, ik weet zeker dat ze zich kostelijk amuseren* – wat echt iets voor haar is.

Luke in zijn microfoontje:

'De tijd is om.'

Ben, als je me nu toch eens kon zien. Van mijn beste kant, niet altijd de rottigheid. Een week geleden had Ben hem een Harry Potter opgedrongen. En Luke had geprobeerd het boek te lezen, echt zijn best gedaan. Als hij hondsmoe om elf uur 's avonds thuiskwam, of wakker lag naast zijn nimmer terug te winnen echtgenote, had hij het geprobeerd. En hij had vrij snel afgehaakt. Dat fantasygedoe zei hem niets – wat heel begrijpelijk was, zou hij kunnen betogen, omdat heel zijn leven een fantasie was, zelfs zijn heldendom. Want wat was er zo dapper aan gepakt worden en toestemming krijgen om weg te lopen?

'*Goed* is het, hè?' had Ben gevraagd, toen hij het beu was om nog langer op een reactie van zijn vader te wachten. 'Je hebt ervan genoten, pap. Geef maar toe.'

'Nou en of, het is geweldig,' zei Luke grootmoedig.

Zijn zoveelste leugen en ze wisten het allebei. Weer een stap verder verwijderd van de persoon van wie hij het meeste hield op de hele wereld.

'*Wil iedereen nu onmiddellijk even zijn mond houden. Dank jullie wel!*' Bunny Popham, de koningin van het kippenhok, richt zich tot het plebs. 'Onze dappere gladiatoren hebben er eindelijk in toegestemd ons met hun aanwezigheid te vereren. Laten wij ons aanstonds naar de *Arena* begeven!' Een veelbetekenende uitbarsting van gelach om het woord *Arena*. 'Behalve Dima zijn er vandaag geen *leeuwen*. Geen christenen ook, tenzij de Professor er een is, maar daar kan ik niet voor instaan.' Meer gelach. 'Gail, lieverd, wil je zo vriendelijk zijn ons voor te gaan. Ik heb van mijn leven heel wat adembenemende couture gezien, maar niets daarvan had, als ik zo vrij mag zijn, zo'n charmante inhoud.'

Perry en Dima gaan voorop. Gail, Bunny Popham en Emilio dell Oro volgen. Na hen komen een stel schone afgezanten en hun meisjes. Hoe schoon kun je zijn? Vervolgens de bolle man helemaal alleen, afgezien van zijn wodkaglas. Luke ziet hen verdwijnen achter een paar bomen en uit het zicht. Een streep zonlicht verlicht het met bloemen omzoomde pad en dooft uit.

Het was weer helemaal Roland Garros: al was het maar omdat Gail zich op dat moment noch naderhand ook maar enigszins bewust was van de grote tennismatch-in-de-regen die ze zo aandachtig volgde. Soms vroeg ze zich af of de spelers dat wel waren.

Ze wist dat Dima de toss won, want dat deed hij altijd. Ze wist dat hij liever met zijn rug naar de naderende wolken stond dan dat hij begon met serveren.

Ze weet nog dat ze vond dat de spelers in ieder geval de schijn van rivaliteit goed ophielden en vervolgens, als acteurs wanneer hun concentratie verslapt, vergaten dat ze in een duel op leven en dood waren verwikkeld om Dima's eer.

Ze herinnerde zich dat ze zich bezorgd maakte dat Perry op de glibberige natte tape die de lijnen van het veld aangaf zou uitglijden. Zou hij zoiets verrekte stoms flikken als zijn enkel verstuiken? Of zou Dima dat doen?

En hoewel ze, evenals de sportieve Franse toeschouwers gisteren, voorbeeldig even hard klapte voor Dima's slagen als voor die van Perry, was het Perry op wie ze haar ogen gevestigd hield: deels uit bescherming, deels omdat ze het gevoel had dat ze uit zijn lichaamstaal zou kunnen opmaken hoe het overleg met Hector beneden in de kleedkamer was gelopen.

Ze herinnerde zich ook het gedempt zuigende geluid waarmee de bal met vertragend effect in de natte klei kwakte en dat ze zich zo nu en dan liet meevoeren naar de laatste fase van de finale van gisteren, en zich moest dwingen terug te keren naar het heden.

En dat de ballen zelf steeds zwaarder werden naarmate de wedstrijd vorderde. En dat Perry in zijn verstrooidheid de trage bal te vroeg bleef terugslaan en hem uitsloeg of hem – een paar keer tot zijn schande – helemaal miste.

En dat Bunny Popham op zeker moment over haar schouder had geleund om haar te vragen of ze hem misschien liever meteen met hem smeerde, vóór de volgende wolkbreuk, of dat ze bij haar man wilde blijven om met het schip ten onder te gaan?

En dat ze zijn uitnodiging als een excuus had gebruikt om naar de wc te gaan en haar mobieltje te checken voor het onwaarschijnlijke geval dat Natasja had gereageerd op haar bericht. Maar dat had Natasja niet. Wat betekende dat de situatie sinds vanochtend negen uur onveranderd was gebleven en werd samengevat in de onheilspellende woorden die ze, ook al herlas ze ze, uit haar hoofd kende:

> Ondraaglijk in huis Tamara alleen maar bij God Katja en Irina zijn tragisch mijn broers doen alleen maar voetbal wij weten ons wacht vreselijk lot ik zal mijn vader nooit meer recht aankijken Natasja

Druk op groen om te beantwoorden, luister naar stilte, schakel mobiel uit.

Ze was zich er ook van bewust dat er – na de tweede regenpauze – of was het de derde? – butsen begonnen te komen in de soppende klei die kennelijk het punt had bereikt waar hij gewoon niet nog meer water kon opnemen. En dat als gevolg daarvan een functionaris van de Club ten tonele verscheen en zijn beklag deed bij Emilio dell Oro, waarbij hij op de toestand van de baan wees en hem met zijwaarts vegende gebaren van zijn handen aangaf dat het 'niet langer zo door kon gaan'.

Maar Emilio dell Oro moest over een bijzondere overtuigingskracht hebben beschikt, want hij pakte de functionaris vertrouwelijk bij zijn arm en nam hem mee tot onder een beukenboom, en toen het gesprek was afgelopen, haastte de functionaris zich als een schooljongen die een uitbrander heeft gehad terug naar het clubhuis.

En tussen al die verstrooide observaties en herinneringen was de jurist in Gail voortdurend aanwezig en tobde zij over het dunne *vliesje plausibiliteit* dat van begin af aan op het punt stond te scheuren, wat niet noodzakelijkerwijs het einde van de vrije wereld zoals wij die kennen hoefde te betekenen, zolang ze zich maar over Natasja en de meisjes kon ontfermen.

En dan, terwijl ze met die willekeurige gedachten speelt, kijk eens aan, staan Dima en Perry elkaar over het net de hand te schudden en houden ze het verder voor gezien: in haar ogen was het niet een handdruk van tegenstanders die zich verzoenen, maar eerder van handlangers in een schijnvertoning die zo flagrant is dat de laatste paar trouwe overlevenden die ineengedoken op de tribune zitten hen eerder zouden moeten uitjoelen dan toejuichen.

En ergens midden in die warboel – want er zijn die dag geen grenzen aan de ongerijmdheden – duikt opeens die bolle Rus op die haar overal heeft gevolgd en hij zegt haar dat hij zin heeft om haar te neuken. Precies in die bewoordingen: 'Ik heb zin om jou te neuken,' waarna hij wacht of haar antwoord ja of nee is: een bloedserieuze zakenjongen van iets over de dertig met een slechte huid en een leeg wodkaglas in zijn hand en bloeddoorlopen ogen. Ze dacht dat ze hem de eerste keer niet goed had verstaan. Er was gedruis, zowel in haar hoofd als daarbuiten. Ze vroeg hem nota bene of hij het wilde herhalen, godbetert. Maar toen had hij inmiddels de moed verloren en beperkte hij zich ertoe op vijf meter afstand achter haar aan te sjokken, wat de reden was dat ze het gezelschap van Bunny Popham accepteerde, de minst slechte optie die tot haar beschikking stond.

En dat was op zijn beurt de reden dat ze hem bekende dat zij ook advocaat was, een ogenblik waar zij altijd bang voor was geweest omdat het meestal uitdraaide op lastige wederzijdse vergelijkingen. Maar voor Bunny Popham was het een excuus om weer een choquerende opmerking te maken:

'O, mijn *hemel* – terwijl hij zijn blik hemelwaarts richtte – 'ik sta *paf!* Tja, dan zou ik met jou wel eens een potje willen *praktiseren.*'

Hij vroeg welk kantoor, dus vertelde ze hem dat, wat niet meer dan logisch was. Wat moest ze anders?

Ze had er lang over gedacht hoe en wat ze moest inpakken. Dat wist ze ook nog. Zo had ze zich afgevraagd of ze Perry's nieuwe tennistas kon gebruiken om hun vuile kleren in te doen en soortgelijke gewichtige kwesties die te maken hadden met uit Parijs vertrekken en op weg gaan naar Natasja. Perry had hun kamer voor vanavond aangehouden, zodat ze de laatste spullen vanavond konden inpakken, voordat ze de trein terug naar Londen namen, wat in de wereld die ze nu hadden betreden de normale manier was waarop mensen naar Bern reizen als zij mogelijkerwijs worden geschaduwd en niet geacht worden daarheen te gaan.

In de massageruimte was voor badjassen gezorgd. Perry en Dima hadden ze aan. Ze zaten daar weer met zijn drieën aan het tafeltje, waaraan ze volgens Perry's horloge de afgelopen twaalf minuten hadden gezeten. Ollie zat in zijn witte jas over zijn laptop gebogen in de hoek met zijn massagetas aan zijn voeten, schreef af en toe iets op een briefje en gaf dat aan Hector die het toevoegde aan het stapeltje dat voor hem lag. De claustrofobische sfeer riep herinneringen op aan het souterrain in Bloomsbury zonder de geur van wijn, en er ging net zoiets geruststellends uit van de geluiden van het echte leven in de buurt; het gebrom van de pijpen, stemmen uit de kleedkamer, het doortrekken van een wc, het geronk van een defecte airconditioning

'Hoeveel krijgt Longrigg?' vraagt Hector, na op een van Ollies briefjes te hebben gekeken.

'Een half procent,' antwoordt Dima op effen toon. 'Op de dag dat Arena zijn bankvergunning krijgt, krijgt Longrigg zijn eerste geld. Na een jaar, tweede geld. Jaar later, klaar.'

'Waar wordt dat uitbetaald?'

'In Zwitserland.'

'Weet jij het rekeningnummer?'

'Tot aan Bern weet ik nummer niet. Soms krijg ik alleen naam. Soms alleen nummer.'

'Giles de Salis?'

'Speciale bonus. Dat hoor ik alleen, zonder bevestiging. Emilio zegt tegen me: De Salis krijgt zijn speciale bonus. Maar misschien houdt Emilio die voor zichzelf. Na Bern weet ik zeker.'

'Een speciale bonus van hoeveel?'

'Vijf miljoen schoon aan de haak. Misschien niet waar. Emilio is link. Steelt alles.'

'In Amerikaanse dollars?'

'Zeker.'

'Betaalbaar wanneer?'

'Gelijk met Longrigg, maar in contanten, onvoorwaardelijk, twee jaar, niet drie. Helft bij officiële vestiging van Arena Bank, andere helft jaar na opening, Tom.'

'Wat?'

'Je hoort me toch wel, oké?' De stem komt opeens weer tot leven. 'Na Bern krijg ik alles. Om te tekenen, ik moet daar bereid toe zijn, hoor je me? Ik teken niets als ik dat niet wil, dat is mijn recht. Jullie halen mijn familie naar Engeland, oké? Ik ga naar Bern, ik teken, jullie halen mijn familie hier weg, ik schenk jullie mijn hart, mijn leven!' Hij keert zich met een ruk om naar Perry. 'Jij hebt mijn kinderen gezien, Professor! Godallemachtig, wie denken ze verdomme dat ik ben? Zijn ze verdomme blind of zo? Mijn Natasja wordt gek, krijgt geen hap meer door haar keel.' Hij wendt zich tot Hector. 'Jij haalt mijn kinderen *nu* naar Engeland, Tom. Dan doen wij deal. Zodra mijn familie in Engeland is, ik weet alles. Interesseert me geen moer!'

Maar waar Perry geroerd is door deze smeekbede, staan Hectors adelaarstrekken strak van afwijzing.

'Om de dooie dood niet,' antwoordt hij. En Dima's protesten ruwweg terzijde schuivend: 'Jouw vrouw en familie blijven waar ze zijn tot na de ondertekening op woensdag. Als ze uit jouw huis verdwijnen vóór de ondertekening in Bern, brengen ze zichzelf en *jou* én de deal in gevaar. Heb je een bodyguard in je huis of heeft de Prins die teruggefloten?'

'Igor. We maken hem nog wel eens *vor*. Ik hou van die kerel. Tamara houdt van hem. De kinderen ook.'

Wij maken hem *vor*? herhaalt Perry voor zichzelf. Als Dima in zijn burgermanspaleisje in een uithoek van Surrey zit, met Natasja op Roedean en zijn zoons op Eton, dan maken *wij* Igor *vor*?

'Op het ogenblik word je bewaakt door twee mannen. Niki en een nieuwe.'

'Voor de Prins. Zij gaan me vermoorden.'

'Hoe laat moet je woensdag in Bern tekenen?'

'Om tien uur. In de ochtend. Bundesplatz.'

'Hebben Niki en zijn maat de ondertekening van vanochtend bijgewoond?'

'Mooi niet. Zij wachtten buiten. Die kerels zijn stom.'

'En in Bern, zullen ze daar ook niet bij de ondertekening aanwezig zijn?'

'Mooi niet. Misschien zitten zij in wachtkamer. Jezus, Tom –'

'En na de ondertekening geeft de bank een receptie ter ere van de gelegenheid. In het Bellevue Palace Hotel nog wel.'

'Om halftwaalf. Grote receptie. Iedereen viert feest.'

'Heb je dat, Harry?' roept Hector naar Ollie in zijn hoekje en Ollie steekt zijn arm op ter bevestiging. 'Zullen Niki en zijn vriend op die receptie aanwezig zijn?'

Terwijl Dima zijn zelfbeheersing begint te verliezen, heeft Hector iets onverzettelijk gedrevens over zich gekregen.

'Mijn klotebewakers?' protesteert Dima ongelovig. 'Of die op de receptie komen? Ben je niet goed bij je hoofd? De Prins gaat me niet afmaken in het kloterige Bellevue Hotel. Hij wacht een week. Misschien twee. Misschien maakt hij eerst Tamara af, of mijn kinderen. Hoe moet ik dat weten, verdomme?'

Hectors woedende blik blijft onveranderd.

'Nog even voor alle duidelijkheid,' dringt hij aan. 'Je bent er zeker van dat de twee bewakers – Niki en zijn vriend – *niet* op de receptie in het Bellevue aanwezig zullen zijn.'

Terwijl hij zijn enorme schouders laat hangen, verzinkt Dima in een soort fysieke wanhoop. 'Zeker? Ik ben nergens zeker van. Misschien komen ze wel op de receptie. Jezus, Tom.'

'Laten we even aannemen dat ze er zijn. Puur hypothetisch. Dan gaan ze niet achter je aan als je moet pissen.'

Geen antwoord, maar Hector wacht daar ook niet op. Hij beent naar de hoek van de kamer, gaat achter Ollie staan en kijkt over zijn schouder naar het computerscherm.

'Vertel me eens wat je hiervan denkt. Of Niki en zijn vriend je nu naar het Bellevue Palace vergezellen of niet, zo halverwege de receptie – laten we zeggen om twaalf uur 's middags of daar zo dicht bij als je kunt – ga jij een plas doen. Laat me de begane grond eens zien' – tegen Ollie – 'het Bellevue heeft twee toileteenheden voor gasten op de begane grond. Een daarvan bevindt zich aan de andere kant van de receptiebalie, meteen rechts als je de lobby binnenkomt. Klopt dat, Harry?'

'Als een bus, Tom.'

'Weet je welke toiletten ik bedoel?'

'Tuurlijk weet ik dat.'

'Dat zijn de toiletten waarvan jij *geen* gebruikmaakt. Bij het andere blok kom je als je links afslaat en een trap afloopt. Die toiletten zijn in de kelder en daar wordt weinig gebruik van gemaakt omdat ze moeilijker te bereiken zijn. De trap is naast de bar. Tussen de bar en de lift. Weet je welke trap ik bedoel? Halverwege de trap bevindt zich een deur die je open kunt duwen als hij niet op slot zit.'

'Ik drink vaak in de bar. Ik ken die trap. Maar 's avonds wordt hij afgesloten. Misschien overdag soms ook.'

Hector gaat weer zitten. 'Op woensdagochtend zal die deur niet afgesloten zijn. Jij loopt de trap af. Dick van boven loopt achter je aan. Vanuit het souterrain is er een zijuitgang die op straat uitkomt, Dick heeft een auto. Waar hij je naartoe brengt hangt af van de regelingen die ik vanavond in Londen tref.'

Dima doet opnieuw een beroep op Perry, ditmaal met tranen in zijn ogen:

'Ik wil mijn familie in Engeland, Professor. Zeg dat tegen deze apparatsjik: jij hebt ze gezien. Stuur de kinderen eerst, ik kom later. Dat vind ik best. Als de Prins mij wil afmaken als mijn familie in Engeland is, wie kan dat een zak schelen?'

'*Ons* kan dat een zak schelen,' antwoordt Hector heftig. 'Wij willen jou en je hele familie. We willen je veilig in Engeland hebben, waar je ons de oren van het hoofd zult praten. We willen dat je gelukkig bent. We zitten midden in het Zwitserse schooljaar. Heb je al plannen gemaakt voor de kinderen?'

'Na begrafenis in Moskou heb ik ze gezegd, school kan kolere krijgen, misschien gaan we op vakantie. Terug naar Antigua, Sochi misschien, beetje rondschooieren, pret maken. Na Moskou, klets ik maar wat. Jezus.'

Hector blijft onbewogen. 'Ze zijn dus thuis, gaan niet naar school, wachten op jouw terugkeer, denken dat jij een verhuizing op touw zet, maar weten niet waarheen.'

'Verrassingsvakantie, zeg ik hun. Als geheim. Misschien geloven ze me. Ik weet niet meer.'

'Op woensdagochtend, als jij op de bank je handtekening zet en feest viert in het Bellevue, wat doet Igor dan?'

Dima wrijft met zijn duim over zijn neus.

'Misschien gaat boodschappen doen in Bern. Misschien brengt Tamara naar Russische kerk. Misschien brengt Natasja naar paardenschool. Als ze niet zit te lezen.'

'Op woensdagochtend moet Igor boodschappen gaan doen in Bern. Kun je dat Tamara door de telefoon vertellen zonder dat het raar klinkt? Ze moet Igor een lange boodschappenlijst meegeven. Mondvoorraad voor wanneer je terugkomt van je verrassingsvakantie.'

'Is oké. Misschien.'

'Alleen maar misschien?'

'Is oké. Zal ik tegen Tamara zeggen. Ze is een beetje gek. Ze is oké. Natuurlijk.'

'Terwijl Igor de boodschappen doet, zullen Harry hier en de Professor jouw familie uit het huis ophalen voor de verrassingsvakantie.'

'Londen.'

'Of een veilige plek. Een van de twee, dat hangt ervan af hoe snel er regelingen kunnen worden getroffen om jullie allemaal naar Engeland te brengen. Als ik, op basis van de informatie die je ons tot dusverre hebt gegeven, mijn apparatsjiks kan overhalen de rest op goed vertrouwen te aanvaarden – vooral de gegevens die je in Bern zult verzamelen – dan vliegen we jou en je familie woensdagavond met een speciale vlucht naar Londen. Dat beloof ik. De Professor hier is mijn getuige. Zo niet, dan brengen we jou en je familie naar een veilig onderduikadres en zorgen voor jullie tot mijn Hoogste Baas zegt: "Kom naar Engeland". Zo is de situatie voor zover ik kan overzien. Perry, jij kunt dit bevestigen.'

'Dat kan ik.'

'Hoe leg je de informatie die je bij de tweede ondertekening in Bern zult ontvangen vast?'

'Is geen probleem. Eerst ben ik alleen met bankdirecteur. Daar heb ik recht op. Misschien zeg ik tegen hem, maak me kopieën van deze shit. Ik moet kopieën hebben voor ik mijn handtekening zet. Hij is mijn vriend. Als hij het niet doet, maakt geen zak uit. Ik heb goed geheugen.'

'Zodra Dick je het Bellevue Palace Hotel uit heeft geloodst, geeft hij je een recorder en dan spreek je alles in wat je hebt gezien en gehoord.'

'Geen grenzen, verdomme.'

'Je passeert geen enkele grens, totdat je in Engeland komt. Dat beloof ik je ook. Perry, je hebt me gehoord.'

Perry heeft hem gehoord, maar blijft niettemin een ogenblik in gedachten verzonken, met zijn lange vingers samengevouwen tegen zijn voorhoofd, terwijl hij zonder iets te zien voor zich uit staart.

'Tom spreekt de waarheid, Dima,' geeft hij uiteindelijk toe. 'Hij heeft mij ook dingen beloofd. Ik geloof hem.'

14

Luke haalde de volgende middag, op dinsdag, om vier uur Gail en Perry op van het vliegveld Kloten bij Zürich, nadat ze een onrustige nacht hadden doorgebracht in de flat in Primrose Hill, allebei zonder een oog dicht te doen, zich allebei zorgen makend, maar niet om dezelfde dingen: Gail vooral om Natasja – waarom die plotselinge stilte? – maar ook om de kleine meisjes. Perry om Dima en de onrustbarende gedachte dat Hector de operatie verder vanuit Londen zou leiden en dat Luke het bevel en de beslissingsbevoegdheid in het veld zou hebben, met steun van Ollie en, bij gebrek aan beter, van hemzelf.

Van het vliegveld reed Luke hen naar een oude Gasthof in een dorp in een dal op een paar kilometer ten westen van het centrum van Bern. De Gasthof was alleraardigst. Het dal, ooit idyllisch, was een deprimerend nieuwbouwproject met karakterloze flatgebouwen, neonborden, pylonen en een pornowinkel. Luke wachtte tot Perry en Gail hadden ingecheckt en ging toen een biertje met hen drinken in een rustig hoekje van de Gaststube. Even later voegde Ollie zich bij hen, nu zonder baret, maar met een breedgerande zwarte gleufhoed, die hij zwierig schuin voorover op zijn hoofd droeg, maar verder was hij zijn onstuitbare zelf.

Luke kwam rustig met zijn laatste nieuws op de proppen. Zijn houding tegenover Gail was vormelijk en afstandelijk, het absolute tegendeel van flirtziek. De optie waaraan Hector de voorkeur gaf, verwittigde hij de aanwezigen, maakte geen enkele kans. Na de stemming in Londen te hebben gepeild – hij noemde in het bijzijn van Perry en Gail Matlocks naam niet – zag Hector geen kans om toestemming te krijgen om Dima en zijn familie meteen na de ondertekening 's ochtends naar Engeland te vliegen, en daarom had hij zijn toevlucht genomen tot zijn uitwijkmogelijkheid, namelijk een veilig onderkomen binnen Zwitserse grenzen, totdat hij het groene licht kreeg. Hector en Luke hadden lang en diep nagedacht over waar dat zou moeten zijn en waren tot de slotsom gekomen dat, vanwege de complexiteit van de familie, afgelegen niet synoniem was met geheim.

'En Ollie, ik heb begrepen dat jij er ook zo over denkt?'

'Helemaal en totaal, Luke,' zei Ollie, met zijn niet geheel correcte cockneyaccent met een buitenlands sausje.

In Zwitserland was de zomer vroeg ingetreden, vervolgde Luke. Het was beter om het maoïstische principe te huldigen en je te verschuilen tussen de velen, dan opvallen als vreemde eenden in de bijt in een gat waar ieder onbekend gezicht nauwkeurig wordt gadegeslagen – vooral als dat gezicht toevallig toebehoort aan een kale, heerszuchtige Rus, vergezeld van twee kleine dochters, twee onbesuisde tienerjongens, een betoverend mooie tienerdochter en een niet helemaal sporende echtgenote.

En afstand bood al evenmin bescherming in de ogen van niet aangelijnde planners: integendeel zelfs, want het kleine vliegveld in Bern-Belp was ideaal gelegen voor een discrete aftocht met een privévliegtuig.

Na Luke was Ollie aan de beurt, en Ollie was, evenals Luke, in zijn element, zijn stijl van rapporteren ingetogen en omzichtig. Na een aantal mogelijkheden te hebben onderzocht, zei hij, had hij gekozen voor een modern vakantiechalet op een van de buitenste hellingen van het populaire toeristendorp Wengen in het dal van Lauterbrunnen, een uur rijden met de auto en een kwartier met de trein van waar ze nu zaten.

'En eerlijk gezegd, als er ook maar *iemand* dat chalet een tweede blik waardig keurt, dan krijgen ze met mij te doen,' besloot hij strijdlustig, terwijl hij aan de rand van zijn zwarte hoed trok.

De efficiënte Luke overhandigde hun vervolgens een onopgesmukt kaartje met daarop de naam, het adres en het vaste telefoonnummer voor belangrijke en onschuldige telefoontjes voor het geval er een probleem met de mobiele telefoon mocht zijn, hoewel volgens Ollie de ontvangst in het dorp zelf onberispelijk was.

'En hoe lang moeten de Dima's daar blijven?' vroeg Perry, in zijn rol als vriend van de gevangenen.

Hij had niet echt gerekend op een inhoudelijk antwoord, maar Luke was verbazingwekkend toeschietelijk – beslist meer dan Hector onder soortgelijke omstandigheden zou zijn geweest. Er lagen een stel Whitehall-beren op de weg die moesten worden gepasseerd, legde Luke uit: Immigratie, het ministerie van Justitie, Binnenlandse Zaken, om er maar drie te noemen. Hectors huidige pogingen waren erop gericht zo veel mogelijk obstakels uit de weg te ruimen totdat Dima en zijn familie veilig onderdak in Engeland kon worden geboden:

'Mijn ruwe schatting luidt drie tot vier dagen. Minder, als we mazzel hebben, langer, als we pech hebben. Daarna begint de logistiek een beetje te pruttelen.'

'*Te pruttelen*?' riep Gail ongelovig uit. 'Als een afvoerbuis?'

Luke bloosde, lachte toen met hen mee, en deed toen zijn best het uit te leggen. Operaties als deze – niet dat er ooit twee precies hetzelfde zijn – dienden voortdurend te worden geëvalueerd, zei hij. Vanaf het moment dat Dima van het toneel verdween – vanaf morgen rond het middaguur dus, als God het wil – zal er een soort alarmsignaal naar hem uitgaan, hoewel niemand weet wat voor een:

'Ik bedoel gewoon, Gail, dat vanaf morgenmiddag de klok tikt en we klaar moeten zijn om naar de omstandigheden vereisen op korte termijn te improviseren. Dat kunnen we. Dat is ons vak. Daar worden we voor betaald.'

Na te hebben benadrukt dat ze alle drie vroeg naar bed moesten en dat ze hem op elk moment konden bellen als ze daar maar de minste aanleiding toe gevoelden, keerde Luke terug naar Bern.

‘En als je met de centrale in het hotel belt, vergeet dan niet dat ik John Brabazon heet,’ bracht hij hun met een strakke glimlach in herinnering.

Alleen in zijn slaapkamer op de eerste verdieping van Berns schitterende Bellevue Palace Hotel, met de rivier de Aar die onder zijn raam stroomde en de verre toppen van het Berner-Oberland die een zwart silhouet vormden tegen de oranje hemel, probeerde Luke Hector te bereiken en hoorde hij zijn versleutelde stem die hem zei: *laat verdomme een kloteboodschap achter tenzij het dak op instorten staat,* waarover Luke al evenzeer in het duister tastte als Hector, en *ga anders gewoon door met waar je mee bezig bent en zanik niet,* wat Luke een luide lachbui ontlokte en tevens bevestigde wat hij al had vermoed: dat Hector bezig was een bureaucratisch duel op leven en dood uit te vechten dat zich niets aantrok van conventionele werktijden.

Hij beschikte over een tweede nummer dat hij in geval van nood kon bellen, maar omdat er voor zover hij wist geen sprake was van een noodsituatie, liet hij een vrolijke boodschap achter die inhield dat het dak het tot dusverre aardig hield, dat Milton en Doolittle op hun post en blij van zin waren en dat Harry uitmuntend werk verrichtte, en de hartelijke groeten aan Yvonne. Vervolgens nam hij een lange douche en trok hij zijn zondagse pak aan, alvorens hij naar beneden ging om zijn verkenningstocht door het hotel te beginnen. Zijn gevoel van bevrijding was zo mogelijk nog manifester dan in de Club des Rois. Hij was de onaangelijnde Luke, die op een wolk naar binnen zweefde: geen paniekinstructies op de valreep, van de vierde verdieping, geen onbeheersbare overvloed aan watchers, luistervinken, overvliegende helikopters en al die andere twijfelachtige attributen van de moderne geheime operatie; en geen door cocaïne opgefokte krijgsheer om hem in een junglekooi aan de ketting te leggen. Alleen onaangelijnde Luke en zijn kleine team van loyale strijdmakkers – waar er zoals gewoonlijk eentje bij zat op wie hij verliefd was – en Hector in Londen die zich dapper inzette voor de goede zaak en klaarstond om hem te vuur en te zwaard te verdedigen:

‘Als je twijfelt, *niet* aan toegeven. Dat is een dienstbevel. Niet pielen, gewoon doen, verdomme,' had Hector hem gisteravond op het hart gedrukt, na een haastig afscheid bij een glaasje whisky op vliegveld Charles de Gaulle. 'Mij kunnen ze niets in de schoenen schuiven, verdomme. Ik *ben* de schoenen. Bij deze klus is het pompen of verzuipen. Doe je best en God zegene de greep.'

Op dat moment was er iets in Luke wakker geroepen: een mystiek gevoel van verwantschap, van verbondenheid met Hector dat het collegiale oversteeg.

'Zeg, hoe gaat het met Adrian?' vroeg hij, terugdenkend aan Matlocks gratuite opmerking, met de bedoeling die goed te maken.

'O, beter, dank je. *Stukken* beter,' zei Hector. 'De psychiater denkt dat ze de behandeling aardig op de rails hebben. Over zes maanden kan hij vrijkomen, als hij zich goed gedraagt. Hoe gaat het met Ben?'

'Geweldig. Ronduit geweldig. Met Eloise ook,' antwoordde Luke, die wilde dat hij niets had gevraagd.

Aan de receptiebalie van het hotel liet een onmogelijk chique receptioniste Luke weten dat Herr Direktor zijn gebruikelijke ronde maakte langs de bargasten. Luke liep recht op hem af. Hier was hij goed in als dat nodig was. Geen grootmeester in het veinzen als Ollie, misschien, maar meer de recht-voor-zijn-raap vrijpostige kleine Brit.

'Meneer? Mijn naam is Brabazon. John Brabazon. Dit is de eerste keer dat ik hier verblijf. Maar mag ik iets opmerken?'

Dat mocht hij en Herr Direktor, die vreesde dat het slecht nieuws zou zijn, zette zich schrap.

'Dit is zonder meer een van de meest exquise, onbedorven art nouveau hotels – jullie gebruiken het woord *Edwardian* hier waarschijnlijk niet! – dat ik op al mijn reizen heb gezien.'

'Bent u hotelier?'

'Ik vrees van niet. Gewoon een nederige journalist. Van de *Times*, in Londen. Het reiskatern. Volkomen onaangekondigd, vrees ik, hier om privéredenen...'

'... Hier is dus de balzaal die we de Salon Royal noemen,' dreunde Herr Direktor op, in een monoloog die reeds vaak was uitgesproken. 'Hier is onze kleine eetzaal die we onze Salon du Palais noemen, en hier is onze Salon d'Honneur waar we onze cocktailparty's houden. Onze chef-kok is bijzonder trots op zijn canapés. En hier is ons restaurant La Terrasse, in feite *het* trefpunt voor heel trendy Bern, maar ook voor onze buitenlandse gasten. Heel wat vooraanstaande personen hebben hier gedineerd, onder wie filmsterren, we kunnen u een flinke lijst verstrekken en ook een menukaart.'

'En de keukens?' vroeg Luke, want hij wilde niets aan het toeval overlaten. 'Zou ik misschien even een kijkje mogen nemen, als de koks het niet erg vinden?'

En toen Herr Direktor hem, nogal uitputtend, alles had laten zien wat er te zien was, en toen Luke naar behoren in vervoering was geraakt en uitvoerig aantekeningen had gemaakt, en voor zijn eigen genoegen nog een paar foto's had genomen met zijn mobieltje als Herr Direktor daar geen bezwaar tegen had, hoewel zijn krant natuurlijk een echte fotograaf zou sturen als dat goed was – en dat was het – keerde hij terug naar de bar en, na zichzelf te hebben getrakteerd op een onwaarschijnlijk exquise clubsandwich en een glas Dôle, voegde hij een paar noodzakelijke laatste eigen nuances toe aan zijn journalistieke excursie, waaronder banale details als de positionering van de toiletten, de nooduitgangen, de brandtrappen, parkeerfaciliteiten en de geplande sportschool die momenteel in aanbouw was op het dak, voordat hij zich terugtrok op zijn kamer en Perry opbelde om zich ervan te verzekeren dat aan hun kant alles naar wens verliep. Gail lag te slapen. Perry hoopte binnen enkele minuten ook in slaap te vallen. Luke hing op en bedacht dat hij dichter bij Gail in bed was geweest dan hij ooit nog zou komen. Hij belde Ollie.

'Alles loopt op rolletjes, dank je, Dick. En het vervoer is helemaal in kannen en kruiken, voor het geval je daar nog over in mocht zitten. Wat is jouw oordeel over die Arabische dienders, als ik vragen mag?'

'Ik weet niet wat ik ervan moet denken, Harry.'

'Ik evenmin. Maar vertrouw nooit een diender, zeg ik altijd maar. Voor het overige geen problemen?'

'Tot morgen.'

En ten slotte belde Luke Eloise.

'Vermaak je je een beetje, Luke?'

'Ja, nou en of, dank je. Bern is echt een prachtige stad. We moeten hier samen eens heen gaan. Dan nemen we Ben mee.'

Zo praten we altijd: omwille van Ben. Zodat hij het volle genot heeft van gelukkige, heteroseksuele ouders.

'Wil je hem spreken?' vroeg ze.

'Is hij op? Je wilt toch niet zeggen dat hij nog bezig is met zijn huiswerk Spaans?'

'Jij loopt een uur voor op ons, Luke.'

'O ja, natuurlijk. Nou ja, graag dan. Als het kan. Hallo, Ben.'

'Hallo.'

'Ik ben in Bern, voor straf, Zwitserland. De hoofdstad. Er is hier echt een fantastisch museum. Het Einstein Museum, een van de beste musea die ik van mijn leven heb gezien.'

'Ben jij naar een *museum* geweest?'

'Een halfuurtje maar. Gisteravond toen ik was aangekomen. Ze waren laat open. Net over de brug van mijn hotel. Dus ben ik gegaan.'

'Waarom?'

'Omdat ik er zin in had. De portier had het aanbevolen, dus ben ik gegaan.'

'Zomaar?'

'Ja, zomaar.'

'Wat heeft hij je nog meer aanbevolen?'

'Hoe bedoel je?'

'Heb je kaasfondue gegeten?'

'Daar is weinig aan als je in je eentje bent. Daar heb ik jou en mammie bij nodig. Jullie allebei.'

'O, oké.'

'En met een beetje mazzel ben ik met het weekend terug. Dan pakken we een bioscoopje of zoiets.'

'Eigenlijk moet ik werken aan mijn Spaanse opstel, als je het niet erg vindt.'

'Natuurlijk vind ik dat niet erg. Veel succes ermee. Waar gaat het over?'

'Dat weet ik eigenlijk niet. Spaanse dingen. Tot ziens.'

'Tot ziens.'

Wat heeft de portier nog meer aanbevolen? Heb ik dat goed gehoord? Zoiets als *heeft de portier een hoer naar je kamer gestuurd*? Wat heeft Eloise hem aangepraat? En waarom heb ik in jezusnaam tegen hem gezegd dat ik naar het Einstein Museum ben geweest, terwijl ik alleen maar de brochure die op de balie bij de portier lag heb gezien?

Hij ging naar bed, zette het BBC World News aan en deed de televisie weer uit. Halve waarheden. Kwartwaarheden. Wat de wereld werkelijk van zichzelf weet, durft ze niet te zeggen. Sinds Bogotá, zo had hij gemerkt, had hij niet altijd de moed om zijn eenzaamheid onder ogen te zien. Misschien had hij te veel stukjes van zichzelf te lang bij elkaar gehouden, en die begonnen nu uit elkaar te vallen. Hij liep naar de minibar, schonk zichzelf een whisky soda in en zette die naast zijn bed. Eentje maar, niet meer. Hij miste Gail, en toen Yvonne. Werkte Yvonne nog laat aan Dima's proefmonsters of lag ze in de armen van haar ideale echtgenoot? – als ze die had, wat hij soms betwijfelde. Misschien had ze hem wel verzonnen om Luke op een afstand te houden. In gedachten keerde hij terug naar Gail. Was Perry ook een ideale man? Waarschijnlijk wel. Iedereen had een ideale echtgenoot, behalve Eloise. Hij dacht aan Hector, de vader van Adrian. Hector, die op woensdag en zaterdag zijn zoon in de gevangenis bezoekt, nog zes maanden te gaan als het meezit. Hector de geheime Savonarola, zoals iemand hem ooit zo treffend had genoemd, die de Dienst waarvan hij hield zo fanatiek wilde hervormen, in de wetenschap dat hij de slag verliest, zelfs als hij hem wint.

Hij had gehoord dat de Commissie van Machtiging tegenwoordig haar eigen *War Room* had. Dat leek passend: ergens op een ultra geheime plek, zonder lijnen naar binnen of naar buiten of dertig meter onder de grond. Tja, hij was eerder in zulke ruimtes geweest: in Miami en Washington, toen hij gegevens uitwisselde met zijn *chers collègues* in de CIA of van de narcoticabrigade of de Alcohol-, Vuurwapens- & Tabaks-controle en god mocht weten welke andere diensten er nog waren geweest. En volgens zijn weloverwogen mening waren het plekken die gegarandeerd collectieve waanzin opleverden. Hij had gezien hoe de lichaamstaal veranderde naarmate de Geïndoctrineerden afstand deden van zichzelf en hun gezond verstand om zich door hun virtuele wereld te laten omhelzen.

Hij dacht aan Matlock, die op vakantie ging naar Madeira en niet wist wat een zwart hotel was. Matlock die, door Hector in de hoek gedreven, Adrians naam uit zijn hoge hoed had getoverd en die van korte afstand op hem had afgevuurd. Matlock die voor zijn raam met het weidse uitzicht op Vadertje Theems zat en zijn lompe subtiliteiten debiteerde, eerst de stok, dan de wortel, dan allebei tegelijk.

Nou, Luke had niet toegehapt en hij was ook niet door de knieën gegaan. Niet dat hij zo'n linkmiegel was, hoor, hij was de eerste om dat toe te geven: *onvoldoende manipulatief* stond in een van zijn vertrouwelijke jaarevaluaties en heimelijk was hij daar best mee ingenomen. Hij beschouwde zichzelf niet als manipulator. Halsstarrigheid was meer zijn ding. Een volhouder. Zich door dik en dun vastklampend aan dat ene deuntje: *nee* – of je nu vastgeketend zit in een kooi of in de andere fauteuil zit van Matlocks comfortabele kantoor in *la Lubianka-sur-Tamise,* zijn whisky drinkt en zijn vragen pareert. Door ze alleen al aan te horen zou je je in je eigen gedachten kunnen verliezen:

'Een drie- tot vijfjarencontract in de opleidingsschool, Luke, leuke behuizing voor je vrouwtje op de koop toe, wat zal helpen bij het oplossen van de problemen waar ik niet dieper op in hoef te gaan, een verhuisvergoeding, frisse zeelucht, goede scholen in de buurt... Je zou je huis in Londen niet hoeven te verkopen, als je dat niet zou willen, niet zolang de prijzen zo laag zijn... Verhuren zou *ik* je aanraden, genieten van het extra inkomen. Maak een praatje met de Boekhouding op de begane grond, zeg dat ik je heb gevraagd even langs te gaan... Niet dat we op het gebied van onroerend goed aan *Hector* kunnen tippen, maar dat kunnen er maar weinigen.' Een pauze om de spanning wat op te voeren. 'Hector sleurt je toch niet mee naar de ondergang, hoop ik, Luke, want je bent wel wat promiscue in je loyaliteiten, als ik zo vrij mag zijn?... Tussen haakjes, het gerucht gaat dat Ollie Devereux zich door hem heeft laten paaien, wat ik niet verstandig van hem zou vinden. Fulltime, denk je dat Ollie voor hem werkte? Of is het meer een kwestie van incidentele hand- en spandiensten..?'

En een uur later herhaalt hij het allemaal nog eens ten behoeve van Hector.

'Staat Billy Boy inmiddels achter ons of tegenover ons?' had Luke aan Hector gevraagd tijdens hetzelfde afscheidsborreltje op Charles de Gaulle, toen ze dankbaar waren overgestapt op minder persoonlijke onderwerpen.

'Billy Boy gaat waar hij denkt dat zijn ridderorde te verkrijgen is. Als hij moet kiezen tussen de jachtopzieners en de stropers dan kiest hij voor Matlock. Maar een man die Aubrey Longrigg zozeer haat als hij kan niet puur slecht zijn,' had Hector er bij nadere overweging aan toegevoegd.

Onder andere omstandigheden zou Luke deze vrolijke bewering wellicht in twijfel hebben getrokken, maar nu niet, niet aan de vooravond van Hectors beslissende veldslag met de krachten der duisternis.

Op de een of andere manier was het woensdagochtend geworden. Op de een of andere manier hadden Perry en Gail een beetje geslapen en waren ze uitgerust en paraat verschenen voor het ontbijt met Ollie, die vervolgens op zoek was gegaan naar hun koninklijke koets, zoals hij het noemde, terwijl zij ondertussen een lijstje maakten en in de plaatselijke supermarkt inkopen deden voor de kinderen. Het hoeft geen verbazing te wekken dat ze moesten denken aan een soortgelijke expeditie die ze naar St. John's hadden ondernomen, die middag dat Ambrose hen het overwoekerde pad naar Three Chimneys wees, maar ditmaal was hun keuze meer prozaïsch van aard: water, zonder en met prik, frisdranken – en ach, nou ja, geef ze dan maar cola (Perry) – picknicksnacks – kinderen hebben in het algemeen liever hartig dan zoet, ook al weten ze dat zelf niet (Gail) – voor allemaal een rugzakje, ook al zijn die geen Fair Trade; een paar rubberballen en een honkbalknuppel, omdat ze toch niets zouden kunnen vinden dat meer op een cricketbat leek en als het niet anders kan dan leren we ze slagbal – of, wat waarschijnlijker was daar de jongens honkbal speelden – zij leren het ons.

Ollies koninklijke koets was een oude, zeven meter lange, groene paardentrailer met houten wanden en een linnen dak, en plek voor twee paarden met een afscheiding in het midden, en kussens en dekens op de vloer voor menselijke wezens. Gail nam voorzichtig plaats op de kussens. Perry, die zich al verheugde op een ruige rit, sprong achter haar aan naar binnen. Ollie klapte de loopplank omhoog en vergrendelde hem. Het doel van de breedgerande zwarte hoed was duidelijk geworden: hij was Ollie de olijke Roma, op weg naar de paardenshow.

Volgens Perry's horloge reden ze een kwartiertje en stopten toen abrupt op zachte grond. Geen gerotzooi en niet gluren, had Ollie hen gewaarschuwd. Er woei een warme wind en het linnen dak boven hen golfde als een ballonfok. Volgens Ollies berekening bevonden ze zich op tien minuten afstand van hun bestemming.

Luke Alone, hadden zijn onderwijzers hem op zijn lagere school genoemd, naar de roekeloze held uit een avonturenroman die allang in het vergeetboek was geraakt. Hij vond het een beetje onrechtvaardig dat hij op zijn achtste al hetzelfde gevoel van eenzaamheid zou hebben uitgestraald dat hem op zijn drieënveertigste achtervolgde.

Maar Luke Alone was hij gebleven en Luke Alone was hij nu, met zijn hoornen bril en zijn knalrode Russische das, terwijl hij druk op zijn zilverkleurige laptop zat te tikken, onder het schitterend verlichte glazen gewelf van de prachtige lobby van het Bellevue Palace Hotel, met een blauwe regenjas opvallend over de armleuning van een leren stoel, midden tussen de glazen entreedeuren en de met pilaren ondersteunde Salon d'Honneur, waar op dat moment een middag-*apéro* werd gegeven door het Arena Multi Global Trading Conglomerate, zoals vermeld op het mooie bronzen bord dat de gasten de weg moest wijzen. Het was Luke Alone die de nieuwkomers in de gaten hield via de vele fraaie deurspiegels en wachtte tot hij in zijn uppie een sensationele Russische overloper kon helpen door de vijandelijke linies te ontkomen.

De afgelopen tien minuten had hij met een soort passief ontzag gezien hoe eerst Emilio dell Oro en de twee Zwitserse bankiers, die door Gail Peter en de Wolf waren gedoopt, opvallend onopvallend binnenkwamen, gevolgd door een kluitje grijze pakken, dan twee jonge Saoedi's, zo te zien, vervolgens een Chinese vrouw en een donkere man met brede schouders die

Luke arbitrair tot Griek had gebombardeerd.

Daarna in één verveelde kudde Armani kids, de Zeven Schone Afgezanten, onbeschermd op Bunny Popham na, met een anjer in zijn knoopsgat, en de loom charmante Giles de Salis met een wandelstok met zilveren knop die bij zijn weerzinwekkend volmaakt zittende pak paste.

Aubrey Longrigg, waar ben je nu we je nodig hebben? wilde Luke hem vragen. Hou je je gedeisd? Heel verstandig. Een veilige zetel in het parlement en een vrijkaartje voor het French Open is één ding, net als miljoenen aan provisie uit het buitenland en nog een paar diamanten voor je stomme vrouwtje, om nog maar te zwijgen van een commissariaat bij een uitmuntende nieuwe bank in de City met miljarden pas witgewassen geld om mee te spelen. Maar een gala-ondertekening in een Zwitserse bank in het licht van de schijnwerpers is iets te copieus naar jouw smaak: dat dacht Luke tenminste toen de broodmagere, kale, norse gestalte van Aubrey Longrigg, parlementslid, de trap op kwam schrijden – de man in eigen persoon, niet langer een plaatje – met Dima, de wereldkampioen witwassen, aan zijn zijde.

Terwijl Luke zich een beetje dieper in zijn leren stoel begroef en het deksel van zijn zilverkleurige laptop iets hoger tilde, wist hij, dat als er ooit een eureka-moment in zijn leven was geweest, dat hier en nu was, en dat er nooit meer zo'n moment zou komen, terwijl hij nogmaals de goden in wie hij niet geloofde dankte dat hij in al zijn jaren bij de Dienst geen enkele maal een glimp had opgevangen van Aubrey Longrigg en, voor zover hij wist, Longrigg evenmin van hem.

Maar zelfs dan was het pas nadat de twee mannen hem veilig voorbij waren gelopen in de richting van de Salon d'Honneur – Dima had hem bijna aangeraakt – dat Luke zijn hoofd durfde opheffen om snel via de spiegels de volgende juweeltjes van operationele informatie vast te stellen:

Juweeltje Een: dat Dima en Longrigg niet met elkaar spraken. En waarschijnlijk ook niet met elkaar hadden gesproken toen ze aankwamen. Ze liepen alleen toevallig gelijk de trap op. Twee andere mannen volgden – krachtige, Zwitserse accountanttypes van middelbare leeftijd – en het was, naar Lukes mening, waarschijnlijker dat Longrigg met een van hen of met beiden had gesproken, dan met Dima. En hoewel dat niet aantoonbaar was – ze *konden* ook eerder met elkaar hebben gesproken – was Luke enigszins gerustgesteld, want het was nooit prettig om te ontdekken dat jouw agent, vlak voordat de operatie haar afronding vindt, een persoonlijke relatie onderhoudt met een hoofdrolspeler waar jij niet van wist. Behalve dat had hij verder geen gedachten over Longrigg, behoudens het triomfantelijke, zonneklare: *hij is er! Ik heb hem gezien! Ik ben getuige!*

Juweeltje Twee: dat Dima heeft besloten bepaald niet geruisloos te verdwijnen. Want voor zijn historische moment draagt hij een blauw maatpak met krijtstreep en een dubbele rij knopen; en aan zijn fijn gevormde voeten een paar zwarte kalfsleren Italiaanse instappers met kwastjes – niet ideaal, volgens Lukes overvolle hoofd, voor een snelle uitbraakpoging, maar het wordt geen uitbraakpoging, het wordt een ordelijke aftocht. Luke vond Dima's manier van doen, voor iemand die meent zojuist zijn eigen doodvonnis te hebben getekend, onwaarschijnlijk zorgeloos. Misschien was dat het voorspel van de wraak waarvan hij genoot: van de trots van een oude *vor* die spoedig zou worden hersteld, en van de moord op een discipel die zou worden gewroken. Misschien was hij, in weerwil van al zijn zorgen, blij dat hij had afgerekend met al het liegen en ontwijken en doen alsof en was hij in gedachten al in het groene en aangename Engeland dat hem en zijn familie wachtte. Luke kende dat gevoel goed.

De apéro is begonnen. Een lage babbelende bariton klinkt op uit de Salon d'Honneur, zwelt aan en sterft weer weg. De een of andere respectabele Salongast houdt een toespraak, eerst in slecht verstaanbaar Russisch, daarna in slecht verstaanbaar Engels. Peter? De Wolf? De Salis? Nee. Het is de respectabele Emilio dell Oro; Luke herkent zijn stem van de tennisclub. Applaus. Stilte als in een kerk terwijl er een respectabele heildronk wordt uitgebracht. Op Dima? Nee, op de respectabele Bunny Popham, die reageert: Luke herkent die stem ook, en het gelach bevestigt het. Hij kijkt op zijn horloge, haalt zijn mobieltje tevoorschijn, drukt op de sneltoets voor Ollie:

'Twintig minuten als hij op tijd is,' zegt hij en hij neemt opnieuw stelling achter zijn zilverkleurige laptop.

O, Hector. O, Billy Boy. Wacht maar tot je hoort wie ik vandaag tegen het lijf ben gelopen.

Bezwaar tegen een beetje voor de vuist weg orakelen voordat ik ga, Luke? vraagt Hector, terwijl hij zijn glas whisky leegdrinkt op vliegveld Charles de Gaulle.

Luke heeft geen enkel bezwaar. Over Adrian, Eloise en Ben hebben ze het al gehad. Hector heeft zojuist zijn oordeel geveld over Billy Boy Matlock. Zijn vlucht wordt aangekondigd.

Bij de planning van een operatie zijn er maar twee momenten waarop je mag improviseren – gesnopen, Lukie?

Gesnopen, Hector.

'Een, wanneer je je plannen smeedt. Dat hebben we achter de rug. Twee, wanneer het plan in de soep draait. Zolang dat niet het geval is, houd je je nauwkeurig aan het scenario dat we hebben opgesteld, anders ben je de lul. Geef me nu een hand.'

Dat was dus de vraag die door Lukes hoofd spookte toen hij zat te staren naar een hoop abracadabra op het scherm van zijn zilverkleurige laptop en, met nog nul minuten te gaan, zat te wachten tot Dima in zijn eentje de Salon d'Honneur uit zou komen: kwam de herinnering aan Hectors afscheidspreek bij hem op *voordat* hij Niki met de babyface en de uitgemergelde filosoof hun posities zag innemen in de twee grote leunstoelen aan weerszijden van de glazen deuren? Of was die teweeggebracht door de schok hen daar te zien?

En wie noemde hem trouwens voor het eerst de uitgemergelde filosoof? Perry of Hector? Nee, dat was Gail. Vast en zeker Gail. Gail heeft altijd de beste tekst.

En waarom was het precies op het moment dat hij hen opmerkte dat het geroezemoes in de Salon d'Honneur aanzwol tot een gekeuvel en de grote deuren opengingen – hoewel er in feite slechts één deur openging, zag hij nu – om Dima, alleen, uit te braken?

Lukes verwarring betrof niet alleen het moment, maar ook de plaats. Terwijl Dima hem van achteren naderde, kwamen Niki en de uitgemergelde filosoof vóór hem overeind uit hun stoelen en lieten Luke, die niet wist waar hij kijken moest, ineengedoken midden tussen hen in zitten.

Een woedend gebrul van Russische obsceniteiten van rechts achter hem maakte hem duidelijk dat Dima naast hem tot staan was gekomen:

'Wat moeten jullie verdomme van me, stelletje strontzakken? Wil je weten waar ik op uit ben, Niki? Ik ga pissen. Wil je me zien pissen? Sodemieter op. Ga maar pissen op die klotePrins van je.'

Achter de balie ging het hoofd van de portier discreet omhoog. De onmogelijk chique Duitse receptioniste gaf geen blijk van een dergelijke discretie en draaide zich met een ruk om om te zien wat er loos was. Onverstoorbaar doof voor dat alles, tikte Luke er zinloos op los op zijn zilverkleurige laptop. Niki en de uitgemergelde filosoof bleven staan. Geen van hen verroerde een vin. Misschien vermoedden zij dat Dima op het punt stond via de glazen deuren de straat op te rennen. In plaats daarvan vervolgde hij, met een gedempt *'krijg toch de kolere, klootzakken,'* zijn wandeling door de lobby en door de korte gang die toegang gaf tot de bar. Hij passeerde de lift en bleef boven aan de stenen trap stilstaan die naar de toiletten in de kelder leidde. Inmiddels was hij niet meer alleen. Niki en de filosoof stonden achter hem, en nauwelijks een meter achter Niki en de filosoof stond de volgzame, onopvallende kleine Luke met zijn laptop onder zijn arm en zijn blauwe regenjas eroverheen, die naar de wc moest.

Zijn hart klopt niet langer als een razende, zijn voeten en knieën voelen goed en veerkrachtig. Zijn gehoor is uitstekend en zijn hoofd is helder. Hij herinnert zichzelf eraan dat hij het terrein kent en de bodyguards niet en dat Dima het ook kent, wat een extra aansporing is voor de bodyguards, als ze die al nodig hadden, om liever achter Dima te lopen dan voor hem.

Luke is even verbijsterd over hun onverwachte verschijning als Dima dat duidelijk is. Het stuit hem, en Dima al evenzeer, tegen de borst dat zij een man willen lastigvallen die hen niet langer van nut is en die, naar zijn eigen overtuiging en waarschijnlijk ook die van hen, binnenkort dood zal zijn. Alleen niet hier en nu. Niet op klaarlichte dag onder de ogen van het hele hotel en de Zeven Schone Afgezanten en een vooraanstaand lid van het Britse parlement en andere hoogwaardigheidsbekleders, die twintig meter hier vandaan champagne en canapés naar binnen slaan. Bovendien is de Prins, zoals overtuigend is bewezen, heel scrupuleus in de uitvoering van zijn moorden. Hij heeft een voorliefde voor ongelukken, of willekeurige terreuraanslagen door plunderende Tsjetsjeense bandieten.

Maar dat is van later zorg. Als het plan in de soep draait, om met Hectors woorden te spreken, is voor Luke de tijd aangebroken om te improviseren, een tijd om *niet te pielen maar te doen*, om Hector nogmaals te citeren, een tijd om zich de dingen te herinneren die er bij hem in de loop der jaren zijn ingestampt tijdens diverse opeenvolgende cursussen ongewapend gevecht, maar die hij nooit in praktijk heeft hoeven brengen, behalve die ene keer in Bogotá, toen zijn prestatie op zijn hoogst middelmatig tot redelijk kon worden geoordeeld: een paar ongecontroleerde meppen, toen duisternis.

Maar bij die gelegenheid waren het de beulen van de drugsbaron die het voordeel van de verrassing hadden, en nu had Luke dat. Hij had niet toevallig de papierschaar tot zijn beschikking, of de zak vol kleingeld, of de aan elkaar geknoopte schoenveters, of enig ander tamelijk belachelijk huishoudelijk moordartikel waar de instructeurs zo enthousiast over waren, maar hij beschikte wel over een ultramoderne zilverkleurige laptop en, niet het minst dankzij Aubrey Longrigg, een tomeloze woede. Die was hem als een vriend in nood te hulp gekomen en op dat moment was het voor hem een betere vriend dan moed.

Dima steekt zijn arm uit om de deur naar de stenen trap open te duwen.

Niki en de uitgemergelde filosoof staan vlak achter hem en Luke staat weer achter hen, maar niet zo dichtbij als zij bij Dima.

Luke is verlegen. Afdalen naar een wc is een privéaangelegenheid en Luke is daarin liever alleen. Niettemin beleeft hij een moment van opperste geestelijke helderheid. Nu is hij eindelijk degene die het initiatief kan nemen en niemand anders. Bij uitzondering is hij eens de terechte agressor.

De deur waar ze voor staan wordt zo nu en dan om veiligheidsredenen op slot gedaan, zoals Dima in Parijs al correct had opgemerkt, maar vandaag is dat niet het geval. Luke kan ervan op aan dat hij open is, en dat is omdat hij de sleutel in zijn zak heeft.

De deur gaat dus open en toont het nogal schaars verlichte trappenhuis erachter. Dima gaat nog steeds voorop, maar die situatie verandert abrupt wanneer een echt geweldige klap van Luke met de laptop de uitgemergelde filosoof zonder morren langs Dima de trap af doet donderen, waarbij hij Niki uit zijn evenwicht brengt en Dima de kans geeft zijn gehate, blonde, afvallige bodyguard bij de keel te grijpen op de manier die hij, volgens Perry, al in gedachten had toen hij voorstelde hoe hij de echtgenoot van wijlen Natasja's moeder zou vermoorden.

Met één hand nog om zijn keel ramt Dima Niki's onthutste hoofd links en rechts tegen de linkerwand tot zijn nutteloze, afgetrainde lichaam onder hem ineenzijgt en hij sprakeloos voor Dima's voeten komt te liggen, wat Dima ertoe noopt hem, met de punt van zijn weinig praktische Italiaanse schoen, herhaaldelijk en heel hard te schoppen, eerst in zijn kruis en vervolgens tegen de zijkant van zijn hoofd.

Dat alles gaat er in Lukes ogen heel langzaam en natuurlijk, hoewel enigszins wanordelijk aan toe, maar met een zuiverend en mysterieus triomfantelijk effect. Een laptop met beide handen vastgrijpen, met gestrekte armen boven je hoofd heffen en als de bijl van een beul op de nek van de uitgemergelde bodyguard laten neerkomen, die gemakshalve een paar treden lager staat dan hij, was een vereffening met elke belediging die hij zich de afgelopen veertig jaar had moeten laten welgevallen, van zijn kindertijd onder de knoet van zijn tirannieke vader, een beroepsmilitair, via de rits Engelse particuliere en kostscholen die hij had gehaat, en de rissen vrouwen met wie hij had geslapen en wilde dat hij dat niet had gedaan, tot aan het Colombiaanse woud dat hem gevangen had gehouden en het diplomatieke getto in Bogotá, waar hij de meest idiote en obsessieve zonde van zijn leven had begaan.

Maar hoe onlogisch dat ook mag klinken, het was uiteindelijk ongetwijfeld de gedachte af te rekenen met Aubrey Longrigg, die het vertrouwen van de Dienst had beschaamd, die hem de grootste bevrediging verschafte, want net als Hector, hield Luke zielsveel van de Dienst. De Dienst was zijn vader en zijn moeder en ook zijn stukje God, ook al waren haar wegen soms ondoorgrondelijk.

Wat, als je erover nadenkt, waarschijnlijk was hoe Dima dacht over zijn dierbare *vory*.

Iemand zou het uit moeten schreeuwen, maar niemand doet dat. Onder aan de trap liggen de twee mannen ineengezakt over elkaar heen en tarten daarmee ogenschijnlijk de homofobe gedragscode van de *vory*. Dima is nog steeds bezig Niki te schoppen, die onderop ligt, terwijl de uitgemergelde filosoof zijn mond beurtelings open en dicht doet als een vis op het droge. Luke keert terug op zijn schreden en loopt voorzichtig de trap weer op, doet de klapdeur op slot en stopt de sleutel terug in zijn zak, om zich vervolgens bij het serene schouwspel beneden te voegen.

Luke grijpt Dima – die nog één laatste trap moet uitdelen voor hij meekomt – bij zijn arm en leidt hem langs de toiletten, een paar treden omhoog en door een ongebruikte ontvangstruimte tot ze bij de gepantserde personeelsdeur komen waarop NOODUITGANG staat. Voor het gebruik van de deur is geen sleutel nodig maar in plaats daarvan is er een groen blikken doosje op de muur aangebracht met een glazen raampje en een rode noodknop erachter, voor noodgevallen zoals brand, overstroming of een terroristische aanslag.

De afgelopen achttien uur heeft Luke zich ernstig over deze groene doos met zijn noodknop gebogen en hij heeft ook de moeite genomen om de meest waarschijnlijke eigenschappen ervan met Ollie te bespreken. Op aanraden van Ollie heeft hij vooraf de koperen schroeven waarmee het glazen raampje aan het metalen kastje vastzit, losgedraaid en een onheilspellende rode draad doorgeknipt die terugvoert naar de ingewanden van het hotel en de noodknop verbindt met het centrale alarmsysteem. Ollie giste dat doorknippen van de rode draad ervoor zou zorgen dat de nooduitgang open zou gaan zonder een massale evacuatie van staf en gasten van het hotel te veroorzaken.

Na het losse ruitje met zijn linkerhand te hebben weggehaald, maakt Luke aanstalten de rode knop met zijn rechterhand in te drukken, maar ontdekt dat zijn rechterhand tijdelijk buiten bedrijf is. Dus gebruikt hij opnieuw zijn linkerhand, waarna met Zwitserse doelmatigheid de deuren openvliegen, precies zoals Ollie had voorspeld, en daar is de straat en daar is de zonnige dag die hen wenkt.

Luke duwt Dima voor zich uit en wacht – uit hoffelijkheid jegens het hotel of uit verlangen eruit te zien als een paar eerzame Bernse burgers in het pak die toevallig naar buiten komen – even om de deur achter zich dicht te doen en constateert op hetzelfde moment, met oprechte dank aan Ollie, dat er geen sirenes achter hem opklinken om een algehele evacuatie van het hotel af te kondigen.

Vijftig meter verderop in de straat bevindt zich een ondergrondse parkeergarage die, nogal merkwaardig, Parking Casino heet. Op het eerste niveau, pal met de neus naar de uitgang, staat de BMW die Luke voor deze gelegenheid heeft gehuurd en in Lukes verdoofde rechterhand rust de elektronische sleutel die de portieren van de auto ontsluit voor ze hem hebben bereikt.

'Jezus god, Dick, ik hou van je, hoor je?' fluistert Dima tussen zijn gehijg door.

Met zijn verdoofde rechterhand tast Luke in de warme voering van zijn binnenzak naar zijn mobieltje, haalt het tevoorschijn en drukt met zijn linkerwijsvinger op de sneltoets naar Ollie.

'Tijd om *nu* naar binnen te gaan,' beveelt hij op majestueus kalme toon.

De paardentrailer reed achteruit een steil talud af en Ollie waarschuwde Perry en Gail dat ze naar binnen gingen. Nadat ze in de parkeerhaven hadden gewacht hadden ze over een kronkelige bergweg gereden, koeienbellen gehoord en hooi geroken. Ze hadden stilgehouden, gekeerd, achteruitgereden en nu wachtten ze opnieuw, maar alleen tot Ollie de achterklep omhoog had geschoven, wat hij langzaam deed om zo min mogelijk geluid te maken, waarbij hij geleidelijk aan zichzelf vertoonde tot aan zijn breedgerande zwarte gleufhoed.

Achter Ollie bevond zich een stal en daarachter een *paddock* met een paar mooie jonge paarden, vossen, die naar hen toe waren gedraafd om een kijkje te nemen en er vervolgens weer vandoor waren gegaan. Naast de stallen stond een groot modern huis, opgetrokken uit donkerrood hout met overhangende dakranden. Aan de voor- en zijkant bevonden zich portieken die allebei waren afgesloten. De voorportiek keek uit op de weg en de zijportiek niet, dus koos Perry het zijportaal en zei: 'Ik ga eerst.' Er was overeengekomen dat Ollie, die de familie nog niet had ontmoet, bij de trailer zou blijven tot hij werd geroepen.

Toen Perry en Gail dichterbij kwamen, zagen zij twee camera's van een gesloten televisiecircuit op hen neerkijken, een vanaf de stallen en een vanaf het huis. Waarschijnlijk had Igor daarvoor gezorgd, maar Igor was erop uitgestuurd om boodschappen te doen.

Perry drukte op de bel en aanvankelijk hoorden ze niets. Gail vond het onnatuurlijk stil, dus drukte ze zelf nog eens op de bel. Misschien was hij defect. Ze drukte er nog eens extra lang op en gaf toen een paar korte stoten om iedereen tot spoed te manen. En uiteindelijk werkte dat, want ongeduldige jonge voeten naderden, grendels werden weggeschoven en er werd een sleutel omgedraaid en een van Dima's vlasharige zonen liet zijn gezicht zien: Viktor.

Maar in plaats van hen te begroeten met een brede grijns op zijn sproeterige gezicht, wat ze hadden verwacht, staarde Viktor hen in nerveuze verwarring aan.

'Hebben jullie haar?' vroeg hij, met het Amerikaans Engelse accent dat hij op kostschool had geleerd.

De vraag was gericht tot Perry en niet tot Gail, omdat Katja en Irina inmiddels naar buiten waren gekomen en Katja een van Gails benen had gegrepen en haar hoofd ertegenaan drukte en Irina haar armen ophief om door Gail te worden omhelsd.

'Mijn zus. *Natasja*!' schreeuwde Viktor ongeduldig tegen Perry, terwijl hij achterdochtig naar de paardentrailer keek, alsof ze zich daarin zou kunnen hebben verstopt. *'Hebben – jullie – Natasja – gezien, verdomme?'*

'Waar is je moeder?' vroeg Gail terwijl ze zich losmaakte van de meisjes.

Ze volgden Viktor door een gelambriseerde gang die naar

kamfer rook naar een over twee niveaus verdeelde zitkamer, met lage balken en glazen deuren die toegang boden tot een tuin en de paddock daarachter. In het donkerste hoekje van de kamer zat, geklemd tussen twee koffers, Tamara, met een zwarte hoed op met een voile eromheen. Toen Gail naderbij kwam, zag ze onder de sluier dat ze haar haar met henna rood had geverfd en rouge op haar wangen had gesmeerd. Het is een Russische traditie om vóór een reis even te gaan zitten, had Gail ooit ergens gelezen, en misschien was dat de reden dat Tamara daar nu zat en waarom ze bleef zitten toen Gail voor haar ging staan en neerkeek op haar strakke, met rouge bedekte gezicht.

'Wat is er met Natasja gebeurd?' vroeg Gail.

'Dat weten we niet,' antwoordde Tamara in de richting van de leegte voor zich.

'Waarom niet?'

Nu nam de tweeling het over, en Tamara werd voor een poosje vergeten:

'Ze is naar de rijschool gegaan en niet teruggekomen!' zei Viktor met klem, terwijl zijn broer Alexei achter hem de kamer in stormde.

'Nee, dat is ze *niet*, ze *zei* alleen maar dat ze naar de rijschool ging. Ze *zei* het alleen maar, lul! Ze liegt, je weet dat ze liegt!' – Alexei.

'Wanneer ging ze naar de manege?' vroeg Gail.

'Vanochtend. Vroeg! Om een uur of acht!' schreeuwde Viktor, voordat Alexei er een woord tussen kon krijgen. 'Ze had daar met iemand afgesproken. Een soort demonstratieles over dressuur! Pa had tien minuten daarvoor opgebeld om te zeggen dat we rond het middaguur klaar moesten staan! Natasja zegt dat ze een afspraak heeft op de rijschool. Ze moest en zou erheen, een *onschendbare overeenkomst*!'

'Ze is dus toch gegaan?'

'Zeker weten. Igor heeft haar gebracht in de Volvo.'

'Gelul!' – opnieuw Alexei. 'Igor heeft haar naar *Bern* gebracht! Ze is godverdomme nooit naar die rijschool gegaan, klojo! Natasja heeft tegen mama *gelogen*!'

Gail de juriste kwam tussenbeide: 'Heeft Igor haar in *Bern* afgezet? Waar ergens in Bern?'

'Bij het treinstation!' schreeuwde Alexei.

'Bij welk treinstation, Alexei?' vroeg Perry streng. 'Rustig aan, alsjeblieft. Bij welk treinstation in Bern heeft Igor Natasja afgezet?'

'Bij het *Centraal Station* van Bern! Het internationale station, jezus christus! Vandaar kun je overal heen. Naar Parijs! Naar Boedapest! Naar Moskou!'

'Pa *heeft gezegd dat ze daar naartoe moest gaan*, Professor,' zei Viktor met nadruk, waarbij hij zijn stem dempte, in doelbewust contrast met de hysterische Alexei.

'Heeft *Dima* dat gedaan, Viktor?' – Gail.

'Dima zei dat ze naar het station moest gaan. Dat beweerde Igor. Zal ik Igor nog eens opbellen zodat je met hem kunt praten?'

'Dat *kan* hij niet, lul! De Professor spreekt geen Russisch!' – Alexei, nu bijna in tranen.

Opnieuw Perry, vastberaden als voorheen: 'Viktor – wacht even, Alexei – Viktor, vertel het me nu nog eens – rustig. *Alexei*, ik ben zo bij je, *zodra* ik naar Viktor heb geluisterd. Vertel op, Viktor.'

'Dat is wat Igor beweert dat ze tegen hem heeft gezegd, en daarom heeft hij haar bij het Centraal Station afgezet. "Mijn vader zegt dat ik naar het Centraal Station moet."'

'En Igor is ook een lul! Hij vraagt niet waarom!' schreeuwde Alexei. 'Daar is hij verdomme te stom voor. Hij is zo bang voor pa dat hij Natasja bij het station afzet en zeg maar dag met je handje! Hij vraagt niet waarom. Hij gaat boodschappen doen. Als ze nooit meer terugkomt, kan hij er niks aan doen. Pa heeft gezegd dat hij het moest doen, hij heeft het gedaan, dus is het niet zijn schuld!'

'Hoe weet je dat ze niet naar de dressuurdemonstratie is gegaan?' vroeg Gail, toen ze hun verklaringen tot dusverre tot zich had laten doordringen.

'Viktor, alsjeblieft,' zei Perry haastig, voordat Alexei zich er weer tussen kon mengen.

'Eerst belt de rijschool ons om te vragen waar is Natasja?' zei Viktor. 'Het kost honderdvijfentwintig piek per uur, en ze heeft niet afgezegd. Ze wordt verwacht voor dat dressuurgedoe. Ze hebben het paard gezadeld en wel klaarstaan. Dus bellen wij Igor op zijn mobieltje. Waar is Natasja? Op het station, zegt hij, in opdracht van pa.'

'Wat had ze aan?' – Gail, die zich uit mededogen tot de radeloze Alexei wendt.

'Een wijde spijkerbroek. En een soort Russische kiel. Net als een *koelak*. Ze heeft altijd slobberkleren aan. Zegt dat ze het niet prettig vindt als de jongens naar haar kont kijken.'

'Heeft ze geld bij zich?' – nog steeds tot Alexei.

'Pa geeft haar wat ze maar wil. Hij verwent haar *totaal!* Wij krijgen honderd per maand, zij krijgt wel *vijf*honderd. Om boeken te kopen, en schoenen waar ze gek op is; vorige maand heeft pa een viool voor haar gekocht. Violen kosten wel miljoenen!'

'En jullie hebben allemaal geprobeerd haar te bellen?' – Nu Gail tot Viktor.

'Herhaaldelijk,' zegt Viktor, die zichzelf inmiddels heeft uitgeroepen tot de bedaarde, volwassen man. 'Wij allemaal, met Alexeis mobieltje, met mijn mobieltje, met Katja's mobieltje en met Irina's mobieltje. Geen reactie.'

Gail herinnert zich opeens dat Tamara er ook nog is en wendt zich tot haar: 'Heb jij geprobeerd haar te bellen?'

Van Tamara evenmin een reactie.

Gail tot de vier kinderen: 'Ik wil dat jullie allemaal even naar een andere kamer gaan, zodat ik met Tamara kan praten. Mocht Natasja bellen, dan wil ik als eerste met haar praten. Hebben jullie dat goed begrepen?'

Omdat er in Tamara's donkere hoek niet nog een stoel stond, schoof Perry een houten bank bij die werd gedragen door twee uit hout gesneden beren en daar gingen ze samen op zitten, terwijl ze keken naar Tamara's zwarte kraaloogjes, die vol onbegrip tussen hen heen en weer schoten.

'Tamara,' zei Gail. 'Waarom is Natasja bang om haar vader onder ogen te komen?'

'Ze moet kind krijgen.'

'Heeft ze jou dat verteld?'

'Nee.'

'Maar je hebt het gemerkt.'

'Ja.'
'Hoe lang heb je dat al in de gaten?'
'Dat doet er niet toe.'
'Maar wist je het in Antigua al?'
'Ja.'
'Heb je het er met haar over gehad?'
'Nee.'
'Met haar vader?'
'Nee.'
'Waarom heb je er niet met Natasja over gesproken?'
'Ik haat haar.'
'Haat ze jou ook?'
'Ja. Haar moeder was hoer. Nu is Natasja hoer. Dat hoeft niemand te verbazen.'
'Wat gebeurt er als haar vader erachter komt?'
'Misschien houdt hij nog meer van haar. Misschien vermoordt hij haar. Dat is aan God.'
'Weet je wie de vader is?'
'Misschien zijn het vele vaders. Van de rijschool. Van de skischool. Misschien is het de postbode, of Igor.'
'En je hebt geen idee waar ze nu is?'
'Natasja vertelt mij nooit iets.'

Buiten op het erf was het gaan regenen. In de paddock stonden de twee mooie vossen elkaar speels kopjes te geven. Gail, Perry en Ollie stonden in de luwte van de paardentrailer. Ollie had Luke via zijn mobieltje gesproken. Luke had moeite met spreken gehad, omdat hij Dima naast zich in de auto had zitten. Maar de boodschap die Ollie nu doorgaf duldde geen tegenspraak. Zijn stem bleef kalm maar zijn valse cockney-accent had het door de spanning zwaar te verduren:

'We moeten er nu meteen als de sodemieter vandoor. Er zijn ernstige complicaties opgetreden en we kunnen het konvooi voor één enkel schip niet langer ophouden. Natasja heeft hun mobiele nummers en zij hebben het hare. Luke wil niet dat we Igor tegen het lijf lopen dus dat doen we dan ook niet, verdomme. Hij zegt dat je nu iedereen aan boord moet brengen, Perry, alsjeblieft en dan maken we *nu* dat we wegkomen, begrepen?'

Perry was alweer halverwege het huis toen Gail hem apart nam:

'Ik weet waar ze is,' zei ze.

'Jij schijnt een heleboel te weten wat ik niet weet.'

'Niet zoveel. Genoeg. Ik ga haar halen. Ik wil dat jij me steunt. Geen heldhaftigheden, geen lieve-kleine-vrouwtjes-gedoe. Jij en Ollie nemen de familie mee, ik kom achter jullie aan zodra ik Natasja heb gevonden. Dat ga ik tegen Ollie zeggen en ik moet ervan op aan kunnen dat jij daarin achter me staat.'

Perry bracht beide handen naar zijn hoofd, alsof hij iets was vergeten en liet ze toen in overgave zakken. 'Waar is ze?'

'Waar is Kandersteg?'

'Ga naar Spiez, neem de Simplon-trein door de bergen. Heb je geld?'

'Meer dan genoeg. Van Luke.'

Perry keek hulpeloos naar het huis en vervolgens naar de grote Ollie die met zijn gleufhoed op ongeduldig naast de paardentrailer stond te wachten. Toen weer naar Gail.

'In godsnaam,' fluisterde hij verbijsterd.

'Ik weet het,' zei ze.

15

Perry Makepiece stond bij zijn collega-bergbeklimmers bekend als een helder denker en een doortastend man van de daad en hij ging er prat op dat hij weinig verschil zag tussen die twee eigenschappen. Hij maakte zich zorgen om Gail, was zich er bewust van hoe hachelijk de operatie was, ontzet over Natasja's zwangerschap en over het feit dat Gail het nodig had geacht die voor hem geheim te houden. Tegelijkertijd respecteerde hij haar motieven en gaf hij zichzelf daar de schuld van. Het beeld van Tamara die groen zag van jaloezie jegens Natasja, als een soort helleveeg uit een roman van Dickens, vond hij weerzinwekkend en versterkte zijn bezorgdheid om Dima. De laatste keer dat hij hem had gezien in de massageruimte had hij meer ontroering gevoeld dan hij zelf kon begrijpen: een onverbeterlijke beroepscrimineel die naar eigen zeggen heeft gemoord en de grootste geldwitwasser van de wereld is, is mijn verantwoordelijkheid en mijn vriend. Hoezeer hij Luke ook respecteerde, hij wou dat Hector het commando te velde niet aan zijn tweede man had hoeven overdragen op het moment dat het met de operatie een kwestie van erop of eronder werd.

Toch was zijn reactie op deze calamiteit dezelfde geweest als wanneer op een gevaarlijke rotswand het touw onder hem zou zijn gebroken: blijf kalm, schat het gevaar in, bekommer je om de zwakste spelers, zoek een oplossing. En daar was hij nu mee bezig, gehurkt in de paardentrailer met om hem heen Dima's biologische en geadopteerde kinderen in één compartiment en Tamara's ongezeglijke schaduw in strepen tussen de latten van de scheidswand in het andere. *Je hebt twee kleine Russische meisjes en twee Russische puberjongens en één geestelijk labiele Russische vrouw onder je hoede en het is jouw taak hen naar de top van de berg te brengen zonder dat iemand het merkt. Wat doe je?* Antwoord: *je zet je beste beentje voor.*

Viktor had in een aanval van ridderlijkheid verlangd Gail te vergezellen waar ze ook ging, dat maakte hem niet uit, waar ook ter wereld. Alexei had hem bespot en erop gewezen dat Natasja alleen maar de aandacht van haar vader wilde en dat Viktor alleen maar de aandacht van Gail wilde. De kleine meisjes wilden zonder Gail nergens naartoe. Zij zouden in het huis blijven en het verdedigen tot ze terugkwam met Natasja. Igor zou zo lang op hen passen. Perry, de geboren groepsleider, had op hun smeekbeden met dezelfde geduldige maar nadrukkelijke stelligheid gereageerd:

'Dima wil dat jullie nu onmiddellijk met ons meegaan. Nee, het is een verrassingsreis. Dat heeft hij jullie verteld. Je merkt wel waar we naartoe gaan als we er zijn, maar het is een opwindende plek en jullie zijn er nooit eerder geweest. Ja, hij voegt zich vanavond bij ons. Viktor, pak jij die twee koffers, Alexei, jij die twee. Je hoeft niet af te sluiten Katja, dank je, Igor kan elk moment thuiskomen. En de kat blijft hier. Katten houden meer van hun huisje dan van hun baasje. Viktor, waar zijn de iconen van je moeder? In de koffer. Mooi zo. Van wie is die teddybeer? Nou, die moet toch zeker ook mee? Igor heeft geen beer nodig en jullie wel. En laat iedereen alsjeblieft nog even naar de wc gaan, of je nu moet of niet.'

In de paardentrailer waren de kinderen aanvankelijk doodstil, en toen opeens luidruchtig en heel vrolijk, voornamelijk vanwege Ollie en zijn breedgerande zwarte gleufhoed, die hij plechtstatig en met een buiging afnam terwijl hij hen hielp instappen in zijn koninklijke koets. Iedereen moest boven het lawaai uitschreeuwen. Rammelende paardentrailers kennen geen geluidsisolatie.

Waar gaan we naartoe? – gegil van de meisjes.

Naar die klote Etonschool – Viktor.

Is geheim – Perry.

Wie z'n geheim? – de meisjes.

Van Dima, gekkie – Viktor.

Hoe lang blijft Gail weg?

Weet ik niet. Hangt van Natasja af – Perry.

Zijn ze er al als wij aankomen?

Dat denk ik niet – Perry.

Waarom mogen we niet achteruit naar buiten kijken?

'Omdat dat *volstrekt* in strijd is met de Zwitserse wet!' schreeuwde Perry, maar de meisjes moesten zich toch nog naar hem toe buigen om hem te kunnen verstaan. 'De Zwitsers hebben overal wetten voor! Achter uit een rijdende paardentrailer kijken is een bijzonder ernstig vergrijp! Mensen die dat doen gaan voor lange tijd de gevangenis in! Jullie kunnen beter maar eens gaan onderzoeken wat Gail allemaal in jullie rugzakken heeft gestopt!'

De jongens waren minder gemakkelijk te paaien:

'Moeten we met dit kinderspeelgoed spelen?' loeide Viktor ongelovig boven het geruis van de wind uit, terwijl hij wees op een frisbee die uit een draagtas stak.

'Dat is de bedoeling!'

'Ik dacht dat we *cricket* gingen spelen' – opnieuw Viktor.

'Zodat we naar Etonschool kunnen!' – Alexei.

'We zullen het proberen!' – Perry.

'Dan gaan we niet naar de bergen!'

'Waarom niet?'

'Omdat je geen cricket kunt spelen in die kutbergen! Daar hebben ze geen vlak terrein! De boeren krijgen de smoor in. Dus we gaan ergens naartoe waar het plat is, hè?'

'Heeft Dima je *gezegd* dat het er plat was?'

'Dima is net als jij! Mysterieus! Misschien zit hij wel diep in de shit! Misschien zit de politie hem op de hielen!' riep Viktor, die dat kennelijk een heel opwindend idee vond.

Maar Alexei was woedend:

'Zoiets vraag je niet! Dat is niet cool. Het is verdomme *schandalig* om zoiets over je vader te vragen, lul. Op Eton gaan ze je daarvoor *vermoorden*!'

Viktor haalde de frisbee tevoorschijn, besloot van gedachten te veranderen en deed alsof hij de balans ervan uit wilde testen in de tochtwind.

'Oké, dan heb ik dat niet gevraagd!' schreeuwde hij. 'Ik herroep het helemaal! Onze vader zit niet diep in de shit en de politie is dol op hem. Hierbij is de vraag herroepen, oké? De vraag is nooit gesteld. Het is een *ex-vraag*!' – wat maakte dat Perry zich, ondanks alle plagerijen, begon af te vragen of de jongens al vaker weg waren gesmokkeld: misschien in de bloedige periode in Perm, toen Dima nog bezig was zich een weg omhoog te klauteren.

'Heren, mag ik jullie misschien iets vragen?' zei hij, waarbij hij hen dichterbij wenkte totdat ze gehurkt naast hem zaten. 'We zullen nog wel enige tijd samen doorbrengen, oké?'

'Oké!'

'Dus misschien zouden jullie de *shits* en de *klotes* in het bijzijn van jullie moeder en de kinderen achterwege kunnen laten? En ook als Gail erbij is.'

Ze keken elkaar even vorsend aan en haalden hun schouders op. Oké. Voor mijn part. Zal mij wat bommen. Maar Viktor liet zich niet afschrikken. Hij vormde een kommetje met zijn handen en fluisterschreeuwde in Perry's oor, zodat de meisjes het niet konden verstaan:

'De grote begrafenis, oké? Die in Moskou waar we pas zijn geweest? De tragedie? Duizenden in de rouw, oké?'

'Wat is daarmee?'

'Dat begon als een verkeersongeluk, oké? *Misja en Olga vonden de dood in een verkeersongeluk.* Gelul. Er is nooit een verkeersongeluk geweest. Het was een schietpartij. Wie heeft ze dus doodgeschoten? Een stel krankzinnige Tsjetsjenen die niets hebben gestolen en een fortuin hebben besteed aan Kalasjnikovkogels. Waarom? Omdat ze Russen haten. Gelul. Die klote Tsjetsjenen hebben er *niets* mee te maken!'

Alexei stompte hem en probeerde zijn hand voor Viktors mond te houden, maar Viktor duwde hem weg.

'Vraag maar aan iedereen in Moskou die het weten kan. Vraag maar aan mijn vriend Pjotr. Misja is *omgelegd.* Hij moest nog iets regelen met de *maffia.* Daarom hebben ze hem doodgeschoten.

Olga ook. Nu gaan ze proberen pa dood te schieten voordat de politie hem te pakken krijgt. Zo is het toch, ma?' Hij schreeuwde door de latten naar Tamara. 'Wat ze een *kleine waarschuwing* noemen om te laten zien wie er de baas is! Ma weet al die dingen. Ze weet *alles.* Ze heeft twee jaar in een politiecel in Perm gezeten wegens chantage en afpersing. Is tweeënzeventig uur aan één stuk verhoord, vijf keer. Tot pulp geslagen. Pjotr heeft haar strafblad gezien. *Er werd hardhandig tegen haar opgetreden.* Zwart op wit. Zo was het toch, ma? Daarom *praat* ze met niemand meer behalve met God. Ze hebben het uit haar geramd. Hé, *ma*! We houden van je!'

Tamara trekt zich verder in de schaduw terug. Perry's mobieltje gaat. Luke, helder en heel behoedzaam:

'Alles in orde?' vraagt Luke.

'Tot nu toe wel, ja. Hoe maakt onze vriend het?' vraagt Perry, doelend op Dima.

'Best *en hij zit hier vlak naast me in de auto. Hij doet je de groeten.'*

'Insgelijks,' antwoordt Perry voorzichtig.

'Van nu af aan werken we, waar dat maar mogelijk is, met kleinere groepjes. Die zijn gemakkelijker te verplaatsen en moeilijker te identificeren. Kun je de jongens een beetje vermommen?'

'Hoe?'

'Alleen zo dat ze wat minder op elkaar lijken. Zodat ze niet zo overduidelijk een eeneiige tweeling zijn.'

'Tuurlijk.'

'En neem een volle trein. Misschien kun je ze een beetje verspreiden. In elke wagon een jongen, jij en de meisjes in een andere. Laat Harry in Interlaken de kaartjes voor jullie kopen, zodat jullie niet allemaal bij hetzelfde loket staan. Begrepen?'

'Begrepen.'

'Nog iets gehoord van Doolittle?'

'Daar is het nog te vroeg voor. Ze is net vertrokken.'

Dat was de eerste keer dat ze zonder omwegen over Gails afvalligheid spraken.

'Nou, ze doet er goed aan. Laat haar niet denken dat het anders is. Zeg haar dat.'

'Zal ik doen.'

'Ze is een geschenk uit de hemel en het is noodzakelijk dat

ze slaagt.' Luke spreekt in raadselen. Hij kan niet anders. Dima zit '*hier vlak naast me in de auto*'.

Perry klautert over de meisjes heen, tikt Ollie op zijn schouder en schreeuwt de juiste instructies in zijn oor.

Katja en Irina hebben hun broodjes kaas en de chips gevonden en zitten met hun hoofden tegen elkaar aan te knabbelen en te neuriën. Zo nu en dan draaien ze zich om, kijken naar Ollies hoed en barsten uit in gegiechel. Eén keer steekt Katja haar hand uit om hem aan te raken, maar dan verliest ze de moed. De tweeling heeft gekozen voor een potje schaak en kauwt op hun bananen.

'Volgende halte is Interlaken, jongens en meisjes!' schreeuwt Ollie over zijn schouder. 'Ik parkeer bij het station en neem de eerste trein omhoog met mevrouw en de bagage. Jullie maken lekker een wandelingetje en kopen misschien een worstje, en komen de berg maar op wanneer het jullie uitkomt, schatjes. Alles kits en naar genoegen, Professor?'

'Alles heel kits en naar genoegen,' bevestigt Perry, na de meisjes te hebben geraadpleegd.

'Nou, wat ons betreft is het *helemaal* niet kits!' schreeuwt Alexei in protest en hij laat zich met gespreide armen achterover op de kussens vallen. 'Wij voelen ons *** bescheten!'

'Is daar een bepaalde reden voor?' vraagt Perry.

'Daar is alle reden voor! We gaan naar *Kandersteg*, nu weet ik het! Ik ga *nooit* van mijn leven ooit meer naar Kandersteg! Ik wil geen bergen beklimmen, ik ben verdomme geen *vlieg*! Ik heb hoogtevrees en ik wil Max *niet* in mijn buurt hebben!'

'Je zit er helemaal naast,' zegt Perry.

'Bedoel je dat we niet naar Kandersteg gaan?'

'Dat bedoel ik.'

Maar Gail wel, denkt hij weer, en hij kijkt op zijn horloge.

Tegen drieën heeft Gail, dankzij een goed aansluitende treinverbinding in Spiez, het huis gevonden. Het was niet moeilijk. Ze had bij het postkantoor geïnformeerd: kent iemand hier misschien een skileraar die Max heet, een privéleraar, geen officieel erkende skischool, zijn ouders hebben een hotelletje?

De grote dame achter het loket wist het niet goed, dus vroeg ze het aan de magere man aan de sorteertafel, die dacht dat hij het wist maar het voor de zekerheid toch nog even vroeg aan de jongen die pakjes in een grote gele kar laadde en het antwoord kwam terug langs dezelfde tussenstations: Hotel Rössli verderop in de hoofdstraat aan de rechterkant, zijn zuster werkt daar.

De hoofdstraat zinderde van de voor die tijd ongewoon vroege zonneschijn en de bergen aan weerszijden waren gehuld in nevel. Een familie honingkleurige honden lag op het trottoir te zonnen of zocht beschutting onder winkelluifels. Vakantiegangers met stokken en zonnehoeden tuurden in de etalages van de souvenirwinkels en op het terras van Hotel Rössli zat een aantal van hen aan tafeltjes taart met slagroom te eten en met rietjes ijskoffie te drinken uit hoge glazen.

Een overwerkt roodharig meisje in Zwitserse klederdracht was de enige die bediende en toen Gail een praatje met haar probeerde aan te knopen, zei ze tegen Gail dat ze moest gaan zitten en op haar beurt moest wachten, dus in plaats van meteen weer weg te lopen, wat haar normale reactie zou zijn geweest, had ze gedwee plaatsgenomen en toen het meisje naar haar toe kwam, bestelde ze eerst koffie waar ze geen trek in had en vroeg toen of zij toevallig de zus was van Max, de geweldige berggids, waarop er een stralende glimlach op het gezicht van het meisje verscheen en ze opeens alle tijd van de wereld had.

'Nou ja, hij is nog niet echt *gids*, eigenlijk, niet *officieel*, en *geweldig*, ik weet niet hoor! Eerst moet hij nog examen doen, en dat is nogal lastig,' zei ze trots op haar Engels en blij dat ze het in praktijk kon brengen. 'Helaas is Max er een beetje laat aan begonnen. Eerst wilde hij architect worden, maar hij wilde liever niet weg uit het dal. Eigenlijk is hij nogal een dromer, maar we duimen, eindelijk is hij tot rust gekomen en volgend jaar krijgt hij zijn diploma. *Hopen* we! Misschien is hij vandaag in de bergen. Zal ik Barbara voor je bellen?'

'Barbara?'

'Ze is echt *hartstikke* aardig. Volgens ons heeft ze hem helemaal bekeerd. Het werd *hoog* tijd. Dat moet ik zeggen!'

Blüemli. De zus van Max schreef het voor Gail op een dubbele bladzijde die ze uit haar opschrijfboekje scheurde:

'In Zwitsers Duits betekent het *bloempje* maar het kan ook een grote bloem betekenen, want Zwitserse mensen maken van alles waar ze dol op zijn een verkleinwoord. Het laatste nieuwe chalet aan de linkerkant, nadat je de school voorbij bent. Barbara's vader heeft het voor ze gebouwd. Eerlijk gezegd vind ik dat Max *reuze* heeft geboft.'

Blüemli was de droom van ieder jong stel, opgetrokken uit splinternieuw grenen met bloembakken met rode bloemen, roodgeruite gordijnen voor de ramen en een bijpassende rode schoorsteen, en een handgemaakte inscriptie in gotische letters onder het dak om God te danken voor zijn zegeningen. De voortuin bestond uit een pas gemaaid nieuw gazon met een nieuwe schommel en een gloednieuw opblaasbaar pierenbadje en een nieuwe barbecue en onberispelijk opgestapelde houtblokken naast het voordeurtje dat zo van de Zeven Dwergen kon zijn.

Als het een virtueel in plaats van een echt huis zou zijn geweest, zou het Gail niet eens hebben verbaasd, maar niets verbaasde haar inmiddels nog. De werkelijkheid was niet op zijn kop komen te staan, het was gewoon het ergste scenario: maar niet erger dan de vele scenario's die ze in de trein op weg hierheen had zitten verzinnen en zelfs nog bezig was te verzinnen toen ze op de bel drukte en een vrouw vrolijk '*En Momänt bitte, d'Barbara chunt grad!*' hoorde roepen wat haar, hoewel ze Duits noch Zwitsers Duits kende, duidelijk maakte dat Barbara er elk ogenblik aan kon komen. En ja, hoor, daar was Barbara: een grote, keurig verzorgde, gezonde, knappe, uitermate aardige vrouw die maar iets ouder was dan Gail.

'*Grüessech,*' zei ze en toen ze Gails verontschuldigende glimlach zag, stapte ze een beetje buiten adem over op het Engels: 'Hallo! Kan ik iets voor je doen?'

Door de deuropening hoorde Gail het klaaglijke gejengel van een baby. Ze haalde diep adem en glimlachte.

'Ik hoop het. Ik ben Gail. Ben jij Barbara?'

'Ja. Ja, dat ben ik.'

'Ik ben op zoek naar een lang meisje met zwart haar dat Natasja heet, een Russisch meisje.'

'Is ze *Russisch*? Goh, dat wist ik niet. Misschien verklaart dat het. Ben jij misschien een dokter?'

'Ik vrees van niet. Hoezo?'

'Tja, nou ja, ze is hier. Ik weet niet waarom. Kun je binnenkomen, alsjeblieft? Ik moet op Anni letten. Haar eerste tandje komt door.'

Terwijl ze vlot achter haar aan het huis in liep, rook Gail de zoete, schone geur van een pas verschoonde en bepoederde baby. Een rij vilten slippers, met konijnenoren, die aan koperen haken hingen, nodigde haar uit haar bevuilde schoenen uit te doen. Terwijl Barbara wachtte, trok Gail een paar aan.

'Hoe lang is ze hier?' vroeg Gail.

'Eén uur al. Misschien meer.'

Gail volgde haar naar een fris ingerichte woonkamer met openslaande deuren die toegang boden tot een tweede tuintje. Midden in de kamer stond een box en in de box zat een heel klein meisje met goudblonde krullen en een fopspeen in haar mond en met een hele collectie gloednieuw speelgoed om zich heen. En tegen de muur, op een laag krukje, zat Natasja, met haar gezicht verborgen achter haar haar en haar hoofd gebogen over haar gevouwen handen.

'Natasja?'

Gail ging naast haar op haar hurken zitten en legde een hand, als een kommetje, achter op haar hoofd. Natasja huiverde, toen liet ze de hand waar hij was. Gail zei nogmaals haar naam. Geen reactie.

'Ik ben blij dat jij gekomen bent, dat moet ik zeggen,' zei Barbara met een kabbelende, zangerige Zwitserse intonatie, terwijl ze Anni optilde en over haar schouder legde, zodat ze een boertje kon laten. 'Ik was al van plan om dokter Stettler te bellen. Of misschien de politie, daar was ik nog niet uit. Het was een probleem. Echt.'

Gail streelde Natasja's haar.

'Ze belt aan, ik ben net Anni aan het voeden, niet met de fles maar op de beste manier. We hebben een *spionnetje* in de deur, want *tegenwoordig weet* je maar nooit. Ik keek, ik had Anni aan mijn borst, ik dacht, ach, prima, er staat een normaal meisje bij me op de stoep, eigenlijk heel mooi, dat moet gezegd, ze wil binnenkomen, ik weet niet waarom, misschien om een afspraak te maken met Max, hij heeft veel klanten, vooral jonge, omdat hij natuurlijk zo interessant is. Dus ze komt binnen, ze kijkt, ze ziet Anni. Ze vraagt me in het *Engels* – ik wist niet dat ze Russisch was, daar denk je niet meteen aan, hoewel je dat tegenwoordig wel zou moeten doen, ik denk misschien is ze joods of Italiaans '"Ben jij de zuster van Max?" En ik zeg nee, ik ben niet zijn zuster, ik ben Barbara, zijn vrouw en wie ben jij, alsjeblieft en waarmee kan ik je van dienst zijn? Ik ben een drukbezette moeder, dat zie je wel. Wil je een afspraak maken met Max, ben jij een bergbeklimmer? Hoe heet je? En ze zegt dat ze Natasja heet, maar eerlijk gezegd heb ik dan al mijn vraagtekens.'

'Vraagtekens waarbij?'

Gail schoof nog een krukje bij en ging naast Natasja zitten. Met haar arm om haar schouders trok ze voorzichtig Natasja's hoofd naar zich toe tot hun slapen hard tegen elkaar aan drukten.

'Nou, *drugs* eigenlijk. De jeugd van tegenwoordig. Ik bedoel maar, je weet het gewoon niet meer,' zei Barbara, op verbolgen toon, als iemand die twee keer zo oud was als zij. 'En eerlijk gezegd, met al die buitenlanders, vooral de Engelsen, kom je tegenwoordig *overal* drugs tegen, vraag maar aan dokter Stettler.' De baby gaf een gil en ze kalmeerde haar. 'Bij Max ook, die jongeren met wie hij omgaat, mijn god, zelfs in de berghutten gebruiken ze drugs! Ik bedoel maar, alcohol, dat kan ik nog begrijpen. Sigaretten natuurlijk niet. Ik heb haar koffie aangeboden, thee, mineraalwater. Misschien verstond ze me niet, ik weet het niet. Misschien heeft ze een *bad trip*, zoals de hippies dat noemen. Ik mag het eigenlijk niet zeggen, maar met de baby erbij was ik zelfs een beetje *bang*.'

'Maar je hebt Max niet gebeld?'

'In de bergen? Als hij *gasten* heeft? Dat zou verschrikkelijk voor hem zijn. Hij zou denken dat ze ziek was en onmiddellijk naar huis komen.'

'Zou hij denken dat *Anni* ziek was?'

'Ja, natuurlijk!' Ze wachtte even en dacht nog eens na over de vraag, wat, naar Gail vermoedde, niet iets was wat ze vaak deed. 'Denk jij dat Max voor *Natasja* zou komen? Dat is volstrekt belachelijk!'

Gail pakte Natasja bij haar arm, hielp haar voorzichtig overeind en toen ze helemaal rechtop stond, sloeg ze haar armen om haar heen, liep met haar naar de voordeur, hielp haar haar eigen schoenen weer aan te trekken, trok ook haar eigen schoenen weer aan en liep met haar over het onberispelijk gemaaide gazon. Zodra ze het hekje uit waren, belde ze Perry.

Ze had hem al een keer vanuit de trein gebeld en ook toen ze in het dorp was aangekomen. Ze had beloofd hem regelmatig te bellen aangezien Luke zelf niet met haar kon praten, omdat Dima ergens op zijn lip zat, dus gebruik Perry alsjeblieft als tussenpersoon. En ze wist dat alles heel erg precair was, ze kon het horen aan Perry's stem. Hoe kalmer hij klonk, des te precairder het was, en ze vermoedde dat er iets was gebeurd. Dus sprak ze heel bedaard tot zichzelf, wat in omgekeerde richting waarschijnlijk tot dezelfde conclusie leidde:

'Ze maakt het goed. Prima, oké? Ik heb haar hier bij me, ze is ongedeerd en, nou ja, we komen eraan. We lopen nu in de richting van het station. We hebben een beetje tijd nodig, dat is alles.'

'Hoeveel tijd?' Nu was Gail degene die op haar woorden moest passen, want Natasja omklemde haar arm.

'Genoeg om onze ziel te repareren en onze neus te poederen. Nog één ding.'

'Wat?'

'Niemand hoeft te worden gevraagd waar we zijn geweest, oké? We hadden een kleine crisis, die is nu voorbij. Het leven gaat verder. Het gaat niet alleen om wanneer we aankomen. Het gaat over de tijd daarna: geen vragen aan de betrokken partij. De meisjes vormen geen probleem. Van de jongens ben ik minder zeker.'

'Die zullen ook niet moeilijk doen. Daar zal ik op toezien. Dick zal verrukt zijn. Ik ga het hem meteen vertellen. Haast je.'

'We doen ons best.'

In de volle trein, op de weg terug naar het dal, hadden ze geen kans gezien om te praten, wat niet erg was, want Natasja leek zich daar toch niet toe geroepen te voelen; ze verkeerde in een shock en leek zich soms niet eens bewust van Gails aanwezigheid. Maar in de trein vanuit Spiez begon ze, voorzichtig daartoe overgehaald door Gail, te ontdooien. Ze zaten naast elkaar in het eersteklasrijtuig en keken recht voor zich uit, net zoals ze hadden gedaan in de tent bij Three Chimneys. Het werd snel avond en zij waren de enige reizigers.

'Ik ben zo –' barstte Natasja uit en ze greep Gails hand, maar was niet in staat haar zin af te maken.

'We wachten,' zei Gail op doortastende toon tegen Natasja's gebogen hoofd. 'We hebben de tijd. We leggen onze gevoelens even in de ijskast, we genieten van het leven en we wachten. Meer hoeven we niet te doen. Wij allebei. Hoor je me?'

Een knikje.

'Ga dan rechtop zitten. Je hoeft mijn hand niet terug te geven, maar luister. Over een paar dagen ben je in Engeland. Ik weet niet of je broers dat al weten, maar ze weten dat het een verrassingsreis is en die kan nu elke dag beginnen. Eerst maken we nog even een korte tussenstop in Wengen. En in Engeland zoeken we een heel goede vrouwelijke arts voor je op – de mijne – en als je dan weet hoe je je voelt, kun je altijd nog beslissen. Oké?'

Een knikje.

'Ondertussen denken we er niet eens aan. We wissen het gewoon uit ons geheugen. Jij trekt die malle kiel uit die je aan hebt' – ze plukt met genegenheid aan haar mouw – 'en je zorgt dat je er weer slank en beeldschoon uitziet. Er is niets van te zien, dat garandeer ik je. Zul je dat doen?'

Ze zal het doen.

'Alle beslissingen worden opgeschort tot we in Engeland zijn. Het zijn geen *slechte* beslissingen, het zijn verstandige beslissingen. En die neem jij in alle rust. Als je in Engeland bent, niet eerder. In het belang van je vader zowel als van jou. Ja?'

'Ja.'

'Nog een keer.'

'Ja.'

Zou Gail op dezelfde manier hebben gesproken als Perry niet had gezegd dat Luke wilde dat ze zo zou spreken? – dat dit echt het slechtst voorstelbare moment was om Dima met zulk verpletterend nieuws te confronteren?

Gelukkig wel, ja, dat zou ze. Ze zou woordelijk dezelfde toespraak hebben afgestoken en ze zou het hebben gemeend ook. Ze had het zelf een keer meegemaakt. Ze wist waarover ze sprak. En dat hield ze zichzelf voor, toen de trein station Interlaken-Ost binnenreed, waar zij zouden overstappen op de trein naar Lauterbrunnen en Wengen, toen ze zag dat een Zwitserse politieagent in zijn onberispelijke zomeruniform over het lege perron naar hen toe liep, met naast zich een man met een uitgestreken gezicht, in een grijs pak en met gepoetste bruine schoenen, en dat de politieman het soort geforceerde glimlach op zijn gezicht had waaruit je in elk beschaafd land kunt opmaken dat er weinig te lachen valt.

'Spreekt u Engels?'

'Hoe raadt u het zo?' – met een glimlach terug.

'Misschien zag ik het aan uw teint,' zei hij – wat ze tamelijk brutaal vond voor de gemiddelde Zwitserse politieagent. 'Maar de jongedame is niet Engels' – met een blik op Natasja's zwarte haar en enigszins Aziatische gelaatstrekken.

'Nou, in feite zou ze dat best kunnen zijn, weet u. Tegenwoordig zijn we allemaal van alles,' antwoordde Gail op dezelfde zorgeloze toon.

'Hebben jullie een Brits paspoort?'

'Ik wel.'

De man met het uitgestreken gezicht glimlachte ook, wat haar de koude rillingen bezorgde. En zijn Engels was ook een beetje al te onberispelijk:

'Zwitserse Immigratiedienst,' kondigde hij aan. 'We nemen *steekproeven*. Ik ben bang dat we tegenwoordig met die open grenzen wel eens op bepaalde elementen stuiten die visa horen te hebben en dat niet hebben. Niet veel, maar een paar.'

Het uniform deed ook weer een duit in het zakje:

'Uw kaartjes en paspoorten, alstublieft. Daar hebt u toch geen bezwaar tegen? Als u er bezwaar tegen hebt, dan nemen we u mee naar het politiebureau en dan voeren we daar een controle uit.'

'Natuurlijk hebben we daar niets op tegen. Toch, Natasja? We mochten willen dat alle politieagenten zo beleefd waren, toch?' zei Gail vrolijk.

Ze diepte uit haar tas haar paspoort en de kaartjes op en gaf die aan de geüniformeerde agent, die ze bestudeerde met de overdreven traagheid die politieagenten overal op aarde wordt geleerd aan de dag te leggen, met de bedoeling het gevoel van stress bij eerzame burgers te verhogen. Het grijze pak keek over de geüniformeerde schouder, pakte toen zelf haar paspoort en deed alles nog eens dunnetjes over voordat hij het haar teruggaf en zijn glimlach richtte op Natasja, die al met haar paspoort in haar hand klaarstond.

En wat het grijze pak vervolgens deed was, volgens Gail toen ze er later verslag van deed tegen Ollie en Perry en Luke, of heel erg stuntelig of heel erg uitgekookt. Hij deed alsof het paspoort van een Russische minderjarige hem minder interesseerde dan het paspoort van een Engelse volwassene. Hij bladerde door naar de pagina met visumstempels, wierp een blik op haar foto, vergeleek die met haar gezicht, glimlachte met duidelijke bewondering, nam nog even de tijd om haar naam in het Romeinse en in het Cyrillische schrift te lezen en gaf het met een luchtig 'Dank u wel, mevrouw' aan haar terug.

'Blijft u lang in Wengen?' vroeg de politieman, terwijl hij de tickets teruggaf aan Gail.

'Een weekje of zo.'

'Hangt dat wellicht van het weer af?'

'Ach, wij Engelsen zijn zo gewend aan regen dat we het niet eens merken!'

En hun volgende trein stond hen op perron 2 op te wachten en zou over drie minuten vertrekken. Het is de laatste trein aansluiting van vanavond, dus die kunnen jullie beter niet missen anders moeten jullie in Lauterbrunnen blijven, zei de beleefde politieman.

Pas toen ze met die laatste trein halverwege de berg waren deed Natasja haar mond weer open. Tot dan toe had ze ogenschijnlijk bozig zitten tobben, terwijl ze uit het donkere raam keek, dat ze door haar adem liet beslaan en vervolgens weer kwaad schoonveegde. Maar of ze nu kwaad was op Max, of op de politieagent met zijn vriend in het grijze pak, of op zichzelf, daar kon Gail alleen maar naar gissen. Maar opeens hief ze haar hoofd op en keek Gail recht in haar ogen:

'Is Dima een misdadiger?'

'Volgens mij is hij alleen maar een heel succesvolle zakenman, toch?' antwoordde de gewiekste advocate.

'Gaan we daarom naar Engeland? – is dat de reden van die *verrassingsreis*? Opeens vertelt hij ons dat we allemaal naar geweldige Engelse scholen gaan.' En als ze geen antwoord krijgt: 'Sinds Moskou is de hele familie – is de hele familie totaal *misdadig*. Vraag maar aan mijn broers. Het is hun nieuwe obsessie. Ze praten alleen nog maar over misdaad. Vraag maar aan hun grote vriend Pjotr die zegt dat hij voor de KGB werkt. Maar die bestaat toch niet meer. Of wel soms?'

'Ik zou het niet weten.'

'Tegenwoordig is het de FSB. Maar Pjotr noemt het nog steeds de KGB. Dus misschien liegt hij. Pjotr weet alles over ons. Hij heeft onze dossiers gezien. Mijn moeder was een crimineel, haar man was een crimineel, Tamara was crimineel, haar vader werd doodgeschoten. Volgens mijn broers is iedereen die uit Perm komt totaal crimineel. Misschien wilde de politie daarom mijn paspoort zien. "Kom jij uit Perm, als ik vragen mag, Natasja?" "*Ja, meneer de politieagent, ik ben afkomstig uit Perm. Ik ben ook* zwanger." "Dan ben jij heel erg crimineel. Dan kun jij niet naar een Engelse kostschool, dan moet je meteen naar de gevangenis!"'

Inmiddels rustte haar hoofd op Gails schouder en was wat ze daarna nog zei in het Russisch.

De duisternis viel over de graanvelden en het schemerde eveneens in de gehuurde BMW, want ze waren onderling overeengekomen dat ze geen lichten aan zouden doen, zowel binnen als buiten. Luke had voor de reis een fles wodka meegenomen en Dima had die half leeggedronken, maar Luke wilde er zelfs niet aan ruiken. Hij had Dima een minirecorder aangeboden om zijn herinneringen aan de ondertekening in Bern mee vast te leggen nu die nog vers waren, maar Dima had die geweigerd:

'Ik weet het allemaal precies. Geen probleem. Ik heb kopieën. Ik heb geheugen. In Londen herinner ik me alles. Zeg dat maar tegen Tom.'

Sinds hun vertrek uit Bern had Luke, elke keer als hij een stukje ging rijden, uitsluitend gebruikgemaakt van landweggetjes en hier en daar een plekje gevonden om zich schuil te houden, terwijl hun achtervolgers, als die er waren, hen voorbij zouden rijden. Er was duidelijk iets mis met zijn rechterhand, want hij leek er nog steeds geen gevoel in te hebben, maar zolang hij de kracht van zijn arm gebruikte en niet aan zijn hand dacht, was het rijden geen probleem. Hij moest hem hebben bezeerd toen hij de uitgemergelde filosoof aftuigde.

Ze spraken nu op gedempte toon Russisch als twee vluchtelingen. Waarom fluisteren we? vroeg Luke zich af. Maar ze deden het toch. Aan de rand van een dennenbos parkeerde hij opnieuw en ditmaal overhandigde hij Dima een blauwe werkmansoverall en een dikke zwarte wollen skimuts om zijn kale hoofd te bedekken. Voor zichzelf had hij een spijkerbroek, een parka en een ijsmuts met een pompon gekocht. Hij vouwde Dima's pak voor hem op en legde het in een koffer in de bagageruimte van de BMW. Het was inmiddels acht uur 's avonds en het begon koud te worden. Toen ze het dorpje Wilderswil aan de monding van het Lauterbrunnendal bereikten, zette hij de auto weer stil, terwijl ze naar het Zwitserse radiojournaal luisterden en hij probeerde in het halfduister Dima's gezichtsuitdrukking te monsteren, want tot zijn ergernis sprak Luke zelf geen Duits.

'Ze hebben de klootzakken gevonden,' gromde Dima op fluistertoon in het Russisch. 'Twee dronken Russische hufters zijn in het Bellevue Palace Hotel met elkaar op de vuist gegaan. Niemand weet waarom. Ze zijn van de trap gevallen en hebben zich bezeerd. Eén vent ligt in het ziekenhuis, de ander is oké. Die in het ziekenhuis is er slecht aan toe. Dat is Niki. Misschien stikt die lul er wel in. Ze hebben een hoop stomme leugens verteld waar de Zwitserse politie niet intrapt, allebei andere leugens. De Russische ambassade wou ze terugsturen naar huis. "Nee, wacht eens even, we willen eerst wel wat meer weten over die klootzakken." De Russische ambassadeur is woedend.'

'Op de mannen?'

'Op de Zwitsers.' Hij grinnikte, nam nog een slok wodka uit de fles en hield hem Luke voor, maar die weigerde. 'Wil je weten hoe het werkt? Russische ambassade belt het Kremlin: "Wie zijn die achterlijke idioten?" Kremlin belt die hufter van een Prins: "Waarom slaan die stomme klootzakken van jou elkaar in jezusnaam tot moes in een chic hotel in Bern, Zwitserland?"'

'En wat zegt de Prins dan?' vraagt Luke, zonder in Dima's hilariteit te delen.

'De teef Prins belt Emilio. "Emilio. Mijn vriend. Mijn wijze raadsman. Waarom slaan mijn twee brave jongens elkaar in jezusnaam tot moes in een chic hotel in Bern, Zwitserland?"'

'En wat zegt Emilio dan?' dringt Luke aan.

Dima's gezicht betrekt: 'Emilio zegt: "Die smeerlap van een Dima, 's wereld grootste geldwitwasser, is godverdomme van de aardbodem verdwenen."'

Luke, die zelf geen groot intrigant is, zet de feiten even op een rijtje. Eerst de twee zogenaamde Arabische politiemannen in Parijs. Wie heeft die gestuurd? Waarom? Dan de twee bodyguards in het Bellevue Palace: waarom waren zij na de ondertekening naar het hotel gekomen? Wie had hen gestuurd? Waarom? Wie wist hoeveel wanneer?

Hij belde Ollie.

'Alles rustig, Harry?' waarmee hij bedoelde, wie is er op het schuiladres gearriveerd en wie niet? Waarmee hij bedoelde, zit ik ook nog opgescheept met een vermiste Natasja?

'Dick, onze twee achterblijvers hebben zich een paar minuten geleden gemeld, kan ik je tot je genoegen mededelen,' zei Ollie geruststellend. 'Ze hebben zonder veel moeite de weg terug weten te vinden en alles is piekfijn in orde. Komt een uurtje of tien aan de andere kant van de heuvel jou uit? Dan is het lekker donker.'

'Tien uur is prima.'

'Parkeerterrein van Bahnhof Grund. Een leuke kleine rode Suzuki. Ik sta meteen rechts als je het terrein op rijdt en dan zo ver mogelijk weg van de treinen.'

'Komt voor elkaar.' En toen Ollie de verbinding niet verbrak: 'Wat is het probleem, Harry?'

'Tja, er is heel wat politie op de been op Station Interlaken-Ost, krijg ik te horen.'

'Vertel op.'

Luke luisterde, zei niets en stak het telefoontje terug in zijn zak.

Met *aan de andere kant van de heuvel* doelde Ollie op het dorp Grindelwald, dat aan de tegenoverliggende voet van het Eigermassief lag. Van de kant van Lauterbrunnen Wengen bereiken kon uitsluitend met de trein door de bergen, had Ollie had gemeld: het zomerpad is misschien goed genoeg voor gemzen en een enkele gestoorde motorrijder, maar niet voor een voertuig op vier wielen met drie mannen erin.

Maar Luke was er – evenals Ollie – heilig van overtuigd dat Dima, in welke uitmonstering dan ook, niet moest worden blootgesteld aan de blikken van spoorwegbeambten, controleurs en medereizigers als hij zijn schuilplaats naderde: en al helemaal niet op dit late uur, als het aantal reizigers is afgenomen en je dus eerder opvalt.

Toen ze het dorp Zweilütschinen bereikten, sloeg Luke bij de splitsing links af en reed de weg op die langs een kronkelige riviertje tot de rand van Grindelwald voerde. Het parkeerterrein van Bahnhof Grund stond vol met door Duitse toeristen achtergelaten auto's. Toen ze het terrein op reden, zag Luke tot zijn opluchting de gestalte van Ollie in een gevoerde parka en met een muts met oorkleppen op achter het stuur zitten van een rode Suzuki jeep met de parkeerlichten aan.

'En hier zijn jullie dekentjes voor als het frisjes wordt,' zei Ollie in het Russisch, terwijl hij Dima naast zich instopte en Luke zich, nadat hij Ollie de bagage had aangegeven en de BMW onder een beuk had geparkeerd, op de achterbank installeerde. 'De weg door het bos is verboden, maar niet voor de plaatselijke bevolking die er iets te zoeken heeft, zoals loodgieters en spoorwegarbeiders en zo. Dus als jullie het niet erg vinden, voer ik het woord, als we mochten worden aangehouden. Niet dat ik deel uitmaak van de plaatselijke bevolking, maar de jeep wel. En de eigenaar heeft me verteld wat ik moet zeggen.'

Welke *eigenaar* en *wat hij moest zeggen* wist alleen Ollie. Een goede duvelstoejager is nooit erg toeschietelijk waar het zijn bronnen betreft.

Een smalle verharde weg voerde omhoog de duisternis van de berg in. Een paar koplampen kwam hen tegemoet, stopte en trok zich terug tussen de bomen: een vrachtwagen van een bouwbedrijf, zonder lading.

'Iedereen die van boven komt moet opzij gaan,' verkondigde Ollie goedkeurend binnensmonds. 'Plaatselijke regel.'

Een politieman in uniform stond alleen midden op de weg. Ollie minderde vaart zodat hij de driehoekige gele sticker op de voorruit van de Suzuki kon onderscheiden. De politieman deed een stap achteruit. Ollie stak bij wijze van groet nonchalant zijn hand op. Ze reden langs een nederzetting van lage chalets en felle lichten. De geur van brandend hout vermengde zich met dennengeur. Op een fluorescerend bord stond BRANDEGG. De weg veranderde in een onverhard bospad. Stroompjes water kwamen hen tegemoet. Ollie deed het grote licht aan en schakelde terug. De motor maakte een hoger, klaaglijk geluid. Het pad was door zware vrachtwagens gebutst en de vering van de Suzuki was stug. Op de achterbank tussen alle bagage moest Luke zich met beide handen vasthouden, terwijl de auto schudde en slingerde. Voor hem zat Dima met zijn wollen muts op. De deken wapperde in de wind om zijn schouders als de cape van een koetsier. Naast hem, en nauwelijks smaller, zat Ollie gespannen voorovergebogen, terwijl hij de Suzuki over een open weiland laveerde en een paar berggeiten de beschutting van de bomen in joeg.

De lucht werd ijler en kouder. Lukes ademhaling versnelde. Een ijzig laagje dauw vormde zich op zijn wangen en voorhoofd. Hij voelde zijn ogen tranen, en zijn hart bonkte van de dennengeur en de opwinding van de rit omhoog. Het woud sloot zich weer om hen heen. Uit de dichte begroeiing keken de rode ogen van wilde dieren naar hen, maar Luke had geen tijd om te zien of het grote dan wel kleine dieren waren.

Ze waren de boomgrens gepasseerd en bevonden zich weer op open terrein. Sluierbewolking bedekte de sterrenhemel en in het midden rees een zwarte sterrenloze leegte op, die hen tegen de bergwand drukte en hen vervolgens naar de rand van de wereld perste. Ze reden onder de overhangende Eiger Nordwand door.

'Ben je wel eens in Oeral Gebergte geweest, Dick?' schreeuwde Dima naar Luke terwijl hij zich omdraaide.

Luke knikte heftig en glimlachte bevestigend.

'Net Perm! In Perm hebben we net zulke bergen als hier! Ben je wel eens in Kaukasus geweest?'

'Alleen in het Georgische deel!' schreeuwde Luke terug.

'Ik vind dit geweldig, hoor je me, Dick! Heerlijk! Jij ook, hè?'

Heel even was Luke – hoewel hij zich nog zorgen maakte om die politieagent – in staat om het heerlijk te vinden; en het heerlijk te blijven vinden terwijl ze omhoogreden naar de rug van de Kleine Scheidegg en een boog van oranje lichtjes passeerden die werden verspreid door het chique hotel dat zich erbovenop bevond.

Ze begonnen aan de afdaling. Links van hen, badend in het maanlicht, rezen de machtige blauwzwarte schaduwen op van een gletsjer. Ver weg, aan de overkant van het dal, vingen ze een glimp op van de lichtjes van Mürren, en zo nu en dan, door het dichte woud dat hen opslokte, de grillige lichtjes van Wengen.

16

Voor Luke waren de dagen en nachten in het vakantieplaatsje Wengen in de Alpen op mysterieuze wijze voorbeschikt, de ene keer ondraaglijk, dan weer gevuld met de lyrische kalmte van een uitgebreid gezelschap van familie en vrienden samen op vakantie.

Het lelijke, voor de verhuur gebouwde chalet dat Ollie had uitgekozen lag aan de stille kant van het dorp op een driehoekig stukje land tussen twee wandelpaden. In de wintermaanden werd het verhuurd aan een Duitse langlaufclub, maar in de zomer was het beschikbaar voor iedereen die het kon betalen, van Zuid-Afrikaanse Theosofen tot Noorse Rasta's tot arme kinderen uit het Roergebied. Een bonte familie van uiteenlopende leeftijd en afkomst was dus precies wat het dorp verwachtte. Niemand van de kuddes toeristen die langs sjokten keek vreemd op: dat beweerde Ollie tenminste, die heel wat vrije tijd besteedde aan het wacht houden vanachter de gordijnen voor de ramen boven.

Vanuit het huis was de wereld van een bijna onvoorstelbare schoonheid. Als je vanaf de bovenste verdieping omlaag keek, had je uitzicht op het legendarische dal van de Lauterbrunnen; als je omhoogkeek rees het massief van de Jungfrau glinsterend voor je op. Achter je lagen ongerepte weiden en beboste heuvels. Maar van buiten was het chalet een architectonisch gedrocht: groot en hol, karakterloos, anoniem en in meedogenloos contrast met alles eromheen, met wit gepleisterde muren en rustieke ornamenten die de kleinburgerlijke idealen alleen maar benadrukten.

Ook Luke had geobsedeerd de wacht gehouden. Als Ollie erop uit was om proviand in te slaan en flarden dorpsroddels op te pikken, was het Luke, altijd een tobber, die in de gaten hield of er geen verdachte voorbijgangers passeerden. Maar hij kon kijken wat hij wilde, geen nieuwsgierige blikken bleven lang rusten op de twee kleine meisjes die op aanwijzingen van Gail in de tuin oefenden met hun nieuwe springtouw, of dotterbloemen plukten in het weiland achter het huis, die voor altijd zouden worden bewaard in jampotten gedroogde sago die Ollie van de supermarkt meebracht.

Zelfs het oude, met rouge en poeder opgemaakte dametje in rouwkleding en met een donkere bril op, dat beweginglooos als een pop met haar handen in haar schoot op het balkon zat, baarde geen opzien. Zwitserse vakantieoorden ontvangen dat soort mensen al sinds het begin van de toeristenindustrie. En mocht een voorbijganger op een avond onverhoopt, door een kier in de gordijnen, toch een glimp opvangen van een dikke man met een wollen skimuts op die tegenover twee puberjongens boven een schaakbord zit – met Perry als scheidsrechter en Gail en de meisjes die in een andere hoek naar de dvd's kijken die bij Photo Fritz zijn gekocht – nou ja, dan was dat misschien de eerste keer dat er schaakliefhebbers verbleven, maar voor het overige had het huis alles al vaker meegemaakt. Wat kon het hun schelen dat 's werelds grootste geldwitwasser het gecombineerde intellect van zijn twee voorlijke zoons nog te slim af was?

En als diezelfde puberjongens de volgende dag werden gezien in zorgvuldig van elkaar verschillende uitmonsteringen, wanneer ze het steile rotspad op klauterden dat van de achtertuin helemaal omhoog naar de Männlichen-kam liep, met Perry voorop die hen tot spoed maande en met Alexei die klaagde dat hij elk klotemoment zijn nek kon breken en Viktor die volhield dat hij zojuist een volgroeide hertenbok zo lang recht in de ogen had gekeken dat het beest zijn blik af moest wenden, ook al was het slechts een berggeit – nou ja, wat was daar zo opmerkelijk aan? Perry bond ze zelfs met een touw aan elkaar. Hij vond een aardige overhangende rotspartij, huurde schoenen en kocht touwen – touwen, legde hij ernstig uit, waren voor een bergbeklimmer zowel persoonlijk als heilig – en leerde hen boven een afgrond bungelen, ook al was die afgrond maar vier meter diep.

Wat betreft de twee jonge vrouwen – de een een jaar of zestien en de ander misschien tien jaar ouder, allebei mooi – met hun boeken uitgestrekt op ligstoelen onder een grote esdoorn die op de een of andere manier aan de bulldozer van de projectontwikkelaar was ontsnapt – tja, als je een Zwitserse man was, dan zou je misschien hebben gekeken en vervolgens hebben gedaan alsof je niet had gekeken of, als je een Italiaan was, zou je misschien hebben gekeken en geapplaudisseerd. Maar je zou niet naar de telefoon zijn gesneld om de politie in het oor te fluisteren dat je twee verdachte vrouwen had zien zitten lezen in de schaduw van een esdoorn.

Dat maakte Luke zichzelf in ieder geval wijs en dat maakte ook Ollie zichzelf wijs en daar waren ook Perry en Gail, als toegevoegde leden van de buurtwacht, het mee eens – wat konden ze anders? – wat niet betekende dat er onder hen iemand was, zelfs niet de kleine meisjes, die ook maar even vergat dat ze waren ondergedoken en dat het gevaar van ontdekking elke dag groter werd. Als Katja aan het ontbijt, bij Ollies pannenkoeken met spek en stroop, vroeg: ‘Gaan we vandaag naar Engeland?’ of als Irina op klaaglijkere toon vroeg: ‘Waarom zijn we nog niet naar Engeland gegaan?’ – spraken ze voor iedereen aan tafel, om te beginnen voor Luke zelf, de held van het feest, omdat hij met zijn rechterhand in het gips zat, na in zijn hotel in Bern van de trap te zijn gevallen.

‘Ga je dat hotel een proces aandoen, Dick?’ vroeg Viktor op agressieve toon.

‘Ik zal de kwestie opnemen met mijn advocaat,’ antwoordde Luke, met een glimlach voor Gail.

Maar *wanneer* ze nu precies naar Londen gingen: ‘Ach, misschien niet vandaag, Katja, maar misschien morgen, of overmorgen,' verzekerde Luke haar. 'We moeten gewoon even wachten tot jullie visa rond zijn. En we weten allemaal hoe apparatsjiks in elkaar zitten, zelfs de Engelse, wat jullie?'

Maar wanneer, o wanneer.

Luke stelde zich diezelfde vraag elk uur van de dag en de nacht dat hij wakker was of maar half sliep, terwijl Hectors ademloze bulletins zich opstapelden: nu eens een paar cryptische zinnetjes tussen twee vergaderingen, dan weer een hele klaagzang in de kleine uurtjes van alweer een dag die geen einde leek te kennen. Verbijsterd over het spervuur van tegenstrijdige rapporten, nam Luke aanvankelijk zijn toevlucht tot de officieel onvergeeflijke zonde van het bijhouden van een logboek van binnengekomen verslagen. Met de vuurrode vingertoppen van zijn rechterhand die uit het gips staken, pende hij ze nauwgezet in zijn eigen merkwaardige steno op losse A4-velletjes die Ollie in de kantoorboekhandel van het dorp had gekocht, enkelzijdig.

Op de tijdens de opleiding aanbevolen wijze haalde hij het glas uit een fotolijstje om als ondergrond te gebruiken, veegde dat na elk velletje schoon, en bewaarde het resultaat achter een watertank, voor het onwaarschijnlijke geval dat Viktor, Alexei, Tamara of Dima zelf het in hun hoofd zouden halen om zijn kamer te doorzoeken.

Maar naarmate de snelheid en complexiteit van Hectors berichten van het front hem begonnen te overstelpen, verzocht hij Ollie hem een minirecorder te bezorgen, zo eentje als Dima ook had, en die te verbinden met zijn versleutelde mobieltje – alweer een doodzonde in de ogen van het Opleidingsinstituut, maar een geschenk uit de hemel als hij klaarwakker in bed lag te wachten op Hectors volgende idiosyncratische bulletin:

- Het is een dubbeltje op zijn kant, Lukie, maar we trekken aan het langste eind.
- Ik passeer Billy Boy en ga direct naar het Hoofd.
  Ik heb gezegd dat het een kwestie van uren mocht zijn, niet van dagen.
- Het Hoofd zegt dat ik met het Adjunct-Hoofd moet praten.

– Het Adjunct-Hoofd zegt dat als Billy Boy zijn handtekening niet wil zetten, hij dat ook vertikt. Hij tekent niet in zijn eentje. Hij moet de hele vierde verdieping achter zich weten, anders gaat het feest niet door. Ik heb gezegd dat hij de boom in kon.
– Je zult het niet willen geloven, maar Billy Boy komt over de brug. Hij schreeuwt de hele boel bij elkaar, maar zelfs hij kan de waarheid niet ontkennen als die hem door zijn strot wordt geperst.

Dat alles binnen het tijdsbestek van de eerste vierentwintig uur nadat Luke de uitgemergelde filosoof de trap af had gelazerd, een wapenfeit dat Hector aanvankelijk verwelkomde als een blijk van pure genialiteit, maar bij nader inzien toch niet de moeite waard vond om het Adjunct-Hoofd er nu direct mee lastig te vallen.

'Heeft onze jongen Niki daadwerkelijk *doodgetrapt*, Luke?' vroeg Hector zo terloops als maar mogelijk was.

'Hij hoopt van wel.'

'Tja. Nou ja, ik geloof niet dat ik daar iets over heb gehoord, jij wel?'

'Geen woord.'

'Het waren twee andere kerels, en elke gelijkenis berust op louter toeval. Afgesproken?'

'Afgesproken.'

Halverwege de middag van de tweede dag klonk Hector gefrustreerd, maar nog niet ontmoedigd. Het ministerie van Algemene Zaken had verordonneerd dat er toch een quorum voor de Machtigingscommissie moest worden gehaald, zei hij. Men stond erop dat Billy Boy Matlock volledig – ik herhaal *volledig* – op de hoogte werd gesteld van alle operationele details die Hector tot dusverre voor hem had verzwegen. Ze konden akkoord gaan met een viermansvertegenwoordiging die bestond uit een vertegenwoordiger van zowel Buitenlandse Zaken als Binnenlandse Zaken, Financiën en Immigratie. Uitgesloten leden zou worden verzocht de aanbevelingen *post facto* te ratificeren, wat volgens Algemene Zaken niet meer dan een formaliteit zou blijken. Met alle soorten van ongenoegen had Hector hun voorwaarden geaccepteerd. Toen sloeg – het was tegen het einde van een dag – het weer opeens om en ging Hectors stem een toontje omhoog. Lukes illegale recorder speelde dat nogmaals voor hem af:

H: De hufters zijn ons op de een of andere manier een stap voor. Billy Boy is getipt door zijn bronnen in de City.
L: *In welk opzicht* op ons voor? Hoe is dat mogelijk? We hebben nog niets ondernomen.
H: Volgens Billy Boys bronnen in de City, is de Autoriteit Financiële Diensten van plan om Arena's aanvraag om een grote bank te mogen openen te blokkeren en wij zijn de jongens die een streep door de rekening hebben gehaald.
L: *Wij?*
H: De Dienst. Alles en iedereen. De grote instellingen in de City schreeuwen moord en brand. Dertig onafhankelijke parlementsleden die op de loonlijst van de oligarchen staan zijn bezig een beledigende brief op te stellen aan de staatssecretaris van Financiën, waarin de Autoriteit Financiële Diensten wordt beschuldigd van anti-Russische vooroordelen en waarin wordt geëist dat alle onredelijke obstakels in verband met de aanvraag onmiddellijk worden verwijderd. De gebruikelijke linkmiegels in het Hogerhuis staan op hun achterste benen.
L: Maar dat is totale kul!
H: Probeer dat maar eens wijs te maken aan de Autoriteit Financiële Diensten. *Zij* weten alleen dat de centrale banken weigeren elkaar geld te lenen ondanks het feit dat ze miljarden overheidsgeld hebben ontvangen om dat nu juist wel te doen. Maar, kijk eens aan, daar komt Arena te hulp op zijn witte paard en belooft honderden miljarden, verdomme, in hun grijpgrage handjes te storten. Wie kan het een zak schelen waar het geld vandaan komt? [*Is dit een vraag? Zo ja, dan heeft Luke er geen antwoord op.*]
H: [*in een plotselinge uitbarsting*]: Er zijn geen *onredelijke obstakels*, verdomme! Sinds gisteravond ligt Arena's aanvraag te rotten in het bakje 'doen' van de Autoriteit Financiële

Diensten. Ze zijn niet bij elkaar gekomen, ze hebben geen overleg gepleegd, ze zijn nauwelijks begonnen aan het gebruikelijke onderzoek. Maar niets daarvan heeft de oligarchen in Surrey ervan weerhouden de oorlogstrom te roeren of de financiële redacteuren op de hoogte te stellen dat als de aanvraag erna wordt geweigerd, de City van Londen zal eindigen als armetierige vierde, achter Wall Street, Frankfurt en Hongkong. En wie krijgt dan de schuld? De Dienst, om de tuin geleid door die lul van een Hector Meredith!

Er volgde opnieuw een stilte – zo'n lange dat Luke zich geroepen voelde om Hector te vragen of hij nog aan de lijn was, waarop hem werd toegebeten: 'Waar dacht je goddomme dan dat ik zou zijn?'

'Nou ja, je hebt Billy Boy over de streep weten te trekken,' opperde Luke, om wat troost te bieden waarin hij zelf niet geloofde.

'Een totale ommekeer, godzijdank,' antwoordde Hector vroom. 'Ik zou niet weten wat ik zonder hem moest beginnen.'

Luke wist het ook niet.

Billy Boy, plotseling Hectors *bondgenoot*? Hectors bekeerling voor de goede zaak? Zijn zojuist ontdekte wapenbroeder? Een totale ommekeer? *Billy?*

Of had Billy Boy zich verzekerd van wat extra rugdekking? Niet dat Billy Boy een *slecht* mens was, niet slecht in de zin van verdorven, niet slecht zoals Aubrey Longrigg, zo had Luke hem nooit gezien – niet als het sluwe meesterbrein, de dubbel- of zelfs driedubbelspion, die steels manoeuvreerde tussen vijandige machten. Zo zat Billy helemaal niet in elkaar. Daar was hij te doorzichtig voor.

Dus wanneer kon die geweldige ommekeer precies hebben plaatsgehad, en waarom? vroeg Luke zich af. Of zou het zo kunnen zijn dat Billy al elders rugdekking had geregeld en Hector nu zijn omvangrijke voorzijde kon tonen en zich zo toegang kon verschaffen tot de meest zorgvuldig gekoesterde geheimen in Hectors schatkist?

Wat had er bijvoorbeeld door Billy's hoofd gespeeld op die zondagmiddag, toen hij het schuiladres in Bloomsbury verliet en zich nog steeds vernederd en gekleineerd voelde? Genegenheid jegens Hector? Of ernstige zorgen aangaande zijn eigen positie in de toekomstige orde der dingen?

Welke grote doorluchtigheid in de City zou Billy Boy in die dagen van pijnlijke overpeinzingen na die ontmoeting – al was hij nog zo vermaard om zijn krenterigheid – op de lunch hebben uitgenodigd en tot geheimhouding gemaand, in de wetenschap dat in het boekje van die grote doorluchtigheid een geheim iets is wat hij maar aan één persoon tegelijk overbrieft? En tevens in de wetenschap dat hij een vriend heeft gemaakt voor het geval de zaak op een akelige wijze zou ontsporen?

En wie wist welke van de vele rimpelingen die zouden kunnen ontstaan nadat dat ene steentje in de troebele vijver van de City was gegooid, zou kunnen doordringen tot in het superscherpe oor van die vooraanstaande City-insider en parlementariër, Aubrey Longrigg, en hem alarmeren?

Of Bunny Popham?

Of Giles de Salis, presentator van het mediacircus?

En al die andere scherphorende Longriggs, Pophams en De Salissen die klaarstaan om op de Arena-mallemolen te springen zodra die begint te draaien?

Zij het dat de mallemolen volgens Hector nog *niet* is gaan draaien. Dus waarom springen?

Luke zou heel graag willen dat hij iemand had om zijn overwegingen mee te delen, maar zoals gewoonlijk was er niemand. Perry en Gail waren buiten bereik, Yvonne was offline. En Ollie was – nou ja, Ollie was de beste duvelstoejager in de branche, maar geen Einstein als het ging om de fijne kneepjes van kuiperij op het hoogste niveau.

Terwijl Gail en Perry zich ontpopten tot geweldige surrogaatouders, hopman en akela, monopolyspelers en toergidsen voor de kinderen, hadden Ollie en Luke geloerd op tekenen van onraad en die als onschuldig van de hand gewezen of toegevoegd konden worden aan Lukes voortdurend groeiende zorgenlijstje.

In de loop van één ochtend had Ollie hetzelfde echtpaar twee keer aan de noordkant voorbij zien lopen en toen nog eens twee keer aan de zuidwestkant. De ene keer droeg de vrouw een gele sjaal om haar hoofd en een groene loden jas, de andere keer een slappe zonnehoed en een lange broek. Maar dezelfde schoenen en sokken en dezelfde bergwandelstok. De man droeg de eerste keer een korte broek en de tweede keer een wijde broek met een luipaardpatroon, maar hetzelfde blauwe petje met klep en hij liep op dezelfde manier, met zijn handen langs zijn zij, die nauwelijks bewogen.

En Ollie was getraind in het observeren, dus het was niet eenvoudig om hem tegen te spreken.

Ollie had ook het treinstation van Wengen angstvallig in de gaten gehouden in de nasleep van Gails en Natasja's confrontatie met de Zwitserse autoriteiten op Interlaken-Ost. Volgens een stationsbeambte met wie Ollie in de Eiger Bar in alle rust een biertje had gedronken, was de aanwezigheid van de politie in Wengen, die normaal beperkt bleef tot het beëindigen van de incidentele knokpartij, of een halfslachtig onderzoek naar drugsdealers, de afgelopen dagen geïntensiveerd. Hotelregisters waren gecontroleerd en de foto van het brede gezicht van een kalende man met een baard was heimelijk getoond aan loketbeambten op het treinstation en de kabelbaanstations.

'Ik denk niet dat Dima ooit een baard heeft laten staan, in de dagen dat hij zijn eerste geldwasserette opende in Brighton Beach, of wel soms?' vroeg hij aan Luke, tijdens een wandelingetje door de tuin.

Zowel een snor als een baard, gaf Luke grimmig toe. Die maakten deel uit van de nieuwe identiteit die hij had aangenomen om de Verenigde Staten binnen te komen. Pas vijf jaar geleden heeft hij die afgeschoren.

En – je kunt het toeval noemen, maar Ollie deed dat niet – toen hij bij de kiosk op het station stond om een *International Herald Tribune* en de plaatselijke kranten te kopen, had hij hetzelfde verdachte paar opgemerkt dat hij het huis had zien verkennen. Ze zaten in de wachtkamer en staarden naar de muur. Twee uur later, nadat er diverse treinen in beide richtingen waren gekomen en gegaan, zaten ze er nog steeds. Ollie had geen verklaring voor hun vreemde gedrag, behalve een misrekening: het team dat hen moest aflossen had de trein gemist, dus zaten ze samen te wachten tot hun superieuren hadden besloten wat ze met ze aan moesten, of – gezien hun positie met uitzicht op perron 1 – ze zaten te wachten om te zien wie er uit de treinen stapten die uit Lauterbrunnen kwamen.

'Bovendien vroeg de vrouw in het kaaswinkeltje me hoeveel monden ik moest voeden, wat mij niet beviel, maar ze *zou* ook kunnen hebben gedoeld op mijn enigszins bovenmaatse buik,' besloot hij, om Luke wat op te beuren, maar humor ging hen geen van beiden gemakkelijk af.

Luke maakte zich ook zorgen om het feit dat er vier kinderen van schoolgaande leeftijd deel uitmaakten van het huisgezin. Alle kinderen in Zwitserland gingen naar school, dus waarom *onze* kinderen niet? De verpleegster in de dorpskliniek had hem hetzelfde gevraagd toen hij haar bezocht om zijn hand te laten nakijken. Zijn slappe smoes dat de internationale scholen een voorjaarsvakantie hadden had zelfs in zijn eigen oren ongeloofwaardig geklonken.

Tot nu toe had Luke erop gestaan dat Dima binnen bleef en Dima had zich daar, uit erkentelijkheid, schoorvoetend bij neergelegd. In de nasleep van de knokpartij in het trappenhuis van het Bellevue Palace, kon Luke in Dima's ogen aanvankelijk niets verkeerd doen. Maar naarmate de dagen verstreken en Luke het ene excuus na het andere moest verzinnen waarom de apparatsjiks in Londen er zo lang over deden, sloeg Dima's stemming om in onwil en toen in verzet. Hij werd Luke beu en beklaagde zich met zijn karakteristieke botheid bij Perry:

'Als ik een wandeling met Tamara wil maken, dan ga ik wandelen met Tamara,' snauwde hij. 'Als ik een mooie berg zie, dan wil ik dat zij die ook kan zien. Dit is Kolyma niet, verdomme. Zeg dat maar tegen Dick, hoor je me, Professor?'

Tamara besloot dat ze voor de wandeling over het zacht omhoog glooiende betonnen pad naar de bankjes die uitzicht boden op het dal een rolstoel nodig had. Ollie werd erop uitgestuurd om er een op de kop te tikken. Met haar roodgeverfde haar, haar doorgelopen lippenstift en haar donkere bril deed ze denken aan een fetisj van een dodenbezweerder, en Dima zag er, in zijn overall en met zijn wollen skimuts op, al even beroerd uit. Maar in een gemeenschap die gewend was aan de meest vreemdsoortige types, vormden ze een soort ideaal echtpaar van middelbare leeftijd, wanneer Dima Tamara langzaam tegen de heuvel achter het huis op duwde om haar de waterval van Staubach en het dal van de Lauterbrunnen in al hun glorie te laten zien.

En als Natasja hen vergezelde, wat ze soms deed, dan was het niet langer als het gehate liefdeskind dat door Dima was verwekt en aan Tamara opgedrongen was, nadat ze halfgek uit de gevangenis was ontslagen, maar als hun liefhebbende en gehoorzame dochter, biologisch of geadopteerd, dat speelde geen rol meer. Maar meestal las Natasja haar boeken of zocht ze haar vader op als hij alleen was om hem te vleien en zijn kale hoofd te strelen alsof hij een kind was.

Perry en Gail waren ook geïntegreerde delen van dit nieuwe gezin in wording: waarbij Gail voortdurend nieuwe bezigheden voor de meisjes verzon en ze voorstelde aan de koeien in het weiland of een wandeling met ze maakte om te zien hoe in de kaaswinkel Hobelkäse werd gemaakt, of om in het bos naar herten en eekhoorns te kijken; terwijl Perry voor de jongens de bewonderde hopman speelde en als bliksemafleider fungeerde voor hun tomeloze energie. Alleen toen Gail een tennisdubbel met de jongens voor heel vroeg in de ochtend voorstelde, reageerde Perry ongewoon terughoudend. Na die helse match in Parijs had hij tijd nodig om op krachten te komen, bekende hij.

Het verbergen van Dima en zijn gezelschap was slechts één van Lukes groeiende aantal zorgen. Als hij 's nachts op zijn kamer boven zat te wachten op Hectors verwarrende bulletins, had hij te veel tijd tot zijn beschikking om bewijzen te vergaren dat hun aanwezigheid in het dorp ongewenste aandacht trok en om, in zijn talrijke slapeloze uren, complottheorieën uit te denken die, als de ochtend aanbrak, onaangenaam realistisch aandeden.

Hij maakte zich zorgen over zijn identiteit als Brabazon en vroeg zich af of de toegewijde Herr Direktor van het Bellevue inmiddels verband had gelegd tussen Brabazons inspectie van de hotelvoorzieningen en de twee in elkaar geslagen Russen onder aan de trap; en of er, daaruit voortvloeiend, met assistentie van de politie, naspeuringen waren gedaan naar een zekere BMW, die onder een beuk geparkeerd stond op het parkeerterrein van het station van Bahnhof Grindelwald Grund.

Zijn meest drastische scenario, deels te wijten aan Dima's luchthartige reconstructie toen ze in de auto zaten, luidde als volgt:

Een van de bodyguards – waarschijnlijk de uitgemergelde filosoof – slaagt erin zichzelf de trap op te zeulen en hamert op de afgesloten deur.

Of misschien waren Ollies speculaties met betrekking tot de nooduitgang uiteindelijk toch wat al te speculatief.

Hoe dan ook, het alarm wordt in werking gesteld en het nieuws over de vechtpartij bereikt de oren van de beter geïnformeerde gasten van de *apéro* van Arena in de Salon d'Honneur: Dima's bodyguards zijn aangevallen, Dima is verdwenen.

Nu is alles tegelijk in beweging. Emilio dell Oro waarschuwt de Zeven Schone Afgezanten, die naar hun mobieltjes grijpen en hun broeders in de *vory* waarschuwen, die op hun beurt de Prins in zijn kasteel op de hoogte stellen.

Emilio waarschuwt de Zwitserse bankiers met wie hij bevriend is, die op hun beurt *hun* vrienden waarschuwen op hoge posities bij de Zwitserse overheid, waaronder ook de politie en de veiligheidsdiensten, wier eerste levenstaak het is om de integriteit van de eerbiedwaardige bankiers te beschermen en iedereen in de boeien te slaan die deze bedreigt.

Emilio dell Oro waarschuwt vervolgens Aubrey Longrigg, Bunny Popham en De Salis, en zij waarschuwen wie zij ook maar waarschuwen, zie onder.

De Russische ambassadeur in Bern ontvangt dringende instructies uit Moskou, gevoed door de Prins, om onmiddellijke invrijheidstelling van de bodyguards te eisen, voordat zij een bekentenis kunnen afleggen, en meer specifiek om Dima op te sporen en als de gesmeerde bliksem te repatriëren naar zijn land van herkomst.

De Zwitserse autoriteiten, die tot nu toe zonder enig voorbehoud asiel hebben verleend aan Dima, de rijke financier, organiseren een landelijke speurjacht naar Dima, de voortvluchtige misdadiger.

Maar zelfs in dit lugubere verhaal is er iets wat niet klopt, en hoezeer Luke ook zijn best doet, hij kan er maar niet achter komen hoe het precies zit. *Welke omstandigheden, bedenkingen of harde gegevens hebben de twee bodyguards ertoe genoopt aanwezig te zijn in het Bellevue Palace Hotel na de tweede ondertekening? Wie heeft ze gestuurd? Met instructies om wat te doen? En waarom?*

Of anders gezegd: *hadden de Prins en zijn broeders, ten tijde van de tweede ondertekening al redenen om aan te nemen dat Dima van plan was zijn onschendbare eed aan de* vory *te schenden en de grootste* teef *aller tijden te worden?*

Maar als Luke het waagt om zijn bezorgdheid – zij het in afgezwakte vorm – aan Dima kenbaar te maken, ervaart hij hoe die zorgeloos wordt weggewuifd. Hector zelf is net zo min ontvankelijk:

'Als je zo denkt zijn we van begin af aan de lul,' schreeuwt hij bijna.

Verkassen? 's Nachts uitwijken naar Zürich, Bazel, Genève? Waarom, eigenlijk? Om een wespennest achter te laten? – stomverbaasde winkeliers, huisbazen, het verhuurkantoor, het dorpsroddelcircuit?

'Ik kan jullie wel een paar *vuurwapens* bezorgen, als jullie belangstelling hebben,' opperde Ollie in een andere vergeefse poging Luke wat op te beuren. 'Naar wat *ik* heb gehoord is er geen huisgezin in dit dorp dat er niet een paar heeft rondslingeren, wat de nieuwe voorschriften ook zeggen. Voor het geval de Russen komen. Die mensen hebben geen idee met wie ze hier te doen hebben, hè?'

'Laten we hopen van niet,' antwoordde Luke, met een dappere glimlach.

Voor Perry en Gail had hun leven van dag tot dag iets idyllisch, iets – zoals Dima het weemoedig zou formuleren – zuivers. Het was alsof ze in een verre buitenpost van de beschaving terecht waren gekomen, met de opdracht te zorgen voor degenen die aan hen waren toevertrouwd.

Als Perry niet met de jongens aan het klimmen was – nadat Luke er bij hem op had aangedrongen de afgelegen paden te nemen en Alexei erachter was gekomen dat hij toch geen hoogtevrees had, de kwestie was gewoon dat hij de pest had aan Max – liep hij met Dima in de schemering of zat hij naast hem op een bankje aan de rand van het bos en keek hoe hij het dal in zat te staren met dezelfde intensiteit waarmee hij, toen ze samen in het benarde kraaiennest in Three Chimneys stonden, zijn monoloog had afgebroken, woedend in het duister had gestaard, zijn mond had afgeveegd met de rug van zijn hand, een slok wodka had genomen en door was gegaan met staren. Soms wilde hij per se alleen zijn in het bos met zijn cassetterecorder, terwijl Ollie of Luke van een afstand stiekem een oogje in het zeil hield. Maar de cassettes hield hij bij zich als onderdeel van zijn verzekeringspolis.

Perry merkte dat de dagen, hoeveel het er ook waren, hun tol van Dima hadden geëist. Misschien was hij zich nu pas ten volle bewust van de enormiteit van zijn verraad. Misschien zocht hij, als hij in het oneindige staarde of heimelijk iets in zijn cassetterecorder fluisterde, naar een soort innerlijke vrede. Zijn demonstratieve tederheid jegens Tamara leek daarop te wijzen. Misschien had een opgebloeid *vory*-gevoel voor religie zijn weg naar haar geplaveid:

'Als mijn Tamara doodgaat, dan is God allang doof, zo verdomde hard bidt ze tot hem,' merkte hij trots op, waarmee hij Perry de indruk gaf dat hij, waar het zijn eigen verlossing betrof, minder optimistisch was.

Perry verwonderde zich ook over Dima's toegeeflijkheid jegens hem, die leek te groeien in omgekeerde evenredigheid met zijn afkeer van Lukes halve beloften die, zodra ze waren gedaan alweer tot zijn spijt moesten worden ingetrokken.

'Maak je geen zorgen, Professor. Op een dag zijn we allemaal gelukkig, hoor je me? God gaat deze hele kolerezooi voor ons in orde maken,' verklaarde hij, terwijl hij, met zijn hand bezitterig op Perry's schouder over het voetpad naast hem wandelde: 'Viktor en Alexei zien jou als de een of andere kloteheld. Misschien maken ze je nog wel eens *vor*.'

Perry liet zich niet voor de gek houden door het bulderende gelach dat op die opmerking volgde. Al dagenlang had hij zichzelf steeds meer beschouwd als de opvolger in Dima's rij intense mannelijke vriendschappen: met de dode Nikita, die een man van hem had gemaakt; met de vermoorde Misja, zijn discipel, die hij tot zijn schande niet had kunnen beschermen; en met al die krijgers en mannen van staal die over zijn ballingschap hadden geheerst in Kolyma en verder.

Perry's onwaarschijnlijke benoeming tot Hectors nachtelijke biechtvader kwam daarentegen als een donderslag hij heldere hemel. Hij wist, en Gail wist – Luke hoefde het ze niet te vertellen, de dagelijkse uitvluchten waren voldoende – dat het in Londen niet zo gladjes verliep als Hector had verwacht. Ze zagen aan Lukes lichaamstaal dat, hoezeer hij ook zijn best deed om het te verbergen, ook hij gebukt ging onder de emotionele stress.

Dus toen Perry's mobieltje zijn versleutelde melodietje om een uur 's nachts ten gehore bracht, wat maakte dat hij met een ruk overeind kwam en dat Gail, zonder te weten wie de beller was, de gang in snelde om te zien of de meisjes sliepen, was zijn eerste gedachte toen hij Hectors stem hoorde, dat hij Perry ging vragen Luke een beetje op te beuren of – en hier was de wens meer de vader van de gedachte – om hem te vragen een actievere rol te spelen bij het naar Engeland smokkelen van de Dima's.

'Vind je het goed als ik een paar minuutjes tegen je aan babbel, Milton?'

Was dit werkelijk Hectors stem? – of een recorder waarvan de batterijen bijna op waren?

'Babbel er maar op los.'

'Poolse filosoof van wie ik zo nu en dan wel eens wat lees.'

'Hoe heet hij?'

'Kolakovski. Ik dacht dat jij misschien wel eens van hem zou hebben gehoord.'

Dat had Perry, maar hij had geen behoefte om dat te zeggen. 'Wat is er met hem?' Was de man dronken? Te veel whisky van het eiland Skye?

'Heel strenge ideeën over goed en kwaad – die ik de laatste tijd geneigd ben met hem te delen – had die Kolakovski. Kwaad is kwaad, punt uit. Niet geworteld in sociale omstandigheden.

Niks veroorzaakt door armoede of drugsverslaving of wat dan ook. Het kwaad is een *absolute* entiteit en een menselijke kracht die *volkomen* op zichzelf staat.' Een lange stilte. 'Ik vroeg me af hoe jij daar tegenover staat?'

'Gaat het wel goed met je, Tom?'

'Af en toe duik ik in hem. Als het niet meezit. In Kolakovski. Het verbaast me dat jij nooit op hem bent gestuit. Hij had een wet. Een nogal goede onder de gegeven omstandigheden.'

'Wat zit er niet mee op het ogenblik?'

'De Wet van de Oneindige Cornucopia, noemde hij die. Niet dat Polen een bepaald lidwoord kennen. Ook geen onbepaald trouwens, wat wel iets zegt, maar afijn. De essentie van zijn Wet is dat er voor elke afzonderlijke gebeurtenis een oneindig aantal verklaringen bestaat. Onbegrensd. Of, in een taal die wij allebei beter verstaan, je weet nooit welke klojo je te grazen heeft genomen of waarom. Een hele troost, leek me, onder de gegeven omstandigheden, vind jij niet?'

Gail was teruggekeerd en stond in de deuropening mee te luisteren.

'Als ik wist wat de omstandigheden waren, dan zou ik dat waarschijnlijk beter kunnen beoordelen,' zei Perry – nu ook tegen Gail. 'Is er iets wat ik kan doen om te helpen, Tom? Je klinkt een beetje aangeslagen.'

'Heb je al gedaan, Milton, ouwe reus. Bedankt voor het advies. Ik zie je morgen.'

Ik *zie* je?

'Heeft hij iemand bij zich?' vroeg Gail en ze stapte terug in bed.

'Daar heeft hij niets over gezegd.'

Volgens Ollie woonde Hectors vrouw Emily na het ongeluk van Adrian, niet meer bij hem in Londen. Ze zat liever in het ijskoude huisje in Norfolk, dat dichter bij de gevangenis was.

Luke staat stijf rechtop naast zijn bed, met het versleutelde mobieltje tegen zijn oor en Ollies snoertje dat het met de recorder verbindt op de rand van de wastafel. Het is halfvijf in de middag. Hector heeft de hele dag niet opgebeld en Lukes ingesproken boodschappen zijn onbeantwoord gebleven. Ollie is eropuit getrokken om verse forel te kopen, en Wienerschnitzel voor Katja, die niet van vis houdt. En zelfgebakken patat voor iedereen. Het eten is belangrijk de laatste dagen. Aan de maaltijden wordt veel aandacht besteed, omdat elke maaltijd hun laatste samen zou kunnen zijn. Sommige worden voorafgegaan door een langdurig gebed in het Russisch, gefluisterd door Tamara die er heel veel kruisjes bij slaat. Andere keren, als ze haar verwachtingsvol aankijken, bedankt ze voor de eer, klaarblijkelijk om duidelijk te maken dat het gezelschap de goddelijke genade vandaag niet waardig is. Deze middag heeft Gail, om de lege uren voor het avondeten te doden, besloten de kleine meisjes mee te nemen naar Trümmelbach om de angstwekkende watervallen te zien die binnen in de berg omlaag storten. Perry is helemaal niet ingenomen met het plan. Oké, ze heeft haar mobieltje bij zich, maar diep in die berg, wat voor signaal dacht ze daar te hebben?

Het kan Gail niet schelen. Ze gaan toch. In de weilanden klinken de koeienbellen. Natasja zit onder de esdoorn te lezen.

17

'Dat is het dus,' zegt Hector met vaste stem. 'Het hele ellendige rotverhaal. Luister je?'

Luke luistert. Een halfuur wordt veertig minuten. Het is inderdaad een ellendig rotverhaal.

Dan, omdat haasten geen zin heeft, luistert hij nogmaals, weer veertig minuten lang, liggend op bed het cassettebandje af. Het is een kort verhaal. Het is een heel toneelstuk, een komedie of een tragedie, dat zal de toekomst uit moeten wijzen. Om acht uur vanochtend werden Hector Meredith en Billy Matlock voor een schertsrechtbank van huns gelijken gesleept in de vertrekken van het Adjunct-Hoofd op de vierde verdieping. Daar werd de aanklacht voorgelezen. Hector parafraseerde het en lardeerde het met zijn eigen krachttermen:

'Het Adjunct-Hoofd zei dat de staatssecretaris hem had ontboden en hem het een en ander had voorgelegd: te weten, Billy Matlock en Hector Meredith waren een samenzwering begonnen om de onberispelijke reputatie te bezoedelen van Aubrey Longrigg, parlementslid, grootmogol van de City en kontenlikker van de oligarchen in Surrey, als antwoord op de vermeende schade die genoemde Longrigg de beklaagden had toegebracht: dat wil zeggen, Billy had wraak willen nemen vanwege alle ellende die Aubrey hem had bezorgd toen ze op de vierde verdieping als kemphanen tegenover elkaar stonden; en ik omdat Aubrey had geprobeerd mijn familiebedrijf failliet te doen gaan, verdomme, om het vervolgens voor een appel en een ei op te kopen. De staatssecretaris was van oordeel dat onze *persoonlijke betrokkenheid ons professionele oordeel had vertroebeld.* Luister je nog?'

Luke luistert. En om nog beter te luisteren gaat hij nu op de rand van het bed zitten, zijn hoofd in zijn handen en de cassetterecorder op het dekbed naast zich.

'Dus word ik, als hoofdaanstichter van de samenzwering om Aubrey te naaien, uitgenodigd om mijn positie toe te lichten.'

'Tom?'

'Dick?'

'Wat heeft het naaien van Aubrey – ook al was dat jullie bedoeling – te maken met het naar Londen halen van onze jongen en zijn familie?'

'Goede vraag. Ik zal in dezelfde geest antwoorden.'

Luke had hem nog nooit zo kwaad gehoord.

'Volgens het Adjunct-Hoofd gaat het gerucht dat onze Dienst van plan is een judas naar voren te schuiven die de bankiersaspiraties van het Arena Conglomeraat voor altijd in diskrediet zal brengen. Moet ik je uitleggen wat het Adjunct-Hoofd de *verstrengeling* meende te moeten noemen? Een schitterende lelieblanke Russische Bank, miljarden dollars op tafel en nog veel meer in het verschiet, met de belofte al die miljarden niet alleen vrij te geven op de berooide kapitaalmarkt, maar die te investeren in een paar van die prehistorische giganten van de Britse industrie? En net als dat goede voornemen van genoemde lelieblanke weldoeners op het punt staat zijn beslag te krijgen, komt er een stelletje rukkers van de Inlichtingendienst, die een streep door de rekening willen halen door een hoop slap moralistisch gezever over opbrengsten uit misdaad.'

'Je zei dat je was uitgenodigd om je positie toe te lichten,' hoort Luke zichzelf tegen Hector zeggen.

'Dat heb ik ook gedaan. Eigenlijk best goed, moet ik zeggen. Ik heb mijn uiterste best gedaan. En waar ik het even liet afweten sprong Billy te hulp. En stukje bij beetje – je zou nog vreemd hebben opgekeken – begon het Adjunct-Hoofd zijn oren te spitsen. Geen gemakkelijke rol voor iemand wiens baas zijn kop in het zand steekt, maar uiteindelijk kwam hij glansrijk over de brug. Hij stuurde iedereen behalve ons tweeën de kamer uit en liet ons alles nog eens overnieuw vertellen.'

'Jou en Billy?'

'Billy staat nu *vierkant* achter ons en weet niet hoe goed hij zijn best moet doen. Een bekering op de weg naar Damascus, beter laat dan nooit.'

Daar heeft Luke zo zijn twijfels over, maar hij is zo barmhartig daar geen uiting aan te geven.

'En waar staan we nu?' vraagt hij.

'Weer precies waar we zijn begonnen. Officieel maar officieus, met Billy Boy aan boord en het chartervliegtuig op mijn rekening. Heb je je potloodje in de aanslag?'

'Natuurlijk niet!'

'Luister dan goed. Zo gaan we het aanpakken, en we kijken niet achterom.'

Hij luistert twee keer, beseft dan dat hij wacht tot hij voldoende moed heeft verzameld om Eloise te bellen, dus doet hij dat. Het ziet ernaar uit dat ik binnenkort weer naar huis kan komen, misschien zelfs al morgenavond laat, zegt hij. Eloise zegt dat Luke moet doen wat hem het beste lijkt. Luke vraagt naar Ben. Eloise zegt dat Ben het heel goed maakt, dank je. Luke ontdekt dat hij een bloedneus heeft en gaat weer op bed liggen tot het tijd is voor het avondeten en een gesprekje onder vier ogen met Perry, die in de serre klimknopen oefent met Alexei en Viktor.

'Heb je even?'

Luke neemt Perry mee naar de keuken, waar Ollie worstelt met een weerbarstige frituurpan die de gewenste hitte voor de zelfgemaakte patat niet wil bereiken.

'Zou je ons heel even alleen willen laten, Harry?'

'Geen probleem, Dick.'

'Eindelijk geweldig nieuws, godzijdank,' begon Luke, toen Ollie weg was. 'Hector heeft een vliegtuigje klaarstaan in Belp om elf uur morgenavond, Greenwichtijd, Belp-Northolt. Met toestemming van beide kanten om op te stijgen en te landen zonder een centje pijn. God mag weten hoe hij dat heeft weten te regelen, maar hij heeft het klaargespeeld. Als het donker is brengen we Dima met de jeep over de bergen naar Grund, van daaruit rijden we rechtstreeks naar Belp. Zodra hij in Northolt aan de grond staat brengen ze hem naar een schuiladres en als hij over de brug komt met waar hij zegt dat hij mee over de brug komt, dan laten ze hem officieel in het land toe en kan de familie volgen.'

'*Als* hij over de brug komt?' herhaalde Perry, waarbij hij zijn langwerpige hoofd schuin hield op een manier die Luke uitermate ergerlijk vond.

'Nou ja, dat doet hij toch, of niet soms? Wij weten dat. Dat is de enige afspraak die er is gemaakt,' vervolgde Luke toen Perry niets zei. 'Onze meesters in Whitehall willen niet met de familie worden opgezadeld zolang ze niet zeker weten dat Dima echt wat te melden heeft.' En toen Perry nog steeds niet reageerde: 'Verder willen ze volgens Hector niet gaan, zonder de gebruikelijke formaliteiten. Dus hier zullen we het mee moeten doen.'

'*De gebruikelijke formaliteiten,*' herhaalde Perry uiteindelijk.

'Daar hebben we nu eenmaal mee te maken, vrees ik.'

'Ik dacht dat we met mensen te maken hadden.'

'Dat is ook zo,' kaatste Luke driftig terug. 'Daarom wil Hector dat *jij* degene bent die het aan Dima vertelt. Hij denkt dat het beter uit jouw mond kan komen dan uit de mijne. En dat vind ik ook. Ik stel voor dat je het nu niet meteen doet. Morgen aan het begin van de avond is vroeg genoeg. We willen niet dat hij er de hele nacht over ligt te malen. Ik zou zeggen een uur of zes, zodat hij voldoende tijd heeft om zijn voorbereidingen te treffen.'

Is die man een wassen beeld of zo? vroeg Luke zich af. Hoe lang moet ik nog tegen dat scheve gestaar aankijken?

'En als hij *niet* over de brug komt?' vroeg Perry.

'Daar hebben we het nooit over gehad. We doen het stapje voor stapje. Zo gaan die dingen, vrees ik. Er is geen sprake van een rechte lijn.' En even maakte hij een uitglijer en betreurde het onmiddellijk: 'We zijn hier geen academici. We zijn mannen van de daad.'

'Ik moet met Hector praten.'

'Hij zei al dat je dat zou zeggen. Hij wacht al op je telefoontje.'

Perry wandelde in zijn eentje over het pad naar het bos, waar hij ook met Dima had gewandeld. Toen hij bij een bankje aankwam, veegde hij met zijn vlakke hand de avonddauw eraf, ging zitten en wachtte tot hij zijn gedachten op een rijtje had. In het verlichte huis onder zich zag hij Gail, de vier kinderen en Natasja in een kring op de serrevloer zitten met het monopolybord tussen hen in. Hij hoorde een kreet van verontwaardiging van Katja, gevolgd door een blaffend protest van Alexei. Hij haalde zijn mobieltje uit zijn zak en staarde ernaar in de schemering, voordat hij op het knopje voor Hector drukte en zijn stem hoorde:

'Wil je de gekuiste versie of de harde werkelijkheid?'

Dit was de oude Hector, de Hector die hij het liefst zag, de Hector die hem op het schuiladres in Bloomsbury de huid vol had gescholden.

'Doe mij maar de harde werkelijkheid.'

'Daar komt hij. We brengen onze jongen naar Engeland, ze horen hem aan en vormen zich een oordeel. Mooier kan ik het niet voor hem maken. Tot gisteren waren ze niet eens bereid om zover te gaan.'

'*Ze?*'

'De *autoriteiten. Zullie.* Wie had je verdomme gedacht? Als hij niet aan de maat is flikkeren ze hem terug het water in.'

'Welk water?'

'Waarschijnlijk het Russische. Wat maakt het uit? Het punt is dat hij het goed gaat doen. *Ik* weet dat, *jij* weet dat. Zodra ze hebben besloten hem te houden, wat niet meer dan een dag of twee in beslag zal nemen, accepteren ze de hele rambam op de koop toe: zijn vrouw, kinderen, de kinderen van zijn maat en zijn hond, als hij die heeft.'

'Die heeft hij niet.'

'Waar het om gaat is dat ze in principe het volledige pakket hebben geaccepteerd.'

'Welk principe?'

'Mag ik even? Ik heb de hele ochtend moeten luisteren naar

haarklovende hooggeleerde klojo's uit Whitehall en daar heb ik mijn buik van vol. We hebben een deal. Zolang onze jongen met zijn info over de brug komt, komt de rest hem te zijner tijd achterna. Dat hebben ze beloofd en ik moet ze wel geloven.'

Perry sloot zijn ogen en ademde de berglucht diep in.

'Wat wil je dat ik doe?'

'Niet meer dan je van begin af aan hebt gedaan. Je nobele principes opofferen ten behoeve van het algemeen welzijn. Zoete broodjes met hem bakken. Als je tegen hem zegt dat het misschien is, dan komt hij niet. Als je hem zegt dat we zijn voorwaarden onvoorwaardelijk accepteren, maar dat het nog even duurt voor hij met zijn dierbaren wordt herenigd, dan komt hij wel. Ben je er nog?'

'Voor een deel.'

'Je zegt hem de waarheid, maar je doet het selectief. Zodra hij maar even de kans krijgt om te denken dat we hem belazeren, dan grijpt hij die. We mogen dan wel die sportieve Engelse gentlemen zijn, maar we zijn ook smerige telgen van het perfide Albion. Heb je dat gehoord of sta ik tegen een muur te kletsen?'

'Ik heb het gehoord.'

'Zeg me dan maar dat ik het mis heb. Zeg me dat ik hem verkeerd inschat. Zeg me dat je een beter plan hebt. Als jij het niet doet, doet niemand het. Dit is je grote moment. Als hij jou niet gelooft, dan gelooft hij niemand.'

Ze lagen in bed. Het was na middernacht. Gail, die half sliep, had nauwelijks een woord gezegd.

'Het is hem op de een of andere manier uit handen genomen,' zei Perry.

'Hector?'

'Zo voelt het.'

'Misschien heeft hij het nooit echt in handen gehad,' opperde Gail. En na een poosje: 'Heb je al een besluit genomen?'

'Nee.'

'Dan denk ik dat je dat wel hebt. Ik denk dat geen beslissing ook een beslissing is. Ik denk dat je een besluit hebt genomen en dat dat de reden is dat je niet kunt slapen.'

Het was de volgende avond, kwart voor zes. Ollies kaasfondue was een succes geweest en afgeruimd. Dima en Perry bleven alleen achter in de eetkamer en stonden tegenover elkaar onder een veelkleurige kroonluchter, van een soort metaallegering. Luke maakte tactvol een wandelingetje door het dorp. De meisjes keken, daartoe aangezet door Gail, nogmaals naar *Mary Poppins.* Tamara had in de zitkamer plaatsgenomen.

'Meer kunnen de apparatsjiks niet aanbieden,' zei Perry. 'Jij gaat vanavond vast naar Londen, je familie volgt over een paar dagen. Daar staan de apparatsjiks op. Ze moeten zich aan de regels houden. Ze hebben overal regels voor. Zelfs hiervoor.'

Hij gebruikte korte zinnetjes en speurde naar de minste verandering in Dima's gelaatstrekken, naar een zweem van berusting, naar een sprankje begrip, zelfs naar verzet, maar er was niets van het gezicht af te lezen.

'Willen ze dat ik alleen ga?'

'Niet alleen, Dick vliegt met je mee naar Londen. Zodra de formaliteiten zijn afgehandeld en de apparatsjiks hebben gedaan wat de regels voorschrijven, volgen wij je allemaal naar Engeland. En Gail zal zich over Natasja ontfermen,' voegde hij eraan toe, in de hoop dat hij iets kon afdoen aan wat naar zijn vermoeden Dima's grootste zorg was.

'Is ze dan *ziek*, mijn Natasja?'

'Goeie hemel, nee. Ze is niet *ziek*! Ze is jong. Ze is mooi. Temperamentvol. Zuiver. Er zal goed op haar moeten worden gepast in een vreemd land, dat is alles.'

'Natuurlijk,' beaamde Dima en ter bevestiging knikte hij met zijn kale hoofd. 'Natuurlijk. Ze is net zo mooi als haar moeder.'

Toen schoot zijn hoofd opzij en vervolgens omlaag, terwijl hij in een donkere golf van angsten of herinneringen staarde, waartoe Perry geen toegang had. *Weet* hij het? Heeft Tamara het hem in een vlaag van wrok of vertrouwelijkheid of vergeetachtigheid *verteld*? Heeft Dima, in weerwil van al Natasja's verwachtingen, haar geheim en haar smart op zijn eigen schouders geladen in plaats van ervandoor te gaan om Max op te zoeken? Het enige wat Perry wist was dat de uitbarsting van woede en onwil die hij had verwacht, plaatsmaakte voor het dagende besef van berusting bij de gevangene ten overstaan van bureaucratisch gezag;

en dat besef bracht Perry meer in verwarring dan welke uitbarsting van woede dat ooit had kunnen doen.

'Een paar dagen, hè?' herhaalde Dima en hij zei het op een toon alsof het een levenslange veroordeling was.

'Een paar dagen zeggen ze.'

'Zegt Tom dat? *Een paar dagen?*'

'Ja.'

'Hij is me er eentje, hè, die Tom?'

'Dat kun je geloof ik wel zeggen.'

'Dick trouwens ook. Hij heeft die klootzak zowat vermoord.'

Ze lieten die gedachten allebei even op zich inwerken.

'Zal Gail ook op mijn Tamara passen?'

'Gail zal heel goed op jouw Tamara passen. En de jongens zullen haar helpen. En ik ben er ook nog. We zullen allemaal op je familie passen tot ze in Engeland zijn. Daar passen we dan op jullie allemaal.'

Dima dacht daar even over na en de gedachte leek in hem post te vatten.

'Gaat mijn Natasja naar Roedean School?'

'Misschien niet naar Roedean. Dat kunnen ze niet beloven. Misschien is er zelfs een nog betere school. We zullen goede scholen voor iedereen vinden. Het komt dik in orde.'

Ze schilderden samen een valse horizon. Perry wist het en Dima leek het ook te weten en het te verwelkomen, want zijn rug was gekromd en zijn borst had zich gevuld en zijn gezicht had zich geplooid tot de dolfijnenglimlach die Perry zich herinnerde van hun eerste ontmoeting op de tennisbaan in Antigua.

'Ik zou maar gauw met dat meisje trouwen, Professor – hoor je me?'

'We sturen je een uitnodiging.'

'Een hoop kamelen waard,' mompelde hij en hij glimlachte om zijn eigen grapje – in Perry's ogen geen glimlach van verslagenheid, maar een glimlach om voorbije tijden, alsof ze elkaar al hun leven lang hadden gekend, wat Perry steeds meer begon te geloven.

'Speel jij nog een keer tegen me op Wimbledon?'

'Tuurlijk. Of op Queens. Ik ben daar nog steeds lid.'

'En geen genaai, hè?'

'Geen genaai.'

'Zullen we wedden? Om het interessanter te maken?'

'Dat kan ik me niet veroorloven. Ik zou kunnen verliezen.'

'Je bent bang, hè?'

'Ik ben bang van wel.'

Toen de omhelzing die hij had gevreesd, de aanhoudende insluiting in het enorme, vochtige, trillende lijf, en het ging maar door. Maar toen ze elkaar loslieten, zag Perry dat alle leven uit Dima's gezicht was geweken en dat het licht uit zijn bruine ogen was verdwenen. Toen keerde hij zich als op bevel op zijn hielen om en liep naar de zitkamer, waar Tamara en de gezamenlijke familie zaten te wachten.

De mogelijkheid dat Perry met Dima mee zou vliegen naar Engeland was van begin af aan uitgesloten geweest, op die avond of op enig andere. Luke had dat al die tijd geweten, en hij had de vraag maar even terloops aan Hector voor hoeven te leggen om een resoluut 'nee' als antwoord te krijgen. Als het antwoord om de een of andere onnaspeurbare reden 'ja' zou zijn geweest, dan zou Luke zich ertegen hebben verzet: ongetrainde enthousiaste amateurs die als escorte met belangrijke overlopers meevliegen paste gewoon niet in zijn professionele orde der dingen.

Dus was het minder uit medeleven jegens Perry en meer uit gezonde operationele overwegingen dat Luke er uiteindelijk in toestemde dat Perry hen op de reis naar Bern-Belp zou vergezellen. Als je een belangrijke bron uit de boezem van zijn familie wegplukt en hem zonder spijkerharde garanties overdraagt aan de zorgen van je Moederdienst, redeneerde hij knarsetandend, nou ja, dan is het wel zo verstandig hem als troost het gezelschap van zijn uitverkoren mentor toe te staan.

Maar als Luke hartverscheurende afscheidsscènes had verwacht, dan bleven hem die bespaard. Het werd donker. Het werd stil in huis. Dima ontbood Natasja en zijn twee zonen in de serre en richtte het woord tot hen, terwijl Perry en Luke buiten gehoorsafstand in de gang wachtten en Gail vastberaden met de meisjes naar *Mary Poppins* bleef kijken. Voor zijn ontvangst door de gentlemenspionnen in Londen, had Dima zijn blauwe krijtstreeppak aangetrokken. Natasja had zijn zondagse overhemd gestreken, Viktor had zijn Italiaanse schoenen gepoetst en Dima maakte zich daar zorgen over: als ze nu eens besmeurd raakten tijdens de wandeling naar de plek waar Ollie de jeep had geparkeerd? Maar hij had niet gerekend op Ollie die, naast dekens, handschoenen en dikke wollen mutsen voor de rit door de bergen, had gezorgd dat er een paar rubberen overschoenen in Dima's maat die in de gang op hem stond te wachten. En Dima moest zijn familie hebben opgedragen niet achter hem aan te lopen, want hij kwam alleen de deur uit en hij zag er even opgewekt en onbeschaamd uit als toen hij door de klapdeuren van het Bellevue Palace Hotel naar binnen was gekomen, met Aubrey Longrigg aan zijn zijde.

Toen hij hem zag, maakte Lukes hart een sprong die het sinds Bogotá niet meer had gemaakt. Hij is onze kroongetuige – en Luke zelf zal er ook een zijn. Luke zal getuige A zijn, achter een scherm, of gewoon Luke Weaver in volle openheid. Hij zal een paria zijn, net als Hector. En hij zal helpen Aubrey Longrigg en al zijn trawanten aan het kruis te nagelen, en krijg de kolere met je vijfjarencontract op een opleidingsschool en een gerieflijk huis vlak in de buurt, met zeelucht en goede scholen voor Ben in de onmiddellijke omgeving en een verbeterd pensioen aan het einde van de rit, en de mogelijkheid om zijn huis in Londen te verhuren en niet te verkopen. Hij zou ophouden overspeligheid te verwarren met vrijheid. Hij zou het blijven proberen met Eloise, net zo lang tot ze weer in hem geloofde. Hij zou al zijn potjes schaak met Ben afmaken en een baan vinden die zou zorgen dat hij op een fatsoenlijk uur thuiskwam, met echte weekenden om met elkaar op te trekken en jezusmina, hij was pas drieënveertig en Eloise was nog niet eens veertig.

Dus was het zowel met een gevoel van afscheid als met een gevoel van een nieuwe start dat Luke naast Dima kwam lopen, en gedrieën liepen ze achter Ollie aan in de richting van de boerderij en de jeep.

Perry de toegewijde bergbeklimmer lette in het begin nauwelijks op de weg die ze volgden: de geheime bestijging bij maanlicht door het bos naar de Kleine Scheidegg, met Ollie achter het stuur en Luke naast hem op de voorbank, en Dima's omvangrijke lichaam, dat iedere keer als Ollie met alleen de stadslichten aan een haarspeldbocht nam tegen Perry's schouders bonkte, omdat Dima niet de moeite nam zich schrap te zetten, tenzij het echt niet anders kon, en er de voorkeur aan gaf om de klappen te incasseren. En ja, natuurlijk was het spookachtige zwarte silhouet van de Eiger Nordwand dat steeds dichterbij kwam een beeld dat tot Perry's verbeelding sprak: toen ze het stationnetje van Alpiglen passeerden, keek hij vol ontzag naar de maanverlichte Witte Spin, en berekende een route erdoorheen en nam zich voor dat hij, als een laatste daad van onafhankelijkheid voor hij met Gail trouwde, zou proberen die te bedwingen.

Toen ze de top van de Scheidegg bijna hadden bereikt, deed Ollie de lichten helemaal uit, en ze gleden als dieven in de nacht langs de twee gebouwen van het grote hotel dat daar stond. Onder hen zagen zij de gloed van Grindelwald. Ze begonnen aan de afdaling, reden een bos in en zagen de lichten van Brandegg tussen de bomen door naar hen knipogen.

'Vanaf hier is de weg verhard,' riep Luke over zijn schouder, voor het geval Dima de gevolgen van de hobbelige rit voelde.

Maar Dima hoorde het niet of het kon hem niet schelen. Hij had zijn hoofd in zijn nek geworpen en een hand op zijn borst gelegd, terwijl de andere arm zich over de leuning achter Perry's schouders uitstrekte.

Midden op de weg staan twee mannen met een zaklantaarn te zwaaien.

De man zonder zaklantaarn steekt zijn gehandschoende hand op om hen tot stoppen te dwingen. Hij draagt stadse kleding bestaande uit een overjas, een sjaal en geen hoed, hoewel hij half kaal is. De man met de zaklantaarn draagt een politie-uniform en een cape. Ollie schreeuwt hen al vrolijk toe als hij naast hen stopt.

'Hé, jongens, wat is er *hier* aan de hand?' vraagt hij, in een zangerig Zwitsers-Frans *argot* dat Perry hem nog niet eerder heeft horen spreken. 'Is er iemand van de Eiger gedonderd? We hebben nog niet eens een konijn gezien.'

Dima is een rijke Turk, had Luke tijdens de briefing gezegd.

Hij heeft in het Park Hotel gelogeerd en zijn vrouw is ernstig ziek geworden in Istanbul. Hij heeft zijn auto in Grindelwald achtergelaten, en wij zijn een stel Engelse medegasten die de barmhartige Samaritaan uithangen. Bij uitgebreide controle is dat niet vol te houden, maar misschien is het bij eenmalig gebruik afdoende.

'Waarom heeft de rijke Turk dan niet de trein genomen van Wengen naar Lauterbrunnen en een taxi tot aan Grindelwald?' had Perry gevraagd.

'Hij is niet voor rede vatbaar,' had Luke geantwoord. 'Hij denkt dat hij op deze manier, door met de jeep over de berg te rijden, een uur sneller is. Er is een vlucht om middernacht van Kloten naar Ankara.'

'Is het werkelijk?'

De politieman richt zijn zaklantaarn op een paarse driehoek op de voorruit van de jeep. De letter G staat erop. De man in burger staat naast hem, in duisternis door het licht van de zaklantaarn. Maar Perry heeft zo'n donkerbruin vermoeden dat hij de joviale chauffeur en zijn drie passagiers heel nauwkeurig opneemt.

'Van wie is deze jeep?' vraagt de politieman, terwijl hij doorgaat met het inspecteren van de paarse driehoek.

'Van Arni Steuri. Loodgieter. Vriend van me. Vertel me nou niet dat jullie Arni Steuri uit Grindelwald niet kennen. Hij zit aan de hoofdstraat, naast de elektricien.'

'Zijn jullie vanavond uit Scheidegg komen rijden?' vraagt de politieman.

'Uit Wengen.'

'Zijn jullie van *Wengen naar Scheidegg* gereden?'

'Wat dacht je dan? Gevlogen?'

'Als jullie van Wengen naar Scheidegg hebben gereden dan hebben jullie een tweede sticker nodig, die door Lauterbrunnen wordt verstrekt. De sticker op de voorruit is *uitsluitend* voor Scheidegg-Grindelwald.'

'Zeg, aan wiens kant staan jullie nou eigenlijk?' vraagt Ollie, nog steeds op hardnekkig jolige toon,

'Eerlijk gezegd kom ik uit Mürren,' antwoordt de politieman stoïcijns.

Er volgt een stilte. Ollie begint een wijsje te neuriën, wat weer iets is wat Perry hem nooit eerder heeft horen doen. Hij neuriet en met behulp van de lichtkegel uit de zaklantaarn van de politieagent scharrelt hij in de paperassen die in de bagageruimte van het portier zijn gepropt. Het zweet loopt Perry langs zijn rug, hoewel hij bewegingloos naast Dima zit. Geen lastige top of hachelijke beklimming heeft hem ooit zittend het zweet doen uitbreken. Ollie neuriet nog steeds terwijl hij zoekt, maar de brutale ondertoon is uit zijn geneurie verdwenen. Ik ben een gast van het Park Hotel, houdt Perry zichzelf voor. Luke is dat ook. We spelen de barmhartige Samaritaan tegenover een verwarde Turk die geen Engels spreekt en wiens vrouw op sterven ligt. Voor eenmalig gebruik zou het kunnen werken.

De man in burger heeft een stap naar voren gezet en leunt tegen de zijkant van de jeep. Ollies geneurie wordt steeds minder overtuigend. Uiteindelijk leunt hij verslagen achterover, met een verfrommeld stukje papier in zijn hand.

'Nou ja, misschien kan dit ermee door,' oppert hij en hij toont de politieman een tweede sticker, nu met een gele driehoek erop in plaats van een paarse, en zonder de letter G erop.

'Zorg ervoor dat de stickers de volgende keer allebei op de voorruit bevestigd zijn,' zegt de politieman.

De zaklantaarn gaat uit. Ze rijden weer.

In Perry's ondeskundige ogen leek de geparkeerde BMW rustig te wachten waar Luke hem had achtergelaten – geen wielklemmen, geen slordige formulieren onder de ruitenwissers geklemd, gewoon een geparkeerde sedan – en waar Luke ook naar zocht, toen hij en Ollie er behoedzaam omheen liepen en Perry en Dima, zoals opgedragen, achter in de jeep bleven zitten, hij vond het niet, want inmiddels opende Ollie het portier aan de chauffeurskant en wenkte Luke hen naderbij te komen. In de BMW namen ze weer plaats in dezelfde opstelling: Ollie achter het stuur, Luke naast hem voorin, Perry en Dima achterin. Perry realiseerde zich dat Dima tijdens de aanhouding en de controle geen vin had verroerd. Hij is in gevangenismodus, dacht Perry. We transporteren hem van de ene gevangenis naar de andere en met de details hoeft hij zich niet in te laten.

Hij zocht in de zijspiegels naar verdachte lichten die hen volgden, maar zag die niet. Soms leek een auto hen te volgen, maar zodra Ollie stopte, reed hij voorbij. Hij keek naar Dima naast zich. Die zat te doezelen. Hij had nog steeds de zwarte wollen muts op om zijn kaalheid te verbloemen. Luke had daarop gestaan, krijtstreeppak of niet. Zo nu en dan, als Dima tegen hem aan schommelde, kriebelde de dikke wol in Perry's neus.

Ze waren op de Autobahn aangekomen. Onder de natriumverlichting veranderde Dima's gezicht in een flakkerend dodenmasker. Perry keek op zijn horloge, zonder te weten waarom, maar met de behoefte aan de troost van de tijd. Een blauw bord kondigde aan dat ze het vliegveld van Belp naderden. Drie banen – twee banen – *nu* rechtsaf de afrit op.

Het vliegveld was donkerder dan een vliegveld ooit zou mogen zijn. Dat was het eerste wat Perry verbaasde. Oké, het was na middernacht, maar je verwachtte evengoed veel meer licht, zelfs bij een klein streekvliegveldje als Belp, dat nooit een echt internationale status had weten te bemachtigen.

En van formaliteiten was geen sprake, tenzij je het onderonsje tussen Luke en een sombere man met een grauw gezicht in een blauwe overall, die het enige aanwezige personeelslid leek te zijn, als formaliteit beschouwde. Nu toonde Luke de man een soort document – te klein voor een paspoort in ieder geval, dus was het een kaartje, een rijbewijs of misschien een kleine envelop?

Wat het ook was, de man met het grauwe gezicht in de blauwe overall wilde het onder beter licht bekijken, want hij draaide zich om en boog zich in de lichtkegel van de lantaarn achter zich, en toen hij zich weer tot Luke wendde, was wat hij ook in zijn hand mocht hebben gehad daar niet meer, dus had hij het in zijn zak gestopt of het teruggegeven aan Luke en was dat Perry ontgaan.

En na de grauwe man – die was verdwenen na in alle talen te hebben gezwegen – was er een chicane aan grijze schermen, maar er was niemand om daar toezicht te houden. En na de chicane, een stilstaande bagageband en een paar zware elektrische klapdeuren die opengingen voor ze ze hadden bereikt – zijn we nu al *vliegklaar*? Onmogelijk! – vervolgens een lege vertrekhal met vier glazen deuren die rechtstreeks toegang gaven tot de landingsbaan: en nog steeds geen levende ziel om de bagage of henzelf te controleren, om te zorgen dat ze hun schoenen en jassen uittrekken, die kwaad naar hen kijkt van achter een raam van kogelvrij glas, met zijn vingers knipt om duidelijk te maken dat ze hun paspoorten moeten overdragen of hun doelbewust verontrustende vragen stelt over hoe lang ze in het land waren geweest en waarom.

Dus als dit bevoorrechte gebrek aan aandacht dat aan hen werd geschonken het gevolg was van een persoonlijk initiatief van Hector – zoals Luke tegenover Perry had laten doorschemeren en wat Hector zelf met zoveel woorden had bevestigd – dan kon Perry alleen maar zeggen: petje af voor Hector.

De vier glazen deuren naar de landingsbaan leken in Perry's ogen gesloten en vergrendeld, maar Luke, de toegewijde rechterhand, wist wel beter. Hij beende rechtstreeks op de rechterdeur af, gaf er een rukje aan en – Eureka! – de deur gleed gehoorzaam open, waardoor een fris windje door de ruimte danste en langs Perry's gezicht streek, en daar was hij bijzonder dankbaar voor, want hij voelde zich om onnaspeurbare redenen verhit en zweterig.

Met de deur wijd open en de nacht die lokte, legde Luke zijn hand – voorzichtig, niet bezitterig – op Dima's arm en trok hem weg van Perry's zijde, leidde hem zonder protest de deur door en naar de landingsbaan waar Luke, alsof hij van tevoren was ingelicht, een scherpe bocht naar links maakte, Dima met zich meenam en Perry achter hen aan liet sjokken, als iemand die niet zeker weet of hij wel is uitgenodigd. Er was iets veranderd aan Dima. Perry besefte wat het was. Toen hij de deur door liep had Dima zijn ijsmuts afgezet en in een klaarstaande afvalbak gegooid.

En toen Perry na hen de hoek om liep, zag hij wat Luke en Dima al eerder moesten hebben gezien: een tweemotorig vliegtuig, zonder lichten, met zacht draaiende propellers, dat op vijftig meter afstand geparkeerd stond, met twee spookachtige piloten zichtbaar in de cockpit.

Er werd geen afscheid genomen.

Of dat iets was om blij of verdrietig om te zijn, wist Perry niet, toen niet en later evenmin. Er waren zoveel omhelzingen geweest, zoveel begroetingen, oprecht of geforceerd, er was zo'n overdaad geweest aan tot ziensen en hallo's en liefdesverklaringen, dat al met al hun ontmoetingen en scheidingen afgerond waren en er misschien geen plaats was voor nog eentje.

Of misschien – altijd misschien – was Dima te zeer door emoties overmand om te spreken, of om achterom te kijken, of om hem überhaupt aan te kijken. Misschien stroomden de tranen over zijn wangen toen hij naar het vliegtuigje toe liep, met de ene verbazingwekkend kleine voet voor de andere, even voorzichtig alsof hij over een plank liep.

En ook van Luke, die nu een meter of twee achter Dima liep, alsof hij hem de ruimte gaf om alleen van de niet-aanwezige schijnwerpers en camera's te genieten, geen woord tegen Perry: het was de gevormde man voor hem op wie Luke zijn ogen gevestigd hield, niet op Perry die in zijn eentje achter hem stond. Het was Dima, die statig voortschreed: met zijn kale hoofd, zijn rug achterwaarts gestrekt, onderdrukt maar waardig trekkend met zijn been.

En natuurlijk waren er tactische overwegingen waarom Luke zich ten opzichte van Dima zo had gepositioneerd. Luke zou Luke niet zijn als die er niet waren. Hij was de slimme, snelle herder in de bergen van Cumbrië, waar Perry had geklommen toen hij jong was, en die nu zijn prijsooi de trap naar het zwarte gat van de cabine opdreef met alle geestelijke en lichamelijke concentratie die hij kon opbrengen, elk moment klaar om te reageren als het dier zou terugschrikken of op hol zou slaan of simpelweg stokstijf zou blijven staan en weigeren om verder te gaan.

Maar Dima schrok niet terug, sloeg niet op hol en bleef niet stokstijf staan. Hij liep kaarsrecht het trapje op en het duister tegemoet, en zodra het duister hem had ingesloten, sprong de kleine Luke ook het trapje op om zich bij hem te voegen. En of er was iemand binnen om de deur achter hen te sluiten of Luke deed het zelf: een abrupte zucht van scharnieren, een dubbele metalen klik toen de deur van binnenuit werd vergrendeld en het zwarte gat in de romp van het vliegtuig was verdwenen.

Van het opstijgen kon Perry zich niets bijzonders herinneren: alleen dat hij bedacht dat hij Gail moest bellen om te zeggen dat de Adelaar was Opgestegen, of zo'n soort zinnetje en vervolgens op zoek moest gaan naar een bus of een taxi, of misschien maar gewoon te voet naar het stadje moest gaan. Hij wist niet precies waar hij zich bevond ten opzichte van het centrum van Belp, als er al zoiets bestond. Toen drong het tot hem door dat Ollie naast hem stond en herinnerde hij zich dat hij vervoer terug had naar Gail en de vaderloze familie in Wengen.

Het vliegtuig vertrok, Perry wuifde niet. Hij keek hoe het opsteeg en een scherpe bocht maakte, want het vliegveld van Belp wordt omringd door een massa heuvels en lage bergen en piloten moeten goed bij de pinken zijn. Dat waren deze piloten. Zo te zien was het een commerciële charter.

En er klonk geen explosie. In ieder geval geen die tot Perry's oren doordrong. Later wenste hij dat die er wel was geweest. Alleen de droge plof als die waarmee een handschoen een boksbal raakt en een langwerpige witte flits die maakte dat de zwarte heuvels op hem afsnelden, toen absoluut niets, niets om te zien en niets om te horen, tot de ta-toe-ta-toe's van politiewagens en ambulances en brandweereenheden die met zwaailichten het licht beantwoordden dat uit was gegaan.

Defect aan het instrumentarium, luidt de semi-officiële lezing momenteel. Motorstoring luidt een andere. Nalatigheid van de kant van het niet nader genoemde onderhoudspersoneel, wordt vaak gehoord. Het arme vliegveld van Belp is lange tijd de zondebok van de deskundigen geweest en de critici spaarden de roede niet. Ook de vluchtleiding viel wellicht een en ander te verwijten. Twee commissies van deskundigen konden niet tot een eensluidend oordeel komen. De verzekeraars schorten uitbetaling op tot de oorzaak is vastgesteld. De verkoolde lichamen blijven een mysterie. Op het eerste gezicht vormden de twee piloten geen probleem: oké, het waren charterpiloten, maar met een ruime vliegervaring, nuchtere kerels, allebei getrouwd, geen spoor van verboden middelen of alcohol, niets negatiefs in hun staat van dienst en hun vrouwen kenden elkaar, in Harrow, waar de gezinnen woonden, en konden goed met elkaar opschieten.

Twee tragedies dus, maar wat de media betreft, niets om lang bij stil te staan. Waarom in godsnaam een voormalige medewerker van de Britse ambassade in Bogotá een vliegtuig zou delen met een 'dubieuze Russische, in Zwitserland verblijvende minigarch', bleef zelfs voor de sensatiepers een raadsel. Was het seks? Was het drugs? Was het wapens? Bij gebrek aan zelfs maar een greintje bewijs was het geen van alle. Terrorisme, de grote vergaarbak waar tegenwoordig alles in wordt gestort, is ook overwogen, maar meteen verworpen.

Geen enkele groepering heeft de verantwoordelijkheid opgeëist.

Dankwoord

Mijn hartelijke dank gaat uit naar Federico Varese, hoogleraar Criminologie aan de Universiteit van Oxford en auteur van gezaghebbende boeken over de Russische maffia, voor zijn creatieve en immer geduldige raadgevingen; naar Bérengère Rieu, die me de wereld achter de schermen van Roland Garros toonde; naar Eric Deblicker, die me rondleidde door een exclusieve tennisclub in het Bois de Boulogne die niet sterk verschilt van mijn Club des Rois; naar Buzz Berger voor het verbeteren van mijn tennisslagen; naar Anne Freyer, mijn wijze en trouwe Franse redacteur; naar Chris Bryans, voor zijn adviezen over de aandelenbeurs van Mumbai; naar Charles Lucas en John Rolley, rechtschapen bankiers, die zo sportief waren mij in te lichten over de praktijken van minder scrupuleuze collega's; naar Ruth Halter-Schmid, die menigmaal heeft voorkomen dat ik op mijn reizen door Zwitserland verdwaalde; naar Urs von Almen, die mij de weg heeft gewezen over de woestere landwegen van het Berner Oberland; naar Urs Bührer, directeur van het Bellevue Palace Hotel in Bern, die mij toestemming verleende een beschamende episode in zijn ongeëvenaarde etablissement te situeren; en naar Vicki Phillips, mijn onbetaalbare secretaresse, die corrigeren toevoegde aan haar talloze vaardigheden.

En naar mijn vriend Al Alvarez, de meest grootmoedige en schrandere aller lezers, hulde.

John le Carré, 2010